Brasília, 1321

Frederico Lucena de Menezes

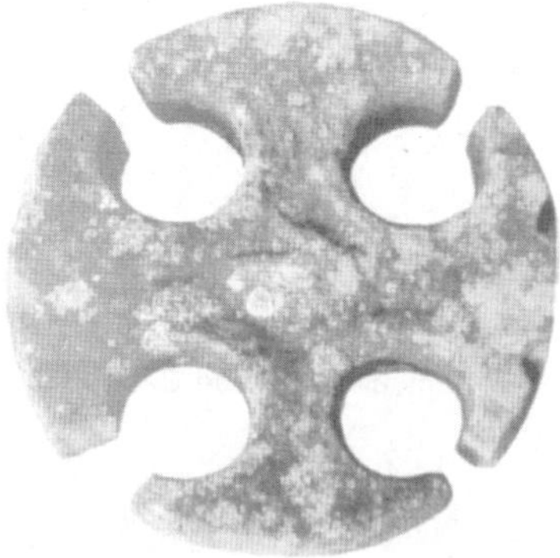

Brasília, 1321

Ler Editora

Brasília, 2012

LER Editora Ltda.
SIG Quadra 04 Lote 283 – 1º Andar
Tel.: (61) 3362-0008 – Fax: (61) 3233-3771
lgeeditora@lgeeditora.com.br
www.lgeeditora.com.br

Editor
Antonio Carlos Navarro

Autor
Frederico Lucena de Menezes

Projeto Gráfico
Samuel Tabosa de Castro

Revisão
Anna Cristina Rodrigues

Foto da capa
Acervo do autor

DADOS INTERNACIONAIS DE CATALOGAÇÃO NA PUBLICAÇÃO (CIP)

Menezes, Frederico Lucena de
Brasília, 1321. Frederico Lucena de Menezes . – Brasília: LER Editora, 2012.
356 p. 15,5 x 22,5 cm.

ISBN: 978-85-64898-13-4

1. Literatura, Brasileira. 2. Romance. I. Título.

CDU 82-31

Obra em conformidade com o Acordo Ortográfico da Língua Portuguesa

A Ricardo Ferraz Marcondes de Souza

1

"Celso França despertou de bom humor em sua casa em Brasília, no Distrito Federal." O bom humor era a minha surpresa ao pensar nessa informação de terceira pessoa que me chegava ao cérebro enquanto espreguiçava na varanda. Geralmente, acordo com pouca disposição para o trabalho na segunda-feira. Penso em conseguir uma forma de não comparecer à Universidade de Brasília nas segundas-feiras pela manhã e nas sextas-feiras à tarde. Assim, poderia ir a São Paulo ou Rio, com mais tempo, para minhas atividades prediletas: assistir aos concertos oferecidos em duas assinaturas, no Teatro Alfa, em São Paulo, e no Teatro Municipal, do Rio.

Entretanto, depois de tantas greves na universidade, preciso atender meus orientandos em História, disciplina que leciono cada vez com menos entusiasmo. Mas hoje está uma bela manhã de agosto, com céu azul, sem nuvens, com vento fresco. Dei uma olhada no termômetro fixado na varanda do quarto no andar superior; marcava treze graus centígrados. Estava frio para Brasília, mas ficaria mais quente até o meio-dia.

Mais uma vez olhei em direção à cidade, do outro lado do Lago Paranoá. Sorri ao lembrar que vários de meus colegas desprezavam o Lago Sul por ser "bairro de gente endinheirada e esnobe". Entretanto, muitos moram no Lago Norte, que eu chamo de "Urca de Brasília", por compartilhar algumas características da Urca da minha mocidade carioca. É mais provinciana, só tem uma entrada e uma saída, é menos pretensiosa, abrigando uma população mais simples e acolhedora.

Gosto de frequentar a casa dos amigos no Lago Norte, mas prefiro morar no Lago Sul. A casa é confortável, grande até para um homem de cinquenta e dois anos, divorciado, com um filho morando em Ribeirão Preto, a setecentos quilômetros de Brasília, no nordeste paulista, e uma filha na antes gostosa Ipanema, mas ainda charmosa, apesar do desassossego. Da varanda, vejo uma longa extensão da parte sul do lago.

Desse ponto – da varanda – acompanhei em mais de uma noite solitária a construção da Ponte JK, conhecida como "terceira ponte", tendo em vista a existência – obviamente – de outras duas. A primeira não é exatamente uma ponte; é um pontilhão reto numa parte estreita do lago, bem ao estilo militar e feita – naturalmente – pelos militares. A "segunda" ponte é linda. Desenho do arquiteto Oscar Niemeyer, que parece apenas tocar a superfície do lago artificial. Uma leveza boa de se ver ao longe. Muito leve e pouco prática, como de resto é a obra do arquiteto. O pedestre foi ignorado, para começar. Apresenta uma terceira faixa de rolamento, no centro, entre a faixa que chega e a que sai do Lago Sul. O trânsito nessa faixa ora é num sentido, ora é noutro e muito frequentemente cenário de acidentes por isso. Eu mesmo, em certa ocasião, dirigia em direção ao Plano Piloto – como os brasilienses chamam o projeto central da cidade, que lembra um avião – seguindo pela faixa central quando um outro veículo em velocidade entrou inadvertidamente nessa faixa em sentido contrário. Foi preciso uma manobra rápida para a direita em direção à Avenida das Nações, sentido do Píer 21. Felizmente, a consequência mais grave foi precisar de alinhamento na suspensão dianteira esquerda já que a roda bateu com violência na guia. Poderia ter sido fatal como outros acidentes naquele lugar. Não é à toa que meu amigo Stan Stanislavovich, professor visitante de Ciência Política, nomeou as faixas de *left side, right side, suicide*. Ou seja, lado esquerdo, lado direito e suicídio, que não tem a menor graça em português. Pronto, já estou desperto, pois o mau humor começa a se manifestar.

Pronto para o bom combate, dirigi-me para a universidade escutando uma belíssima gravação de seis sonatas de Carlo Graziani pelo trio Antonio Meneses no violoncelo, Gustavo Tavares idem e Rosana Lanzelote ao cravo. Já escutei tantas vezes que sei cada compasso. Por isso o cérebro, liberado do meu controle habitual, trabalhou como quis: já sob o chuveiro, decidia que a Ponte JK era minha preferida. Essa ponte facilitou em muito a ida para a UnB. Honestamente, esse mesmo cérebro foi um crítico de primeira hora. Achou o projeto grandioso demais, consumindo verbas que, diziam, seriam destinadas à saúde. Agora nem pensava mais nisso; a ponte é sinuosa, agradável de percorrer, oferece uma vista bonita e inesperada para o Planalto Central do Brasil. De brinde, o clube de golfe ainda traz seu gramado até a cabeceira da ponte. Dei asas à imaginação e me perguntei: como seria uma "quarta ponte"?

Antes que a imaginação fizesse bom uso das asas, entrei no *campus* da universidade, a contragosto. Mas o dia estava lindo. Estacionei meu pequeno carro sob uma das árvores que insistem em não morrer naquele estacionamento quente. Depois de alguns passos, dei aquela olhadinha para trás para examinar o carro de fora. Durante muito tempo achei que todos faziam isso, mas nem eu mesmo o fazia sempre. Dependia do carro. Se fosse um objeto de desejo, dava a tal olhadinha, afinal vejo mais o lado de dentro do carro. Depois daquele quase acidente na ponte, vendi meu carro discreto e comum. Atualmente, dirijo uma réplica perfeita do Porsche 356 dos anos cinquenta. Não é muito confortável, mas gosto muito de passear nesse sonho de adolescência.

Cumprimentei alguns alunos pelo caminho até minha sala. Quando deixei cair – com displicência – algumas pastas em cima da mesa, notei uma carta endereçada a mim, em envelope europeu: azul com as listras azuis e vermelhas. Fiquei feliz, pois havia tempos que não recebia uma velha e boa carta. Uma carta de verdade! Sentei-me curioso, buscando uma espátula espanhola trazida de Toledo. Queria abrir essa carta em grande estilo. Lá estava, em bom português:

“Exmo. Sr. Prof. Dr.
Celso França

Prezado Professor,
Saudações.

Tomo a liberdade de dirigir-me a V. Sa. em virtude de informações colhidas por mim em Lisboa. Consta que é estudioso dos tempos coloniais no Brasil, em especial de questões relativas aos investimentos europeus no processo de ocupação.

Sou professora de História Medieval em Louvain. Em virtude de um ano sabático, vários fatores me levaram a Portugal, onde teria possibilidades de satisfazer minha curiosidade acerca de temas que suponho serem do seu interesse.

Para minha surpresa, encontrei documentos que permitem uma leitura intrigante. Não gostaria de estender-me mais sobre o assunto neste momento. Entretanto, caso haja interesse de V. Sa. em discutir o tema, pode enviar correspondência para madeleine@(provedor) a partir de uma conta que não seja a sua habitual. Desculpe o mistério.

Atenciosamente,
Catherine de Péreille”

Passado o primeiro momento de estranheza, alguém bateu à porta. Um impropério me escapou, ainda que em baixo volume. O aluno de pós-graduação, preparando a dissertação de mestrado, havia chegado com alguns minutos de atraso, como sempre. Foi recebido e atendido por quase uma hora enquanto eu funcionava com dois programas mentais rodando simultaneamente. Numa fração de segundo, o foco era o questionamento das fontes e tratamento dos dados apresentados pelo aluno, enquanto o outro hemisfério cerebral pensava em qual seria o novo endereço eletrônico. Seria desse ou daquele provedor? Qual seria o *nickname?* No outro segundo, estava desejando que o aluno partisse para reler a carta e tentar fazer algum sentido dessa história enquanto recomendava leituras específicas.

Finalmente, livre do intruso, comecei a ordenar os fatos. A fonte de informações em Lisboa só pode ter sido meu grande amigo, embaixador do Brasil junto à CPLP (Comunidade dos Países de Língua Portuguesa). Talvez não; pode ter sido meu orientador da Universidade de Lisboa, ou quem sabe um certo colega em Coimbra... e a lista começava a alongar-se. Era melhor parar de conjeturar e entrar em contato com a Professora Péreille.

O primeiro nome é Catherine, mas ela escolheu um *nickname* completamente diferente. Achei melhor fazer o mesmo e decidi usar o mesmo provedor dela para facilitar os registros. Escolhi *jecatatu* em homenagem aos trabalhadores da fazenda do avô em Ribeirão Preto. Foi com os caipiras, os jecas-tatus daquela fazenda, que aprendi as primeiras grandes lições de vida. Gente simples que ainda não havia perdido o bom senso.

Relembrei que havia nascido em Ribeirão Preto, de uma família de fazendeiros importantes, grandes plantadores de café que souberam a hora de diversificar os investimentos. Hoje, além da tradicional cultura de café, cultivam cana-de-açúcar com produção dos derivados. Mantêm criação de gado em Mato Grosso do Sul e plantam soja em Goiás, onde investi algumas economias em sociedade com o pai. Tudo bem administrado pelo pai agrônomo, carioca que deixou a praia para casar com a filha do fazendeiro paulista. Fiz o caminho inverso; deixei o campo e fui para a praia estudar História e Sociologia, para o espanto dos pais, espanto que nunca se constituiu em obstáculo. Ao contrário, facilitaram tudo. Nunca enfrentei problemas financeiros, a não ser as pedagógicas limitações impostas pelos pais.

Passados os devaneios, na primeira oportunidade, comecei a rascunhar uma mensagem que foi enviada da seguinte forma:

"Prezada Professora Péreille,

Foi uma grata surpresa receber sua carta em tempos de comunicação essencialmente eletrônica. Fiquei mesmo contente. Infelizmente, não posso negar a curiosidade pelo mistério já que a culpa de ter sido fisgado (engoli o anzol, a linha e a chumbada) é dele mesmo. Os mistérios têm essa fascinante capacidade de atração. Aguardo com impaciência outras informações. Prefere que nos comuniquemos em francês?

Atenciosamente,
Celso"

A resposta veio em menos de uma hora!

"Prezado Professor França,

Obrigada pela pronta resposta! Podemos continuar com o português. Para mim, é confortável já que me é familiar desde criança. Literalmente familiar: minha mãe era brasileira. Quanto ao tema em questão, é de fato intrigante e preciso de ajuda. Acredito que posso contar com a sua ajuda. Conheço seus trabalhos publicados e tive informações sobre sua pessoa e seu interesse pelo período colonial e o processo de interiorização, desde o século dezesseis até Brasília. Meu interesse pela História diz respeito ao século doze/treze, mas tenho sido chamada, digamos assim, a seguir algumas pistas que me levam ao Brasil colonial. Para, talvez, aguçar sua curiosidade ou para me dispensar de uma vez, tenho indícios que ligam *Carcassone* a Brasília, passando por Saint Catherine/Santa Catarina.

P.S. Consumi meia hora tentando decifrar "jecatatu"! Como vê, minha familiaridade com o português tem seus limites.

Catherine"

Eu já estava totalmente envolvido pela história. Já estava mesmo muito curioso. Ela conhecia meus estudos sobre os investimentos da Ordem de Cristo na colonização do Brasil, com certeza. Numa das publicações, comentei a hipótese de recursos provenientes da Ordem, destinados à capitania de São Vicente, terem sido desviados para o Sul, seja por incidentes de navegação ou intencionalmente. O Sul tem uma costa mais extensa que apenas Santa Catarina, mas ela especificou Santa Catarina. Também vinculou Carcassone a Brasília e, portanto, essa informação não foi acadêmica, teria vindo de um amigo ou amiga. Meus artigos publicados haviam sido escritos com rigor acadêmico e nunca fizeram alusão às fantasias, que foram compartilhadas apenas com amigos íntimos e, ainda assim, com poucos deles. A ênfase que Catherine deu à possibilidade de contar especificamente com minha ajuda era outro sinal de que deveria conhecer as ideias pouco ortodoxas que tenho sobre alguns aspectos da História.

Outra indicação intrigante foi a menção a Saint Catherine, uma capela no norte da Escócia. Essa informação tinha origem certa: uma namorada que eu havia conhecido em Londres e que era dada a estudos esotéricos adorava ler sobre os templários. Essa moça havia ficado encantada com as histórias que eu contava enquanto tomávamos *dry martinis*. Será que Catherine conheceu Victoria? Apesar do nome *Catherine* sugerir uma origem francesa, como o dela, o qualificativo *Saint* remete ao inglês, pois seria *Sainte* o feminino em francês.

Um certo desconforto já começava a tomar conta. O que mais a professora misteriosa poderia saber? Cumpri com as obrigações acadêmicas daquele dia e preparei-me para o almoço que havia combinado com um casal de velhos amigos. Ele, belga nascido no antigo Congo, e ela, uma paulista filha de fazendeiros também. Lucien cozinha divinamente e sempre era uma alegria encontrá-los e desfrutar da acolhida que ia do gastronômico ao cultural sofisticado sem o fricote e a afetação tão comuns a outras pessoas.

Bia abriu a porta com seu largo sorriso peculiar e, ainda no abraço, vi a garrafa de vodka gelada sobre a mesa de centro. Delicadeza de alma! Quando jovens, dizíamos que Maiakowski estava certíssimo quando afirmava que "era melhor morrer de vodka do que de tédio". Pura brincadeira, pois não conhecíamos o tédio e gostávamos mesmo era da vodka bem gelada. Agora havia mais interesse na emoção estética: a vodka havia sido guardada no congelador dentro de uma caixa de papelão com água. Retirado o papelão, ficara um bloco de gelo com a garrafa embutida sobre um prato de sopa de porcelana antiga. Os copinhos eram especiais, guardados no velho armário de cozinha da fazenda, hoje orgulhoso e decorativo na sala repleta de livros do apartamento na Asa Sul.

Seria impossível não compartilhar com eles o ocorrido dessa manhã. Na cozinha, enquanto Lucien movia-se com desenvoltura em meio a panelas, facas, colheres e comidas, contei tudo. Fizeram piadas, riram muito da minha nova história e despedi-me quando já escurecia a tarde. É impressionante como saía daquela mesa com o corpo alegre e a alma leve. Dirigi-me para casa onde pensava permanecer naquela noite de sexta-feira. Abri o portão, guardei o carro no abrigo e subi para o escritório ao lado do quarto. Pensei em tomar mais um copo, mas já era o suficiente para o dia. Queria manter a mente lúcida para escrever uma mensagem para Catherine – afinal, ela assinou Catherine – ainda esta noite.

Pensei nos meus tempos de pós-graduação em Lisboa e as viagens à França, em especial Carcassone. Lembrei com nostalgia das visitas que fiz àquela cidade medieval murada, que ainda desperta tanto fascínio e lendas em torno dos cátaros que foram sacrificados ali. Tinha amigos em Toulouse e, sempre que podia, esticava a viagem, fazendo uma visita a Carcassone ou a Rennes-le-Château, outro lugar cheio de fantasmas e folclore. Eu achava esses passeios relaxantes e não tinha o menor interesse em fazer escavações, como muitos malucos, para encontrar o túmulo de Maria Madalena. *Madeleine*! Claro, como não pensei nisso antes? Catherine escolheu *madeleine* como *nickname* nos seus *e-mails*! Corri para o computador e deixei a bela vista do anoitecer de Brasília na varanda.

"Prezada Catherine
(se é que posso tratá-la assim),

Obrigado pela sua resposta. É claro que pode contar com a minha ajuda naquilo que me for possível. Se não for possível, eu posso sacar da minha quota de milagres ainda disponíveis. Conte comigo. Tenho algumas perguntas iniciais:

1) Com vai Victoria? Há anos que não tenho notícias dela.
2) Eu sei que existe uma estrada mágica entre Carcassone e Brasília, passando por Santa Catarina. Entretanto, é como todos os tapetes voadores: não decolam, mas são ótimos para trazer aconchego, o que não é pouco. Por que seu interesse por essa rota?
3) Quais são suas fontes?
4) Qual é sua hipótese?
5) Que informações já tem?

Chega de perguntas. Foi uma agradável surpresa saber que é filha de brasileira. Aguardo notícias.

Celso"

Não foi uma noite tranquila. Demorei a dormir e tentei ver um filme na TV por assinatura. Como sempre, enfrentei a frustração de não encontrar um filme para adultos, ou seja, sem sexo e sem violência. Tentei o canal do *National Geographic*, mas era um documentário histórico com filmagem de quinta categoria, repetindo as mesmas cenas a cada cinco minutos com cenário de extrema pobreza plástica, entremeado com entrevistas de acadêmicos americanos ridiculamente dublados para o português, em vez da saudável legenda. Irritado, apelei para o que chamo de oração: rever *O Poder do Mito,* de Joseph Campbell.

Fiquei vendo o DVD até tarde. Não resisti e fui ao computador verificar se havia resposta de Catherine – como já pensava na professora. Percebi que estava na hora de dormir quando me dei conta de que havia três ou quatro horas de diferença. Catherine só tomaria conhecimento da mensagem daí a duas ou três horas. Coincidência ou não, antes que saísse do provedor, chegou uma mensagem do código *madeleine.*

"Prezado Celso,

Claro que deve me tratar por Catherine. Acredito que essa cooperação nos levará a um contato demorado e até a certa intimidade. Sua mensagem me pareceu um tanto tensa e defensiva. Não há razões para isso, se é que minha impressão é correta.

Quanto a Victoria, parabéns! Você foi direto ao ponto. Não quis ser indiscreta revelando conversas privadas, mas Victoria me havia prevenido da sua argúcia e perspicácia. Ela está muito bem, trabalhando em Bruxelas na assessoria de uma deputada portuguesa no Parlamento Europeu. Continua charmosa e eficiente.

Fomos apresentadas numa situação acadêmica por ocasião de uma visita de representantes do Parlamento à nossa universidade. Naturalmente, meu interesse pelo século das cruzadas, sobretudo pela cruzada contra os cátaros, fez que ela se aproximasse. Ela continua interessada nas lendas e nos mistérios da época. Minha impressão é de que deveria se ocupar mais dos encantos da Engenharia Civil, onde goza de tanto respeito.

Está vendo? Eu avisei que inevitavelmente tocaríamos nas fronteiras da intimidade de um e de outro. Mas vamos ao que de fato interessa, segundo seu estilo:

1) Já respondi.
2) Victoria contou-me da sua ideia – que não sei o quanto tem de fantasia – de que parte do tesouro templário teria passado pela Espanha, pela *via Catalonia*, e seguido para a Escócia. Os detalhes da história você conhece melhor do que eu. Da Escócia teria seguido – intencionalmente – para um sítio cujo código era 'Santa Catarina' (Saint Catherine, em alusão a certa capela). Por que meu interesse nessa rota? Porque tenho fortes indícios de que isso de fato ocorreu.
3) Não devo revelar as fontes ainda.
4) O tesouro não ficou na região de Santa Catarina e sim no Planalto Central. Confere?

Pode fazer mais perguntas. Responderei com prazer, desde que não comprometa a pesquisa. Você sabe que o submundo do comércio de antiguidades é podre. Às vezes, tesouros arqueológicos são destruídos em função da ganância de mercadores inescrupulosos.

Bom final de semana!

Catherine."

Naquele momento acordei de vez! Ainda eram duas horas da madrugada e estava confuso pelo impacto das últimas notícias. Uma coisa era certa: Catherine acorda antes das seis horas da manhã em algum lugar da Europa. Resolvi partir da suposição de que ela estava em Lisboa, mas já não tinha certeza de nada e estava agitado. Decidi que tomaria um *dry martini* em homenagem à lembrança de Victoria. Desci à sala de estar e, perto do piano (um Pleyel quarto de cauda), havia uma mesinha com bandejas e algumas garrafas de bebida; não gosto do modelo balcão de bar com bancos altos. Dessa vez não medi as quantidades e despejei na pequena coqueteleira umas pedras de gelo, duas azeitonas que mordi para liberarem mais suco, uma certa quantidade de *Gordon's Gin* e um pouquinho de *Noillit Prat*. Bati até a coqueteleira mostrar o suor do líquido bem gelado que continha. Passei pelo coador o líquido leitoso, vertendo numa taça aberta sem o fricote da azeitona de enfeite. Voltei para a varanda do quarto, ajeitando-me na espreguiçadeira. Afinal, havia interrompido o programa de sexta-feira naquele ponto. Sorvi vagarosamente a bebida, vendo as luzes da cidade piscar até que tomei consciência de que era eu quem piscava de sono.

Recolhi-me, tomando o cuidado de ligar o alarme contra intrusos e ajustei a máscara de dormir para não ser despertado pela luminosidade intensa do amanhecer da Capital da República. Nem sempre luminosidade é iluminação! Quando o Sol revelou sua intensidade – forte no Planalto Central –, eu estava longe de me sentir um iluminado naquele sábado. Sentia uma espécie de ressaca que não era devido à bebida. Não seriam três taças de vinho no almoço com Bia e Lucien mais um *dry martini* horas depois que causariam aquele mal-estar. Precisei passar pelo ritual do bom despertar – com todas as manifestações de higiene – para incluir nas lembranças as três doses de vodka antes do almoço e a falta de jantar antes do martini.

Sábado não tinha empregados em casa, bem como no domingo. Não eram necessários nem desejados. Tudo precisa de pausas, até a presença de auxiliares domésticos. Essa era uma pausa que a fazenda não conhecia. Tudo que acontecia lá na infância incluía a presença – absolutamente natural – de pessoas que nem pareciam estranhas à família.

Enquanto comia gomos de tangerina, fervi água para o café, organizei a torradeira e preparei os ovos na frigideira de uso exclusivo. Detestava quando a cozinheira raspava o *teflon* das panelas até que ficassem bem *ariadas* segundo ela e raspadas à inutilidade segundo meu entendimento. Gosto da mesa apresentável mesmo estando sozinho e os movimentos eram orquestrados para que tudo ficasse pronto simultaneamente. Discordo da crença geral de que casa de homem solteiro é necessariamente desarrumada.

Olhei pela porta e vi o *Correio Braziliense* espalhado pelo vento e deixei para lá. Tomei café pensando com mais clareza sobre a mensagem recebida na madrugada. Teria que responder com cuidado, pois o assunto estava tornando-se complexo. Por exemplo: quando inventei a história de parte do tesouro templário seguir para a Escócia, imaginei que saía da França pela Bretanha e Canal da Mancha e não pela Espanha e Mediterrâneo. Essa parte, para deleite de Victoria, contei com requintes de historiador, cheio de detalhes. A parte do Planalto Central foi um rápido comentário jocoso já que tínhamos um estado do Acre e o cenário de teatro a céu aberto em Fazenda Nova, Pernambuco, chamado de Nova Jerusalém. Como se sabe, foi na fortaleza de Acre, na Palestina, onde os templários amargaram uma das últimas derrotas. A Nova Jerusalém era, para eles, um ideal a ser construído. Para não perder o mote, acrescentei que os templários teriam interesse em se instalar no Brasil entre esses dois lugares, criando um centro de decisões que veio a ser Brasília! Eu sabia que a denominação do nosso Acre não tinha nada a ver com a fortaleza de Acre na Palestina. Não estava certo, mas achava que *Acre* era referência a alguma coisa local no Norte e que foi simplificado foneticamente. Portanto, não conferia, como sugerira Catherine.

Deixei essas considerações de lado e diverti-me com aspectos da psicologia das mulheres. "Victoria continua eficiente e charmosa", mas "devia dedicar-se mais à Engenharia Civil em que goza de boa reputação", ou algo parecido. Depois voltaria a ler com mais atenção. Achava que, se dito de maneira mais autêntica, deveria ser: "Victoria continua muito bonita e sedutora no trabalho. Deveria deixar de me aborrecer com as idiotices dela e continuar cuidando de manter o emprego tão invejado."

Deixei a mesa e a cozinha impecavelmente arrumadas e saí para coletar as partes espalhadas do jornal que não pretendia ler naquele momento. Subi as escadas ainda me divertindo com a leitura psicológica que fizera da mensagem de Catherine. Uma vez ligado o computador, reli as mensagens e a carta inicial. Era tudo muito estranho e interessante, nessa ordem. Comecei a escrever e editar a resposta, tomando cuidados para não permitir que minha picardia viesse a intrometer-se qual sombra marota, como era de costume.

"Prezada Catherine,

Percebo que desperta muito cedo, onde quer que esteja. (A propósito: onde você está?) Obrigado pelas notícias de Victoria. Transmita minhas recomendações quando voltar a vê-la. Não pretendo fazer jogos de esconde-esconde que ficam bem nas novelas de espionagem, mas não entre dois estudiosos. Vamos lá:

Nem tudo confere. Nas minhas fantasias de contador de histórias, lembro ter dito que o tesouro teria saído da capela de Saint Catherine, em Rosslyn, na Escócia, onde chegara depois da derrocada dos templários na Europa. Concordo que tenha sido possível, já que apenas cento e cinquenta cavaleiros foram presos e torturados naquele fatídico treze de outubro, uma sexta-feira (13!), em 1307. Sabemos que se fala muito de um tesouro guardado pelos maçons e/ou rosa-cruzes neste ou naquele lugar. Afinal uns quinze mil templários estavam em atividade e, que eu saiba, menos de sessenta foram mortos pela gulodice de Felipe IV, o Belo. Alguns sobreviventes podem ter desviado uma parte do imenso tesouro, porém não teria descido para as costas do Mediterrâneo, dando a volta pelo estreito de Gibraltar, contornando Portugal e o norte da Espanha, para chegar à Escócia. Pareceria longo e arriscado a este historiador, uma vez que estamos falando do século XIV e suas complicações. Seria mais lógico seguir para o norte e atravessar o Canal da Mancha. Não lhe parece?

Abraços,

Celso"

Agora fiquei ainda mais inquieto. Não tinha mais certeza das datas, da época e de outros detalhes. Também, pensava, não era minha área de interesse. É verdade, não era, mas parecia estar se tornando um tema muito interessante. A resposta chegou no mesmo sábado:

"Celso, meu caro,

Acho que não fui suficientemente clara: *um* tesouro viajou até a costa do Mediterrâneo e daí seguiu para a Escócia. Com ou sem as complicações do século. Estou falando de dados exegéticos concluídos a partir de achados bem documentados. Foi uma arqueologia documental e não de campo. Já pensou numa estreita colaboração entre cátaros e templários? Já deve ter pensado. Muitos já pensaram. Poucos, no entanto, tiveram confirmação documentada. Participei de uma garimpagem de documentos em arquivos inquisitoriais por quase três anos. Ainda sinto necessidade de cruzar alguns dados e confirmar algumas informações. Não descarte sua intuição de ficcionista pelo fato de ser historiador. Às vezes a mulher do médico acerta o diagnóstico difícil por não precisar respeitar o raciocínio acadêmico. Abraços,

Catherine

P.S. Estou na Bélgica, em Louvain. Meu período em Portugal terminou."

Fiquei sem saber se gostava ou não da mensagem. Senti uma espécie de repreensão entre as linhas. Não gosto de ser subestimado. Não respondi imediatamente e fui vasculhar minha biblioteca. Não tinha nada de muito instrutivo sobre os cátaros, só sobre os templários. Entretanto, a estadia na França não poderia me fazer esquecer o que deve ter sido o cerco de Carcassone e muito menos o de Montségur quando os cento e quarenta defensores e suas famílias desceram para uma grande fogueira julgando terem negociado uma rendição honrosa com os representantes do Papa Inocêncio III.

Carcassone estava longe de evocar grandes sofrimentos nos dias de hoje. Levas e levas de turistas caçadores de tesouros místicos aparecem por lá continuamente. De qualquer maneira, para os entendidos, deveria ser uma experiência menos superficial, mesmo em meio aos cafés do lugar. Montségur era mais impressionante. Aquele castelo em ruínas no topo de um monte íngreme e escarpado causava um certo temor. Parecia uma ferida não cicatrizada. Na verdade, a minha primeira associação ao ver Montségur foi a de um dente podre numa gengiva mal-cuidada. Não era uma fantasia muito romântica. A imagem de crianças, mulheres e cavalheiros já desarmados sendo queimados vivos traiçoeiramente era uma imagem eloquente demais para que conservasse qualquer ilusão sobre as bondades da igreja – qualquer igreja. Quanta violência já se cometeu em nome da fé!

2

Mas hoje é sábado! "Os bares estão cheios de homens vazios", diria Vinicius de Moraes. Mas este sábado estava voltado para a feijoada mensal no restaurante Lakes's com um pequeno grupo de amigos. Não costumava ser um encontro de intelectuais afetados, mas nunca era de conversas banais. Obviedades eram deixadas de lado.

A culpa pós-prandial seria amenizada por quarenta minutos de caminhada na esteira pela manhã, seguida de uns trezentos metros nadando na raia de vinte metros que fizera construir nos fundos da casa. Não gostava de ficar de molho em piscinas, por isso fiz uma raia estreita, rasa e comprida o suficiente para nadar como exercício. Pronto para o exagero da comilança, segui para o restaurante. Era melhor chegar antes do horário preferido pela maioria dos fregueses. O primeiro a chegar foi Stan, o cientista político. Começamos pela caipirinha, e enquanto Stan beliscava uma linguiça, puxei o assunto que me incomodava no momento, a violência em nome da fé:

– Stan, você concordaria comigo que é difícil encontrar uma instituição mais intolerante e violenta que a igreja? Acho até que o conflito étnico é menos violento que a intolerância religiosa.

– Qual igreja? E raramente etnia e religiosidade estão separadas. São identidades imbricadas. Mas por que fez a pergunta?

– Nada especial. Mas tenho pensado em alguns temas históricos como a intolerância religiosa. Queria separar da questão étnica. Como você é oriental, viveu dentro da União Soviética e foi forçado a conviver com grupos etnicamente tão diferentes, fiquei curioso. Na Geórgia foi parecido com a Iugoslávia?

– Foi diferente. Com a derrubada do muro de Berlim, outros muros simbólicos ruíram. Muitos desses continham artificialmente grupos humanos diferentes na essência. A União Soviética e a Iugoslávia são apenas dois exemplos paradigmáticos. O problema não é a diferença, mas a contenção forçada, a imposição de uma cultura sobre a outra. Quando essa imposição é de natureza religiosa, o problema se agrava, pois a religião é de extrema importância psicológica. De uma forma ou de outra, o sentimento religioso é a via de completude e identidade do indivíduo com o universo.

– Sua resposta intelectual e bem articulada reflete minha pergunta obscura. Não estou sendo claro por receio de "abrir o jogo". Vamos lá! Estou metido numa correspondência com uma professora de Louvain. Ela tem bombardeado a minha caixa de mensagens com perguntas sobre metodologia histórica. Está pesquisando sobre os séculos XII e XIII no que diz respeito à cruzada contra os cátaros no sul da França.

– Aqueles hereges? O que tem um professor de História Colonial Brasileira a ver com isso?

– Está vendo? Já qualificou os cátaros de hereges, com uma conotação negativa. Você sabe que *heresia* quer dizer *escolha*? Até onde eu sei, eles escolheram não usar os bispos como intermediários entre eles e Deus e não viam razões para serem obrigados a isso, além de terem que pagar pela intermediação.

– É bonita a professora?

– Faz alguma diferença? Não a conheço e sequer vi uma fotografia. Não estávamos falando dela, mas da violência em nome da fé.

– Acho que faz diferença e, de certa forma, estávamos falando dela. Não foi ela quem começou esse assunto? As diferenças começam por ela ser mulher, você é homem; ela é europeia, você é brasileiro, etc. Diversidade, meu caro! Como a humanidade é variada, as vias são múltiplas. A diversidade é essencial à vida psíquica. A desordem psíquica se instala quando acaba a diversidade. Eu queria saber em que nível de desordem você se encontra.

– Já sabe?

– Não.

Nesse momento chegou um casal de amigos seguidos de Severino, às vezes, conhecido como Padre Biu pelo seu interesse na religiosidade dos nordestinos. Severino é pernambucano de Brejo da Madre Deus no agreste do estado. Adriana e Tomás são diplomatas, ambos do Rio. Ela, como sempre, com seu andar elegante, cabelos negros longos e ondulados, com aquele charmoso espacinho – diastema – entre os incisivos. Formada em Psicologia e interessada nas ideias de Jung, o psiquiatra suíço, nunca clinicou. Logo fez concurso para o Instituto Rio Branco onde conheceu Tomás, antes um professor de Literatura. Homem de estatura elevada, muito cioso de sua imagem, não se furta a exibir sua erudição. Sempre muito cortês e delicado.

Como sempre acontece, o grupo leva um tempo para sair da desorganização causada pela inclusão de componentes novos. Acontecem as piadas ansiosas, os cumprimentos aos da mesa e o aceno para os conhecidos de outras mesas. À medida que a ordem volta a se estabelecer, vem a retomada do assunto que antes era a pauta, mas não necessariamente com o mesmo tratamento. Fiz a primeira tentativa de retomada:

– Falávamos de violência religiosa, e o Stan me dizia que está sempre ligada a aspectos culturais.

– Devagar, Celso. Eu dizia que a religião, em conflitos sobre diferenças, geralmente está imbricada com fatores étnicos. O miolo da questão é a desordem social e política que isso causa. Uma das defesas contra a desordem é a radicalização, a volta às raízes, aos fundamentos. Daí ser hoje tão comum falar-se em fundamentalismo, termo que, infelizmente, adquiriu tons pejorativos além de ser usado com imprecisão. Geralmente, é usado apenas em alusão a uma forma literal de dogmatismo islâmico, o que não é justo.

– Vale lembrar que a expressão “fundamentalismo” foi criada por um grupo protestante, conservador, para se referir aos fundamentos essenciais da cristandade. Fundamentalismo, como expressão, não carrega nenhum significado político – disse Severino, sugerindo uma polêmica com o cientista político.

– Note-se que me referi a religião, e não a movimentos religiosos ou igrejas. A religião, ou as atitudes religiosas, pedem uma religação com o simbólico, uma busca de sentido para a aridez das disputas concretas. Até os ateus podem ter atitude religiosa, quando veem o mundo com poesia e compaixão.

Enquanto Stan rebatia a provocação de Severino, Adriana fez sua primeira intervenção:

– O problema está na literalização do símbolo – não é Tomás? – (ela costumava buscar apoio no marido). Ou seja, quando o símbolo é reduzido a uma explicação.

– Isso acontece, por exemplo – disse Tomás atendendo ao apelo –, quando alguém explica intelectualmente uma passagem poética ou dá as razões por trás de um texto sagrado. Algo parecido ocorre quando o Ocidente vê com desconfiança e receio a mistura de nacionalismo e religiosidade em algumas culturas. Isso pode trazer o perigo da postura arrogante de considerar o sistema laico como o grande legado civilizador válido para o mundo inteiro.

– Volto a insistir, continuou Stan, que, quando todos os grupamentos humanos forem iguais, terá terminado a função da humanidade no planeta. A ordem psíquica terá sido destruída pela falta de diversidade – da qual falava com Celso – assim como, geneticamente, a falta de diversidade traz regressão, empobrecimento.

– Concordo, disse Tomás. Temos visto no Terceiro Mundo como, às vezes, é difícil a implantação do sistema democrático pleno em regiões onde o sistema tribal ou monárquico foi originalmente a forma de manutenção da ordem coletiva. Na Grécia clássica, dava-se muita importância à enanciodromia, ou seja, quando se persegue um objetivo de uma forma extrema, consegue-se o oposto. Assim, o nacionalismo secular do Ocidente tende a se transformar numa suprarreligião, trazendo um comportamento missionário e de doutrinação. Aí o confronto é inevitável quando a intolerância associa-se à fé. A fé, que é a aceitação tácita que se ignora muito, quando retirada de sua dimensão simbólica, poética e psicológica – falou olhando carinhosamente para Drika (como ele costuma chamar Adriana) –, torna-se um terreno fértil para a violência. É perturbador e paradoxal, mas a humanidade é paradoxal.

Esperei o final do discurso de Tomás, que era sempre professoral, para sugerir uma excursão ao serviço de feijoada antes que todos os problemas de conflito étnicos e religiosos do planeta fossem resolvidos de estômago vazio. Mas não deixei de fazer minha colocação:

– A história mostra muitos exemplos de convocação explícita para a violência em nome da fé. É quando surgem as cruzadas para violentamente submeter os infiéis; quando *jihad* deixa de ser uma alegoria da luta cósmica entre o Bem e o Mal e, literalizada, passa a significar *guerra santa*. Isso para ficarmos com exemplos carregados de atualidade. Não vamos tratar agora do Holocausto, do genocídio na Bósnia ou em Ruanda, vamos comer!

"Vamos tratar dos cátaros e do seu desaparecimento", pensei. Eu não havia perdido o fio da meada. Além de faminto e já sentindo o efeito da caipirinha, queria evitar grandes devaneios intelectuais sobre um assunto que para mim era muito específico. Nenhuma cultura está isenta da acusação de violência em nome da fé em algum momento de sua história. Talvez, se num esforço simbólico pudéssemos despir a divindade das roupagens humanas, quem sabe a religiosidade pudesse se aproximar da alma que, diga-se de passagem, precisa da humanidade para se manifestar. A humanidade não pode viver sem antagonismos, contradições e diferenças, o que não significa beligerância, unanimidade e destruição. A humanidade se manifesta com lealdade e deslealdade, fidelidade e infidelidade, amor e desamor. O Divino não toma partido. É nossa a tarefa de harmonizar na alma o eterno conflito entre os opostos. O que mais me intrigava naquele momento era a motivação de uma liderança político-religiosa – a igreja de Roma, na figura do papa – pela exterminação de todo um segmento, ao que parece da própria ideologia: os cátaros também eram cristãos!

Todos se serviram da feijoada, essa unanimidade entre nós. O grupo foi temporariamente desfeito para o festim gastronômico e, na volta, tentou se reorganizar: novas piadas, elogios para a comida e reflexões sobre colesterol, calorias e índice de massa corporal. Agora era chegada a vez da cerveja, mas para mim era álcool suficiente. Pedi água tônica dietética. Ainda precisaria dos neurônios operativos até o final do dia.

A conversa mudara da violência religiosa para um misto de intolerância política com exibições de erudição acadêmica. Alguém mencionou os *xiitas* no Congresso Nacional, e Stan precisou deixar sua marca esclarecedora:

– Pois é, você está chamando de *xiitas* alguns grupos tidos como intolerantes. Os xiitas são, essencialmente, os seguidores do xiismo, um movimento nascido, após a morte do Profeta Maomé, do conflito entre aqueles que sustentavam ser a família do Profeta a detentora da autoridade religiosa e a *facção* – a Shi'a –, que atribuía ao clero, aos califas, essa autoridade. É preciso lembrar que a religião foi pedra fundamental na formação política ocidental. Se isso não for levado em conta, será difícil a aceitação desse aspecto (a religião) como prevalente em outras culturas. Foi mais que uma pedra fundamental; confunde-se até com o conceito de nação. Desconsiderar esse ponto é o mesmo que pedir a violência como reação. Portanto, é preciso cuidado ao usar expressões de uma cultura para designar conteúdos de outra. Essa falta de cuidado está na base das tensões entre nacionalismo religioso e nacionalismo secular (laico), como é tradição no Ocidente.

Diante do silêncio dos ouvintes atentos, Stan continuou:

– A ideia secular de nação e nacionalismo que prevalece no Ocidente parte do princípio de que nação é uma comunidade associada a uma cultura e a um território com autonomia política. Essa comunidade se mantém coesa por um conjunto de regras e contratos sociais. É exatamente isso que torna difícil para boa parte do Oriente, tanto o Oriente Médio como o Extremo Oriente, aceitar o nacionalismo ocidental, que muitos consideram desprovido de valores morais e espirituais. O modelo ocidental de nação é visto como um projeto falido e depositam na religião esperanças de uma alternativa melhor. Fica assim estabelecida a competição entre o secularismo e o estado teocêntrico.

Felizmente, a conversa foi saindo do intelectualismo acadêmico para temas mais leves até que Stan desculpou-se e saiu antes dos outros. Tomás logo perguntou de onde viera aquele homem seguro de quase oitenta anos. O casal havia chegado há pouco, depois de seis anos no exterior: três em Montevidéu e mais outro tanto em Washington. Ainda não conheciam bem o Stan e demonstraram curiosidade sobre os caminhos que o trouxeram a Brasília.

Eu era o mais próximo a Stan e, ainda assim, não havia rompido o círculo de proteção de sua privacidade. Eu sabia que ele era viúvo, que a guerra havia separado sua família e que havia elementos dramáticos na sua vinda para Brasília nos anos da Guerra Fria. Por discrição falei apenas de sua origem na Geórgia – que mereceu uma gracinha do Tomás, referindo-se a uma canção norte-americana:

– *The Georgia on my mind?*

– Não, engraçadinho, ele é da República da Geórgia, ex-União Soviética, que foi presidida pelo ex-chanceler de Gorbachov: Schevardnaze. Sei que o Stan estudou Ciência Política em Moscou, trabalhou com o próprio Gorbachov e numa das viagens pediu asilo político nos Estados Unidos. Ensinou na Universidade de Virginia e veio para Brasília há cerca de vinte anos. É muito discreto e respeitado como excelente professor. Gosto de conversar com ele, mas é sempre ele quem decide quando a conversa já está na hora de terminar.

– Como agora, concluiu Tomás.

Pagamos a conta, fizemos as despedidas de praxe na calçada, enquanto os manobristas iam trazendo os carros, e segui para minha casa.

3

Uma vez em casa, descansado e recuperado do festim gastronômico, reli a mensagem de Catherine e passei a responder com cuidado, procurando as palavras. Perguntei-me por que estava tão desconfortável. Para não inibir o pensamento, decidi – ou reconheci – que estava inseguro por não conhecer o tema e escrevi:

"Prezada Catherine,

Realmente, nunca me detive a pensar na colaboração entre cátaros e templários. Meus – bons – tempos no sul da França foram regados a vinho e muita diversão. Meu tema de estudo sempre teve como objeto principal o Brasil e as circunstâncias europeias em torno do descobrimento. Os cátaros não estavam no cardápio. Minhas brincadeiras com os templários tinham finalidades menos intelectuais. Talvez você estivesse se referindo às histórias que inventei para Victoria em noites de falta de assunto quando mencionou a intuição de ficcionista. Seria essa a correlação com a esposa do médico? Não sei se entendi bem.

Nos últimos dias, busquei algumas informações a respeito e, naturalmente, não fiquei satisfeito. Encontrei pouco mais que verbetes enciclopédicos e lugares-comuns.

Aprendi com a Adriana, uma amiga junguiana, que a *anima* às vezes se apodera da personalidade para pregar suas peças. Terei sido o porta-voz do meu aspecto feminino?

Aguardo notícias.
Celso"

Estaria ela de plantão diante do computador? A resposta veio em dois minutos:

"Celso, Celso!

Saiu a Victoria e já entrou a Adriana? De qualquer maneira, ela tem um tanto de razão. Jung chamou de *anima* o que os gnósticos chamaram de

Sofia, a personificação da sabedoria, acho eu (não sou muito versada em Psicologia). Você parece estar entrando na minha linha de pensamento. Acredito que, intuitivamente, por coincidência ou não, você inventou algo que parece ter de fato acontecido.

Tenho fortes razões para acreditar que um tesouro saiu do continente e, por alguma via, chegou à Escócia. De lá teria sido transportado para o litoral de Santa Catarina em algum momento do século XVII. Na ocasião, o lugar poderia ter outra denominação cartográfica, mas o destino era, literalmente, *Santa Catarina*. Agora pense que isso pode ter acontecido também um pouco antes ou um pouco depois da viagem de Cabral. Dessa vez, a via deve ter sido o Mediterrâneo, e o tesouro, ou parte dele, chegou a Portugal. Você sabe melhor do que ninguém que o Brasil foi descoberto bem antes, e Cabral teve a incumbência de tomar posse como preposto da Ordem dos Cavaleiros de Cristo. De onde vieram os recursos para tantas navegações e descobrimentos? Respondo: do sistema bancário dos nossos amigos templários.

Por hoje é só. Tenho um compromisso para jantar dentro de meia hora. Obrigado por responder ainda hoje. Abraços."

Achei muito divertida a resposta. Mulheres! Primeiro, já está pedindo satisfações das minhas amizades femininas. Segundo, faz uma pequena provocação com o tal compromisso para jantar. Terceiro, a ironia quanto a ter respondido hoje, quando queria dizer que eu havia demorado muito a fazê-lo. Finalmente, pela primeira vez, não assina a mensagem. Vamos lá:

"Prezada Catherine,

Victoria já saiu há muito tempo, embora tenha deixado boas e carinhosas lembranças. Adriana é esposa de Tomás, belo casal de diplomatas brasileiros que trazem simpatia e inteligência aos nossos encontros de amigos.

Fico feliz de estar na sua linha de pensamento, ainda que não saiba bem do que se trata. Sou um pouco lento, não se esqueça disso.

Será que os poderes de clarividência me invadiram sem que os percebesse? Pelo que depreendi de sua mensagem, há uma confluência de dados que confirmam essa hipótese. Estou ciente das teorias – um pouco mirabolantes – de tesouros templários na Escócia. Alguns acham que os guardiões seriam merovíngios, eventuais descendentes de ninguém menos que Maria Madalena!

Quanto a navegadores hostis, acho pouco provável que Cabral não tivesse informações sobre a navegação de adversários pela costa do Brasil. O Tratado de Tordesilhas foi uma bela demonstração de competência do sistema de informações da diplomacia portuguesa a serviço da economia.

Peço a gentileza de mais esclarecimentos. Tenha um ótimo jantar!

Abração, Celso.

P.S. Por que apareceu Celso duas vezes no começo de sua mensagem e nenhuma Catherine no final?"

A tarde estava calma e serena. Ainda eram quatro horas da tarde e Catherine – sendo na Bélgica sete da noite – deveria estar se preparando para o jantar. Jantam cedo na Bélgica. Fiquei imaginando, ou melhor, me perguntando, como seria ela. Bonita, como suspeitou Stan? Estaria só? Dificilmente. Por que estaria preocupado com isso? Poderia pedir uma foto. Não, seria muito estranho num diálogo acadêmico solicitar uma foto! Que pensaria ela? Poderia sentir-se ofendida com a atitude do bisbilhoteiro professor, confundindo o encontro eletrônico com um *site* de relacionamentos para carentes afetivos. Estaria ela carente? Ou melhor, estaria eu carente? Achei melhor mudar de assunto com essa metade de mim mesmo.

Tomei o telefone sem fio e fui para a varanda ligar para a filha no Rio de Janeiro. Que esperança ingênua! Ainda não havia voltado da praia (e já passava das cinco horas!) e, segundo Isabela, a mãe, logo chegaria para preparar-se para um almoço (!). Diferentes os hábitos do Rio e de Louvain. A ligação para o filho foi mais bem-sucedida: encontrei-o no seu apartamento em Ribeirão Preto, mergulhado nos estudos. Conversamos só um pouco já que o jovem doutor sairia para exercitar-se na academia de ginástica. Senti que estava mesmo carente e só. A noite foi calma.

Despertei completamente com os primeiros raios de sol do domingo. Em outras ocasiões ficaria irritado por não dormir mais tempo. Me dei conta também de que sentia menos necessidade de sono ultimamente. Fui logo ao computador examinar a caixa postal. Não foi surpreendente encontrar uma mensagem nova de Catherine. Lá estava:

"Prezado Celso,

Acabei de chegar do jantar e sabia que encontraria uma mensagem sua.

Antes de continuar, peço perdão por tê-lo aborrecido! Não tive a intenção de fazer insinuações ou de manifestar sentimentos mesquinhos. Pensei estar fazendo uma brincadeira quando o repreendi jocosamente sobre a Adriana. Esquecemos com facilidade que as mensagens escritas não carregam entonações afetivas. Especialmente em outra língua. Tomarei mais cuidado. Estou cansada da noite de trabalho travestida de jantar. Sei que você só poderá ver esta mensagem depois que acordar, depois de várias horas. Espero que tenha dormido bem. Desculpe ter esquecido de assinar.

Afetuosamente,
Catherine."

"Acabei de chegar do trabalho" é o que ela quis dizer. "Cheguei pouco depois da meia-noite (ainda não deveria ser uma hora lá), portanto não foi tarde, e em sete ou oito horas você verá essa mensagem" – supondo que eu me levantasse perto das sete horas – horário de Brasília. "Agora já sei que Adriana não é uma nova namorada e, se você ficou melindrado, paciência! Eu precisava me certificar". Finalmente, na minha leitura sonolenta, achei que dizia um pouco mais: "estou ficando interessada em você". Fiz anos de psicanálise nos tempos do Rio de Janeiro e logo me dei conta de que era eu quem estava fantasiando e vendo longe a miragem.

Havia um arquivo anexado à mensagem. Abri, e lá estava uma foto do último inverno – estava datada –, mostrando uma Catherine em trajes de esquiar – bastante vestida, portanto – segurando um par daquelas varetas de apoio cujo nome eu não sabia. Mostrava da cintura para cima, e o capuz não deixava ver os cabelos. A fisionomia era sorridente, de traços delicados e – por que não dizer – bonitos.

Eu já não estava sonolento e, a bem da verdade, estava contente e olhei muito para a foto que não precisei pedir. "Para quem ela estaria sorrindo?", pensei, e censurei-me imediatamente. Não saberia o que responder e resolvi preparar o café com calma. Melhor, tomei um bom banho, vesti um jeans confortável com uma camiseta branca de mangas compridas feitas de uma malha de algodão muito suave. Não queria sequer ter o trabalho de abotoar uma camisa convencional. Tomei a parte do jornal mais fácil de ler e segui caminhando para a padaria mais próxima.

Enquanto tomava suco de laranja, e não conseguindo ler sequer as manchetes, fiquei pensando na foto de Catherine. Quando chegou o pão fresco com manteiga, esquentado na chapa, acompanhado do café com leite, passei para a parte de esportes, que também não prendeu a atenção por mais de dez segundos. Detesto futebol e era só o que tinha lá. Decidi que era mais honesto pensar nessa história de Catherine, nos seus *e-mails*, nos cátaros e em todas essas confusões. O tédio já havia abandonado meu final de semana. Pelo menos esse final de semana.

Uma hora depois estava de volta à casa e naturalmente fui para o computador. Pensei em escrever, mas nada me ocorria, a não ser rever a foto. Pesquisei o que pude na Internet sobre o catarismo e a cruzada albigense nos séculos XII e XIII. Encontrei muita superficialidade, misticismo – que me deixa um tanto irritado – mais alguns dados históricos rodeados de aspectos fantasiosos. Entretanto, despertou meu interesse. Apesar das visitas que já fizera a lugares importantes da história dos cátaros, nunca antes havia pensado nos aspectos profundos dessa heresia cristã. Agora conseguia ver, na história dos cátaros, elementos que anunciavam as mudanças de conduta que só foram possíveis no século XX. Entre essas, o movimento de emancipação da mulher, a visão crítica para com as imposições eclesiásticas e até o movimento *hippie* dos anos sessenta.

Eram onze horas em Brasília e, portanto, seriam duas horas da tarde na Bélgica. Consegui domar a ansiedade por tempo suficiente para não escrever bobagens. Lembrei-me da professora de Português no Ginásio do Estado em Ribeirão Preto; dizia que nunca se deve escrever uma carta com muita paixão ou com muito ódio. Por que teria pensado nisso? Com ódio certamente não estava. Estaria com medo de me apaixonar? Por uma mulher desconhecida cuja fotografia acabara de ver? Não, certamente não era isso. De qualquer maneira, sentia que escrever agora era mais adequado do que duas horas atrás.

"Bom dia (para mim, boa tarde para você):

Eu ainda estava lendo e me preparando para um sono profundo quando você chegou do seu (o possessivo foi proposital) jantar. Espero que tenha sido produtivo o trabalho. (Achei melhor substituir *o trabalho* por *o jantar*).

Gostei muito da foto que me enviou anexada em arquivo: você estava muito bonita e alegre (quase perguntei se estava acompanhada do fotógrafo). Nunca enviei uma foto pela Internet, mas logo que encontrar algum adolescente disposto a me ajudar terei prazer em retribuir, sem me responsabilizar pelo susto que possa lhe causar (um pouco de modéstia caía bem) meu aspecto.

Apesar do pouco tempo decorrido desde que iniciamos nossos contatos eletrônicos, já consegui informações – ainda que insuficientes – sobre a época e o tema em questão. Ainda não consegui entender com clareza em que posso ajudar, mas estou disposto. Por isso vou adiar ao máximo o envio da minha foto!

Afetuosamente,
Celso"

Achei por bem não voltar ao assunto da falta de assinatura, da reprimenda que senti e assim manter a comunicação em andamento. Eu estava interessado nessa mulher misteriosa. A resposta não tardou a chegar:

"Bom dia, Celso:

Quero jogar limpo. Victoria me mostrou uma foto sua. Não acredito que possa ter melhorado tanto assim nos últimos anos a ponto de dar-me um susto! Certamente estará mais maduro – talvez um pouco encanecido –, mais sábio, mais tolerante e mais interessante. Nunca mais feio! Mas encontre logo seu – ou sua – adolescente e mande a foto. Quero ver como evoluiu aquele sorriso franco e bonito que Victoria captou tão bem.

Fico feliz que tenha se interessado pelos acontecimentos do Languedoc no século XIII, se bem que nossa colaboração estará mais voltada para a relação Brasil-Europa dos séculos XVI e XVII, como verá. Aliás, eu gostaria que o verbo *ver* fosse tomado literalmente. Seria possível uma visita minha a Brasília se não for um inconveniente para você. O financiamento do meu projeto de pesquisa prevê algumas viagens, como a que me levou a Portugal com enorme proveito!

Você poderia pensar em datas convenientes? Por favor, responda com sinceridade. Não quero ser invasiva, mas confesso que eu gostaria imensamente de ir.

Abraços,
Catherine"

Atrevida, a moça! Além de revelar suas intenções às escâncaras, já se convidou. Melhor do que uma surpresa à porta da minha casa! Voltei ao telefone sem fio e liguei para o filho. Depois de ouvir e anotar todas as instruções de como enviar uma foto, me dei conta de que não tinha uma foto no computador, a não ser fotos enviadas pelos filhos e amigos, em que eu apareço sempre acompanhado dos remetentes. Meu filho, um tanto intrigado por esse súbito interesse, se dispôs a mandar uma das minhas fotos mais recentes. Faria isso mais tarde no mesmo domingo. Achei ótimo, pois assim teria mais um pouco de restrição para acomodar essa ansiedade que já me incomodava.

Na verdade, não me afastei muito do computador. Ampliei a pesquisa sobre os cátaros lendo sobre o Languedoc dos séculos XII e XIII, a cruzada albigense e um pouco sobre os dominicanos, a ordem que deu forma e conteúdo à Inquisição. Depois de algumas horas indo e voltando do computador aos livros de referência, senti-me um pouco menos ignorante e sinceramente interessado no tema.

Até então, sabia apenas que os cátaros eram bons cristãos – parece que se sentiam assim – que escolheram viver bem sem submissão à igreja de Roma, que consideravam uma instituição satânica. Não viam por que devessem pagar a um intermediário para ter direito a conversar com Deus. Era de sua crença que o mundo continha dois princípios essenciais, o Bem e o Mal, em maiúsculas mesmo, para enfatizar o caráter absoluto desses princípios. Se uma instituição tivesse o desejo de forçar uma crença, cobrar obediência pela força e se sentir no direito de julgar a vida espiritual de alguém como certa ou errada, só poderia ser oriunda e regida pelo Mal. Assim era a igreja de Roma aos olhos cátaros. Seus vizinhos católicos, os nobres da região, não costumavam importunar esses hereges e fingiam representar os interesses de Roma. Aliás, os camponeses e vassalos desses nobres deviam considerar os hereges mais cristãos que os párocos, pelo menos mais coerentes já que os desvarios – sexuais, sobretudo – dos representantes de Roma eram vividos abertamente.

Os cátaros tinham a mulher em alta conta e era parte da *escolha*, ou seja, heresia, que elas pudessem exercer o sacerdócio tão bem quanto os homens. Gostavam da vida em comunidade e eram bem-sucedidos nas suas atividades. Formaram, no Languedoc, uma comunidade rica no sul da França de hoje. Na época era a região occitânica, com língua própria e nada parecida nem com o francês nem com o italiano. Era a língua do Oc (a língua do *sim)*, *la langue d'oc*, ou occitânico. Daí as pessoas se referirem à região da língua do Oc como Languedoc, hoje a Provença.

Porém, sua riqueza e a insubordinação perturbavam os bispos e o papa. Recusavam-se a jurar sobre transações e valorizavam a consideração pelo outro e a confiança. Em alguns casos, recorriam a contratos escritos para que a memória não fosse traída. Na época, o juramento de caráter religioso era o selo de garantia em qualquer transação. Desqualificá-lo era uma afronta à igreja de Roma, mesmo que fosse substituído por simples acordo de confiança mútua. Para os cátaros, o comércio era muito importante e, se fosse regido por critérios de justiça, tudo seria mais fácil. Reconheciam o lucro honesto como absolutamente natural já que os investidores arriscavam seus próprios recursos. Entediam que, se o lucro fosse abusivo, ninguém compraria, e os preços iriam baixando até um valor justo.

Fiquei encantado pelo novo tema de interesse e já os via como os criadores do sistema de livre mercado. Apareciam alguns vínculos pouco claros entre templários e cátaros, já que os templários, além de aparecerem como o braço armado da igreja católica, criaram o protótipo do moderno sistema bancário.

Enquanto refletia e anotava, percebi que chegava uma mensagem nova, com arquivo, do meu filho. O texto era lacônico: "Veja se esta foto serve". Sim, servia. Era uma foto tirada na fazenda sem que eu percebesse. A fisionomia estava relaxada e sorridente. Era uma foto recente, com menos de seis meses. Salvei o arquivo em uma pasta de fotos e comecei a escrever uma mensagem para Catherine:

"Querida Catherine,

Finalmente descobri uma foto minimamente aceitável. Devo admitir que assim é porque eu não sabia que estava sendo fotografado! Consegui sair com uma fisionomia serena também por estar na fazenda da família, lugar que me deixa muito relaxado e seguro. Aguardo suas observações.

Celso"

Na primeira oportunidade, no dia seguinte, li a resposta da amiga:

"Celso, meu caro

Como eu desconfiava, o tempo é generoso com você. Tenho a impressão de que você é como uva bem cuidada numa boa vinícola! Note que eu não disse que era como vinho. Ainda nem chegou a ser vinho. Direto ao assunto: você é um homem bonito. Aumentou minha vontade de ir a Brasília. Beijos,

Catherine"

Fiquei atônito com a franqueza simples da professora. Ela é certamente a mulher mais direta que eu lembrava ter conhecido. Não havia jogos de sedução e ela ia diretamente ao cerne do interesse. A partir daí, eu comecei a ficar intrigado, para não dizer preocupado. Não seria ela um pouco doida?

4

A semana transcorreu com sua rotina enriquecida pela pesquisa sobre os cátaros. Procurei minhas fontes na biblioteca da universidade e li sobre as origens obscuras dos cátaros, a relação com o bogomilismo (*bogomil* queria dizer *queridos de Deus*) da Bulgária e suas raízes dualistas. O que me deixou mais animado foi tomar conhecimento do anticlericalismo dos cátaros. As consequências funestas dessa corajosa atitude deles resultaram na origem da primeira cruzada em território europeu. Cristãos matando cristãos; cátaros e católicos dizimados num genocídio comandado pela igreja de Roma, mais especificamente pelo Papa Inocêncio III. Eu já estava tomado pelo espírito da pesquisa e já havia tomado partido! Estou gostando dos cátaros e lamentando só agora conhecer mais sobre o assunto.

No domingo seguinte, fui visitar os amigos Tomás e Adriana, a Drika, no *Park Way*, lugar chamado pretensiosamente de Setor de Mansões. O objetivo daqueles lotes de vinte mil metros quadrados era ajudar a preservar o meio ambiente, numa área rica em mananciais. Como sabemos, Brasília fica no Planalto Central, a água é preciosa, e, que se saiba, nenhuma das centenas de cachoeiras da região corre para cima. A água encontra seu caminho para baixo e para longe da capital. Assim, é fundamental cuidar das nascentes. Era. Os lotes já foram parcelados, cedendo a pressões do mercado imobiliário. Minha inclinação para o mau humor ia aflorando enquanto olhava para as construções estranhas que encontrava pelo caminho. Há gente que acha bonito enfear! Parece que sempre tem uma turma de plantão pronta para tomar a iniciativa de destruir o simplesmente belo, o elegante, o arrumado. Dizem que gosto não se discute, se lamenta. Eu lamento mais que o aceitável para a média das pessoas. Resmungava quando, distraído, percebi que chegara ao endereço dos amigos.

Esses ainda moram num espaço destinado a mansões no plano original. A casa está longe de ser uma mansão e já é uma construção velha, com o charme conferido pela casa *erada* (envelhecida, na linguagem de criadores de gado) de trinta anos. As plantas já haviam definido seu espaço, contrariando possíveis paisagistas da época; os móveis de várias origens mostravam seu tempo de uso, e, no geral, a casa contrastava com a idade dos moradores. O pai da Adriana é um embaixador aposentado. Construiu e mobiliou a casa pensando nos tempos de aposentadoria, trazendo peças de decoração de todos os postos no exterior. Levou anos no processo e, de fato, morou lá por certo tempo. Depois, os pais da Adriana decidiram mudar para a cidade de origem, o Rio de Janeiro, onde se sentiam menos isolados. Os enfoques mudam com as fases da vida. A filha e o genro, que sempre gostaram da vida social intensa, agora aproveitam, deliciados, a calma do Setor de Mansões.

A casa ainda exibe orgulhosamente um portão de madeira senhorial, que ficaria muito bem na fazenda da família França em Ribeirão Preto, onde a entrada, há muito, era vigiada eletronicamente com câmeras por toda parte. Que pena! Desci do carro com um sentimento nostálgico de, prosaicamente, abrir a porteira e dirigir até a entrada da casa. Subi pelo gramado – eu sabia que era permitido – e deixei o carro à sombra de uma mangueira. Adriana veio alegre receber-me na porta principal, com Tomás aparecendo logo em seguida. Ainda era cedo para os hábitos dominicais de Brasília. Os outros convidados ainda levariam algum tempo para chegar. Sentamos os três na sombra da varanda e a conversa fluiu até chegar em Catherine, cátaros e século doze. Tomás, amante dos livros, lembrou que valeria a pena examinar a vasta biblioteca do embaixador, onde eu poderia encontrar material de interesse. Nesse ponto da conversa, a campainha da entrada soou, anunciando outro convidado. Aproveitei o rápido momento a sós e dei a volta pelo jardim em direção à biblioteca. Assim, consegui evitar o encontro com os recém-chegados e ficar preso às amabilidades sociais.

A biblioteca fica numa construção fora do corpo da casa, ligada à porta de entrada por uma passagem coberta. Nunca havia entrado ali e lamentei interiormente por isso. Era um aposento único com as quatro paredes ostentando livros, especialmente a parede de frente para a porta de entrada. Havia duas janelas, à direita e à esquerda, que permitiam uma boa luminosidade com as vantagens da ventilação cruzada. Mesmo nas paredes com janela havia uma forma ou outra de estantes móveis. De um lado e de outro da porta as estantes eram iguais à estante da parede dos fundos. Não havia uma escrivaninha formal; havia uma mesa retangular com quatro cadeiras ao lado de um pequeno sofá de dois lugares. Do lado oposto, próximo a uma cadeira de couro com uma lâmpada de pé atrás, estava uma velha mesinha de fazenda, com duas pilhas de livros.

Havia algo especial em relação àquela biblioteca que eu não conseguia identificar. Percebi que havia muitos dicionários e livros de referência. A inevitável *Encyclopaedia Britannica* estava lá, além de, pelo menos, outras duas; várias obras sobre religião, cristianismo primitivo, medieval e contemporâneo. Até um velho conhecido que não via desde os tempos de faculdade no Rio: *O descobrimento do Brasil*, de T. O. Marcondes de Souza, professor da Universidade de São Paulo e amigo do meu avô materno de Ribeirão Preto. Era a segunda edição, datada de 1956, dez anos depois da primeira publicação. Entrei num pequeno transe evocativo. Lembrei-me de uma visita do professor Marcondes à fazenda quando eu era apenas um menino. Havia um clima especial de satisfação naquele dia. Eu sentia como se fosse hoje minha fascinação pela "bonita" conversa naquele almoço! Não compreendia nada, mas havia uma emoção estética com relação àquele encontro. Talvez o professor Marcondes de Souza tenha influenciado minha escolha acadêmica. Lembrava de ter lido esse livro na faculdade e não guardava dele informações nem lembranças especiais. Na ocasião, achei o livro aborrecido, mas não lembrava a razão. Talvez eu fosse jovem o suficiente para buscar nos mestres as falhas que me dessem confiança.

Mas era preciso voltar ao convívio social, e logo! Estava sendo indelicado. Preparava-me para sair quando bati os olhos na lombada de um livro curioso: *The Formation of a Persecuting Society* (a formação de uma sociedade persecutória) de R. I. Moore, publicado em 1987. Folhear rapidamente foi tudo que fiz e memorizei o lugar na estante. Queria muito ler aquele livro! Enquanto isso não acontecesse, o que precisava mesmo era ser um bom convidado e juntar-me aos outros. Meus instintos mal-educados pediam para que ficasse na biblioteca lendo e não desse nenhuma atenção ao evento social. Por hoje, os instintos inconvenientes seriam domados!

Severino, vulgo Padre Biu, havia chegado logo depois de um casal de diplomatas estadunidenses. Foram eles que tocaram a campainha e me permitiram escapar para a biblioteca. Cumprimentei a todos, apesar de não conseguir desligar-me da obra que encontrara na estante. Formação de sociedade opressora, na Europa medieval, parecia pleonástico, mas deveria haver algo mais a captar o interesse que ainda não estava totalmente consciente. Algum detalhe havia escapado pela premência do momento. Isso acontecia algumas vezes comigo; sentia-me atraído por algum assunto e só depois me dava conta de quando e por que aquilo acontecera. Mas era preciso estar presente no almoço. Fiz um esforço para sair – mentalmente – da biblioteca e dediquei-me à conversa animada, diga-se com justiça, daquele almoço.

Falamos de viagens, de comidas e bebidas, de livros, filmes e interesses gerais. Como era bom não precisar falar dos outros! O casal americano, na verdade um americano casado com uma francesa de Marselha (os deuses conspiram!), trouxeram um grande enriquecimento para o encontro. Ela, uma pessoa adorável e elegante; ele, fugindo do estereótipo corrente do diplomata americano, mostrou-se um homem culto, bem informado e – como os deuses soem conspirar – é um curioso sobre as cruzadas desde que passaram um tempo em Malta e na Turquia. Os dois tinham a experiência dos curiosos eruditos. Não eram estudiosos do tema, mas leram o bastante para enriquecer a conversa como testemunhas oculares de cenários importantes. Eu tive a sensibilidade de não provocar debates, já que demonstravam ser cristãos convictos: ela católica e ele presbiteriano. Sem desrespeito, falou-se até em religião e igrejas. Os anfitriões, Tomás e Adriana, são católicos praticantes; praticantes à moda brasileira, pois vão às missas e cumprem os rituais sem demonstrar muita convicção. Para mim, era uma atitude que estava mais para superstição que para a religião. Os estrangeiros, apesar de irreverentes, pareciam mais religiosos. Perguntaram se eu era religioso:

– Talvez seja – respondi a contragosto.

– Como assim? Poderia elaborar isso?

Logo identifiquei o anglicismo do: *could you elaborate that?*

– Claro! Se a pergunta diz respeito a frequentar igrejas, a resposta é que não o faço. Nasci cristão por força da história e porque me impuseram os ritos iniciáticos do batismo, catecismo, primeira comunhão e crisma. Também, sou brasileiro, filho de católicos por hábito e herança cultural. Concordo com André Gide quando diz que "o catolicismo é inaceitável e o protestantismo é intolerável" e completa – incompreensivelmente – dizendo que só assim consegue se imaginar cristão. O fato é que não sigo qualquer credo religioso desde os dezoito anos e sequer me preocupo em ser cristão ou não.

– É ateu, então?

– Acho difícil concordar ou discordar! Talvez eu tenha me convertido ao paganismo sem perceber e seja politeísta!

Aparentemente, eu estava fazendo uma pequena coleção de novos amigos e precisava tomar cuidado com meu jeito intelectualmente cáustico. Por isso já pensava em um *brunch,* ao estilo americano, para breve. No fundo, sou uma pessoa gregária, mesmo fazendo o gênero esquisitão. Era chegada a hora de voltar para casa e escrever uma mensagem para Catherine. Seria um trajeto longo com tempo para meditar; afinal, eu estava no *Park away!* Tomás acompanhou-me até a porta enquanto o caseiro abria a porteira. A cena me parecia tão familiar!

5

A tarde estava bonita e, como sempre, gostava de dirigir minha réplica do velho Porsche. Chegando à pista de acesso ao aeroporto, pensei conferir os filmes em exibição e, talvez, tomar um café. Ainda era demasiado cedo para voltar para uma casa solitária. Depois de estacionar, fui diretamente para a livraria. Aparentemente, o cinema não era uma prioridade. Passei pela pequena livraria que a editora da universidade mantém no aeroporto. Foi quase por um sentimento de solidariedade; sabia que não encontraria nada de interesse ali, naquele momento. Segui para a livraria convencional. Logo ao entrar na livraria, que mais parece uma grande banca de revistas e *best-sellers*, peguei uma revista portuguesa de veículos clássicos. Gosto muito de ler a maneira portuguesa de escrever coisas leves. Sentia-me de volta ao Portugal dos tempos de doutorado.

Enquanto fazia tudo com naturalidade, me ocorreu que só em Brasília um aeroporto tem tantas opções: cinema, restaurantes, bares, lojas onde as pessoas vão de fato comprar, uma livraria da editora universitária e até terminais de embarque e desembarque. É quase um parque de diversões para adultos. Voltando à livraria, mais ao fundo, há uma estante muito pouco visitada, mostrando dicionários, guias de viagem e correlatos. Bem destacado sobressaía um livro de arte medieval, envolvido em plástico reaproveitado. Na verdade, era um saco transparente, dobrado ao tamanho do livro e preso com fitas adesivas atrás. Interessantemente grosseiro!

Procurei saber o preço, ninguém sabia. Pergunta daqui e dali e surgiu um número, aleatoriamente, dito por um funcionário da loja. O livro era obviamente usado e em nada correspondia ao preço. Depois de alguma argumentação, ofereci algo próximo da metade do que era pedido. Foram feitas as costumeiras consultas a coisa alguma e o livro foi vendido. Bem Brasil. Bem Brasília. Se colar, colou. Alguém desejava livrar-se do livro e, em vez de vendê-lo a um sebo de livros usados, encontrou uma forma jeitosa, ou melhor, desajeitada de apresentá-lo como se novo fosse.

Agora seria a vez do café, enquanto examinasse o livro. Não deu tempo; tocou o telefone celular – o *telemóvel* português – uma ligação do Padre Biu, que se oferecia para encontrar-me e dar continuidade à conversa. Certamente, ele também não queria voltar para uma casa solitária. Agora seria melhor folhear a revista de carros antigos enquanto o esperava.

Biu mora na Colina, um conjunto de prédios no *campus* universitário destinado a moradia de professores. É mesmo um tanto desolado nas tardes de domingo. Não acreditando que tivesse ido para casa, calculei que em menos de quinze minutos estaria por aqui. Informei que estava numa mesa do piso superior do aeroporto JK. O aeroporto é anotado, em linguagem aeroviária, como BSB. Aliás, uma notação que virou abreviatura de Brasília até mesmo em cheques. Deve ser resquício do tempo em que BSB – no sentido aeroviário – era a única porta viável para entrar ou sair de Brasília.

Padre Biu notou imediatamente o grande livro de capa branca e letras prateadas sobre arte medieval e arquitetura que eu havia comprado.

– *George Zanecki*. Conhece o autor?

– Não. Foi uma compra de sebo numa livraria de novos. Acabo de comprar porque venho sendo atraído para a Idade Média europeia nos últimos dias.

– Deu para perceber desde a feijoada de uma semana atrás. É bonita? É belga, se não me engano. E não é flamenga, pois você fala o tempo todo em Louvain e não em Leuven. Portanto, ela deve ser *valoise*.

– Você é muito atento e curioso. Eu não havia pensado nisso. Ela é filha de um belga com uma brasileira. Quanto à beleza, uma semana atrás eu não teria como responder a essa pergunta. Mas agora, depois de ver uma foto que mostra apenas o rosto, posso dizer que tem traços delicados e mesmo bonitos. Pode ser que falte uma ou duas pernas. Provavelmente não falta nada, pois a foto mostrava que ela segurava os *poles*, aqueles pauzinhos de esquiar, e eram dois.

– Deixe se ser defensivo, Celso! Está claríssimo que você mordeu uma boa isca e não se preocupa com o destino que terá; se será frito ou se será ensopado. Eu queria conversar com você sem testemunhas porque é um tema que sempre me interessou.

– Os cátaros?

– Também, mas, sobretudo, a Inquisição. Como você deve saber, sou do sertão pernambucano e de origem pobre. Sempre fui atento e curioso – como assinalou – e a religiosidade no Nordeste é meu tema de mestrado e doutoramento. Para ser educado, fui para um seminário em Limoeiro e fiz meus votos religiosos até as vésperas da ordenação. Fui sincero ao fazê-los, mas doze anos depois estava claro que meu objetivo era conhecimento e não serviço à igreja. Foi difícil e contei com a honestidade do meu orientador espiritual que, com muito bom senso, conduziu meu caminho para fora do seminário e para longe da vocação religiosa que eu julgava ter.

– Imagino que tenha sido muito difícil. Eu não sabia que você havia passado doze anos num seminário católico. Deve ter visto muito e aprendido outro tanto.

– Não sei o que você quer dizer separando *visto* e *aprendido*. Aprendi com o que vi, ouvi e, sobretudo, com a experiência reflexiva.

– Desculpe. Não quis insinuar nada.

– Não faz mal. Imagina-se muito sobre a vida dos jovens num seminário, nos anos mais intensos da vida. Fiquei dos onze aos vinte e três anos recolhido, estudando e aprendendo mais do que a maioria dos meus colegas. Digo isso sem vaidades e sem medo de errar pela presunção. Sou atento e curioso, lembre-se.

– Mais atento e curioso do que eu – paulista desatento – poderia imaginar.

– Você não é desatento, ao contrário. Sua história é diferente da minha; não tive estímulos para buscar conhecimento, enquanto você foi quase forçado nesse caminho. Estamos no mesmo lugar, isso é o que importa. Sei do seu interesse acadêmico pelos tempos da colonização e as fontes europeias de recursos financeiros. Ninguém empresta sem esperar o retorno com algum lucro. Você sabia que os cátaros não condenavam o lucro mercantil?

– Ainda não cheguei lá, Biu. Sei que os templários inventaram o sistema bancário de cartas de crédito e transferência de fundos pelo mundo que controlavam.

– Pois é. As relações entre os dois grupos não eram distantes. Sua amiga já deve ter assinalado isso de alguma maneira. A Inquisição parecia saber que algo era compartilhado pelos dois grupos. Exumaram corpos trinta anos depois de mortos para "servir de exemplo" a novos cátaros, aparentemente. Teria sido para buscar indícios de segredos enterrados com aquelas pessoas? A igreja de Roma e os nobres franceses sabiam o quanto seria perigoso tornar pública essa desconfiança.

– Tanto que tentaram desvincular o movimento de destruição dos cátaros como um grupo e chamaram a cruzada de "albigense", deslocando o foco da atenção para uma cidade – Albi – facilitando a identificação dos católicos com um alvo geográfico e político. É mais fácil inventar um inimigo político que religioso. Ou estou enganado?

– Não está enganado. A questão era mesmo política, como continua sendo para a igreja. O que mais me impressiona nos cátaros é como encaravam a espiritualidade de uma forma avançada. A sociedade, a economia e a política eram aspectos espirituais da vida. Tinham uma visão crítica dos planos delirantes da igreja de Roma para ter o poder total sobre tudo e sobre todos. Os aspectos políticos são importantes, é claro, mas prefiro os espirituais.

– Sou todo ouvidos, Biu. Não deixe que a timidez o iniba; gosto de ouvi-lo e lamento tê-lo ouvido pouco até hoje. Parece que andei perdendo com isso!

– Não sei se perdeu ou não, mas eu sou tímido como o atento paulista percebeu, e só agora as circunstâncias me fazem sentir vontade – muita vontade – de compartilhar minhas inquietações com você. Para começar, os templários deram guarida aos cátaros durante a cruzada albigense.

– Por quê?

– Porque também eram hereges. A igreja fez o mundo acreditar que eram os protetores dos peregrinos na Terra Santa para, séculos depois, encontrar razões para declará-los hereges a serviço das forças do mal. E fogueira para eles!

– No caso da cruzada albigense, não havia um grande contraste entre o poder aristocrático e o poder não nobre pela propriedade? Os templários não estariam divididos entre a lealdade ao braço aristocrático da igreja, os nobres da região, sendo os cátaros uma espécie de proletariado produtivo?

– Meu caro, onde aparecer o caráter satânico do sistema de vassalagem, em qualquer sociedade que subordine a vida de um homem a outro homem, a estrutura aristocrática deixará o peso da produção nas costas dos mais simples. Por exemplo: a igreja de Roma exigia que os judeus fossem despedidos de trabalhos nas comunidades cristãs. Os cátaros se recusavam a cumprir essa determinação, entre outras. Pior para eles. Os templários, por seu lado, mesmo sendo cristãos, trataram com o mesmo respeito os aspectos fundamentais do universo judaico e islâmico. Menos pontos para eles no caderninho do papa.

– Agora estou lembrando que em Óbidos, perto da entrada, na igreja de São João Batista, uma construção do século XIV, há uma lápide de marcação de lugar mostrando a estrela de Davi com uma cruz templária talhada no meio. Explicação da guia: "deve ter sido o túmulo de um judeu convertido"!

– E, sendo irônico, você ficou impressionado com a ignorância tão normal! Você há de lembrar que os templários foram presos na França no dia 13 de outubro de 1307. Uma sexta-feira 13! A igreja de São João Batista deve ser de poucos anos depois, quando a Ordem de Cristo os acolheu em Portugal. Dom Diniz, que não era bobo, sabia do poder econômico do grupo em questão. Não havia mais mouros a matar, então poderiam construir esquadras, contratar muita gente e – como veio a acontecer no século XV – catequizar indígenas em algum mundo novo que já estivesse reservado para isso! O lucro... bem, o lucro poderia ser aplicado em catedrais, mosteiros e palácios que dariam trabalho a muita gente.

– Em suma, os templários tinham muito dinheiro.

– A questão não era só financeira. Seria enfadonho entrar por esse caminho agora. Fernando e Isabel, reis de Aragão e Castela, tentaram impor seu poder segurando os excessos da Inquisição no reino. A Inquisição provou ser mais poderosa. Exigiu que os judeus fossem expulsos do território controlado por eles. O acordo foi que isso aconteceria depois que os mouros fossem expulsos de Granada e foi uma pena que conseguiram fazê-lo. A expulsão dos judeus seria posterior, pois precisavam dos recursos em mãos dessa comunidade. Que calhordice! E expulsaram os poetas, cientistas e astrônomos, arquitetos e humanistas que estavam entre os muçulmanos.

– E há quem diga que os muçulmanos são a cultura mais violenta do planeta!

– Você esteve em Granada e Sevilha. Deve lembrar do contraste arquitetônico entre a sofisticação das construções mouriscas e o que veio por cima; aquela grosseria das reformas e "puxadinhos" feitos – como se faz em Brasília – pelos cristãos.

– Tudo bem, Biu. Concordamos quanto à crueldade da Inquisição, mas voltando aos cátaros, eles foram atacados pelos nobres que vieram do norte do território que hoje chamamos de França. Será que os cátaros compartilhavam algum segredo explosivo com os templários?

– O fato é que os templários lhes deram proteção. Em registros da Inquisição, os mesmos sobrenomes aparecem em documentos sobre templários e sobre cátaros. Em algumas áreas de propriedade de templários, os cátaros receberam mais que abrigo; puderam usá-las como ponto de partida para atividades hostis para com seus agressores, os nobres do norte, prepostos do papa.

– É incrível! Cristãos em cruzada contra cristãos. Acho que foi a primeira experiência de genocídio experimentada em território ocidental.

– Qual foi a segunda?

– Eu diria, simplesmente por emoção, que o outro genocídio foi nas Américas. Os espanhóis e os portugueses muito dedicados a dizimar seres humanos em nome de Deus!

– Eu pensava na Inquisição como precursora da Gestapo, da KGB e seus equivalentes. É incrível que tenham se especializado em matar gente em quantidades industriais!

– Matavam mais facilmente aqueles com propriedades e recursos que pudessem ser confiscados. Lembra-se dos tempos da ditadura no final dos anos sessenta e início dos anos setenta?

– Claro. Mas estou menos inclinado a falar sobre isso do que comer uma pizza no italiano, no Lago Sul. Vamos?

– Com certeza!

Decidimos ir em carros separados e de lá seguiríamos para as respectivas residências. Aproveitei os poucos minutos entre o aeroporto e a pizzaria para refazer alguns passos na correspondência com a Catherine. Ela me atribuiu ter dito a Victoria que o tesouro teria passado por uma tal de via Catalonia. Agora me dava conta de que nunca dissera isso! Poderia deduzir, pelo nome, a localização dessa rota, por isso não chamou logo minha atenção, mas nunca poderia tê-la mencionado! Não era um nome familiar, era mais uma dúvida a esclarecer.

Estacionamos em frente à pequena pizzaria quase ao mesmo tempo e caminhamos juntos para uma mesinha na calçada. Biu foi logo dizendo:

– Quero uma pizza marguerita e uma cerveja de trigo.

– Deve ser para variar um pouco – comentei, sabendo que Biu não costumava experimentar outras opções. Para cada restaurante ele tinha um pedido fixo.

– Para que arriscar? Eu sei que aquele pedido específico sairá do jeito que eu espero, sem surpresas!

Como sempre, fiquei uns minutos com o cardápio na mão e as mensagens de Catherine na cabeça. Fiquei constrangido quando me dei conta de que o garçom esperava, a meu lado, com o bloco das comandas e caneta a postos. Pedi logo o mesmo que Biu e resolveu-se o assunto. Perguntei ao amigo:

– Você tem algum livro sobre os templários no século XIII e XIV? Mesmo que o tema central seja a Inquisição, se mencionar os templários, eu gostaria de pedir emprestado.

– Claro que tenho. Vou brincar de seu orientador e cuidar da bibliografia que você precisa conhecer. Amanhã já levarei alguma coisa para sua sala, provavelmente à tarde. Procure fazer correlações com os cátaros, sua amiga vai gostar do seu esforço e você ficará tomado pelo assunto. Eu fiquei!

– Minha curiosidade já está quase na categoria da obsessão. Não falta muito para ser tomado, mas preciso cumprir o programa acadêmico.

– Até o programa será afetado. Posso garantir.

– Está me assustando!

– Meu amigo, o que sabemos dos bastidores do cristianismo é quase nada. Cada migalha de informação é mais fascinante que a anterior. Acredito que a razão seja nossa história pessoal; crescemos mergulhados, imersos, talvez afogados numa história cuja conta não fecha no final. Já imaginou se naquelas aulas de catecismo, antes da primeira comunhão, também fossem oferecidas aulas introdutórias sobre as atividades da Inquisição?

– Não faria o menor sentido. Já imaginou como ficariam as criancinhas ouvindo aquelas atrocidades? Não dormiriam em paz para o resto da vida. Eu lembro bem quando um padre foi convidado para dar uma aula na minha escolinha de arte. Falou de um certo "pequeno Gui", que era muito santo, nunca pecava e nunca precisava confessar-se antes de comungar. Um dia, ele foi convidado para "fazer coisas feias" com um coleguinha...

– E vocês ficaram curiosos para saber o que ele havia feito, não?

– Morrendo de curiosidade, mas ninguém ousou perguntar nada ao hábil palestrante. Retomando o relato, no dia seguinte, com vergonha de se confessar, comungou em pecado.

– Então devia ser o Bernard Gui, inquisidor de Toulouse!

– Estou falando de uma criança, Biu! Encurtando a história, naquela noite houve uma tempestade e uma árvore caiu justamente sobre a cama onde dormia o pequeno Gui e ele morreu. Velório marcado, família conformada – quase feliz – porque o pequeno santo seria acolhido no céu pelos santos e anjos. Então, de repente e teatralmente, o cadáver se ergue e sentado – de olhos fechados para não deixar dúvida de que estava morto – diz com voz macabra: "fui condenado"! E deita-se novamente. Tumulto no velório. Assombro entre meus coleguinhas de nove ou dez anos diante do palestrante sorridente.

– Agora não tenho dúvidas: esse menino foi a reencarnação de Bernard Gui.

– Depois perguntarei quem foi esse Bernard Gui, mas quero continuar minha história. Perguntei ao palestrante de hábito preto – figura tenebrosa – que injustiça era essa de condenar ao inferno um menino que sempre se havia comportado tão bem por causa de uma única "coisa feia" feita na vida! Teria sido um castigo divino aquela árvore cair exatamente sobre a cama do coitado? Deus preocupava-se com essas besteiras? Eu já tinha minhas suspeitas de que "coisa feia" teria sido e sabia muito bem que aquele abacateiro enorme estava bem de frente para a janela do meu quarto.

– Qual foi a reação do inquisidor de Ribeirão Preto?

– Não alcançou minha pergunta. Falou da onisciência, do pecado mortal, da necessidade da fé e da importância da pureza de alma. O resultado é que naquele momento eu me senti automaticamente condenado ao fogo do inferno. Achei que devia dar uma chance aos céus e prometi que seria mais aplicado na obediência às regras da pureza que a igreja desejava e, ao mesmo tempo, estimulava a transgressão, instituindo o arrependimento e a confissão. Ou seja, meus esforços duravam, mais ou menos, cinco dias!

– Posso garantir que no seminário as angústias não eram diferentes.

– Eu não sentia angústia! Só não entendia a lógica do processo. Não pode fazer – diziam –, mas se fizer, tudo bem! As regras domésticas a que eu estava acostumado eram diferentes. Mas conte-me, quem foi o Bernard Gui? Você está ansioso para introduzi-lo na conversa.

– Fico surpreso que não o conheça, sendo professor de História. Por outro lado, me enternece seu romantismo idealista quanto às razões dos poderosos. Já li seus textos. Em todos transparece essa pureza que o inquisidor de Ribeirão Preto sublinhou. Você aproveitou, mais do que imagina, aquela aula de catecismo, meu caro! Bernard Gui foi dos primeiros inquisidores importantes no início do século XIV em Toulouse. Condenou centenas de pessoas das quais dezenas foram queimadas vivas, tudo de acordo com sua contribuição "acadêmica" no livro "A prática da Inquisição", onde detalhou técnicas de interrogatório e tortura além de ensinar regras de "boas maneiras" ao "bom" inquisidor!

– Não mudamos nada, desde o início da história, não é mesmo?

– Mudamos sim, Celso; ficamos mais sofisticados na hipocrisia à medida que o conhecimento nos tira o direito à ingenuidade. Por isso lhe digo que procuro me interessar mais pelas coisas do espírito. O que recebo da universidade é o quanto me basta para a sobrevivência e sempre soube viver com pouco. Infelizmente, tudo tem um preço, e sinto que faz falta ao espírito livre que procuro cultivar a proximidade de uma companheira e de filhos que nunca tive, e não tive para que não viesse a me sentir aprisionado por obrigações mundanas. Hoje eu sei que o espírito vive no mundo, mas não sabia na ocasião apropriada para constituir família.

– Qual é sua idade, Biu?

– Cinquenta e quatro anos.

– Eu sou um pouco mais novo, dois anos apenas, e tenho filhos adultos que são âncoras no fundo do mar (revolto) de minha existência. O barco sacode muito na superfície, mas eu sei onde está o fundo. Eu não abandonaria a ideia de acolher um filho na sua idade. Deixe essa janela aberta, meu caro.

– É um tanto tarde. Há uma hora para tudo.

– Verdade, mas é também verdade que a hora não é exatamente aquela que você determine pelas expectativas do senso comum.

– Pensarei nisso para terminar a noite com uma nota alegre. Vamos?

– Garçom! A conta, por favor!

6

O encontro terminou com uma maior compreensão entre nós e creio que resultará numa amizade transformada. Eu estava feliz com essa descoberta e com a possibilidade de Biu colaborar profundamente nesse projeto proposto por Catherine. Por certo, a noite não estaria completa se não buscasse notícias da instigante professora na caixa de mensagens. Claro, havia mensagens! No plural:

"Celso, seu mal-educado!

Faz dias (na verdade apenas dois) que não tenho notícias suas. Ficou assustado com minha apreciação da sua beleza masculina? Pensou que sou um tanto doidinha? Está com medo que minha visita a Brasília seja invasiva? Seja sincero e manifeste os seus desejos e temores.

Beijos, Catherine."

Mais dois dias e mais uma mensagem:

"Celso, estou preocupada. Por que você sumiu?"

Dessa vez, notei que o padrão mudou. Até o tamanho da mensagem e a formatação estavam diferentes. Mais uma:

"Celso,

Já que você não me escreve, tomei as primeiras providências para minha ida a Brasília. Em dois dias estarei na sua cidade. Aguarde meu telefonema.

Calma, meu caro. Sou louca, mas nem tanto. Estou fazendo uma brincadeira para aliviar a ansiedade pela falta de notícias. Ao mesmo tempo, freudianamente, confessando meu desejo.

Beijos,
Catherine"

É mesmo doidinha! Comecei a ficar um tanto preocupado. Mas a cruzada era boa e já estava muito envolvido pelo assunto. Agora queria mergulhar com vontade nessa história.

Logo pela manhã, recebi a simpática visita de Severino/Biu, carregando quatro livros cuja leitura recomendava. Haveria mais, se o "aluno" fosse aplicado. Biu aproveitou para agradecer a tarde agradável que havíamos passado juntos. Havia um brilho diferente, para melhor, no seu olhar.

Comecei a folhear os quatro livros enquanto me perguntava por que haviam sido esses livros os escolhidos. Um deles tratava especificamente da história dos templários, mas parecia apresentá-los de uma forma apaixonada, desqualificando seus inimigos. Outro era um estudo muito acadêmico sobre a Inquisição. O terceiro era uma obra de ficção sobre os cátaros; e o quarto era outro livro sobre os cátaros, uma visão histórica. Começaria por aí. Era um território mais familiar.

A primeira consequência da leitura foi – caderno ao lado, caneta na mão – costurar as origens pouco nítidas dessa dissidência cristã. O autor vinculava os cátaros aos bogomilos da Bulgária. As ideias desse grupo búlgaro certamente influenciaram alguns militantes cátaros do norte da Itália a caminho do Mediterrâneo. A postura dos bogomilos era parecida com a dos cátaros: eram os "queridos de Deus" segundo a origem do nome *bogomil.* Os cátaros eram "os puros", "os perfeitos" ou os "bons cristãos". Pelo que me parecia, ninguém queria ser menos cristão que o outro. Apareceram outros grupos entre o século X e o século XIV. Seja como for, o importante é que a igreja de Roma não estava disposta a tolerar as diferenças e a falta do temor reverencial acompanhado da respectiva remessa de dinheiro aos cofres do papa.

Diante da impertinência dos cátaros, o Papa Inocêncio III decidiu resolver a questão militarmente. Os templários ofereceram resistência para assumir a empreitada, já que tinham muitos interesses na região, aparentemente. A igreja de Roma apelou então para os barões católicos, do que seria hoje o norte da França, por meio das habituais manobras políticas de bastidores e do "é dando que se recebe".

Naturalmente, nem bem comecei a ler sobre a história dos cátaros, tive que me confrontar com o desagradável tema da Inquisição, que se anunciava com o jovem e brilhante intelectual Dominic de Guzmán, auxiliar do enviado especial para a região do Languedoc, o bispo Diego de Azevedo. Inocêncio III queria que os dois fossem a ponta de lança de um projeto para diagnosticar e para liderar o time avançado de teólogos capazes de argumentar com inteligência contra as ideias de extremo bom senso dos cátaros. Convencer pessoas razoavelmente inteligentes de que seu bom senso é ruim e pecaminoso requer muita habilidade retórica. Antes de Dominic e Diego, o Papa Inocêncio III contava com um trio de monges cistercienses. Os cistercienses alimentavam um ódio descomunal pela desobediência à ortodoxia eclesiástica. Tolerância zero!

Percebi que tinha fresca na memória minha passagem por Alcobaça, um dos mosteiros cistercienses. Uma construção impressionante, ao norte de Lisboa. Estive lá na companhia de um professor e de sua esposa, amigos a quem tinha ido visitar durante meus estudos. Foi uma aula de História Medieval inesquecível.

Os cistercienses eram uma reorganização da Ordem de Cluny, por sua vez, uma dissidência da ordem de São Bento, e se estabeleceram como uma ordem autônoma em torno de 1100. Como era próprio da ordem, os cistercienses falavam aos ouvidos cátaros da obediência incondicional e da beleza da entrega a uma autoridade suprema contra a qual não se argumenta. Belo discurso para o público errado. Os cátaros pensavam exatamente o contrário. Já os senhores feudais da região, pragmaticamente, juravam lealdade ao papa e à igreja católica, sob pena de serem excomungados e perderem os privilégios a que estavam acostumados junto às autoridades eclesiásticas.

É preciso não esquecer que naquela época as castas eram claramente identificadas com suas funções no mundo. Os religiosos eram encarregados de zelar pela ordem espiritual da sociedade rezando e vigiando os costumes. Aos senhores guerreiros e proprietários cabia dar proteção. Aos camponeses cabia, em última instância, trabalhar. Mais ou menos como cabe ao carneiro dar a lã, ao cachorro proteger o carneiro e o boi, e ao boi cabe fazer o trabalho pesado. Se cada um cumprir sua razão de ser, Deus protegerá. Assim queriam acreditar o clero e os poderosos.

Os cistercienses, antecessores de Dominic e Diego na região, qual pequenos ditadores – lembrando alguns ministros de Estado contemporâneos – viajavam acompanhados de grandes comitivas e em grande estilo. Não eram discretos e muito menos elegantes na forma de abordar sua missão de convencimento. Foi nesse momento histórico que o bispo Diego de Azevedo foi chamado a interferir e levou o jovem auxiliar Dominic de Guzmán.

Os dois viajaram discretamente pelo Languedoc, a Provence dos dias atuais, colhendo informações e formando suas opiniões com dados de primeira mão. Viram como os cátaros eram pacíficos, amantes da vida simples sem ostentação. Ficou claro, desde o início, que a apresentação dos cistercienses era uma inadequação diplomática. Diego e Dominic trilharam outro caminho. Abandonaram os trajes imponentes e, descalços, passaram a viajar pela região de Albi, Toulouse, Carcassone, Fanjeau e várias outras cidades. Eram bons oradores, inteligentes e cultos, o que não foi desconsiderado pelos cátaros, que não fugiam ao debate. Foi quando a retórica de Dominic, associada a sua juventude e beleza viril, marcou sua passagem por onde andou. Parece que marcou, sobremaneira, as mulheres da região. Ele mesmo finalmente admitiu sua inclinação de sedutor já no leito de morte. Chegou mesmo a competir com os cátaros, que tinham uma rede de abrigos para suas mulheres religiosas, quando criou seus próprios conventos.

O sucesso de Dominic de Guzmán, como sói acontecer, despertou a inveja de seus pares. Outros núncios apostólicos chegaram à região do Languedoc. Entre eles, Pedro de Castelnau, pelos idos de 1200, que retomou a perseguição violenta aos hereges. A reputação de Dominic só aumentou seu prestígio, enquanto Pedro foi assassinado. Ainda no século XIII, com o comportamento hostil dos bispos gerando antipatia para com a igreja de Roma, as boas lembranças do belo Dominic levaram à criação da Ordem dos Dominicanos, ou *domini canes*, os cães de Deus para alguns. Foi no seio dessa ordem que surgiu a Santa Inquisição.

7

Eu estava tomado pelo tema a ponto de esquecer da correspondência com Catherine. Passaram-se dias de silêncio eletrônico até que, mais uma carta às antigas chegou ao meu escaninho na universidade. Lá estava o gostoso envelope endereçado ao Sr. Prof. Dr. Celso França. Foi uma alegria marota que senti e que se confirmou ao ler a carta bem-humorada:

"Leuven, 10 de junho, 2005

Celso, meu caro:

Já funcionou uma vez, e espero que funcione novamente por essa mídia, a carta e o sistema internacional de correios. Sinto falta de suas notícias, ainda que sejam breves, para aliviar minhas incertezas e saber que continuamos em sintonia.

Prometo que só irei a Brasília se receber três convites, um deles em estado de (semi) embriaguez – *in vino veritas* –, um pela manhã e outro com sono. Os homens costumam ter opiniões diferentes nessas circunstâncias. Eu poderia sugerir mais umas tantas circunstâncias, o que me deixaria insegura. Portanto, ficaremos com essas, por enquanto.

Ainda não recebi suas ideias e hipóteses sobre o tema de nosso trabalho.

J'attends avec impatience.
Je t'embrace, Catherine"

"Espero com impaciência." "Eu beijo você." Interessante!

Dessa vez, não havendo alunos a orientar, pude ler imediatamente. Gostei da carta e pus-me a responder à mão. Já que ela queria brincar, vamos brincar de verdade. Abri a pasta de couro e retirei a caneta de estimação; uma Aurora dourada, presente da filha quando fiz cinquenta anos.

"Brasília, 24 de junho de 2005

Querida Catherine,

Obrigado pela carta. É tão reconfortante receber, abrir e ler uma carta boa que tomo como um belo presente. Entendo que esteja autorizado a me embriagar, ainda que não em companhia feminina. Concordo que você possa ter razão quanto às opiniões masculinas antes do orgasmo. Geralmente, prometem o mundo. Mas você há de concordar que as mulheres, depois do orgasmo, exigem um mundo. Isso vale para os muito jovens. Passei da idade de exigir e de ser exigido. Dou o que tenho e recebo o que me é dado.

Aceito a brincadeira. O convite com sono posso fazê-lo agora. Ainda são nove horas e, estando na universidade, o sono ainda não passou: venha a Brasília e aceite minha hospitalidade. Não espere até setembro (este vale pelo convite da manhã). O calor e a seca são insuportáveis, e outubro começa a chover sem parar. Ou seja, venha assim que puder. O convite embriagado fica para depois, obviamente.

Un bisou,

Celso"

Encontrei um envelope timbrado da universidade, dobrei a carta cuidadosamente e usei o posto dos Correios. Sabia que demoraria alguns dias para a carta chegar às suas mãos. Assim, não me contendo, enviei uma mensagem naquela mesma noite.

"Querida Catherine,

Peço perdão pelo longo silêncio. Além da vida normal de professor universitário preguiçoso, encontrei mais um trabalho que tem tomado bastante tempo: o estudo do tema proposto desde sua carta inicial. Tenho lido muito sobre o assunto e algumas hipóteses de ficcionista têm assaltado a fértil imaginação do seu amigo. Prefiro esperar um pouco para comentá-las. Talvez seja melhor fazê-lo pessoalmente quando você chegar. Antes que isso seja possível, gostaria de um pequeno esclarecimento: em algum momento você referiu-se a uma "via Catalonia" nas minhas invencionices para Victoria. Tenho certeza de que nunca fiz menção a essa via simplesmente porque nunca ouvi falar dela antes da sua mensagem. Será que há algo que não sei e deveria saber? É Leuven ou Louvain?

Beijos, Celso

P.S. Aguarde carta via Correios."

A resposta não se fez esperar muito:

"Celso, meu caro amigo!

Folgo em saber que sou esperada em Brasília! Fiquei feliz com a manifestação espontânea do seu desejo. Que bom!

Quanto a minha menção àquela via, poderíamos dizer que foi um *freudian slip* (não sei como dizer em português). Por mais que eu quisesse ser discreta – ou talvez por isso – deixei escapar uma informação que é parte das minhas descobertas. Você tem razão, Victoria não poderia ter mencionado o assunto. Mais uma vez, parabéns pela sua perspicácia de investigador. Vamos deixar o tema para conversarmos pessoalmente. Como andam suas pesquisas? Mencione apenas de uma forma superficial e sem detalhes.

Se for flamengo e protestante, será Leuven. Se for católico *valon*, será Louvain. Nasci católica e sinto-me bem entre os flamengos. Assim, para mim, tanto faz.

Afetuosamente, Catherine"

Fiquei envaidecido e achei melhor dar mais um tempinho para estudar os assuntos. (Preciso lembrar de informá-la que *freudian slip* é ato falho. Dizer ou fazer alguma coisa que se pretendia ocultar). Vários pontos na história dos cátaros chamaram minha atenção e me fizeram anotar (pois só leio com lápis e papel na mão) que, em 1167, houve um encontro em Saint-Felix, na região de Lauragais. Foi em maio. É perto de Toulouse e o bispo de lá não foi convidado. Era o núncio papal na região. Coisa estranha não ser convidado para uma grande reunião cristã! Foi uma espécie de *Internacional* cátara; o primeiro encontro do gênero. Talvez o único. Só um autor se referiu a esse possível encontro: Guillaume Besse, no século XVII, a partir de um documento de 1223, hoje desaparecido. Há quem diga que esse encontro deu-se em 1170. Por que essa data? Por que a divergência? Talvez não houvesse nenhuma importância, mas fiquei curioso. Nessa assembleia, foram criados quatro bispados: Toulouse, Albi, Agen e Carcassone.

Descobri, em leituras posteriores, que existe um documento do século XVII cujo autor revela que trabalhou sobre um manuscrito – hoje desaparecido – de 1223 sobre um conclave cátaro no mesmo ano de 1167, na precisa cidade de Saint-Felix! Seria coincidência demais não se tratar da mesma reunião.

Telefonei para Biu e comentei minhas dúvidas. Biu foi muito direto ao responder:

– Estou a par dessas descobertas, meu caro. Alguns desses documentos foram encontrados em Florença e Praga, em 1939. São arquivos inquisitoriais com características especiais: alguns foram escritos por cátaros e não pelos seus inimigos e algozes, que prevaleceram militarmente. O mais importante desses documentos teria sido escrito por Durand de Huesca. Huesca foi um pensador da região que converteu-se ao catolicismo ortodoxo depois de uma polêmica com ninguém menos que Dominic de Guzmán, o inspirador da ordem dos dominicanos, prócere da Inquisição. Havia mais documentos nesse achado, como um catecismo cátaro em latim, outro em occitânico, além de reflexões curiosas de um cátaro anônimo.

– Sabe quem foi esse cátaro?

– Meu querido, eu disse anônimo!

– Desculpe. Poderia ser desconhecido para outras pessoas e não para você.

– Menos entusiasmo, meu caro! Não superestime meus conhecimentos. Sou apenas um professor de História do Brasil, como você.

– Entendi. Não devo exagerar nas minhas intuições, certo?

– Ao contrário. Siga suas intuições, porém lembrando que não é um especialista no tema. Lembre-se de quantas vezes esteve em Toulouse, na Provence e nunca pensou nessas coisas quando estava lá. Não sabemos as coisas certas no lugar e na hora certos.

– Tem razão. Um pouco de humildade não me fará mal. Obrigado pelas informações. A propósito, no próximo domingo, venha para um *brunch* aqui em casa. Só amigos.

– Até lá!

Desliguei o telefone já a caminho do escritório onde estavam os livros emprestados pelo amigo Biu e recomecei a tentar montar um cenário inteligível para mim:

1167 – primeiro concílio cátaro e talvez o único. Será que eles mesmos se chamavam de cátaros? Ainda não encontrei nenhuma referência a isso. Parece que se satisfaziam em serem bons cristãos. Parece que foi um bispo alemão quem usou a expressão "cátaro" em lugar de "os puros", como eram conhecidos.

1181 – primeira expedição anticátara conduzida pelo cardeal Henrique de Marcy. As fogueiras de queimar hereges continuavam a arder sob os olhares do Papa Lúcio III.

1184 – Lúcio III condena cátaros e hereges em geral no concílio de Verona. Fica estabelecido o processo de Inquisição.

1198 – Inocêncio III é agora o papa e estabelece por decreto que qualquer forma de heresia é um delito equivalente a traição a Deus!

1206 – início da pregação de Dominic de Guzmán pelo Languedoc.

1209 – começa a cruzada contra os cátaros.

1211 – Lavaur é sitiada e ocupada, resultando na tortura e no apedrejamento da dama do castelo, no enforcamento de oitenta cavaleiros defensores e na queima na fogueira de quatrocentos cátaros! Além dessas violências, o conde de Monfort obriga os judeus a usarem um distintivo na roupa, dando a ideia a ser tragicamente copiada no século XX.

1220 – Duran de Huesca ecreve o livro "Contra maniqueus", defendendo sua posição contra o catarismo.

1221 – morte de Dominic de Guzmán para tornar-se são Domingos, patrono dos Dominicanos.

1231 – diante da ineficiência (?) da primeira Inquisição, o Papa Gregório IX cria a pontifícia Inquisição sob o comando dos Dominicanos. Em poucos anos, mostraria sua eficiência com grande crueldade. Até cadáveres de suspeitos eram exumados para serem queimados nas fogueiras inquisitoriais. Começam as revoltas contra os agentes da Inquisição, terminando sempre com retaliação violenta.

1244 – foi o ano em que os cátaros foram perseguidos até Montségur, resistiram o quanto puderam até que foram dizimados. Durante o cerco, sabe-se que quatro perfeitos, os *parfaits* – líderes espirituais –, heroicamente driblaram a vigilância daquela montanha dos Pireneus e desceram pela encosta escarpada levando *um tesouro*. (Pireneus lembra Pirenópolis).

1250 – Jacobus Voragine ou Jacopo de Varazze escreveu *A Lenda dourada* ou *Legenda Áurea*. Dominicano e inquisidor. (Foi um presente da minha filha no dia dos pais e que agora revela a que veio. Nada por acaso!).

1307 – templários presos na França. O tesouro ligado a esses pode ter ido para a Escócia como nas histórias que contei para Victoria. Os templários são perseguidos na França por Felipe, o Belo. Lembrar que tinham interesses na região do Languedoc. Possivelmente, muitas propriedades.

1309 – *Liber de acquisitione terrae sanctae* escrito por Raymond Lull, templário espanhol, visionário, prevendo investimentos em novos lugares. Menciona "um certo segredo que pode causar uma incrível revelação". *Um certo segredo que pode causar uma incrível revelação*. (Eu fiz essa pergunta a Biu na pizzaria! Esse Severino está se revelando melhor que a encomenda).

1412 – Últimas sentenças contra cátaros italianos do norte. No Languedoc, já haviam sido dizimados. Os registros inquisitoriais foram depurados das atrocidades. A queima de arquivos é intensa; não interessavam ao futuro da política de Roma.

1500 – Cabral sai para *descobrir* o Brasil.

Folheando um dos livros de Biu, encontrei três anotações na última página:

Rosa é a flor de Vênus, da sexualidade. Na antiguidade romana, algo informado na intimidade do leito era chamado de Sub rosa.

(Deve corresponder ao *pillow talk* em Inglês: conversas ao travesseiro).

Gnósticos tinham uma cerimônia de cristização e não de crisma nem batismo. Sion: significa João, dependendo da pronúncia. Shon, como no País de Gales.

1501 – *Da Vinci pintou criança com virgem para depois substituir a criança por um cordeiro, Talya em aramaico, que é benzinho, chuchu, querido. Essa foi uma nota cuja necessidade me escapa. Tenho a impressão, no entanto, de que pode vir a ser interessante já que os templários eram joanitas.*

Eu começava a perceber o alcance da sagacidade do simpático, discreto e até então para mim desconhecido Padre Biu.

8

Continuei a cruzada de busca pelo conhecimento de cátaros, Inquisição, descobrimentos e – meu tema de preferência – investimentos no Brasil recém-descoberto do século XVI. As coisas pareciam convergir para esse ponto. Pensando bem, era eu, na verdade, quem buscava a convergência dos temas nesse ponto específico que era o cerne do meu interesse acadêmico.

"Quando, em meio século de vida, o professor doutor Celso França pensaria que, um dia, a Europa medieval, a heresia cátara e a Santa Inquisição ocupariam horas de seu tempo de estudos e reflexão?" pensei na terceira pessoa novamente. Bem que Machado de Assis avisou que falar na terceira pessoa é próprio dos medíocres. Devo estar cansado...

Estava chegando o final de semana e o *brunch* que eu havia prometido aos amigos. Viriam os mesmos Severino, Stan Stanislavovitch, Adriana e Tomás e o casal franco-americano que conhecera na casa de Tomás. Pensei convidar um casal de vizinhos simpáticos, mas resolvi não fazê-lo. Parei novamente; por que não convidá-los? Precisei admitir que não sabia de onde vinha o dinheiro que ostentavam e isso me incomodava. Onde quer que o poder se manifeste, haverá intermediários entre aqueles que decidem e a ponta onde as decisões se manifestam. Entre uma coisa e outra, há um longo caminho, e as intermediações custam muito dinheiro. Sei que não é incomum a ocorrência desse fenômeno em Brasília, em Washington ou em Moscou. Os convidados seriam só mesmo aqueles poucos amigos de sempre! No entanto, queria um contraponto afetivo e inteligente aos pontos de vista por demais previsíveis daquele pequeno círculo e aumentei a lista de convidados, incluindo os estimados Bia e Lucien.

Telefonei para Tomás, pedindo que me trouxesse emprestado o livro sobre as sociedades persecutórias que havia chamado tanto minha atenção na biblioteca do embaixador, além do livro do professor Marcondes de Souza sobre o descobrimento do Brasil. Tomás e Adriana eram recém-chegados, e no mundo diplomático em algum momento, teriam participado de um *brunch* oferecido pela comunidade dos Estados Unidos. Bem ao estilo americano, programei um cardápio com *cherry coffee cake* (um bolo de cerejas para acompanhar o café), *egg puff hot dish* (uma espécie de omelete ao forno com pão e salsichas), salada de frutas com sorvete, *muffins,* café, chás, suco de laranja e espumante que misturados fazem as *mimosas*. Haveria a opção de suco de maracujá com espumante, invenção da Victoria que batizou de *hybiscus*. Os pães – de uma típica *boulangerie* francesa em pleno Lago Sul –, manteiga e geleias variadas completavam o cardápio. O curioso é que tudo costuma ser servido ao mesmo tempo! Pois é, espumante e café; omelete e bolo na mesma bandeja...

A lembrança de como eu e Victoria nos divertíamos nessas ocasiões levou-me a pensar em Catherine. Fui ao computador e lá estava mais uma mensagem:

"Olá, Celso:

Recebi sua carta e adorei, principalmente a parte do orgasmo. Acho que cobrarei o mundo já que você o prometeu.

Estou tão excitada com a viagem que escolhi camisolas novas! Dormiremos na mesma cama ou prefere camas separadas? Talvez você prefira uma incursão silenciosa aos meus aposentos, com as luzes apagadas para dar um tom de mistério! Um beijo,

Catherine"

Não contive o espanto. Essa mulher é doida mesmo. Só mesmo sendo filha de brasileira poderia ser tão desmiolada. Não deveria, mas respondi imediatamente. Não se deve escrever em estados emocionais exaltados, mas escrevi assim mesmo:

"Catherine, minha cara:

Sugiro baixarmos um pouco o nível de expectativas quanto a esse encontro. Esteja certa de que será muito bem recebida, e pressinto muitas e boas conversas sobre o tema que nos aproximou. Não vejo, no futuro próximo, incursões silenciosas – ou mesmo escurecidas – em nenhum dos aposentos dessa casa.

Até breve,
Celso"

Pronto, sei que fui grosseiro, mas agora ela põe a cabeça no lugar. Não demorou a chegar a resposta, como se ela estivesse de plantão em frente ao computador:

"Celso, meu caro:

Temo que eu tenha sido espontânea. É o meu jeito de ser e quase sempre sofro por essa característica. Não gostaria de sofrer agora por essa razão. Gostaria de manter nossa questão acadêmica no foco da relação. Entretanto, a relação pessoal pode ser boa, leve e criativa. Não se assuste, por favor! Serei bem comportada quando chegar a Brasília daqui a duas semanas. Coragem!

Seguem a data e hora da minha chegada além do número do voo. Decida os arranjos de hospedagem que podem ser, nas circunstâncias e lugares que você decidir. Mais uma vez, peço suas desculpas.

Até breve,
Catherine"

Ela é mesmo estranha, pensei entre constrangido e assustado, percebendo que a saudação apresentava o mesmo tom e que até a passagem já estava providenciada! Mas logo no dia seguinte, comecei a preparar mentalmente o quarto de hóspedes. Queria pintar as paredes, comprar cortinas novas, toalhas, lençóis de linho, e os quadros seriam trocados por outros mais sofisticados. Teria duas semanas para providenciar isso. No momento, a prioridade era o *brunch* para os amigos, programado para daí a dois dias.

Milene, a cozinheira, com um pouco de supervisão, saberia repetir o cardápio que já fizera outras vezes. Dessa vez, a piauiense não se conteve e perguntou o porquê de repetir essa estranha refeição quando tantas coisas interessantes e até mais gostosas poderiam ser preparadas. Expliquei que era uma questão estratégica: como não era um cardápio habitual, gerava conversas e brincadeiras. Dessa vez haveria um casal de americanos que certamente não se surpreenderia, mas agregaria autenticidade ao evento.

9

Onze horas do domingo e os amigos começaram a chegar. Os primeiros, para minha surpresa, foram Tomás e Adriana. Eu esperava que fosse Biu. Tomás foi logo se desculpando por não ter trazido o livro das sociedades perseguidoras: não encontrou no lugar onde deveria estar. Talvez não tivesse procurado direito. Trouxe, sim, o livro sobre o descobrimento do Brasil. Escondi bem minha frustração, agradeci e em seguida foram chegando todos em sequência.

A primeira galhofa saiu de Severino, o Biu, ao receber uma taça de espumante com laranjada:

– Eu sempre soube que poleiro de pato é no chão. Casa de gente *chic* é outra coisa! Champanhe de manhã cedo e, para disfarçar, um suquinho de laranja. O que eu queria mesmo era uma média acompanhada de pão com manteiga na chapa.

Não me fiz de rogado:

– Milene, por favor, traga um pouco de leite quente enquanto eu preparo o café da manhã do Padre Biu. Veja isto Biu: é uma chapa moderna, importada e nossos amigos do norte podem ajudá-lo a fazer seu típico café da manhã de padaria. Eles também são de um nordeste – o nordeste dos Estados Unidos.

– Muito obrigado – retrucou Severino –, já estou confuso o suficiente com a visão dessa bela e sortida mesa. Parece mais um carro alegórico de carnaval!

– Para confortá-lo – disse o americano John –, nós também não estamos muito habituados a um *brunch* típico como esse. Já passamos tantos anos na Europa que adotamos uma maneira mais francesa de viver.

– Mais provençal que francesa! – Corrigiu Pascale, a esposa.

– Claro. Eu sempre esqueço que na Europa, apesar da "união", não existem os Estados Unidos da França, nem da Itália, nem da Suíça...

–... Nem existe a França dos Estados Unidos – completou Pascale com ironia jocosa.

Enquanto isso, discreto como sempre, Lucien preparava uma pequena bandeja com o desejado café de padaria para Biu, que enrubesceu desconcertado. Cuidadosamente arrumados na bandeja estavam o café expresso com muita espuma de leite, um belíssimo *croissant* que gritava “manteiga!” em cada grama e amostras variadas de geleias arrumadas em montinhos à beira do prato. Agradecendo a Lucien, Biu olhou para mim e fez uma alusão velada ao interesse comum pela Inquisição:

– Ainda bem que não terei contas a prestar *dessa* heresia!

– Qual heresia? Perguntou Lucien, interpretando mal a observação.

– Não se preocupe, Lucien. Biu usa heresia no sentido original de *escolha*. Ele escolheu a santificação por meio da sua oferta saborosa e não pelo jejum.

– Melhor assim – disse Lucien –, não acredito em jejum e não contemplo a fome. A justa medida, com sabor e moderação, é minha heresia, então. Se for bem apresentada, melhor!

– Então, cuide-se das patrulhas religiosas, meu caro! Para os mortais pobres e desapoderados, o pior. Veja só o comunismo, religião da – já vai tarde – União Soviética; para os líderes, tudo de bom. Para o povo, trabalho e sacrifício.

Essa observação de Biu provocou a primeira intervenção de Stan na conversa:

– Quem sabe o futuro não mostrará que os soviéticos tinham alguma razão? Nunca tivemos tanto consumo, tanta poluição e tanta falta de emprego, para não dizer falta de consideração pelas gerações futuras. Talvez um pouco de sacrifício não nos fizesse tanto mal...

– Acho que me expressei mal – respondeu Biu –, concordo com você, mas eu me referia à justa medida, que implica sacrifício e comedimento. Entretanto, me espanta sua defesa, já que trabalhou com Gorbachov, que começou o período de mudanças e ainda assim você preferiu ir para os Estados Unidos, a quintessência do consumo. Não me entenda mal, não quero julgá-lo. De qualquer maneira, Gorbachov foi um agente importante no meio dos inúmeros fatores em jogo, especialmente o fracasso econômico e político.

– Gorbachov tomou as atitudes radicais que conhecemos não porque as condições econômicas pioravam e a produtividade estivesse declinando; ele fez o que fez porque o povo estava numa atitude extremamente negativa para com o governo, os governantes e o partido comunista. Foi a sua sensibilidade de político sagaz que percebeu o momento propício e, apesar dos riscos – de vida inclusive –, deu início ao processo de abertura, a *Perestroika* que conhecemos. As condições eram tão sutis, tão profundamente arraigadas nas profundezas da alma russa, que nem mesmo a grande organização norte-americana de espionagem conseguiu perceber com antecedência. Vejo que nosso amigo John está quieto e com um sorriso nos lábios. O que você acha, John?

– Eu acho esse assunto um pouco chato e fora de época. Essas coisas já aconteceram e temos novos desafios pela frente. Não sou do ramo, mas posso repetir um *mea culpa* que os especialistas do meu país já fizeram: confiamos demais na tecnologia e negligenciamos os fatores humanos e culturais. Certamente o fracasso nas avaliações da época foi pela falta de uma melhor percepção das intenções, de um olhar mais cuidadoso para com a mentalidade e cultura; da grande mistura de culturas no império soviético da ocasião. Essas questões só podem ser bem avaliadas por meio de pessoas vivendo com o povo.

– É preciso mais agentes infiltrados!

Com essa colocação do meu querido e incendiário amigo Biu, achei melhor intervir para evitar incêndios no meu *brunch*. Dirigi-me a John, na qualidade de anfitrião, tentando aliviar um pouco o desconforto do diplomata:

– Não se impressione, John. Biu foi seminarista por muitos anos, é estudioso da Inquisição e certamente gostaria muito que um agente dele estivesse infiltrado entre os dominicanos para que ele viesse a compreender, um dia, aqueles movimentos da época.

– Eu sou desajeitado nas minhas colocações, por isso sou mais calado habitualmente. Você está preocupado que eu possa estar buscando enfrentamentos juvenis com um diplomata americano. Não, meu caro professor Celso, estou sendo literal! Só com elementos humanos infiltrados nas operações é que podemos ter uma ideia das motivações dos adversários. Não foi assim com a Inquisição? Todas as organizações poderosas conhecem essa prática. Desviando para sua área de interesse: qual é o documento mais confiável sobre a descoberta do Brasil? O relato de um espião infiltrado na expedição de Cabral! Relato este que tinha como destinatário o serviço de espionagem da República Sereníssima de Veneza.

– Estou interessado – disse John, aliviado pelos novos rumos da conversa.

Percebi que meu tiro saíra pela culatra graças à astuta manobra de Biu. No fundo, tanto ele quanto eu gostamos dessa esgrima intelectual, e era o que eu desejava evitar ao preparar esse encontro. Lucien e Beatriz se entreolhavam divertidamente. E eu que inocentemente contava com eles para equilibrar essa mania acadêmica de demonstrar erudição uns para os outros! Novamente dirigi-me a John:

– É apenas uma hipótese e um dos temas que me interessam. Não que tenha sido assim, mas pelo que possa ter provocado nos caminhos da colonização.

– Seria indelicado eu insistir para você falar um pouco mais sobre isso? Os analistas de inteligência chamam isso de *humint*... em português não sei como traduzir, mas é o conjunto de informações conseguidas por pessoas treinadas agindo no local. É imprescindível para avaliação e análise das informações posteriormente. É a única forma de entrar na mente dos adversários e discernir intenções.

– Pensei que não fosse do ramo... – disse Biu. É preciso cuidado para perceber quando os adversários estão navegando em águas perigosas. É importante saber quais são os sentimentos do povo – incluindo adversários políticos – que possam incendiar os espíritos. Esses sentimentos agrupam forças capazes de mudar o cenário. O grupo de inteligência que estiver espionando precisa construir um sistema clandestino de coleta de informações bem equilibrado. Se o grupo de análise das informações não tiver uma globalização adequada que permita apreender a cultura do grupo espionado, vai falhar na análise. A cruzada que o Papa Inocêncio III moveu contra os cátaros foi tudo isso junto. Tudo que conseguiu foi o genocídio de cristãos, bons cristãos, perpetrado por outros cristãos. Acrescento: em território cristão!

– Por favor, Biu! Você é que está parecendo especialista na área.

– Que nada! Gosto de ler as histórias da Guerra Fria de Len Deighton. É só.

– Desculpe, Celso. Eu quero continuar ouvindo suas teorias sobre o descobrimento do Brasil, mas gostaria de esclarecer umas coisinhas com o *Bill*. Ele sabe que tenho muito interesse na história dos templários. Como você vê a coleta de informações na cruzada contra os cátaros?

– Sucintamente: o primeiro erro foi a pressa do movimento expansionista, guloso, da igreja de Roma. Seus informantes eram uniformizados, na qualidade de representantes oficiais do Vaticano. Os cistercienses não eram exatamente discretos e menos ainda humildes. Pareciam mais uma força de ocupação. Segundo erro: a tentativa de ganhar corações e mentes com Dominic de Guzman a pés descalços e debates eruditos só provocou a desconfiança no Languedoc. Essa região, sendo próspera e culturalmente avançada, confiou demais no espírito humano e negligenciou o espírito do tempo. *Zeitgeist*, não é assim que se diz?

– E onde os cátaros poderiam ter melhorado sua estratégia?

– Com agentes infiltrados no Vaticano. Quando resolveram fazer operações clandestinas, o fizeram com emocionalidade e sentimento de vingança.

– Obrigado, *Bill,* disse dando a pronúncia americana para Biu. Gostaria que voltássemos a conversar sobre isso em outro momento. Esta manhã está muito proveitosa para minha cultura geral. Celso, acho que estou monopolizando a conversa, mas todos estão comendo e bebendo. Portanto, não fico culpado. Onde estávamos?

– Eu dizia, falando sobre a esquadra de Cabral, que há três relatos conhecidos de testemunhas da viagem do descobrimento do Brasil: nossa conhecida carta de Pero Vaz Caminha, o relato de um outro escrivão chamado João Faras e a chamada *Relação do Piloto Anônimo.* Esta última, uma carta mal explicada e muito estudada, obviamente.

– Esse piloto anônimo é o suspeito de espionagem? – Perguntou John.

– Essa é a hipótese aqui apresentada pelo nosso "Biu Le Carré", mais acostumado, porém, com relatos de "Jerônimo, o herói do sertão". Eu venho estudando o assunto há anos e ainda não encontrei provas de que esse "piloto" tivesse sido um espião. Sabemos que no final do século XV a rivalidade era imensa e foi um momento de formidável exploração marítima. Então, todos espionavam todos. Não havia mocinhos nem bandidos. Convenhamos que a Europa não estava feliz com a divisão do mundo entre Espanha e Portugal; entre os sogros Fernando e Isabel, da Espanha, e o genro Dom Manuel, de Portugal. Veneza era uma república de navegadores em constante competição comercial com o principado de Florença e seus banqueiros, notadamente os Médici, que também lutavam pelos seus interesses, para mencionar apenas essas nações. Os mouros haviam sido expulsos da Península Ibérica – para alegria da igreja de Roma e sua Inquisição – que logo recebeu embaixadores dos vários governos interessados em observar de perto os movimentos estratégicos de portugueses e espanhóis.

– Eu chamo isso de espionagem – disse Biu, que foi ilustrado por John:

– Nesse sentido, todos os diplomatas são espiões.

A conversa foi se acalmando e ficando mais leve à medida que as jarras de *margueritas* e *hybiscus* eram consumidas com prazer até as despedidas do casal Bia e Lucien, os últimos a sair.

– Foi ótimo, Celso! Pena que o circo não pegou fogo. Eu estava na torcida para ver uma boa discussão entre Biu, Stan e John. Não foi dessa vez! Adorei a Pascale; na dela, tranquila e com um ar inteligente. Valeu!

Bia, a descontraída, sempre clara e transparente, deu espaço para as considerações elegantes de Lucien:

– Meu amor, a Pascale não tinha apenas um ar inteligente. Ela mostrou-se inteligente como ademais são todos que estavam aqui.

– Inclusive nós?

– *Peut être... A bientôt*, Celso!

Ajudei Milene nas últimas providências de arrumação e despedi-me já que ela sairia cedo pela manhã desse domingo. No próximo domingo teremos a esperada hóspede e Milene estará de plantão. Eram dezessete horas do sábado e eu merecia uma soneca reparadora. Estava confortavelmente cansado e feliz. Não tinha planos para esse domingo... dormi em poucos segundos.

10

Despertei perto das dezenove horas. Fiz um pouco de ginástica e, como sempre, nos últimos tempos, fui buscar notícias da Catherine. Lá estava:

"Querido Celso,

Confirmei minha viagem para a próxima semana. Chegarei às 17 horas da próxima sexta-feira. Em anexo, segue número de voo, localizador e tudo aquilo que se recebe das agências de turismo. Por elas tenho imenso respeito e agradecida sou por não ter que fazer nenhum daqueles arranjos por telefone. Se gostasse de telefone, já lhe teria telefonado cem vezes!

Insisto que aceitarei de bom grado qualquer arranjo que fizer para minha estada em Brasília.

Afetuosamente,

Catherine."

Respondi:

"Querida Catherine,

Nunca admiti a hipótese que não fosse hospedá-la em minha casa. Farei o melhor que puder para que se sinta bem pelo tempo que julgar necessário (Mudei a frase): pelo tempo que quiser. Estarei no aeroporto a sua espera. Impaciente.

Celso."

Como sempre, em cinco minutos chegou a resposta:

"Celso,

A impaciência é minha! Sem mais para o momento, beijos

Catherine."

Como iria buscá-la no aeroporto? O carro é praticamente um transporte pessoal; não cabe nada maior que uma pequena bagagem de mão! Pensei até em ir à fazenda de Goiás e pegar uma caminhonete emprestada, mas achei pedante ter que explicar depois. Finalmente, descobri que existe uma instituição chamada táxi. Só então consegui adormecer.

Algumas trocas de mensagens depois, saiu aquela que seria a última enviada por mim:

"Querida Catherine,

Amanhã estarei no aeroporto à sua espera. Tomara que seja uma estadia agradável e produtiva. Estou me esforçando! Espero que faça uma boa viagem.

Beijão,

Celso"

11

Acordei cedo e fiz o que costumo fazer todos os dias. O dia, no entanto, é especial. O voo chega por volta das cinco horas da tarde e quero estar certo de que o quarto esteja pronto, de que a reserva no restaurante seja feita para aquela mesa no andar superior, longe da música ao vivo que frequentemente me parece música aos mortos. Ou eu como, ou presto atenção ao músico!

O quarto está impecável (santa Milene!) e a casa está arrumada para receber Catherine. Ela chegará estafada e desconfortável, suponho. Temo que ainda esteja aborrecida com minha rispidez quanto àquela mensagem sobre orgasmo, visitas aos aposentos à noite e toda sorte de bobagens. A varanda será um bom cenário para o aquecimento antes do jantar. Tomaremos alguma coisa, falarei sobre Brasília e sairemos para jantar.

A manhã demorou a passar e, como previa, cheguei com bastante antecedência ao aeroporto. Mais de uma hora! Ainda eram quinze e trinta quando o voo estava previsto apenas para as dezesseis horas e quarenta minutos. Fiquei por ali. Tomei café. Lembrei do livro sobre arte medieval que comprei na livraria do aeroporto, da conversa com Biu e da carta que deu início a tudo isso. Sentia-me um personagem literário e parece estranho como a vida tece suas mantas em torno de alguns personagens – escolhidos de alguma maneira – para aproximá-los à revelia.

Em pleno devaneio, vi que a aeronave vinda de Lisboa taxiava lentamente em direção ao portão móvel de desembarque. Estava entre curioso e ansioso no andar superior do aeroporto. Finalmente, me dei conta de que deveria descer e esperar a saída de Catherine de Péreille pelo portão de desembarque internacional. Demorou muito a passar aquela meia hora para que surgisse uma mulher bonita, de porte elegante, usando óculos de armação discreta, conferindo um ar de professora, inconsciente de seu poder de sedução. Sorria como uma velha amiga. Percebi que estava acompanhada de duas malas respeitáveis, que jamais conseguiriam espaço no meu carro.

– Você é exatamente como eu esperava, *Cel-sô* – disse ela separando as sílabas com um delicioso sotaque francês. – Obrigada por vir a meu encontro!

– Bem-vinda, Catherine. Lembre-se de que você viajou muito mais que eu para esse ponto de encontro. Meu trajeto durou apenas alguns minutos. Você viajou horas e deve estar cansada. É um prazer recebê-la. Deixe-me ajudá-la com as bagagens.

Dirigimo-nos para a fila de táxis quando Catherine, surpresa, perguntou se eu não dispunha de um carro pessoal ou se esperava ainda mais bagagem do que ela havia trazido.

– Não há nenhum problema com sua bagagem, fique tranquila. Acontece que meu carro é muito pequeno. É mais um brinquedo que um meio eficiente de transporte.

– Eu esperava um aeroporto menos movimentado...

– Você não viu nada. Espere uma quinta-feira no final da tarde quando saem os políticos.

– Bruxelas não é muito diferente.

Achei um elogio a comparação da velha Bruxelas com Brasília. Não sei onde chove mais, se lá ou cá no verão, mas aqui tem mais vida, mais bruxas e mais amores. Nada de Bruxelas ou bruxinhas, só bruxonas e um ou dois bruxos. Lembrei que chamava meu terapeuta de *El brujo*. A conclusão súbita foi que eu estava em plena associação livre de ideias enquanto certamente mostrava meu aspecto normal e minha conversa com Catherine seguia seu curso coerente e cordial. O caminho do aeroporto para minha residência é agradável e não envergonha nem o anfitrião mais exigente. As vergonhas ficarão por conta da falta de educação do povo em geral. Aliás, a bem da justiça, aqui é menos mal que em outros lugares do país.

Chegamos sem contratempos à porta da casa e a tarde estava bonita. Eu ainda estava envolto na tal manta tecida pela vida. O clima ainda era de cerimônia entre a visita e o anfitrião. Eu queria agradar, mas era um enorme sentimento de estar sendo agradado. Estava encantado pela figura desinibida e segura mostrada pela hóspede.

Entramos pelo portão e Milene veio ajudar – para deleite de Catherine, pouco afeita a serviçais. Ela viu o pequeno carro e comentou que seu avô tivera um igual! Foi logo informada de que não se tratava de uma antiguidade, mas, sim, de uma réplica, o que obviamente a deixou surpresa.

– Por que alguém compraria a cópia de um carro velho em vez de um veículo moderno e eficiente?

– Por prazer. Para agradar aquela criança interior que adoraria ter tido o carro do seu avô. Por uma nostalgia de tempos mais românticos, talvez.

– Nós fazemos o romantismo de nosso tempo. É mais divertido!

Adorou a casa, a vista, confessando que não esperava encontrar uma capital como Brasília. Mais um alerta foi dado: avisei que ela estava no Lago Sul, uma área residencial privilegiada, arborizada, de trânsito fácil e visual mais parecido com um subúrbio estadunidense do que com as grandes cidades brasileiras. Após o *tour* de praxe pela casa, ela pediu para descansar do voo diurno e para poder instalar-se nos aposentos que lhe ofereci. Fui para o escritório e só então voltei às razões acadêmicas dessa visita tão encantadora.

Catherine parece ter encontrado algum documento que aponta para uma ligação entre os cátaros e o descobrimento do Brasil! Pelo menos é o que posso deduzir até o momento presente. A presença de Victoria no enredo da novela ficou por conta de minhas fantasias de contador de histórias sobre tesouros vindos para o Brasil nos séculos XVI e XVII.

Contrariando antigas resoluções antitabagistas, resolvi usar um dos meus cachimbos de anos atrás. Ainda restava um pouco de fumo envelhecido, porém ainda úmido e cheiroso. Olhar o lago e o pôr do sol agarrado ao cachimbo me ajudaria a pensar. Que surpresas – além da sua figura – Catherine ainda me faria nessa noite de lua cheia?

Três longas horas depois apareceu a bela Catherine com uma saia longa estampada de tons outonais, deixando ver que calçava uma bota em tom conhaque, combinando com uma blusa de seda bege. Já estava escurecendo e a temperatura caía confortavelmente. Ainda no papel de anfitrião encantado, convidei-a para a varanda de onde se podia ver aquela lua maravilhosa, como costuma acontecer em Brasília no início da temporada mais seca. Sentamos nas cadeiras de junco com o ambiente configurado de antemão pela valiosa Milene. Havia gelo, suco de polpa de pitanga e várias beberagens menos inocentes com seus respectivos copos na mesa ao lado. A ideia era beber alguma coisa e depois sairmos para jantar na Asa Sul, onde o restaurante já contava com a reserva.

Não aconteceu assim. Depois da curiosidade (esperada) pelo suco de pitanga, ninguém saiu daquela varanda pelas quatro horas seguintes. Milene preparou umas comidinhas leves e por ali ficamos.

– Que suco delicioso, Celso. Como é a fruta?

– Amanhã poderei mostrar naquela pequena árvore ali embaixo. São frutinhas pequenas e a colheita de uma semana não seria suficiente para um copo. Compramos a polpa congelada, mas posso garantir que o sabor é o mesmo. Mas creio que já podemos beber alguma coisa mais adulta. Quer vinho, destilados variados, aperitivos... escolha!

– Victoria me avisou que você faz uma caipirinha deliciosa. Tomei com ela e fiquei encantada, mas ela insiste que você faz melhor.

Não adiantam os esforços para planejar detalhes, especialmente com mulheres, sai tudo diferente. Desci correndo para providenciar os apetrechos de caipirinha que obviamente não estavam na mesinha de apoio. Não me ocorreu tomar caipirinha às nove horas da noite, antes de sair para jantar! Milene ficou encarregada de cancelar a reserva, pois eu pretendia manter a credibilidade de cliente habitual. Subi às carreiras para não perder muito tempo daquela ocasião. Todas as rejeições que eu tinha àquela questão referente a orgasmos, visitas a aposentos de hóspede na calada da noite e resistências a dormir na mesma cama eram agora temas sujeitos a reavaliações.

Cheguei de volta à varanda sem fôlego e com a impressão subjetiva de que não poderia ter levado mais que dois décimos de segundo para providenciar tudo de que precisava para fazer aquela intrusa caipirinha! Comecei o processo procurando parecer tranquilo e descontraído, conversando e respondendo perguntas sobre Brasília, aquelas luzes do outro lado do lago. Por um momento esqueci que estava na presença de uma medievalista, mais habituada a construções de oitocentos anos do que estar numa cidade grande, capital de um país continental e que ainda não tem cinquenta anos de inaugurada.

– Por que decidiram fazer a capital neste lugar? Eu vi num *site* de geografia e turismo que Brasília havia sido construída no meio da selva amazônica! Mais uma razão para desconfiarmos dessas informações vindas pela Internet. Que absurdo! Mas confesso que me confundiu por um par de dias, até me certificar das coordenadas da cidade. A Internet aceita tudo.

– Papel também aceita tudo. É preciso cuidado ao verificar as fontes de informação. Brasília foi construída aqui por muitas razões: políticas, econômicas, estratégicas...

– As razões estratégicas me interessam. Andei examinando o mapa da cidade no catálogo telefônico que você deixou no quarto. A diagramação da cidade sugere um plano de expansão territorial ou o temor que forças adversárias ocupem o território. Como aconteceu a construção?

– Que viagem! Por que fantasias tão militares? A construção aconteceu porque três ou quatro doidos com um certo poder *surtaram* ao mesmo tempo. Mas como foi que você chegou a essa curiosa conclusão estratégica?

Enquanto isso, eu derramava pinga e gotas de limão pela mesa que estava tão bem arrumada minutos atrás. Ela preferia adoçante e só havia trazido açúcar! Vai tomar açúcar mesmo! Menti que não tinha adoçante em casa.

– Porque o plano da cidade parece uma daquelas *villes neuves* da França *midi*.

– Você se refere às bastidas, aquelas cidades fortificadas no sul da França?

– Não necessariamente fortificadas, mas quase sempre ao lado de um castelo ocupado por forças bem armadas. O real efeito estratégico era a ordenação arquitetônica e urbana, fazendo que grupos errantes pudessem se estabelecer dando coesão ao burgo e permitindo que a cidade ficasse autossuficiente. A classe burguesa ficaria mais facilmente abrigada, como aqui, definindo-se onde viveriam as outras estratificações sociais.

– Não foi essa a ideia original quando planejaram Brasília. O intuito era que todos compartilhassem os mesmos espaços...

– Bobagem! Com essa diagramação? Os idealizadores talvez quisessem que fosse assim, mas esqueceram de estudar arte e cultura medievais, então. Veja o resultado: estamos, como você me mostrou, numa área privilegiada da cidade. Aposto que os impostos e os imóveis por aqui são mais caros. E os operários, os lavradores, onde estão? Onde mora Milene?

– Bem, Milene mora aqui – o que a surpreendeu, como se eu confirmasse que minha casa era mesmo o correspondente a um castelo feudal e eu contasse com trabalho quase escravo o dia todo. Realmente – continuei – há uma separação por áreas, dependendo do poder aquisitivo das pessoas.

– E a esquerda, as pessoas de esquerda, onde vivem?

– São nossos vizinhos.

– Não entendi. Nas bastidas, o que eu chamo de esquerdistas eram os insurgentes, os questionadores, aqueles contra o *establishment* burguês.

– O proletariado?

– Não, os esquerdistas eram contra os poderes seculares e eclesiásticos e nunca levavam vantagem. O proletariado é aquela parcela da população que não consegue contribuir para a sociedade.

– Bem se vê que você aprecia Toynbee. Eu usei proletariado no sentido habitual das esquerdas contemporâneas. Além do quê, para os romanos, proletários eram apenas as camadas mais baixas, menos qualificadas da população.

– E por isso dificilmente contribuíam para a sociedade. Restava a eles os trabalhos elementares que a camada mais sofisticada não queria fazer, mas que seria bom que fizessem. Não trabalhar com as mãos deixa a gente abobalhada. Já nas *villes neuves*, essas novas cidades planejadas (estamos falando dos séculos XII e XIII!) com interesses socioculturais além de estratégicos, previa-se um lugar para as diferenças. Havia o lugar da igreja, na extremidade da cidade (só era usada aos domingos), e a praça central, onde aconteciam as feiras e os encontros sociais diários. As nossas pequenas cidades de hoje fizeram isso por história internalizada. O planejamento urbano é essencial, mas tende a degenerar se não houver um código a ser seguido e... como se diz *enforced*?

– O ato de observar e fiscalizar, impondo com autoridade o cumprimento. Como percebe, é um conceito difícil no Brasil. Não temos sequer uma palavra que expresse diretamente.

– Bem, voltando às cidades novas medievais, as castas burguesas estavam encarregadas do livre comércio e da prestação de serviços. As associações tidas como mais simples, como os ferreiros e os carpinteiros, não deixavam de ser burgueses, assim como os trabalhadores não qualificados, que eu chamaria de proletariado. Os grupos de esquerda daquela época estariam nessas camadas mais simples de profissionais. O proletariado servia como massa de manobra de líderes fisiológicos que se faziam passar por trabalhadores simples. Nada mudou.

– Não esqueça que os poderosos viviam fora da cidade, escoltados pelas milícias, às vezes mais temidas que as forças do reino. Esses cuidavam de guardar o território militarmente enquanto os burgueses e camponeses, complementando-se, ocupavam o território social e economicamente. Concorda?

– Sim, uma vez que você não colocou os camponeses como proletariado. Você vê alguma semelhança com a criação de Brasília? Aqui também houve uma forte presença militar naqueles tempos, não?

– Vamos conversar sobre isso depois? Fale-me de você. Eu estou feliz em recebê-la e desejo-lhe uma boa estadia – eu disse isso com sinceridade e ternura, olhando-a nos olhos azuis, lindos.

– Obrigada, Celso. Eu lhe agradeço por razões que você ainda vai compreender. Não será hoje, estou certa. Entretanto, eu gostaria de completar meu pensamento sobre as *villes neuves*. Foram construídas uma após outra naquela região, com o apoio da monarquia francesa e da igreja de Roma para inibir invasões vindas do Oriente, enquanto ocupavam espaços estratégicos. Quando li, em um *site* de turismo, que Brasília havia sido construída na selva amazônica – veja só –, eu pensei que seria por uma estratégia de ocupação geopolítica...

– Mais uma vez, não me queira mal por isso, vamos deixar essa conversa sobre questões psicopolíticas para outro dia. As coisas aqui são complicadas e difíceis de explicar sucintamente para um europeu.

– Uma europeia!

– Claro, como se eu esquecesse por um milésimo de segundo dessa bela qualidade que você exibe com tanta eloquência. Eu me referia a todos os europeus. Quais são suas fontes? Que documento é esse que você parece conhecer e sobre o qual eu me debruçaria com todo interesse?

– Calma! – disse ela levantando-se e me beijando o rosto, para minha surpresa e desconforto, pois foi no exato momento em que Milene chegava com nosso, por assim dizer, jantar. Vocês homens são tão chatinhos! Bobos mesmo.

– Concordo. Vamos atacar as gulodices da casa antes que esfriem, não sem antes abrirmos um bom vinho sul-americano. Vamos tentar um argentino, que *me encanta*.

Abri um malbec que foi sorvido aos poucos com um bife de filé com purê de maçã e a tal da vagem torta ao vapor (para mim, é ervilha na embalagem). A conversa desviou-se, em nome de todos os bobinhos do mundo, para histórias passadas, aspectos familiares de nossas vidas e prosaicos planos para as duas semanas que tirei de férias a partir de segunda-feira. Que bom que hoje é sexta-feira!

O vinho cumpriu bem sua missão. Esquentou o suficiente para torná-la mais sensível ao frio que já me subia pela coluna há mais tempo. A cozinha já estava desativada para a noite e nos pusemos a guardar as coisas sem muito empenho. O sistema de som estava abastecido de músicas suaves e algumas boas para dançar. Foi o que fizemos. Ela dança bem, tem cheiro bom, me abraça sem inibições e os corpos se reconheceram.

Acordamos no meu quarto com o sol bem alto. Não sabia que horas seriam, nem estava preocupado. Hoje é sábado e combinei com a Milene que ela ficaria conosco todo o final de semana. Não sendo escravocrata, tudo isso estaria compensado por generosas gratificações.

Catherine despertou quase como no cinema, sem o rosto amassado, sorridente, de bom humor e sem nenhuma das prometidas camisolas de dormir. Não me queixei. Ela recolheu-se aos presumidos aposentos de hóspede e saiu leve como uma pluma, com os cabelos castanhos e curtos, ainda molhados, conferindo um delicioso ar doméstico. A camiseta branca e o *jeans* bem ajustado ajudavam a compor a cena. Acompanhei-a até a mesa, arrumada cuidadosamente pela fadinha doméstica. Frutas, incluindo algumas pitangas, omelete, pãezinhos normais da padaria mais próxima e o inevitável suco de laranja. Simples, mas tão especial!

– Bom dia, Catherine!

– Bom dia, Celso. Serei mimada assim todos os dias?

– Pode crer. Assim será, Madame Péreille.

– Na verdade é *de* Péreille, mas pode me chamar de Philippa.

– Como assim? É outro nome seu?

– Não, é uma brincadeira séria. Meu interesse pelos cátaros veio de muito cedo, na adolescência, quando me contaram que eu poderia ser descendente de uma mulher cátara, Philippa de Péreille, uma das dezenove pessoas tidas como sobreviventes do massacre no castelo de Montségur. Sua mãe, Corba, era uma rica herdeira casada com Raimon de Péreille. Construíram uma casa formidavelmente segura em Montségur, onde viveram com quatro filhas e um filho: Philippa, Arpaïs, Esclarmonde, Braïda e Jourdan.

– Como sobreviveu Philippa? Sempre pensei que ninguém houvesse sobrevivido ao cerco de Montségur em 1244. Como vê, fiz minha lição de casa.

– Não se sabe, mas é fato que não foi queimada nas fogueiras inquisitoriais da ocasião. Ela tinha um filho criança, Esquieu, e não se tem mais notícia dele também. Roger de Mirepoix era o marido da jovem Philippa de Péreille. Muitas vezes ela é referida como Philippa de Mirepoix. Ele, junto com Raimon de Péreille e sua mulher Corba, saíram de Montségur em 1242 para o alto Lauragais a fim de se dedicarem à vida sacerdotal – no sentido cátaro, bem entendido. Nessa ocasião, ainda era possível sair da vila de Montségur. Não se sabe o que aconteceu depois do dia 18 de março de 1244, quando Philippa foi convocada pelo inquisidor Férrier e obrigada a assistir sua avó, sua mãe e sua irmã serem queimadas vivas naqueles autos de fé, como chamavam o final do processo de Inquisição. Ela era jovem, muito bonita, tinha um filho muito pequeno, o resto é especulação. E eu especulo bastante.

– Então, existe uma motivação emocional para o seu interesse pelo catarismo.

– Não existe sempre uma motivação afetiva para que se estude um assunto? A única razão que eu vejo para se estudar é a vontade curiosa de saber alguma coisa. Qual a sua motivação para estudar História do Brasil?

– Nunca dei importância transcendental ao fato, mas as visitas de um conhecido professor da Universidade de São Paulo à fazenda do meu avô me deixavam intrigado e maravilhado. Eu amava estar presente quando ele conversava com minha família. Depois, passei um bom tempo buscando os erros e as falhas nas ideias dele. Parece que isso acontece com muita frequência; encontramos um modelo e em seguida ficamos felizes de discordar dele!

– Isso é coisa de homens. Estão sempre comparando os tamanhos...

– Por favor! Não vamos começar com sessões de psicanálise de botequim, tingidas de feminismo de salão.

– Não entendi nada, mas discordo. Você já fez análise?

– Eu já. E você?

– Também. Quando eu me separei do meu marido, meu ginecologista indicou uma psicanalista famosa. Certamente é uma boa profissional, mas eu fui porque sabia que muitos artistas e celebridades culturais de Bruxelas se consultavam com ela. Não me arrependo, mas não voltaria lá.

– Talvez você tenha buscado a musa das celebridades, e não uma psicoterapeuta.

– Não sei se foi isso. Na ocasião achei que, se era a escolha de famosos, devia ser boa profissional. Não a escolhi pelo *glamour* que ela poderia representar.

– A essência da boa terapia está numa relação nada glamorosa. Precisa ser calma na privacidade, porém intensa nos cuidados. Essa visão do terapeuta como inspirador, ou musa, de celebridades é uma distorção.

– Eu percebia um lado sádico quando minha analista procurava analisar friamente o material que eu apresentava. Não me senti acolhida, sobretudo quando estava contando coisas importantíssimas da minha vida e ela olhava o relógio e dizia: "Nosso tempo acabou!" Achei uma enorme pobreza de espírito. Mas deve ser a técnica dessa ciência.

– Não é ciência. Não no sentido que a academia dá ao termo. Essa tentativa de análise fria, o tratamento profissional de doutrinas psicológicas aplicadas a uma pessoa em sofrimento, me é antipática.

– Por quê? Você preferiria um amigo a um profissional?

– Nessas horas – de abandono – é preferível a atitude do acolhimento amigo a interpretações vazias de afeto e cheias de intelecto. Quando tudo está perdido, e o que nos resta é aceitar a entrega à perda, há uma visita da Graça, ou, se quiser, da sanidade.

– Parece poético. Mas isso é terapia?

– Terapia é – como você ironizou – a poesia simples do encontro de alma numa atmosfera segura, plena de autenticidade. Apesar do seu tom irônico. Mas o cerne do processo terapêutico, para mim, foi um mergulho pessoal de aprendizado, digamos, místico. Foi a liberação para viver necessidades ocultas de que minha natureza precisava. A diferença entre análise e terapia não sei, nem sei se importa, desde que o encontro seja produtivo.

– A produtividade não seria ganho em lucidez?

– A lucidez deprime! O que você acha de olhar certas situações e ver com clareza – ou seja, com lucidez – que aquilo não faz sentido e não há nada que se possa fazer! Não é deprimente?

– Por outro lado não se pode acalentar a inocência. O desconhecimento é triste. Talvez tão triste quanto a lucidez.

– Eu vejo uma grande diferença entre inocência e ignorância. A inocência pode ser uma bênção, se for genuína, e quando é assim tem relação profunda com a etimologia da palavra que é *in noccere*, do latim para "não se ferir", "não se machucar". Consequentemente, não se envolver. Acho que você quis dizer que a ignorância é triste. Mas como é que chegamos a esse assunto?

– Não sei, mas achei você querendo ser profundo, e soou hostil. Senti que faltou autenticidade. Eu lhe contava um pouco da história de Philippa de Péreille porque você prometeu que continuaria a me mimar. Em seguida você me censurou por achar que eu usava psicanálise popular e daí para minha separação do Olivier foi rápido.

– Espere um pouco! Quem é Olivier? O que tem que ver meu desejo de mimá-la com sua antepassada medieval? Não a censurei em nada. Simplesmente pedi que parasse de usar argumentos sexistas!

– Vamos discutir no primeiro café da manhã?

– Não estamos brigando, estamos tentando nos entender!

– Seu tom de voz é de quem está brigando! Essa noite nos entendemos muito bem, não foi?

– Está bem, vou mudar o tom de voz: Olivier foi seu marido?

– Foi, e foi ele também que me colocou frente a frente com os documentos que me trazem aqui.

– Agora é que não entendo mais nada mesmo. Vamos sair para você ter as primeiras impressões da cidade? Enquanto passeamos, você pode me contar um pouco, se quiser.

Saímos no meu pequeno carro e fui mostrando o caminho, comentando o cenário turístico. Ela parecia interessada. Falei sobre a ponte JK e sua história. Ela não prestou atenção às minhas considerações sociais quando da construção; achou linda e pronto. Começamos a ver o plano piloto desde a cabeceira da ponte e ela ficou encantada com a Praça dos Três Poderes, o Planalto, o Congresso Nacional e toda a Esplanada. Eu estava contente porque ela não estava querendo parar para tirar fotos. Quando passamos pelo conjunto cultural na Esplanada, eu disse que a Biblioteca Nacional de Brasília não tinha livros. Chocada, ela perguntou para que servia, então. Eu não soube dizer. A única foto que fez questão de fazer foi do centro de exposições; ela queria tirar fotos daquele bolo de coco sem janelas. Comentou que "parecia uma espaçonave modelo 1959".

Passamos pela universidade, que ela achou triste, sem aquela vibração do espírito que encontramos em outras universidades. Dirigi pelos Eixinhos e pelo Eixão. Expliquei que o lado oeste recebia números ímpares e o lado leste era de números pares e em sequência correspondente de um e outro lado. Tive que escutar a inevitável pergunta, questionando minha lógica candanga:

– O que faz 211 ser par?

– É que em Brasília consideramos o primeiro algarismo como referência! 211 é par e fica no lado L de leste, e 110 é ímpar e fica no lado W de *west*. Entendeu?

– Não, mas é hora de almoçar. Aonde vamos?

– A um restaurante de uma conhecida. Teremos uma boa vista sobre o lago. Ainda é cedo para almoço aqui. Só almoçamos depois das treze horas.

– Lembre-se de que ainda não me ajustei ao fuso. Seria ótimo se pudéssemos comer alguma coisa.

– Está bem, passaremos rapidamente pelo setor de habitações do Lago Norte e seguiremos até a represa onde fica o restaurante. Poderemos chegar cedo e conversar.

No caminho, comecei um discreto interrogatório sobre o trabalho dela como pesquisadora na universidade e lembrei-me de ligar para o restaurante Patu Anu e saber do movimento. Ainda bem, pois foi só para ser lembrado que só têm almoço aos domingos, e hoje é sábado! Mas sábado é dia de feijoada no Lake's. Quem sabe, eu poderia dar um susto gastronômico nessa moça!

12

O manobrista me recebeu com a amabilidade de sempre. Frustrei-me quanto ao impacto que pretendia causar em Catherine. Ela não só adorou a comida como comeu animadamente e sem restrições, à moda brasileira, sua "melhor metade", como disse. Foi bom porque facilitou nossa conversa numa mesa de canto um pouco mais reservada. Perguntei de forma mais organizada sobre como ela havia sido atraída para o estudo dos cátaros e que documentos ele teria colocado a seu alcance. Começou aí uma longa e instigante narrativa:

– Olivier é arquiteto e historiador. É um esteta, além de muito respeitado. Frequentemente, é convidado para supervisionar obras em construções historicamente importantes. Há dois anos, enquanto participava de uma restauração perto de Veneza, um operário chamou-o para mostrar uma espécie de bolsa feita de couro – uma pasta, enfim – com vários documentos que estava entre duas paredes muito próximas uma da outra. Próximas demais para não ter sido um esconderijo deliberado. Olivier viu a palavra *patarini* em um dos documentos. Os patarini foram dualistas do norte da Itália bem ao modo dos bogomilos búlgaros e dos cátaros no Languedoc. Ele sabe do meu interesse e sabe tão bem quanto nós como funciona o submundo do comércio de documentos antigos. O procedimento padrão seria fotografar, documentar com testemunhas e informar as autoridades encarregadas da preservação do patrimônio cultural e da historiografia da região.

– Se você diz que *seria* um procedimento padrão, suspeito que ele não tenha cumprido as normas.

– Acertou. Ele pensou em fotografar cada um dos documentos primeiro e depois entregá-los. Conhecendo as pessoas que receberiam esse tesouro, fotografou o local, despistou o funcionário e levou todo o material para copiar em condições melhores. Assumiu um grande risco e ainda corre um enorme risco de comprometer sua credibilidade profissional.

– Dependendo da natureza dos documentos, o risco que se corre é bem mais grave.

– Claro. O risco de ser assassinado por alguns papéis que podem valer milhões de euros no mercado negro. Talvez seja o caso. Bem, vamos diretamente ao assunto: esses documentos estão num banco em Florença. É aí que começa a sua participação na trama cinematográfica.

– Seja mais específica, por favor.

– *Pois não*, como dizem os brasileiros. Nós temos nessa pasta de couro várias cartas de um diplomata de Veneza em Granada para um almirante que chefiava a espionagem oficial da República Sereníssima de Veneza. Estamos falando do século XVI! Há mais: parte de uma série de cartas de um bispo veneziano em Lisboa que, obviamente, era outro espião. Tudo indica que esse bispo infiltrou um agente na esquadra de Pedro Álvares Cabral. Esse agente fez um relatório, que foi traduzido lentamente do português para o veneziano vulgar pelo próprio bispo e enviado por partes ao funcionário diplomático em Granada, que repassou para o almirante. Vi fragmentos de outras cartas que não consegui examinar com cuidado.

– Que construção é essa onde os documentos foram achados?

– É uma casa de campo – uma *villa* – há vinte quilômetros de Vicenza, no Vêneto. A cidade mais próxima, a verdade, é Costoza. É uma região bucólica, ensolarada e rodeada de colinas floridas. A especulação imobiliária estava fechando o cerco para construir condomínios na área quando organizações preservacionistas contra-atacaram. Uma das medidas foi contratar Olivier para fazer o levantamento histórico e avaliar o estado de conservação das edificações. Essa casa que escondia os documentos estava especialmente deteriorada. Felizmente, a região não é tão úmida como Veneza. Seguramente teríamos perdido as cartas.

– O que era essa edificação? Qual sua finalidade?

– Parece ter sido só um retiro no campo de uma família abonada. Talvez tenha sido a residência do próprio almirante Domenico Malipiero na sua aposentadoria.

– Malipiero então é o nome do chefe da espionagem para Veneza, não? Quem era o embaixador de Veneza em Granada? (Eu anotava mentalmente).

– Embaixador ou secretário, não lembro bem, mas era importante e tinha acesso direto ao almirante Malipiero. Era secretário do embaixador em Granada. Na Granada recém-tomada aos mouros... Agora lembrei! O embaixador chamava-se Domenico Pisani e, como todos os embaixadores, precisava fingir que não sabia de nada.

– Como os presidentes de hoje?

– Alguns presidentes. O tal secretário era Angelo Trevisan, que, por sua vez, controlava as atividades do Núncio da Senhoria de Veneza em Lisboa chamado... Matteo Cretico! Giovanni Matteo Cretico.

– Cretico então plantava agentes nas esquadras portuguesas, recebia relatórios e os repassava a Trevisan em Granada, que informava Malipiero em Veneza. Possivelmente, editava o texto segundo suas conveniências. Já era tudo igual.

– Malipiero, pela sua posição, deveria informar o Senado da República Sereníssima de Veneza. E, como sói acontecer, quando chega ao parlamento, as línguas se soltam e as notícias se espalham pelo vento.

– Onde estão esses documentos?

– Já lhe disse! Ironicamente, estão num banco em Florença, o principado e sem trocadilho, o principal adversário de Veneza. Mas eu trouxe cópias fotografadas no meu *notebook*.

– Você está se saindo melhor que a encomenda!

– Por acaso você me encomendou?

– Não, minha querida. Isso se chama "choque cultural": é quando duas pessoas de culturas diferentes conversam na mesma língua e se desentendem por sutilezas de linguagem. Eu quis dizer que, sem que eu esperasse, você trouxe o mais importante!

– Ou seja, vocês se comunicam pelo avesso e os outros têm que entender! Chamam de encomenda o que não esperam; dizem "pois não" quando querem dizer "sim" e sugerem recato quando querem nos levar para a cama.

– *Touché!*

– Obrigada. Espero que, à medida que nos conheçamos melhor, a comunicação fique mais fácil, menos defendida, como diriam os psicanalistas.

– Vamos voltar ao assunto?

– Sim, porque ainda me incomoda. Ficou alguma coisa entre nós que não está ajudando a relação. Fazer de conta que não houve fricção é fingir que o passado não aconteceu.

– Algumas horas já são *o passado?*

– Lá vem você com a literalidade estéril. Eu lhe avisei que teríamos que entrar na intimidade um do outro. Conhecer a alma um do outro, e conhecer a alma é conhecer a dinâmica de nossas respostas estéticas. Isso eu aprendi com Olivier. Ele é uma pessoa especial, não gosta de psicoterapias em geral e prega que a vida das emoções e das imagens são revelações religiosas.

– Soa como Santo Agostinho.

– Está vendo? Olivier gosta de Santo Agostinho. Se eu não estivesse voltando ao passado recente, não teria a emoção de estar agasalhada neste momento. Você manifestou uma sensibilidade que me trouxe bons sentimentos. Olivier diz que a psicoterapia convida à confissão, mas omite a oração. A confissão é apenas autobiografia se não for devoção ao sagrado e, antes que você me questione, todo mundo sabe quando está diante do profano ou do sagrado. Quer ver os documentos?

Eu estava curiosíssimo para examinar esses documentos do início do século XVI. Nunca na minha vida de professor de História do Brasil estive tão agitado com um achado histórico como esse. Já vi muitos documentos originais que me emocionaram, mas nunca em primeira mão e em circunstâncias tão especiais.

O efeito hipnótico da caipirinha sumiu diante da adrenalina provocada pela expectativa ansiosa de examinar os documentos. Essa mulher chegou apenas ontem à tarde, e em menos de vinte e quatro horas a vida por aqui já está em ebulição. Entramos no carro, tomamos o caminho de casa e toca o celular. Vejo o nome “Biu” na telinha:

– Olá, Celso! Como foi a chegada da moça? Tudo tranquilo?

– Tudo bem. Ela fez boa viagem, já descansou e, a propósito, acabamos de almoçar e estamos a caminho de casa para discutirmos o plano de pesquisa que faremos juntos.

– Já entendi. Não pode falar agora. Dê-lhe as boas-vindas de nossa parte e agende uma data para que possamos conhecê-la. Até breve e dê notícias.

Biu era, em geral, alerta para não ser invasivo ou inconveniente, mas às vezes era ácido. Um cavalheiro no primeiro caso e implicante no segundo. Agradeci sua compreensão e tomei o rumo de casa. Chegamos logo, e logo que chegamos começamos os preparativos para examinar os documentos, de início, na tela do computador. O primeiro era uma carta do almirante Malipiero para o embaixador de Veneza em Portugal, Pietro Pasqualigo. Só entendi com a ajuda da Catherine, que havia lido e traduzido o texto em veneziano para o francês. O almirante não pedia, determinava ao embaixador Pasqualigo informações mais confiáveis sobre o que se passava com as viagens portuguesas de descoberta. Sublinhava que os reis de Leon e Castela, por meio dos seus prepostos, não faziam grandes segredos das descobertas recentes, sobretudo aquelas empreendidas por Cristóvão Colombo em esquadras armadas com a ajuda dos Medici de Florença.

Essa assertiva chamou minha atenção. Eu sabia que Amerigo Vespucci estava em Sevilha, na época, e que trabalhava para os Medici como encarregado de transações comerciais do banco deles. Em tom irritado, o almirante afirmava que "tudo que sabia das intenções portuguesas era que desejavam afastar a sua linha de influência no grande Mar Oceano 270 léguas a mais para oeste de Açores e Cabo Verde". Sugeria que os portugueses sabiam algo que os espanhóis não sabiam. "Teriam contado com a ajuda dos sábios judeus?"

Catherine não tinha certeza a quais judeus o almirante estava aludindo. Que judeus seriam esses? Obviamente, ela conhecia a história da expulsão dos judeus da Espanha, pelos reis católicos – depois de explorar seus conhecimentos e habilidades –, e expliquei a ela que, no final do século XV, muitos judeus, alguns deles cristãos novos, migravam para Portugal, já que após a reconquista do sul da Península Ibérica aos mouros a Inquisição fazia sentir o peso de sua mão. Um desses, cujo nome me ocorria, era Abraão Zacuto, que se mudara de Salamanca, na Espanha, a Lisboa, levando muitos conhecimentos de Astronomia e Cartografia. Como ele, foram outros, como um mouro chamado Vizinho. Ambos estavam presentes quando Cabral partiu para "achar" o Brasil. É bem sabido que os mouros foram uma fonte imensa de sabedoria que as forças católicas expulsaram da região. Portanto, era conveniente acolher outra vertente de sabedoria milenar – por algum tempo.

Um fragmento de carta do embaixador Pietro Pasqualigo a Malipiero dizia que havia determinado a Giovanni Matteo Cretico que se empenhasse mais. Pedia também que o senhor almirante usasse de sua influência junto ao doge para aliviá-lo – Pasqualigo – dessas obrigações, pois gozava da grande confiança do monarca português e temia ficar demasiado vulnerável caso fosse descoberto seu crescente envolvimento na coleta de dados sigilosos da esquadra portuguesa. No mundo da política internacional, é preciso deixar aberta a possibilidade de negar – de forma plausível – que se soubesse do assunto. Pensando bem, acontece com mais frequência ainda na política nacional! É o popular: "quem, eu?".

Aparentemente, o embaixador veneziano em Lisboa foi atendido, pois o secretário Trevisan, a partir de Granada, assumiu as funções de controlador do Núncio Matteo Cretico. Outra carta de Trevisan, sem data e faltando as páginas inicial e final, dizia:

[...] rico banqueiro florentino, mercador importante, gozando de excepcionais favores do reino português.

[...] Quem será esse personagem que merece tantas atenções de Dom Manuel a ponto de ser incorporado uma nau, em cada armada partida de Lisboa, especialmente preparada, às suas custas, para o transporte de especiarias..."

À custa de quem? Do rei ou desse personagem? Parece que do tal personagem, pois há outro documento, de caligrafia diferente, dando informações sobre um conhecido e rico comerciante, Bartolomeo Marchioni, que teria oferecido cartas bancárias de crédito florentino (eventualmente do banco dos Medici) em apoio a viagens portuguesas no seu projeto de expansão no Oriente, sob o reinado anterior de Dom João II, continuando com Dom Manuel. Era como se o almirante Malipiero tivesse encarregado alguém de sua confiança para responder a essas perguntas, já que terminava assim:

[...] Pela sua intimidade com os monarcas portugueses, estava em boas condições de lhes conhecer os segredos. É sabido que o senhor Bartolomeo Marchioni e dois outros mercadores italianos do seu relacionamento se apressaram em informar os Medici sobre o descobrimento de terras novas pela esquadra de Pedro Álvares Cabral, que, pretensamente, se dirigia para as Índias e deveria costear a África.

Conclusão que eu tirava: os Medici estavam metidos nessa história até o pescoço, e os venezianos não queriam ficar para trás no comércio marítimo. *Business as usual* (negócios como sempre) pensei. Malipiero estava impaciente. Pelas datas, após receber essa informação, escreveu com ironia ao secretário Trevisan em Granada sobre o Núncio da Senhoria de Veneza em Lisboa, Matteo Crettico:

[...] E nós aqui esperando, dia após dia, que o nosso doutor de Lisboa, lá deixado a meu pedido pelo Magnífico Embaixador, nos escreva um pequeno trabalho sobre a viagem de Cabral a Calicut.

Só faltou completar: enquanto nossos adversários de Florença, além de financiar as viagens e receber os proventos, são bem informados das questões estratégicas. Eu estava cada vez mais extasiado com tudo isso! O documento que mais me chamou atenção foi uma cópia, em latim, escrita por Pedro Martyr de Angleria: *De rebus oceanicus et novo orbe.* Eu sabia da existência desse trabalho e já o havia consultado em tradução na Biblioteca Nacional no Rio de Janeiro. Vê-lo em latim original, ainda que fotografado, foi emocionante. Pedro Martyr foi, talvez, o primeiro historiador do descobrimento da América. Relatou a história das três primeiras viagens de Colombo além das viagens de Alonso Nino e Vicente Yanez Pinzón a Pernambuco. É fato conhecido que ele mandou fazer cópias dessas narrativas, mas como foram parar nas mãos de um oficial de inteligência veneziano? Ou seja,não adiantou o papa dividir o mundo em dois para atender os reis católicos da Espanha e o reino de Portugal. A vizinhança estava muito atenta!

O mais interessante desse trabalho em latim é que vinha acompanhado de comentários – provavelmente de Malipiero – em veneziano e providencialmente traduzidos para o francês pelo trabalho exegético de Catherine. O primeiro desses comentários – à margem do texto – revelava pouco apreço pelo "nosso doutor em Lisboa", obviamente o núncio Matteo Cretico. Malipiero escreveu pura e simplesmente,

> *que o incompetente e pouco confiável doutor deve ter escrito à Senhoria de Veneza sem o meu conhecimento.*

O texto referente ao comentário mencionava uma viagem de esquadra portuguesa a Calicut que, em rota para contornar o Cabo da Boa Esperança, fez uma parada numa terra nova, recentemente achada para o rei de Portugal. Pouco depois, havia outro comentário fazendo referência ao doge de Veneza que teria recebido alguma informação de Domenico Pisani – o embaixador de Veneza na Espanha – sobre o mesmo assunto. Talvez por isso o almirante Malipiero tenha resolvido informar o Senado da República de Veneza. Uma atitude republicana um tanto forçada pelas circunstâncias. Certamente, não queria correr o risco de ser acusado de sonegar informações ao governo.

13

Ainda havia muito para examinar, mas voltei um pouco no texto e passei pela parte que falava desse senhor Marchioni e que chamou minha atenção por conta do seu interesse pela expansão portuguesa para o Ocidente sob o reinado de Dom João II. Coincidiam com minhas fantasias – alimentadas por alguns indícios históricos – de recursos templários saindo de Portugal para outras paragens. Estava nos meus planos fazer uma boa investigação sobre esse momento histórico. Nesse momento de introspecção reflexiva, Catherine me assustou e interrompeu com a seguinte frase:

– Você sabe que os reis estavam cercados de templários? Só eles tinham condições de credibilidade e recursos para avalizar ou conceder empréstimos grandes.

(No processo criativo, mergulha-se tão facilmente em outro universo que a chamada para este mundo é como um choque térmico; a gente sai do morno aconchegante da imaginação para a fria realidade).

– Eu pensava exatamente nisso, veja só! – (menti, disfarçando o desagrado). É certo que os reis precisavam de boas relações com os avalistas de seus negócios, e esses eram os templários. Portugal os acolheu bem depois da famosa sexta-feira treze de 1307, quando Felipe, o Belo, mandou prender a cúpula da organização.

– Sei de alguns documentos que atestam a saída de uma esquadra templária de La Rochelle, na costa francesa, logo depois desse triste episódio. Há quem afirme que já eram conhecidas as rotas de navegação para o Ocidente e poderiam ter dado com a costa da América do Norte.

– É possível, porém altamente improvável! Levou mais de um século para que os navegantes mais respeitados dessem segurança aos seus patronos para fazer essa empreitada de risco. Será que a notícia dessa possibilidade de viagem aguentaria cento e cinquenta anos escondida? Onde estão esses documentos?

– Os vikings não chegaram aos Grandes Lagos entre o Canadá e os Estados Unidos? Para quem não acredita nessa possibilidade, você parece muito curioso.

– Sou curioso por natureza e se acredito ou não é porque desconheço. Estive em Minnesotta, fronteira com o Canadá, e essa história é folclore do lugar. Levam todos os visitantes para ver as tais *runas vikings*. Só que na "tradução" há elementos cristãos! Os seus documentos estão guardados em Florença?

– Não, bobinho. Não guardo todos os ovos no mesmo cesto. Além do mais, os documentos que estão em Florença foram achados por Olivier. Os meus estão em Portugal. Quanto às "tais runas", talvez não tenham sido os vikings a deixá-las, e seus "tradutores" devem mesmo ter sido cristãos.

– Os documentos estão em Portugal? Você não disse que haviam saído daFrança?

– Calma! Você mesmo lembrou que os templários foram recebidos em Portugal e passaram a chamar-se *Cavaleiros da Ordem de Cristo*. Devem ter carregado uma porção de coisas com eles, não é? Podem ter saído da França em direção ao Ocidente e ter feito uma – ou algumas – paradas pelo caminho. Basta um passeio agradável pelo interior do país a lugares como Óbidos, Almourol e Tomar – para citar uns poucos – que parecem gritar: "Os templários dormiram aqui!"

– Você é engraçada, mas faz sentido. Você me lembrou as hospedarias ao redor de Washington D.C.: "George Washington dormiu aqui!" A julgar pelo número de hospedarias, ele só dormia! Mas voltando ao nosso tema, essa não pode ser aquela "via Catalonia" a que você se referiu antes.

– É claro que não. Aparentemente, alguns cátaros saíram pela Catalunha, perto do que é hoje Barcelona. Mas vamos deixar esse tema para depois. No momento, eu preciso entender como foi o descobrimento e a ocupação do Brasil.

– Não, não, não! Isso não se faz e eu fico me sentindo – detesto a expressão – usado. Pode ir desembuchando essa história!

– "Des" o quê?

– *Desembuchar* é tirar do *bucho*, do estômago, das tripas. Colocar para fora.

– Realmente é difícil entender vocês. Precisamos ser mais disciplinados com os estudos senão perdemos o foco.

– Se não for multifocal, o estudo fica superficial e o conhecimento decorrente é parcial e pobre. Por isso o politeísmo é mais eficiente que o monoteísmo. São muitas influências agindo ao mesmo tempo em direções diferentes, e a imagem fica caleidoscópica. Esteticamente é melhor.

– Está bem, eu conto. Mas vamos deixar os detalhes para depois. Sou medievalista, estudo os cátaros há anos, como sabe, e foi essa descoberta acidental – tão acidental quanto aquela que fez Olivier em Veneza – que despertou minha curiosidade pelos investimentos templários. Quando Victoria me contou suas histórias, achei muita coincidência e pensei que você saberia algo mais.

– Já lhe disse que inventei aquelas histórias para a Victoria sob o efeito de muitos *dry martini*.

– Mas agora você sabe que sua intuição de ficcionista inventou verdades. Você contou que uma esquadra especial teria saído da Escócia e aportado em Santa Catarina, no Brasil. Agora eu lhe informo que tenho documentado que aquela esquadra que saiu de La Rochelle no dia 13 de outubro de 1307, o dia da derrocada dos templários na França, era composta de dezoito embarcações, e dez chegaram a Lisboa. Cinco delas, as "mais carregadas", *desgarraram-se* em direção à Bretanha e "as três mais leves" *perderam-se* em direção ao "Mar Oceano". Essas três mais leves podem ter sido as mais indicadas para buscar novas terras, como a América, por exemplo. Sabemos que as viagens de descoberta eram feitas por esquadras pequenas como as de Colombo e Vespucci. Geralmente, três naus. Aquelas cinco "mais carregadas" bem que poderiam ser as mais cheias de riquezas, e as dez que chegaram a Lisboa poderiam ter tantas riquezas quanto, porém com mais gente. Talvez isso explique a divergência quanto ao número de embarcações que encontrei na minha investigação.

– Como assim?

– Alguns documentos dizem que treze naus estavam na latitude de Lisboa, outros dizem de dez naus chegando a Lisboa, e todos concordam que eram dezoito naus saindo de La Rochelle!

– Você está querendo dizer que um grupo foi para a Escócia, outro foi buscar novos lugares na América e o terceiro grupo foi acolhido como os Cavaleiros de Cristo em Portugal? Não haveria por que especificar características tão uniformes para cada grupo se fosse uma separação acidental. Parece que já havia a constituição de três grupos definidos com funções diferentes.

– Bingo! Essa é minha hipótese.

– Como posso ver esse documento?

– Acho que você precisa de mim para disciplinar a abordagem de problemas complexos. Como já verbalizou, eu estou *usando* você, ainda que não seja da forma negativa com que a frase foi usada. Eu sei coisas que você não sabe – ou não sabia que sabia –, e eu tenho conhecimento de coisas que você nem imaginava. Estou ajudando você a que saiba saber.

– Essa declaração foi profunda. Este humilde professor de História do Brasil estará desde agora na vassalagem da condessa de Péreille.

– Não precisa se esconder na ironia. Sua inferioridade já é demasiado óbvia. Basta ser o humilde Celso... e me obedecer!

– *She who must be obeyed!*

– Você leu esse livro do Ryder Haggard? Que raro encontrar alguém que conheça essa obra! "Ela, aquela que deve ser obedecida", uma das boas desse genial contador de histórias que foi Haggard.

– Li várias vezes. A primeira vez foi na biblioteca do meu avô, quando se escrevia o título *Ella* – com dois eles – em português. Depois, no aeroporto de Washington, encontrei uma edição de bolso de *She.* Li sem parar como se fosse um livro desconhecido. Abriu novas janelas na minha percepção do feminino. Cheguei ao Brasil transformado depois dessa viagem na companhia *d'Ella, Ayeesha,* como se chamava a personagem. Fiquei assustado! Era uma figura feminina fortíssima, dura e destrutiva.

– A figura feminina pode ser fortíssima, firme, sem ser destrutiva! Não fique com medo. Não vou enfeitiçá-lo, não vou destruí-lo, só vou cuidar de você.

(Entendi que já estava enfeitiçado. Alguns aspectos que eu considerava meus e imutáveis já tinham sido destruídos. Lembrei-me do que havíamos conversado antes: nenhum momento é mais saudável e completo do que aquele quando se reconhece que tudo está, digamos, perdido e há entrega. Por que será que pensei em tudo perdido? Será que perdi a capacidade de controlar minha vida? Que cuide de mim, pois!).

– Onde você estava? Parecia longe, meditando. Vamos reorganizar e "planejar o plano": você tem uma hipótese de investimentos de origem templária na colonização do Brasil. Eu agrego minha hipótese de recursos de origem cátara do Languedoc. Esses recursos vêm de lugares comuns aos dois grupos e se cruzam numa mesma época, séculos XIII/XIV com desdobramentos pelos séculos seguintes. As viagens de Colombo no final do século XV, as de Amerigo Vespucci, Cabral e Vicente Pinzón no início do século XVI, as tramas políticas inevitáveis nos bastidores, e outros acontecimentos no Brasil do século XVII, segundo suas histórias contadas a Victoria.

(Eu estava articulando uma pergunta sobre ciúmes em relação a Victoria, mas achei prudente calar. Estou melhorando!).

– Você tem razão. As frentes de trabalho estão mais claras, saindo da intuição e assumindo formulações teóricas. Estou gostando mais assim. Mas é preciso que você tenha sempre em mente que eu sei saber o que preciso saber. Não sou um pesquisador acadêmico por saber criar ficção!

– Acho que feri seus brios.

– Agora quem é *chatinha* é você!

Catherine tomou o controle do computador e buscou um outro diretório que ainda não estava tão organizado quanto aquele que usávamos. Explicou que estavam guardadas separadamente na tal parede falsa encontrada em Veneza por Olivier. Quis assim preservar a lógica de quem as guardou.

– Pronto! Eis aqui duas cartas importantes para começar. Essa primeira agora me parece ser de um daqueles espiões venezianos em Lisboa. Veja só:

> *[...] a grande esquadra do Colombo partiu de Palos em 25 de setembro de 1493. O genovês não cabia em si de contentamento. Seu caminho para as Índias estava provado e agora navegava com autoridade e títulos. No início da viagem, não deixou de perceber as imponentes galeras venezianas fortemente armadas que se fizeram avistar ao longe. Foi uma decisão estratégica acertada de·V. S. O prático navegador – agora almirante espanhol – não poderia se dar ao luxo de buscar·um enfrentamento, e seguiu viagem, mas ficou registrado o interesse veneziano nessas viagens.*
>
> *Em Lisboa, há preocupação com as consequências do Tratado de Alcaçovas, e negociações para um novo tratado favorável a Portugal estão em andamento. Como haverá de entender V. S., a expulsão dos judeus das terras católicas modifica o mapa de encontros e oitivas a nosso favor. Sem mais, seu fiel servidor.*

– Acho que você tem razão, Catherine. Alguém – um judeu – estava observando e passando informações para o missivista.

– Será? Sei que trabalhos brilhantes foram obras de judeus na Espanha. Muitos saíram para Portugal, outros para a África...

– Interrompendo... Lembra-se de que lhe falei de um matemático e cartógrafo chamado Abraão Zacuto? Ele saiu de Salamanca para Lisboa. Quando as coisas ficaram "quentes" em Lisboa, ele saiu para Salonica via Tunis para evitar um tratamento "caloroso" pela Inquisição, como disse um historiador português cujo nome eu esqueço.

– Então o missivista anônimo estaria se referindo a alguém de sua confiança que teria saído da Espanha – talvez para Portugal – onde encontros e informações seriam facilitados. Poderia ser Abraão Zacuto?

– Francamente, não sei. Zacuto era genial e sobreviveu graças a seu brilhantismo. Teve um discípulo de origem moura, José Vizinho, que foi fundamental para a divulgação da obra do mestre. Zacuto só escrevia em hebraico. Vizinho traduziu para o latim. Certamente, é grande a importância dos dois para a navegação. Os navegadores da época não sabiam calcular a longitude, mas havia séculos que os persas e gregos já pensavam no assunto e existia uma tábua de declinações do Sol num período de quatro anos. O curioso é que não eram bem conhecidas, mas Colombo copiou essa tábua na folha de guarda de um exemplar do *Imago Mundi* que ele consultava sempre.

– Voltando a Zacuto, realmente, não tem o perfil de um informante.

– Não, não tem. Ele era daquela estirpe de humanistas que buscavam o segredo dos destinos humanos. Frequentemente, estudavam o movimento dos astros para encontrar correlações e indícios de correlações. Acho que estavam certos; a diferença era de método, pois já sabiam que a alma está fora da pessoa.

– Lá vamos nós outra vez entrar num desvio do caminho. Estou interessada, mas voltaremos a isso mais tarde, está bem? Eu sei que não se dava muita importância às longitudes, sobretudo porque ninguém se afastava muito da costa conhecida. E Zacuto? Estava interessado no assunto?

– Claro! Chegou a fazer uma compilação dos elementos necessários para a determinação das latitudes e comentários sobre longitude numa edição portuguesa. Como vemos, era respeitado em Portugal e gozava de bom trânsito à volta de Dom Manuel. Basta dizer que ele e Vizinho estavam ao lado do monarca por ocasião da fanfarra montada para as despedidas de Cabral em 1500.

– Ele fez mapas de navegação?

– Não conheço. O grande cartógrafo da época era Juan de la Cosa. Foi na viagem de Colombo, na Santa Maria, e em 1500 desenhou o primeiro mapa confiável da América.

– Vamos ver a outra carta desse pacote?

– Tomamos um chá?

– Agora? Não íamos organizar o estudo?

– São quase cinco horas e todo estudo precisa de pausas.

– Obedecerei.

14

Milene preparou uma mesinha na varanda do escritório no andar de cima. Realmente, a pausa foi relaxante com um belo crepúsculo. Fiquei sabendo um pouco mais do casamento dela com Olivier e do enorme carinho que ficou entre eles. Cheguei à pieguice de lamentar que eles tivessem divorciado – mas não disse nada. Estou cada vez melhor, impedindo que tudo que penso "caia da boca".

Os dois se encontraram na universidade e uma brincadeira com os sobrenomes fez que se aproximassem. Como sempre muito falante, Catherine apresentou-se a Olivier como descendente de uma heroína cátara, esperando alguma pergunta ignorante do interlocutor. Ao contrário, ele a surpreendeu, dizendo que então se dariam muito bem, visto ser ele descendente de um templário importante, Aimery de Saint Maur, nascido em Tourraine, mestre da comendadoria do Templo em Londres e amigo dos reis Plantagenetas. Era o conselheiro que o rei João, sucessor do irmão – Ricardo Coração de Leão –, mais respeitava.

Olivier de Saint Maur explicou que o nome seria uma corruptela de "Mouro", um santo mouro como talvez tenham sido tantos na época da convivência criativa entre mouros, judeus e cristãos no reino de Granada. O reino islâmico na Espanha terminou com a rendição de Boabdil em 1492, entregando o maravilhoso palácio de Alhambra para os reis católicos Fernando e Isabel ou Isabel e Fernando, dependendo do momento que se estuda e do ângulo que se aborda o assunto.

Olivier, ao que parece, é um apaixonado pela arquitetura mourisca da Andaluzia e consequentemente é um forte crítico da cruzada castelhana contra o reino de Granada. A máquina administrativa do reino mouro era de enorme complexidade e não raro se encontravam judeus presidindo órgãos de governo. Judeus convertidos ao cristianismo também eram bem recebidos em função de suas competências. Conversamos um pouco mais sobre nossas experiências no sul da Espanha – eu mais que ela – até que a conversa voltou a Boabdil, filho do sultão Muley Hassan com Aixa, a

Honesta. Depois, confirmando o clima de tolerância no reino, Muley Hassan casou-se com uma escrava cristã, Fátima, filha de um combatente católico aprisionado numa batalha. Ela mudou o nome para Zoraya, tornou-se a preferida do harém e a principal causadora de intrigas na corte. Conseguiu até a prisão de Boabdil, recebendo promessas de sua execução em favor de seus próprios filhos. Aixa socorreu e salvou Boabdil, que nunca saiu de baixo de sua forte influência.

– É a maldição do nome – disse eu. Aixa, assim como Ayeesha, não era representante do feminino que se pudesse enfrentar impunemente.

– É verdade – concordou Catherine –, ainda mais quando lembramos a última frase dela para Boabdil, quando ele chorava a perda de Granada: "Choras como uma mulher pelo que não soube defender como homem."

– Depois dessa, não admira que ele tenha sumido dos registros históricos, deixando o caminho livre para o ambicioso e eficiente casal Fernando e Isabel. Era o início do ano mágico de 1492, quando Cristóvão Colombo se viu envolvido nesse impressionante momento da história. Como você sabe, Isabel parecia nutrir uma simpatia especial por Colombo, aquele jovem de trinta e seis anos já com o cabelo totalmente branco, com corte estilo *chanel*, alto e de ombros largos, gestos aristocráticos e ótimo orador,dotado de uma retórica sedutora.

– Celso! Você está me saindo um grande fofoqueiro!

– ... perfeitamente capaz de atrair o interesse de uma rainha bonita, inteligente, casada com um homem mais jovem, ambicioso e tomado pelo desejo de poder. Um desejo, com tons messiânicos, de salvação do mundo ocidental da ameaça dos infiéis. Isso o deixava muito ocupado nos campos de batalha e nas mesas de negociação. Isabel sabia reconhecer um messias, e Colombo não passaria despercebido. Além do mais, Colombo tinha grandes e messiânicas ambições!

– Tinha o *physique de rôle*. Estou gostando, conte mais.

– Nada que você não saiba. Você sabe que Colombo fazia viagens marítimas desde os quatorze anos de idade. Era comum as famílias estimularem os filhos a começar cedo a contribuir para o orçamento familiar e, ao mesmo tempo, diminuir os gastos. Colombo teve um casamento com esposa de uma camada empobrecida da aristocracia portuguesa e enviuvou precocemente, justamente ao nascer seu primeiro filho. Encurtando a história, a duras penas conseguiu o apoio de religiosos e judeus convertidos ao cristianismo para aproximá-lo da rainha, mais do que do rei espanhol.

– Mais! Estou gostando. Como foram as viagens?

– Estou sentindo um clima de gozação. Você está me sabatinando?

– As duas coisas. Estou fazendo troça de você – me divertindo com isso – e testando para ver se chegamos a um ponto comum. Foi você que imprudentemente me alertou que sabe mais coisas do que eu poderia imaginar. Continue!

– Colombo conseguiu o apoio – limitado – dos reis católicos para sua primeira viagem, que teve a imposição de três pilantras dos mares, três corsários nas horas vagas: os irmãos Pinzón. Colombo deslocou-se para a costa sul da Espanha, mais especificamente para o porto de Palos. Lá encontrou os irmãos Pinzón, que tinham muita influência na área. Possivelmente, traficavam escravos e eram credores de vários empresários. Requisitaram a caravela Pinta de um negociante que não via a menor graça em ceder sua embarcação para semelhante maluquice, e parece que sabotou o leme para que quebrasse – como quebrou – no início da viagem. Ao pararem nas Canárias para o conserto, souberam que havia uma expedição de navios portugueses para aprisioná-los. As informações circulam rapidamente. Dom João de Portugal já devia estar arrependido de negar ajuda a Colombo. Também foi difícil convencer o dono da Niña a arrendá-la. Aceitou na condição de fazer parte da tripulação. Era uma embarcação ágil, copiada de modelos portugueses muito eficientes e rápidos.

– Mas Colombo sabia que não era uma maluquice. Era só perigoso. Ele havia conversado com um velho marinheiro, anos antes, que perto de morrer decidiu compartilhar o que os templários já sabiam desde o século XIV: havia uma rota para as ilhas Atlânticas a ocidente.

– Você está começando a abrir o jogo, não é? Vamos lá, sabidona. Colombo convenceu os mercenários Pinzón a acompanhá-lo já que a coroa havia se comprometido a equipar dois navios. Ele, Colombo, deveria se responsabilizar pelo terceiro. Achou um navio de transporte de Juan de la Cosa, completamente inadequado para a viagem, chamado *Maria Galante*, ou "Maria Exibida" ou ainda, opinião minha, "Maria Sem-vergonha"! A primeira medida foi mudar o nome para *Santa Maria*. Confere?

– Confere, ainda que discorde da tradução de *Galante* para *sem-vergonha*. *Insinuante* fica melhor. Caso seja do seu interesse, eu aprendi que o nome original era *La Gallega*. *Marigalante* foi a nau capitânea da segunda viagem.

– Que seja. O fato é que em 1492 chegaram às Bahamas, passando por Cuba e Hispaniola (hoje Haiti e República Dominicana), apesar dos muitos dissabores causados pelos irmãos Pinzón, que voltaram apressadamente para a Espanha.

– Farei um comentário maldoso: Colombo desejava ser vice-rei do império americano e teve que se contentar com o Haiti!

– Isso é a história, minha querida! Foi uma trapalhada enorme. Depois que seus homens chacinaram cerca de cinquenta nativos com seus arcabuzes, deixou uma pequena guarnição de trinta e nove homens no pequeno forte de Navidad, especialmente construído para marcar presença nas terras novas. Terras essas que já haviam ficado marcadas com o primeiro confronto armado entre nativos e europeus. Os Pinzón dispararam na frente, deixando o aflito Colombo para trás numa caravela que só conseguiu chegar graças a seu talento diplomático, já que esteve perto de ser preso nos Açores e escapou de ser assassinado em Lisboa, onde conseguiu aportar, ainda assim pensando que era o norte da Espanha. Não bastassem os contratempos da viagem, Colombo vivia aqueles dias atormentado pelas mentiras que os Pinzón poderiam estar contando na Espanha.

– Pois é, Celso. Sabemos que a segunda viagem já contou com a participação de Amerigo Vespucci, nosso suposto agente duplo em Sevilha, onde chegou, curiosamente, em 1491, um ano antes da viagem de Colombo. Aparentemente, estava a serviço do Banco Medici e – acreditamos – também a serviço da Inquisição numa investida de longo prazo.

– A hipótese é plausível. O sucesso da viagem de Colombo foi muito divulgado, sua imagem perante a coroa ficou melhor e chegou a ser nomeado almirante da armada espanhola com honras e deveres. Seria interessante a Vespucci certificar-se dos fatos com uma aproximação cautelosa porém marcante. Foi ele quem financiou a segunda viagem, aquela de 1493. Foi o armador, como se diz.

– Mas como você analisa o fato – que se menciona – de essa grandiosa esquadra, levando mais de duzentos homens, armada por um florentino (Vespucci), ter sido escoltada por galeras venezianas fortemente armadas?

– Francamente, não sei. Nunca me detive a analisar esse ponto, mas a carta que vimos há pouco diz que Colombo *avistou* as galeras. Podemos imaginar que Malipiero já tivesse informações sobre a primeira viagem e os planos para a segunda viagem. Ele não ia deixar que os acontecimentos seguissem apenas segundo os planos de Castela e Florença. Sou inclinado a achar que Colombo cruzou com as galeras venezianas e enfeitou seus diários com a história da escolta.

– Parabéns, meu caro! Malipiero já sabia até que Vespucci pretendia repetir a rota de Colombo. Antes que você pergunte, eu tenho cartas que apontam nessa direção.

– Você é mesmo uma caixinha de supresas! Podemos ver isso agora? Ajudaria na condução do raciocínio.

15

Eu estava ansioso por voltar ao estudo dos documentos. Senti uma certa resistência dela nesse sentido. Ela viajou toda essa distância para discutirmos o assunto e agora ela parece muito mais interessada em simplesmente estar a meu lado! Insisti.

– Vamos voltar aos documentos!

– Está bem. (Para minha surpresa, foi essa a resposta. As mulheres me surpreendem quando concordam).

– Paramos naquele documento traduzindo a obra de Pedro Martyr e uma carta do almirante Malipiero reclamando notícias de seus agentes em Lisboa. Quanto a isso, estive pensando em quem poderia ter dado informações sobre a esquadra e sua composição. Sabemos que havia naus equipadas por investidores diversos: judeus, germânicos e italianos, principalmente.

Enquanto eu rolava alguns documentos para ter uma visão geral antes de imprimi-los, apareceu uma carta de Giovanni Francesco Affaitato para Malipiero, de Lisboa a Veneza, aos cuidados do embaixador de Veneza na Espanha, nosso já conhecido Domenico Pisani, que parece ter encaminhado o documento sem examiná-lo. Entre outras coisas e depois das amabilidades da época, informava claramente que havia um agente pró Veneza infiltrado na tripulação da nau de mantimentos e provavelmente outros, desconhecidos, "a serviço de não sei quem". Ora, se sabia – ou suspeitava – da existência de outros espiões incógnitos, deveria saber a identidade do agente em questão, a serviço de Veneza. Affaitato bem poderia ser um segundo observador de confiança e com acesso direto a Malipiero que, por meio dele, controlava Matteo Cretico, o núncio apostólico que se mostrava lento em dar informações sobre os movimentos navais de Portugal.

– Você parece ter sentido algo de especial nessa carta, Celso.

– É verdade. Veja só o que diz esse trecho:

> *... contou-me o tripulante que saíram a oito de março de um lugar chamado Rastello onde muitos rezaram numa capela chamada Santa Maria de Baller. Tinham condições de ficar mais de ano e meio fora, apesar de levarem um mil e trezentos soldados, sob o comando do fidalgo Pedro Aliares Cabrile.*

– Foi esse trecho que me chamou atenção. *Rastello* deve ser Restelo; *Baller* deve ser Belém e *Aliares Cabrile* só pode ser Álvares Cabral. Nosso amigo informante não deveria ser português. Não lhe parece? O ouvido, com certeza, era estrangeiro! Um judeu errante?

– Faz sentido. Continue.

– Veja só, tem muito mais! Ele diz:

> *... o capitão Kaspar de Lemos tinha ordens de queimar a caravela uma vez esgotados os mantimentos.*

Confere. As naus de mantimento em geral não eram equipadas com canhões e soldados. De fato, o comandante era Gaspar de Lemos. Adiante,nessa longa carta, o tripulante informa como testemunha:

> *... que houve desentendimento e revolta dos outros capitães quando o fidalgo Aliares Cabrile determinou que nossa nau de mantimentos fosse aliviada da carga a ser distribuída pelas demais embarcações e retornasse ao Reino com notícias da chegada à Terra da Cruz.*

– Eu aprendi que era *Terra de Vera Cruz.*

– Certamente, foi uma forma de associar a descoberta a uma terra santa. Quem sabe,*Terra da Cruz seria a mítica Nova Jerusalém*... Minha hipótese é que seria uma alusão à cruz templária. Caminha chamou de *Ilha de Vera Cruz* e o rei deslocou o foco para a Santa Cruz como referência à cruz católica. Mas sabia muito bem que era com os recursos da Ordem de Cristo que podia armar tantas esquadras. Veja bem, ele continua falando sobre esse desentendimento entre os capitães:

> *... A maioria (dos capitães) achava que a nau deveria acompanhá-los até Calicut e ser abastecida com especiarias. Ser queimada por quê? O próprio soberano já havia autorizado alugar mais navios no destino e trazer o máximo que pudessem; à força, se as circunstâncias assim o exigissem. A nau dos florentinos Marchioni, Sernigi e Salvago, a Annunziata, seguiria com a esquadra assim como a do Conde de Portoalegre. Ficou decidido, depois de acaloradas discussões, que cada capitão escreveria a sua própria carta para El Rey, que faria seu próprio julgamento, não ficando apenas com as notícias do Alemão.*

– Sabe quem é esse “alemão”?

– Deve estar se referindo ao Mestre João, um astrônomo amador e físico – como chamavam os médicos – de Dom Manuel. Ele escreveu uma carta importante e conhecida para o rei quando estavam em Porto Seguro. Este senhor aparece na história com várias alcunhas, como Grego, Galego, Mestre Menelau, Joan Faras, e talvez outros apelidos mais. Ele calculou a latitude quase exatamente quando desceu à terra em Porto Seguro. Bobo não era. Devia ser um *figuraço*. Curioso que o nosso missivista não mencione a carta de Caminha.

– Já não pergunto mais sobre essas expressões. Imagino que *figuraço* deva ser alguém de boa figura, ou figura interessante.

– Chegou perto. O que importa aqui é que esse agente a que se refere o *signore* Affaitato bem que poderia ser o misterioso piloto anônimo da história do descobrimento. Aquele – como esse – não era piloto, já que não fez, no texto conhecido, nenhuma observação técnica sobre navegação. Só anotava e comentava questões estratégicas e comerciais, se é que essas coisas são de naturezas diferentes. O portador poderia ter voltado com a nau de Gaspar de Lemos e o famoso piloto anônimo fez a viagem completa. Eu acho possível que o Mestre João possa ter voltado com Gaspar de Lemos. A carta dele só trata do trecho até Porto Seguro. Nada impede que ele ou outro tenha levado o primeiro trecho da carta do “piloto”.

– Isso não pode ser devido à tradução e edição que o texto sofreu por parte de Matteo Cretico? Quanto à carta de Caminha, não foi ela o último relato a ser divulgado?

– É um ponto a ser considerado, mas esse texto não parece ter sido editado por Cretico, o observador de Veneza em Lisboa. Note que a carta é desse senhor Affaitato, que parece traduzir o documento original entremeando com seus próprios comentários. O texto desse “piloto anônimo” – na verdade, é o relato de um agente veneziano – não parece ter sido editado pelo núncio apostólico de Veneza. Tem um tom diferente, como se tivesse mais urgência de atingir o destinatário. A carta de Caminha só veio a público no século XIX e certamente era mais um documento burocrático, uma certidão de posse das terras no Brasil. Dom Manuel devia estar mais interessado em relatos emocionais, crônicas e reportagens daqueles dias.

– Não se tem notícias das várias cartas dos capitães da esquadra?

– Não, e uma versão conhecida da carta do “piloto anônimo” apareceu publicada em Veneza muito tempo depois de o almirante Malipiero ter recebido esta carta que lemos agora. Também é curioso que o nosso “piloto” não fala de nenhum aspecto técnico relevante da longa e acidentada viagem da frota de Cabral. Devemos mesmo considerar a hipótese de ter seguido uma primeira parte na embarcação de mantimentos que voltou vazia a Lisboa.

– É difícil sustentar essa hipótese, a não ser que tenha havido uma outra pessoa associada nesse circuito de informações.

– Concordo, porque o relato completo do chamado "piloto anônimo", seguramente um trabalho editorial de Matteo Cretico, faz comentários sobre o restante da viagem a Calicut. Vamos ver se cabe um auxiliar nessa história. Que diz a intuição feminina?

– Diz que Matteo Cretico poderia estar esperando esse relatório para fazer a tradução. Por isso ficou se explicando ao chefe Malipiero. Entretanto, bem que poderia ter caído nas mãos de Affaitato primeiro, retardando o cumprimento das instruções recebidas de Cretico. Quando este a recebeu – é uma hipótese –, percebeu que era só a primeira parte. Então, por essas alturas, Malipiero já tinha em mãos a versão de Affaitato, que leu os originais do "piloto anônimo" primeiro.

– Moça, para uma historiadora de formação sólida, você é rápida no delírio.

– Obrigada. Estou aprendendo com você. Citando Pascal em minha defesa, "é tão necessário ser louco, que seria outra forma de loucura não ser louco".

– Está bem, minha louquinha. Voltemos ao tema: estaria programada esta viagem da nau de mantimentos? Explico, quanto à viagem ao Brasil, estamos de acordo que foi intencional, mas a volta dessa embarcação do Brasil para Portugal estaria no programa?

– Minha intuição feminina diz que sim.

– Já fico até desconfiado do sumiço da nau capitaneada por Vasco de Ataíde na altura de Cabo Verde. A nau sumiu sem deixar vestígios ou náufragos. Nem um pedaço de mastro!

– Agora você está fazendo roteiro de cinema. Nos filmes sempre aparece um pedaço da embarcação que a identifica claramente. Além do mais, o repórter "piloto anônimo" diz que:

... a nau separou-se da armada, de tal maneira que nunca mais se ouviu nada dela até hoje, e nem se pode saber.

– Dessa forma ele enfatiza que houve uma separação e não um naufrágio. Também afirma que nada mais se ouviu dela. Esperavam notícias? Por que não se pode saber? É segredo? São minhas conjecturas.

– Caminha também faz comentários superficiais sobre o fato, sem lamentos ou sentimentos de perda. Lendo seus pensamentos, você acha que poderia ter se desgarrado intencionalmente para navegar solta em direção à América do Norte. Teria ido aos destinos de Colombo, confirmando sua teoria das viagens dos templários?

– Acho que pode ter sido assim. Mas não devo contaminá-lo com o vírus da grande conspiração cátaro-templária em que vivo pensando.

– Ei! Devagar, moça! Até agora quem contou histórias inventadas fui eu. Não cabe a uma pesquisadora acadêmica, amparada em documentos, devanear sobre um deles, o que estamos lendo, e tendo outros para examinar.

– Reconheço que o professor de História do Brasil é você. Satisfeito?

– Deixe-me tentar jogar um pouco de luz sobre essa questão. É sabido que um português, de família nobre, membro da Ordem de Cristo e chamado Gaspar Corte Real, teria sumido em 1500, pela costa da Nova Escócia, na divisa dos Estados Unidos com o Canadá. Sabemos desse incidente porque, em 1501, El Rei autorizou uma expedição para resgatá-lo, comandada pelo irmão, Miguel Corte Real. Não podemos saber, mas Gaspar poderia estar na embarcação de Vasco de Ataíde, ou não? Esse Vasco de Ataíde é citado como um homem de nobre estirpe. Nada mais. Não é curioso?

– É uma hipótese... O que aconteceu com o irmão Miguel?

– Você não parece muito entusiasmada com essa hipótese, mas ela me ajuda a pensar num conjunto de circunstâncias que recriam um clima de ocupação estratégica, mais que prosaicos descobrimentos. Miguel sumiu na costa de Massachusets. Pesquisadores sérios descobriram umas inscrições em rocha que podem ser dele. Ao lado de uma cruz templária está escrito "*MIG-L*".

– Interessante! Então a família dele estava muito envolvida nessa operação.

– Sim. O pai dos rapazes era importante na Ordem de Cristo e muito próximo ao monarca. Gaspar Corte Real poderia estar investigando as mesmas rotas que Colombo navegou, e que já eram conhecidas dos vikings, e dos templários como você lembrou. Sabemos disso. As perguntas precisam ser mais sutis: para quê saber sobre essas coisas, e não os porquês.

– Acho que estou acompanhando melhor os seus delírios. Vamos ver outro documento.

– Aqui está, acho que é outra carta de Affaitato. Essa é de 1493:

> *... como nesta cidade tudo é sabido pois tudo é comentado, tenho por informação que, desde o falecimento de Dom João II, seu sucessor Dom*

Manuel, ligado aos reis de Leon e Castela por casamento com sua filha, houve por bem aceitar a aproximação do investidor florentino Bartolomeo Marchioni, tendo como emissário o senhor Beltramo, para que Amerigo Vespucci fosse convidado para fazer a mesma viagem de Colombo. Vespucci é representante em Sevilha da empresa de navegação do senhor Giannoto Berardi. Ambos são florentinos e tanto interesse de Portugal nessa rota deve merecer atenção cuidadosa. Como sempre, a seu serviço.

– Mais uma vez, sem assinatura. Interessante. Já tínhamos visto referências a essa visita proposta pelo senhor Marchioni.

– É verdade. Eram cartas mais recentes, depois de 1500, pois foi depois da viagem de Cabral. Então já havia interesse desde a segunda viagem de Colombo de 1492, para que a rota fosse verificada pessoalmente, mas a viagem de Vespucci só aconteceu em 1499, seis anos e mais uma viagem de Colombo depois. Fernando e Isabel não deviam estar muito inclinados a mostrar seus segredos, mesmo que fosse para o genro Dom Manuel.

– Talvez, principalmente, para o genro monarca de um reino adversário e vizinho.

– Como vê, os espiões oficiais, os diplomatas venezianos, só ficaram sabendo desse movimento, dessa operação "siga Colombo" seis anos depois. Próxima carta, minha querida!

– Gostei de ser chamada de querida, você é muito econômico nessas manifestações verbais de afeto. Temos uma carta do embaixador Pasqualigo, aquele que pede favores a Malipiero e depois atropela, passando informações de inteligência diretamente para a Senhoria de Veneza. Que tem a dizer, querido?

– Não me deixe constrangido! Somos diferentes quanto a manifestações explícitas de afeto.

– Não me parece, quando a noite cai!

– Voltemos às cartas!

– Essa é de 18 de outubro de 1501. Cabral já estaria de volta, não é?

A primeira caravela dos irmãos Corte Real chegou nove dias atrás. Consta que foram na direção navegada por Colombo e encontraram terra firme, e não apenas ilhas. Dizem que navegaram mais de seiscentas milhas acompanhando a costa sem encontrar um fim. Supõem que essa terra faça parte da terra encontrada no ano passado pelas naus deste rei, que foram a Calicut. É a terra dos papagaios, a setentrião, da qual também fazem parte as ilhas achadas para os reis de Espanha. Outra razão para acreditarem que é terra firme está na grande quantidade de rios largos e caudalosos que não estariam numa ilha. Continuamos esperando a cada dia a chegada da outra caravela dos Corte Real, assim poderemos saber mais sobre essa terra.

Ora, vejam só! O segredo mais bem guardado do mundo era conhecido de todos! Até Pasqualigo sabia da viagem dos irmãos Corte Real. E nós sabemos que "a outra caravela" – de Miguel – jamais voltaria. Nem a primeira – de Gaspar –, que não é sequer mencionada. Uma das caravelas da expedição de Miguel conseguiu voltar, aparentemente.

– O despistamento quanto à viagem secreta de Gaspar está evidente quando leva a crer que foi uma expedição conjunta dos irmãos Corte Real. A corte se refere à expedição dos irmãos Corte Real quando Gaspar já se havia perdido e Miguel foi resgatá-lo só depois que os navios de Cabral começaram a chegar de volta. Corre uma versão de que Vasco de Ataíde teria ido diretamente a Calicut e lá morreu de uma febre. Nesse caso, o resgate não seria tentado no hemisfério norte – ou Gaspar não estaria naquela nau. Mas eu acho que estava.

– Falou tal qual Galileu: *Eppur se muove!*

16

No dia seguinte, na inevitável conversa no desjejum, Catherine confidenciou algo que eu também sentia, de certa maneira. Estávamos muito mobilizados emocionalmente com esses estranhos acontecimentos de forma tão concentrada. Eu me sentia compelido ao estudo de forma quase obsessiva, apesar do cansaço com tantas informações:

– Celso, estou sentindo que uma ligeira depressão toma conta de mim. Devo estar cansada de tantos nomes e hipóteses, apesar de que o trabalho de investigação é necessariamente confuso. É curioso que começo a sentir que faço parte dessa trama complicada, com raízes na Idade Média e que vem se estendendo até os séculos XV e XVI...

– ... E séculos XVII, XVIII, XIX e XX. Você sabe tão bem quanto eu que o tecido da história continua sendo trançado com os fios dos fatos aparentemente isolados. Nada é isolado. A ordem – ou desordem – é a mesma, todo o tempo no espaço todo. Nosso trabalho é buscar o sentido dessa mixórdia. Ouço com muita frequência – de amigos e alunos – que dou "muita informação"! Ora, a vida é cheia de informações. Que perceba quem tiver instrumentos para perceber! (Alguém já disse algo parecido). Quem não tiver, desfrute as considerações de quem as puder dar. Vamos ver mais algumas coisas e deixar esse assunto de lado por um tempo – se conseguirmos.

– Estou de acordo. Mas não sei se você me entendeu.

– Entendi, mas voltando a Colombo na sua segunda e florentina viagem, dessa vez constatou que o forte de Navidad havia sido destruído e a guarnição massacrada. Pode ter sido uma retaliação pela morte dos cinquenta nativos na visita anterior. Um lembrete contra a arrogância. Agora chegaram às Antilhas e a primeira a ser avistada ganhou o sugestivo nome de *Dominica*.

– Mais uma sugestão do compromisso de Colombo com a Inquisição?

– Não tenho dúvidas. Colombo proclamou-se cruzado e tremia de medo de ser acusado de herege, fazendo questão de mostrar-se um ardoroso defensor da cristandade. O trio Fernando, Torquemada – o grande inquisidor – e Colombo foi importantíssimo para a imposição da fé cristã naqueles dias. Nessa viagem, que durou três anos, Colombo cometeu a imprudência de deixar os irmãos como administradores dos territórios. Foram muito incompetentes, sobretudo ao lidar com a população de encarcerados que haviam levado da Espanha. Entre outras mazelas, a sífilis foi espalhada entre a população local de forma devastadora.

– Pois é, são as nossas contribuições civilizadoras. E a terceira viagem de Colombo? Que me conta dela?

– Novamente percebo aquele seu tom de inquisidora, querendo chegar a algum lugar, mas antes verificando até onde posso ir.

– Eu acho *inquisidora* uma expressão forte. Você poderia substituir por *inquiridora*? É verdade que eu quero chegar a certos lugares e lugares certos. Da mesma forma que preciso ter muito cuidado para não chegar a lugares errados.Diga-me: o que você achou importante na terceira viagem?

– Prometi que você seria obedecida, portanto, digo que o mais importante da terceira viagem é a demonstração clara da competência de Colombo como navegador. Seu destemor inconsequente e o instinto de sobrevivência fizeram que aprendesse rapidamente a usar os ventos do hemisfério norte e que a viagem durasse apenas vinte e um dias! Depois, sei que você gostaria que eu mencionasse a prisão de Colombo pelo governador em Santo Domingo durante a sublevação civil que acontecia por lá.

– Pode repetir o nome do lugar?

– Pela sua pergunta, o nome “Santo Domingo” vincula o governador Bobadilla aos dominicanos. Um governador que deveria ser subordinado a Cristóvão Colombo mostra-se cheio de autoridade e prende o almirante. Responsabilidade da Inquisição?

– Claro que sim! ...Querido. Mas por que o prenderiam se contava com a simpatia e proteção dos católicos e poderosos reis de Leon e Castela? Só ataque de ciúme não me convence. Os dominicanos não poderiam prender ninguém formalmente.

– Mas a autoridade secular devia prestar obediência ao trabalho dos inquisidores. Bobadilla era o representante da autoridade civil em Santo Domingo e prenderia Colombo diante de uma ameaça concreta contra a doutrina da fé professada...

– ... que geraria um pedido de prisão por parte das autoridades eclesiásticas. Concorda?

– Concordo, mas vejamos: nessa terceira viagem, em 1497, Colombo, já cheio de si, aportou no continente numa praia que poderia ser a Venezuela de hoje. Certamente, na foz do Orinoco. Ficou tão encantado, que admitiu a hipótese de ter descoberto o paraíso terrestre descrito na Bíblia. As pessoas andavam nuas naturalmente; as aves eram coloridas; o verde exuberante; a água abundante e as frutas, variadas e saborosas! O fato destoante é que, ao chegar às comunidades que tentou formar, encontrou instalado o caos social. Essa é a razão aceita para sua prisão.

– Está bem, mas voltemos ao ponto em que ele aportou no continente antes de chegar à ilha Hispaniola e sua sublevação. Ele ficou impressionado com a visão de um paraíso. Que fez ele com essa impressão?

– Lá vem você induzindo minhas respostas! A resposta desejada é que ele ficou tão impressionado que fez um desenho desse Paraíso, mas o desenho é apenas uma menção num de seus escritos. Se existiu de fato, perdeu-se.

– Não se perdeu.

– O que você quer dizer com isso?

– Quero dizer que um desenho do paraíso no final do século XV, em plena vigência da guerra contra a heresia na Espanha, poderia ser um documento perigosíssimo se a autenticidade fosse comprovada. Ou seja, que faria a igreja se o verdadeiro paraíso fosse diferente do paraíso mítico da Bíblia?

– O mesmo que faria se encontrasse o túmulo do Cristo, com os ossos dentro.

– Exagerado! Mas seria uma grave ameaça aos dogmas. E mais, Castela estava em guerra com a Itália, com o que chamaríamos hoje da região napolitana da Itália. Não havia tempo a perder cuidando do senhor navegador Colombo. Quer saber de uma coisa? Você é um iconoclasta nem sempre simpático.

– Não eram iconoclastas os cátaros? Já ouvi uma ou duas coisas a respeito dos templários que não combinam com o *status* de monges guerreiros.

– Entendi, mas eu dizia que achei uma cópia do suposto desenho do paraíso feito por Colombo na foz do Orinoco.

– Estou assustado é com o que pode vir a ser dito depois!

– É verdade. Eu tenho o desenho.

– Vai contar como o conseguiu ou terei que esperar mais algum tempo?

– Conto o necessário. Enquanto procurava documentos relativos à Ordem de Cristo em Portugal, notei que um certo documento estava escrito no verso de um desenho, assim como se aproveita uma folha de papel sem prestar atenção no que está por trás. Colombo chegou preso em outubro de 1500 e ficou encarcerado em Cádiz por seis semanas.

– Pode ser que esse desenho tenha sido escondido, poupado da destruição por ter sido usado dessa maneira.

– Pode ser. O fato é que copiei os documentos que me interessavam e consegui fotografar o desenho. Achei melhor não carregá-lo no computador. Está num CD em Lisboa e tenho um *pen drive* comigo aqui. A grande questão, a meu ver, era a rota do dinheiro. Melhor dizendo, dos recursos salvados ainda no tempo dos cátaros, tendo templários e seus sucedâneos – os Cavaleiros de Cristo – como fiéis depositários.

– Os dominicanos – da Inquisição – também estavam de olho no caminho do dinheiro. Eles tinham convicção de onde viera, mas para onde iria? Quero crer que Colombo – que antes morava em Portugal, numa propriedade dos Perestrello, numa ilha perto da Madeira – estava na mesma frequência ao sair para o norte com o beneplácito dos reis católicos espanhóis. O importante era explorar as condições locais de lugares já sabidos e descobertos. Amerigo Vespucci buscou a forma e os meios de encontrar-se com Colombo tão logo este chegou da primeira viagem. Os florentinos diligentemente armaram a segunda viagem de Colombo – agora numa rota mais direta, aproveitando os ventos no sentido horário que seus dotes de navegador detectaram. Dessa vez, o financiamento não terá sido pelos belos olhos do luso-genovês, mas pelo tanto que pretendiam investir.

– Quem detém o poder econômico detém o poder político, e os dominicanos ficaram em alerta. É isso?

– É como acho que ficaram nessa terceira viagem. O esforçado genovês já voltou preso pela Inquisição. Alguma desavença houve no topo da hierarquia além dos tumultos sociais.

– Ou Colombo achou algo que não deveria ter achado e precisava ser calado? O desenho já me parece importante o suficiente. Já teria Amerigo Vespucci algo a ver com isso?

– Pode ser que sim. Meu colega Biu contou que Vespucci era sobrinho de um dominicano membro da Santa Inquisição (Giorgio Antonio), homem de sólida formação humanística, e foi por ele preparado para trabalhar no banco dos Medici. Nessa condição, foi trabalhar em Sevilha, pertinho de Portugal, com o reino de Granada já conquistado, e muito perto dos agentes mais importantes de Veneza. Eram os primeiros anos depois da reconquista dos territórios mouros ao sul na Península Ibérica. O momento era propício para instalar autoridades eclesiásticas e garantir a permanência da fé cristã na área. Tão logo os agentes da Inquisição – Amerigo Vespucci inclusive – puseram as mãos nas informações de Colombo, Vespucci deslocou-se para onde? Para Portugal!

– Acho que você está carregando nas tintas desse quadro imaginário.

– Vamos rever um pouco nossos registros sobre Vespucci. Tenho algum material na biblioteca, circunstancialmente fornecido pelo nosso amigo Severino, o padre Biu, doutor em Inquisição. Vejamos... Tenho aqui algumas notas sobre Amerigo Vespucci para refrescar a memória: ele nasceu em Florença, em 1454, e morreu como cidadão espanhol na Espanha, em 1512. Ou seja, os reis da Espanha julgaram que ele havia prestado inestimáveis serviços ao reino. Antes de seu emprego com o banco dos Medici, esteve em Paris, na casa de um "parente distante", integrando uma misteriosa comitiva especial, entre 1478 e 1480. No início desse período, o irmão mais novo de Lorenzo de Medici foi assassinado. Veio uma guerra entre as cidades-estado de Roma e Nápoles contra Florença. Lorenzo foi a Nápoles negociar a paz. Mas, na ocasião, os turcos atacaram vários territórios dominados pelos florentinos, e Lorenzo fechou a fábrica de sedas da família assim como as filiais do banco em Londres, Bruge e Veneza. É uma coincidência inquietante que tudo isso tivesse ocorrido um pouco antes da chegada do jovem contador Amerigo Vespucci. Talvez aquela estranha comitiva reunida em Paris possa ter sido parte dos últimos preparativos para sua missão junto aos Medici como *sleeper*.

– Como o quê? Não me deixe mais confusa, por favor!

– É um termo que os ingleses usaram para designar aqueles espiões que passavam anos servindo ao inimigo, conquistando confiança para depois dar o bote. Como se estivessem hibernando os seus reais objetivos.

– Isso está escrito aí?

– Não. Estou acrescentando as ilações agora. Acho que quem conta um conto pode ilustrar muitos pontos. Mas voltemos ao assunto: Vespucci foi enviado a Florença para trabalhar como contador de Lorenzo de Medici, depois do período em Paris. Acho que suspeitavam – no Vaticano – de que Lorenzo administrava recursos não confiscados pela Inquisição. Mais uma vez, estou contribuindo com minhas fantasias.

– Recursos dos cátaros, aposto.

– Veremos. Depois de conquistar a confiança do banco Medici, Vespucci foi enviado para Sevilha, em 1491, como executivo de uma empresa dirigida pelo preposto dos Medici, o senhor Giannotto Berardi. Conseguiu uma posição ligada aos empreendimentos navais. Armou a segunda e a terceira expedição de Cristóvão Colombo e foi contratado pela famosa *Casa de Contratación de las Índias,* fundada em Sevilha, em 1503, o que é muito curioso.

– Curioso por quê?

– Porque teria sido logo depois da volta de Amerigo Vespucci de sua viagem ao hemisfério sul. Viajou com o espanhol Ojeda para o Caribe e talvez tenha chegado ao Rio Grande do Norte e Ceará em 1499. Desentenderam-se os dois, e Amerigo Vespucci começou a escrever cartas para a Europa, incluindo os Medici. Lorenzo morreu em 1492, deixando três filhos: um tolo, um esperto e um doce, como ele mesmo dizia. Piero ficou encarregado das relações políticas dos assuntos da família – relações institucionais, diríamos hoje em Brasília –, e como tal era um bom esportista. Giovanni era o esperto e passou a cuidar dos negócios. Carlo, o doce filho ilegítimo, seria eclesiástico, mas Giovanni era tão mais esperto que tornou-se o Papa Leão X. Piero não era completamente tolo, justiça seja feita. Fez uma grande reserva em obras de arte e patrocinou muitas obras arquitetônicas.

– Como é que Vespucci foi se envolver com essa viagem de Ojeda?

– Veja como os fatos começam a se encaixar com a fantasia: Bartolomeo Marchionni, o rico armador florentino – em Lisboa – convenceu Dom Manuel, sucessor de Dom João II, a enviar um emissário a Sevilha para captação de recursos para novas viagens. Acontece que Sevilha era onde Amerigo Vespucci se encontrava, colaborando com os reis católicos, oficialmente trabalhando numa empresa privada e supostamente a serviço do banco Medici – de Florença. Sabemos, só eu e você, que não era bem assim. Vespucci parece que tinha sua própria agenda. Dom Fernando encarregou Vespucci da missão, soltando a raposa no galinheiro. Para disfarçar, Vespucci simulou recusa e desinteresse. O emissário foi convincente, um tal Bartolomeo de Giocondo, fazendo Amerigo Vespucci aceitar uma viagem ao Novo Mundo. Era tudo que ele queria: uma viagem provocada pelos portugueses, com patrocínio espanhol, para bisbilhotar os motivos de Colombo e as intenções de Portugal. Fernando não só concordou como ofereceu três navios para a expedição e ainda pediu que Vespucci espionasse para ele, sem se dar conta de que estava sendo usado. Seria a oportunidade de Florença (da Inquisição ou as duas) para verificar o que estava acontecendo naqueles lados do mundo.

– Segundo nossa "bem documentada" pesquisa, interpretada de forma criativa e fantasiosa, Amerigo Vespucci não estava a serviço da Espanha, estaria a serviço da Inquisição. É isso?

– Poderia ser, indiretamente. São tantos os matizes e tão imbricadas as relações, que fica difícil estabelecer limites claros entre os acontecimentos. Vespucci não estava a serviço de Portugal, nem da Espanha, nem dos Medici, por quem tinha apreço, mas não lealdade. De volta dessa viagem com Ojeda ao Caribe, ficou claro também que ele e Ojeda não se toleravam.

– Sabe por quê?

– Porque dois bicudos não se beijam. Não pense que os homens, por serem bicudos, não conseguiam beijar-se. Temos uma espécie de pássaro chamado *bicudo* cujos machos são muito agressivos uns com os outros. Ojeda era um exibicionista. Homem bonito, atlético, destemido e bem apresentado, não poderia se dar bem com um vaidoso, culto e inteligente, além de rico, que tinha fama – digamos – de mentir e falsear informações para aparecer bem na história.

– Já disse que os homens gostam de comparar os tamanhos...

– Parece que você tem uma certa fixação no tema. Não vou enumerar o que as mulheres fazem quando estão competindo umas com as outras.

– Não é preciso. Nós sabemos o que acontece nesses casos.

– Enquanto Cabral era enviado para o Ocidente, oficialmente a caminho das Índias, Amerigo era agora convidado para fazer a mesma viagem. Seria sua terceira viagem. Possivelmente, suspeitavam de que havia algo encoberto. Portugal escondia algo. Cabral fingia que iria só para as Índias, mas uma certa calmaria mal explicada o levaria ao Brasil, exatamente para a costa da Bahia.

– Por que você diz "exatamente" para a Bahia?

– Porque foi para lá que Amerigo Vespucci se dirigiu. Saiu de Lisboa e chegou às ilhas de Cabo Verde quando a esquadra de Cabral passava por lá de volta das Índias. Era uma volta pouco gloriosa, depois de perder oito dos treze navios, se não me engano.

– Muito interessante! A primeira viagem de Amerigo Vespucci – sob os auspícios da coroa espanhola – foi em 1499, logo depois da terceira viagem de Colombo. Assim que Cabral partiu "para as Índias", Vespucci o seguiu sem se preocupar com a rota das Índias. Veio direto para o Brasil! E sob patrocínio português. Ele sabia bem o que se passava!

– Essa teria sido a terceira viagem, a que saiu na esteira da esquadra de Cabral.

– Teria sido? Por quê? Não foi?

– Na minha opinião, foi a segunda e última. Talvez tenha sido a primeira viagem realmente exploradora do Brasil. Ocorreu entre maio de 1501 e julho de 1502. Passou pelo Cabo de Santo Agostinho, em Pernambuco, Bahia de Todos os Santos e Cabo Frio. Aí – em Cabo Frio – deixou 24 homens construindo um pequeno forte, não se sabe para quê. Morreram todos. Chegou até a Patagônia pelas costas brasileira e argentina. Era uma esquadra espanhola de três navios sob o comando português de Gonçalo Coelho, homem da confiança de Dom Manuel, que além de estimular a expedição era genro de Fernando e Isabel – não custa lembrar. Assim como é bom lembrar que os irmãos Pinzón, espanhóis, autônomos a soldo – para não dizer corsários –, foram conferir a rota de Cabral e de Vespucci, chegando a Pernambuco em 1502. Vespucci voltou para a Espanha com o título de *Piloto Mayor*. Uma grande homenagem dos espanhóis, mas deixou irritados os portugueses quando despistou o comandante Gonçalo Coelho. Disse que se havia perdido, mas seguiu sua própria viagem de observador.

– Prestou bons serviços aos espanhóis, com certeza. Não sabemos quais, ou sabemos? Estaria Dom Manuel vigiando os caminhos de Cabral?

– Muito provavelmente, já que todos vigiavam a todos. E satisfeito com o fidalgo Cabral, Manuel não estava.

– Por que diz isso?

– Oficialmente, Cabral recusou-se a voltar a Calicut numa expedição punitiva, para continuar a vingança da morte de tantos, inclusive de Caminha, infligida pelos muçulmanos de lá. Ele seria um subcomandante e sentiu-se diminuído na sua autoridade. Recolheu-se a Santarém e viveu mais vinte anos em completo esquecimento.

– Você disse que essa era uma versão oficial. Qual é a de fato?

– Cabral havia se destacado como diplomata habilidoso em conflitos no Oriente. Estava em vigor o Tratado de Tordesilhas, que desde 1494 estendia a posse de terras achadas até esse meridiano aos portugueses. Antes disso, vigia o Tratado de Alcaçovas, de 1479, pelo qual os portugueses estavam limitados à Ilha da Madeira e aos Açores. Cabral recebeu, em 1500, a missão importante de fingir que voltava para o Oriente, seu território, por assim dizer, dando plausibilidade à estratégia. A viagem de Cabral ao Brasil e Calicut em sequência foi considerada um fracasso imperdoável. As perdas materiais e humanas foram enormes. O clima era tenso na área da espionagem. Em 1483, Portugal recusou ajuda a Colombo, que, em 1492, viajou com o patrocínio espanhol e com grande sucesso. Obviamente, os portugueses ficaram ressentidos com a própria falta de senso de oportunidade. Então, entre 1493 e 1497, imperou a lei do sigilo quanto à navegação de esquadras portuguesas. Presume-se que Bartolomeu Dias, em 1488, além de ter dobrado o Cabo da Boa Esperança (antigo Cabo das Tormentas), teria estado no Brasil – sem fazer alarde –, tendo feito a mesma rota de Cabral, e voltou sem prosseguir para as Índias. Para assegurar-se da localização dessas terras, Portugal mandou o competente navegador Duarte Pacheco Pereira. Cartógrafo e militar disciplinado, Pacheco Pereira fez um cuidadoso mapeamento da costa brasileira logo após a assinatura do Tratado de Tordesilhas, onde representou a coroa portuguesa na qualidade de cientista.

– Cruzes! Tenho a impressão de que só faltou instalar um semáforo de trânsito naval nessas rotas.

– Uma das cartas que Vespucci escreveu para Dom Manuel, ainda na sua viagem de investigação da nossa América do Sul, diz que nessa terra não havia nada de interesse. Só se viam árvores enormes e gente em estado natural, não havendo metais ou outras coisas de valor. Só faltou dizer ao rei que toda a fanfarra feita por Cabral e sua turma não servia para nada. Não é de se estranhar que logo depois o rei tenha demonstrado seu desinteresse pela terra do Brasil e a tenha arrendado por vinte anos a um consórcio de cristãos novos – judeus convertidos – sob a liderança de Fernando de Noronha. O senhor Noronha estava na expedição de Vespucci! Como sempre, os negócios determinam o andamento da história. Mais um caso de uso de informações privilegiadas.

– Teria sido esse o fato importante que irritou Gonçalo Coelho quando perdeu o contato com Amerigo Vespucci na ilha... de Fernando de Noronha?

– Obviamente, a ilha não se chamava assim então, mas não havia pensado nessa correlação. Temos cartas e uma enorme controvérsia quanto a isso. O número de cartas conhecidas de Vespucci, por exemplo, é maior do que as que de fato escreveu. Eu me incluo entre aqueles que reconhecem três ou quatro cartas apenas. Fala-se em mais. A maior parte é claramente falseada por razões comerciais. Muito editadas e quase obras de ficção. Era uma leitura apreciada na época e, portanto, vendia bem.

– Como costuma ser a obra histórica, boa obra de ficção!

– Calma! Afinal eu sou um historiador...

– ...que adora editar e fantasiar.

– Vou ignorar a provocação. Falemos das cartas: temos uma de 4 de junho de 1501 que escreveu em Cabo Verde. Sabe quem foi o portador? O portador dessa carta para Lisboa foi um tripulante de Cabral chamado Gaspar da Gama. Era um judeu convertido – um cristão novo – que tempos antes se havia feito passar por um muçulmano curioso entrando no navio do português Bartolomeu de Gusmão em Calicut. Já mostrava sua inclinação pela bisbilhotice! Foi preso, torturado e converteu-se para ajudar os portugueses. A quem estaria ajudando antes? Aos inquisidores espanhóis é que não seria. Seria aos interesse de alguma cidade italiana? Pelo visto, mais parece que tornou-se um agente duplo, vendendo seus serviços aos grandes investidores em Portugal. Acredito que soubesse a quem prestava serviços por meio do navegador florentino, Amerigo Vespucci.

– Agora estou mais cautelosa. São fantasias ou são fatos documentados?

– Meio a meio. Mas faz sentido. Tanto que, em 1508, nosso Amerigo foi nomeado navegador chefe da *Casa de Contratación de las Índias*. Fiscalizava credenciais de capitães e tripulações. Era ele quem preparava mapas das terras recém-descobertas e a ele cabia interpretar e coordenar os relatórios que os comandantes eram obrigados a fornecer. Foi ou não foi eficiente? Conseguiu a posição de controle de todas as informações navais em primeira mão. Além da cidadania espanhola, recebeu o título de *Piloto Mayor*. Em 4 de setembro de 1504, escreveu a Soderini, um magistrado florentino muitíssimo ligado aos Medici. Talvez ele tenha informado Vespucci de que estava correndo de boca em boca que ele sabia demais. Assim pode ter achado prudente sugerir não mais voltar a Florença.

– Estou perdida. Ajude-me a organizar as viagens de Vespucci, por favor. Foram duas, três ou quatro?

– Voltaremos às cartas depois, então. Fala-se de quatro viagens, mas discute-se a autenticidade da última, que pode ter sido uma invenção. Mesmo a primeira, de 1497, quando teria ido com a esquadra espanhola até o Golfo do México, é discutível, mas é possível. O mais provável é que tenha fabulado essa viagem para passar à posteridade uma imagem de navegador experimentado. A segunda é aquela que fez com Ojeda em 1499. Teria chegado à foz do Orinoco na Venezuela – assim como Colombo – e explorado o Caribe – de novo, como Colombo –, além de chegar ao Nordeste do Brasil, possivelmente o litoral do Ceará. Parece que foi repetir a viagem de Colombo para confirmar a hipótese de que o paraíso estivesse mesmo lá, com todos os atributos que lhe davam as escrituras bíblicas.

– A terceira viagem foi atrás de Cabral. Nesses casos, ele foi na qualidade do quê? Não era um financista, um funcionário de banco?

– Devia era ser macaco, no horóscopo chinês! Nunca admitia ser incapaz de fazer alguma coisa. Parece que foi como cartógrafo nessa expedição; era bom de cálculo. Mas ele diz que foi o comandante. Pode ser que tenha comandado um dos três navios. Teve como companheiro de tripulação o famoso Juan de la Cosa. Esse, sim, um competente cartógrafo.

– Sua fama não me alcançou.

– Você esqueceu, nessa chuva torrencial de nomes e lugares. Já falamos sobre ele quando da primeira viagem de Colombo. Convenientemente, era o dono da "Maria sem-vergonha". Quanto à quarta viagem, de 1503, teria sido realizada sob a bandeira de Portugal e, talvez, com Gonçalo Coelho novamente no comando. Há quem diga que o comandante era Fernando de Noronha. Consta que passaram pela ilha (de Fernando de Noronha) em virtude de uma tormenta. Nesse ponto da viagem, Amerigo Vespucci já não se entendia com Gonçalo Coelho, que o acusou de deserção. Amerigo Vespucci dá umas explicações técnicas para seu desligamento da esquadra, buscando esconderijo no outro lado da ilha. Gonçalo Coelho, desconfiado, informa que terminou perdendo o navio "que levava o mais importante da viagem". O que seria? Mapas? Algum agente? Acho que essa chamada quarta viagem é um desdobramento literário da segunda. Eu sinto vontade de acreditar que Vespucci tinha uma cópia do mapa de Cantino, conhecido como Planisfério de Cantino.

– Conheço a história desse mapa. Desapareceu na época e apareceu no século XIX na qualidade de cortina, preso à janela de um açougue em Modena, terra da Ferrari. O diretor da biblioteca universitária não só o reconheceu como adquiriu e levou para a Universidade de Modena, onde ainda se encontra. Por outro lado, não tenho muitas informações sobre seu autor, esse senhor Cantino.

– Pois é, Cantino não é o autor. Trabalhou dedicadamente como informante do duque de Ferrara junto à corte portuguesa onde circulava com desenvoltura. Recebeu a incumbência de conseguir o mapa mais completo que pudesse, sem se preocupar com despesas. Alguém de renomada competência aceitou a incumbência.

– Espionagem tecnológica da época. O cartógrafo teria sido Duarte Pacheco?

– Não creio que ele possa ser um suspeito. Ele era um militar discreto e leal, ao que parece. Acho que o nome mais provável é Juan de la Cosa, que viajou com Vespucci e antes viajara com Colombo. Tinha a experiência e as qualidades para a missão. O mapa é de 1502. Vespucci e Juan de la Cosa já estavam de volta a Portugal.

– Então, segundo seu entendimento, Vespucci fez duas viagens, ambas com características ecléticas e turvas. Não sabemos a que senhor servia em nenhuma das duas. Agora, você me informa que Amerigo Vespucci, na sua segunda viagem de comprovação dos caminhos de Cabral, cruza com a desestruturada esquadra do fidalgo português em Cabo Verde. Cabral voltava, Vespucci ia. Envia uma carta por um tripulante da esquadra que deveria espionar. Não é estranho? Se entregou uma carta, poderia ter recebido outra. Se o portador é de confiança, pode levar e dar informações. E escreveu a um importante magistrado florentino pouco depois.

– Agora quem está cauteloso sou eu. Eu vinha sentindo um desconforto que agora se esclarece: você sonega informações e vai soltando aos poucos, à medida que as análises se conformam com os seus dados. Para mim, a mensagem é que não mereço confiança, mesmo você sabendo que faço um jogo limpo, aberto e amigo.

– Você tem razão, Celso. Peço que me compreenda. Há muitas questões em jogo que preciso cuidar, até para que você não sofra.

– Posso escolher sofrer ou não? Não me foi dada essa opção!

– Não darei essa opção, Celso.

– Posso saber por quê?

– Porque estou *apaixonada* por você! Fantasiei muito enquanto nos comunicávamos por *e-mail*. Aparentemente, fui leviana, já me entregando sexualmente na primeira noite que fui sua hóspede, enquanto você era tão romântico e cuidadoso comigo. Mas eu precisava me jogar de cabeça para ver de fora o que a vida faria comigo. Soltei o corpo, mas poupei a alma, e muitas coisas me aconteceram na intimidade do meu quarto. Talvez devesse dizer na intimidade do meu ser. Tenho informações preciosas, Celso. Tão preciosas quanto perigosas, para mim, para Olivier – meu querido Olivier – e agora para você, meu amado. Os homens não sabem perceber essas coisas. Confie em mim e, por favor, não pense – nunca – que não confio em você!

– Nesse momento, não sei o que dizer. Perdi o chão. Realmente, não sei como responder.

– Lembra-se de "Ella, a que deve ser obedecida"? O feminino arquetípico, auspicioso, perigoso e encantador? Tomara que possa me obedecer. Pura e simplesmente me obedecer.

– Tentarei.

– É tudo que eu peço agora, nada mais, nada menos. Continuamos?

– Estou começando a trilhar o perigoso caminho de suas fantasias. Continuamos, ainda que eu tenha a inquietante sensação de que algo não vai dar certo.

– Você prefere o tédio?

– Siga-me, garota! E nunca conhecerás o tédio.

– Victoria que o diga!

– Várias vezes reprimi meu impulso de fazer o comentário que farei agora: você sente ciúmes de Victoria?

– Perdeu uma ótima oportunidade de reprimir mais uma vez. Não seja pretensioso!

– Entendido.

– O que você entendeu?

– Que você tem ciúmes dos momentos de intimidade que no passado compartilhei com Victoria. Mas você não estava lá. Já é noite, acho que estamos cansados e é hora de mudarmos de assuntos, no plural, e eu a convido para jantar.

– Você é um homem sensível. Aceito.

17

Minha hóspede havia trazido mais do que movimento à minha casa calma e solitária. Eu percebia agora que, apesar do meu sentimento de incompletude e busca de vida social, aceitava viver vazio já há algum tempo. Sem que eu tivesse consciência disso, era a estabilidade interior que eu procurava – e resistia ao mesmo tempo. Até que Catherine aparecesse, por meio daquela primeira carta, minha vida interior era calma. Agora havia intensidade em cada momento, alegria em cada gesto, expectativa diante de qualquer silêncio. A casa já não era um endereço, a casa era eu. Poucos dias se passaram – uma semana – e parece que sou outra pessoa habitando o mesmo corpo.

Hoje o dia foi produtivo: pude organizar melhor esse enorme volume de informações que chega minuto a minuto a meu conhecimento. Aos poucos esse conhecimento precisará ser integrado e transformado em compreensão. Por enquanto, compreendo pouco e me espanto muito. Essa noite faremos uma pausa intelectual e vou levá-la ao restaurante Oliver, nos limites do Clube de Golfe.

Demorei mais que o habitual para conseguir preparar-me e vestir o de sempre, parecendo o de sempre. Desci para a sala e para o piano, que é o melhor lugar para esperar, pois minha ansiedade fica bloqueada pela música saída de mim. Escutar música é um deleite, mas permite o devaneio. Ou melhor, convida ao devaneio. Tocando, eu vejo as notas, eu toco teclas mágicas que produzem sons, e o conjunto me leva para fora mim. Foi nesse clima que uma presença silenciosa revelou-se na penumbra do vestíbulo. Era um vestido discreto embora vistoso, com um brilho suave e um decote sugestivo, mostrando um colo bonito. Assim como os antebraços, o vestido revelava apenas e elegantemente as pernas bem torneadas.

Será que eu havia olhado antes para os pés? Agora olhava e via pouco mais que sandálias em tom discretamente prateado. Eram lindos. Talvez tenham passado alguns segundos, mas a impressão era de que algo havia acontecido na alma e não era a beleza plástica que me olhava, era o toque amoroso que voltava a revelar-se a mim. Era a grande presença, era o despertar do sono imenso diante daquela luminosidade de lua cheia. A suavidade me visitava!

Eu não sabia bem o que dizer quando entramos no carro. Fiz relatórios atropelados sobre minha vida, como se quisesse recuperar anos não compartilhados e intimidade não construída. Ainda. Eu desejava me revelar de corpo e alma enquanto dirigia. Não deu tempo, chegamos logo. Ao chegarmos, vi que ela tinha nas mãos algum material histórico para ilustrar nossa conversa. Delicadamente tomei-lhe das mãos, dizendo que temia que ela dedicasse mais atenção ao texto do que a mim. A fragilidade do homem em apaixonamento abria a guarda das defesas tão bem construídas durante anos! O que disse ela? Ah! O que disse ela! Fez o grande discurso que só as mulheres inteligentes sabem fazer: "Não há a menor possibilidade disso acontecer". Uma frase simples, como de resto são as frases elegantes. As penas do pavão se emplumaram, as cores se abriram e a alma agradeceu. Durou pouco. A fragilidade venceu.

Minutos depois, o gesto cavalheiresco de segurar-lhe o braço para conduzi-la pelo terreno acidentado e mal iluminado sentiu uma pequena, ínfima contração da musculatura sob as mangas do vestido justo. A leitura foi, obviamente, a de que não havia sido bem recebido. Chegamos cedo e pude com isso recusar a mesa que nos havia sido destinada, era muito exposta. Sempre fazem isso: o pior fica para os primeiros – que não protestam –, pois os atrasados não têm escolha mesmo e ficarão com o que for apresentado na casa cheia. A lógica da reserva e ocupação não faz sentido. Deveria fazer? Eu não estava me reconhecendo. Parecia embriagado de sobriedade.

Sentamos e o mundo parou para mim. Espero que os demais habitantes do mundo não tenham percebido. Mas ela percebeu, é claro. O que me deixou mais inquieto. Escolhi o vinho, escolhemos os pratos, e aqueles olhos não cessavam de penetrar minha alma nua e tímida. Lembrei-me de um amigo de setenta anos que me confessou estar apaixonado por uma mulher quase vinte anos mais jovem. Comentei – impensadamente — sobre o sentimento adolescente de sentir que a gente não se pertence nesses momentos. Ele ofendeu-se e retrucou que o sentimento não tem nada de adolescente: aparece e é reconhecido pela primeira vez na adolescência, mas é um belo sentimento que, com sorte e persistência, pode e deve ser vivido por toda a vida. Eu estava com sorte e pretendia ser persistente.

Acompanhei-a até o carro, sentindo-lhe o braço um pouco mais relaxado, e beijei-a com ternura. O desejo era de um beijo ardente, que não aconteceu. No percurso de volta – quando me perdi no caminho de casa –, ela segurou minha mão com um toque firme e delicado. Eu não queria que aquele caminho tivesse fim. Eu queria me perder e nunca mais me achar. Que estranho, a mulher que chegou me seduzindo, que provocou reações defensivas e até indelicadas, agora toma posse da minha casa. Será que temos casa? O melhor, ainda que mais perigoso, é quando a casa nos tem.

Aquela casa onde estacionei e guardei meu carinho (foi um ato falho, pois pretendia escrever *carrinho*) já não era a mesma e eu, por enquanto ao menos, estava de mudança. Nem nos ocorreu dormir juntos. Ela foi para seus aposentos e eu mergulhei naquele sonho cheio de um encantamento do qual não poderia suspeitar apenas algumas horas atrás. O sono logo veio para substituir o sonho, e caí num enorme buraco negro.

18

– Bom dia, Celso. Dormiu bem?

– Sono um tanto inquieto, mas profundo. Parece uma contradição, não é? Se foi profundo, como posso saber que foi inquieto? Não foi consequência da noite anterior, já que foi um bom jantar, ontem. Espero que tenha gostado, pois foi muito mais do que agradável para mim. Quanto ao dia, passamos por ele trabalhando com documentos históricos, hipóteses mais ou menos sérias, em meio a um trabalho que nos é familiar em nossas vidas profissionais. Dizem – os leigos – que a gente sonha com o que aconteceu durante o dia, nada mais diferente do que o meu sonho desta noite. Sonhei com um jogo de xadrez!

– Você joga xadrez?

– Não, conheço as regras e sei movimentar as peças. Nunca foi um jogo que me interessasse. Acho muito lento e, para meu temperamento, me faz devanear e pensar em todos os telefonemas que preciso fazer. O que torna o sonho ainda mais interessante.

– Explique. Minha cultura enxadrista é como a sua e já aprendi a não discutir psicanálise com você. Temos escolas diferentes e você se irrita com a minha.

– Veja só, no sonho, eu aparecia como um homem absolutamente comum, medíocre mesmo. Chegava em casa no final de um expediente e era uma casa muito simples que não lembra em nada esta casa. Eu trajava um terno inexpressivo, surrado, que contribuía para o aspecto cansado que eu apresentava. Depois de pendurar o paletó, apanhei um livro da estante. Abri numa página qualquer e vi aqueles esquemas de tabuleiro que livros de xadrez costumam ter. Devia ser uma pessoa pouco criativa, pois tinha uma biblioteca de grandes jogadas e grandes jogadores de xadrez. Aparentemente, o "eu" do sonho copiava jogadas famosas. Havia uma mesinha por ali com um tabuleiro previamente arrumado. Não olhei para o livro – tenho certeza –, sentei atrás das brancas e fiz uma saída da minha vontade, desconsiderando a sequência de jogadas sugeridas no livro. Para meu espanto, uma peça preta moveu-se em resposta a minha saída. Aceitei o desafio, sentindo que era uma coisa muito séria, assim como uma questão de vida e morte. O jogo transcorreu em clima tenso, em que eu luto pela vida e sinto muita dificuldade em me defender, pois as pretas mostravam-se mais fortes naquela arena. Finalmente, o último movimento de minha parte foi respondido com um xeque-mate! Começo a sentir uma combinação de iluminação espiritual e colapso físico ao mesmo tempo, como se eu já soubesse demais para continuar vivendo.

– Celso, você está chorando...

– Desculpe. Não sei o que essas lágrimas significam.

– Precisa saber? Lágrimas são lágrimas e devem ser autoexplicativas. Querido, o embate entre a luz e as trevas não é pouca coisa! O Bem e o Mal não aparecem disfarçados. Deixam sua marca nas cruzadas, na política, nas guerras. Não é isso o que os muçulmanos chamam de *jihad*? Uma luta cósmica entre o Bem e o Mal? Para mim, não é necessariamente uma luta, mas um confronto cotidiano e inevitável.

– Os cátaros conheciam bem esse jogo, não é? Começo a compreender por que diz que eram uma sociedade que apresentava o que a época tinha de melhor. Quando somos atirados numa *jihad* do pessoal e cotidiano, a vida não pode mais ser vivida como era antes.

– Isso se chama cansaço. Esgotamos nossa capacidade de trabalhar esse assunto hoje, Celso. Vamos passear?

Saímos pouco antes do meio-dia. Foi um dia tranquilo e prosaico. Fomos ao Park Shopping e mais uma vez tive que dar explicações do nome das coisas. Como não estava num parque, para Catherine, seria um lugar de estacionar – *park* – e fazer compras – *shopping*. Tivemos uma enorme dificuldade para estacionar e terminamos o dia sem comprar nada! Mas aconteceram coisas mais importantes. Almoçamos, vimos as vitrines – que ela chamou de *montras* e uma vendedora não entendeu – e conversamos muito.

Durante o almoço, Catherine me falou mais dos estudos dela sobre os cátaros e a Idade Média. Fiz algumas perguntas de amador e uma mestra natural aflorava com delicadeza e respeito do interior daquela mulher forte. Quando perguntei sobre essa denominação pretensiosa de "Puros", ela esclareceu que a comunidade nunca se considerou pura, ao contrário, fazia um esforço enorme nessa direção, exatamente porque a pureza era um objetivo ainda não alcançado. Como sabemos, consideravam-se apenas bons cristãos. Muito tempo depois, um escritor alemão referiu-se ao grupo como cátaros, os puros, do grego *katharoi*. O próprio nome dela dizia respeito à pureza, Catherine. Ela não poderia dizer se havia sido coincidência ou se os pais fizeram uma sutil referência ao suposto passado de catarismo.

Lá pelo ano mil, os bogomilos na região da Bósnia e da Bulgária de hoje, seguindo os ensinamentos dualistas de Mani, o sábio da Pérsia, ensinaram a necessária existência da dualidade Bem/Mal, estenderam sua visão de mundo por Bizâncio, Sérvia, Albânia e Croácia. Fiquei com a forte impressão de que a influência desse período ainda perdura e poderia ter influenciado os ânimos na implosão recente da Iugoslávia no final do século XX.

Teria demorado cerca de cento e trinta anos depois dos bogomilos até que as primeiras comunidades cátaras – ainda que não se chamassem assim – aparecessem organizadas pelos seus "bispos", os *parfaits*. Foi o suficiente para começar a reação violenta da igreja de Roma. Em Toulouse, foram organizadas as primeiras campanhas contra "os hereges" por volta de 1135. O braço armado da igreja estava orgulhoso dos resultados da Primeira Cruzada, que terminou em 1099 com a tomada de Jerusalém aos "infiéis". Os não católicos mereciam epítetos variados. Entre os cruzados, estavam barões da região provençal da França de hoje. Raimond IV, de Toulouse, era um deles. Cavaleiros ingleses e normandos aderiam às cruzadas. Era bom negócio na economia do poder, quando era bom negócio fazer fama de valoroso, leal e desprendido. Nas trocas espirituais, ser aceito entre os cavaleiros do Templo era uma garantia de salvação. Os infiéis vinham sendo vencidos pelas armas da verdadeira religião!

O clima geral era de intolerância belicosa. Ordens religiosas eram criadas para cultivar o ódio contra os hereges. A ordem Cisterciense foi uma delas e recebeu, em 1113, a adesão do futuro São Bernardo, também conhecido com Bernardo de Claraval. Homem inteligente e político habilidoso. Procurava não desagradar à igreja de Roma e não encontrava razões para condenar os cátaros.

(Terá mudado alguma coisa nos tempos que correm? Trocam de lugar perseguidores e perseguidos. Acompanhei como historiador o processo de separação da Lituânia da finada União Soviética, e a igreja católica mantinha, desde 1970, publicações clandestinas denunciando a perseguição stalinista aos seus quadros! Um dia é da caça, outro é do caçador).

A comunidade cátara atingiu o nível mais elevado e refinado de instrução e tolerância conhecidas até então no Velho Continente. Foi uma sociedade como essa que a igreja de Roma submeteu ao terror e extinção. Durante esse processo de genocídio, muitas facções dos Cavaleiros do Templo aderiram à causa dos cátaros por muitas razões: comerciais primeiro, já que os cátaros eram bons clientes das atividades bancárias dos templários. Além de razões familiares – muitos templários tinham o mesmo sobrenome de cátaros –, havia razões de pura e simples solidariedade para com os mais fracos. Percebi que, naturalmente, tanto eu como Catherine compartilhávamos a hipótese de que os Medici administravam recursos templários ainda no século XV. Ela lembrou-me de que os templários eram devotos de São João Batista, e era comum aparecer nas notas promissórias do Banco Medici a expressão: "... Pagarei até o dia de São João Batista". Não pode ser por acaso. Fiz o comentário de que em boa parte do Brasil as festividades do dia de São João são tão, ou mais, importantes que o dia de Natal.

Aprendi muito sobre essa comunidade tão mal falada pela igreja de Roma. Todas as vezes que me referi aos cátaros diante de pessoas cultas e inteligentes, ouvi observações parecidas com aquelas de estadunidenses pouco ilustrados sobre os comunistas durante a Guerra Fria: comem criancinhas, eixo do mal, odeiam a liberdade, querem nos destruir, e daí para pior. Muitas vezes, é apenas ignorância e falta de crítica. Outras vezes, é projeção de suas próprias inclinações, ou interesse estratégico em manter "o outro" como imagem de inimigo perigoso, ardiloso.

Os membros da comunidade chamados *parfait*, os perfeitos, não se consideravam assim; escolhiam aceitar o *consolamentum* livremente e buscar uma vida pura. É mais ou menos como se pudéssemos receber a extrema-unção católica antes da hora da morte por livre e espontânea vontade. A vida passaria a ser em clima de morte; da morte da vida mundana e com ênfase na vida espiritual.

Certamente não era, como continua não sendo, possível viver dessa forma ideal. Mas eles tinham o direito de tentar sem serem acusados das piores coisas. Um grande motivo dessa inveja dizia respeito a lucro. Os cátaros não levavam em consideração a usura como algo terrível e proibido, como ensinava a igreja de Roma. Achavam-se no direito capitalista de cobrar um diferencial pelos riscos de seus investimentos. A diferença é que repudiavam o lucro exorbitante e a exploração do semelhante, no que se assemelhavam com o ideal socialista. Minha opinião era que se pareciam mais com liberais na justa medida, sem ideologias sociais ou serventia ao capital. Faziam as coisas com bom senso, sem santidade.

A igreja de Roma os via como hereges, seres que não servem à mesma crença, que fizeram outra escolha para sua vida espiritual e religiosa. Portanto, sua extinção parecia mais que justificada, assim como "molhar as espadas no sangue dos infiéis sarracenos" na Terra Santa era uma missão divina. Dessa vez, os cruzados foram os barões do norte da França e da Alemanha de hoje. Os templários se dividiram, ficando a grande maioria discretamente a favor dos cátaros. As fogueiras dos autos de fé – a queima de hereges vivos – se multiplicaram. As chacinas de mulheres e crianças tornaram-se rotina até que, em Montségur, os cátaros caíram na última armadilha. Centenas de pessoas caminharam desarmadas para uma fogueira, na base da montanha que usavam como refúgio, pensando que teriam salvo-conduto. Alguns *parfaits* ainda se mantiveram na clandestinidade, até que chegou a hora de Belibaste, o último *parfait* segundo a lenda. Eu estava muito entretido e curioso:

– Como foi que isso aconteceu, Catherine?

– Foi traído, ou melhor, foi seduzido por Sicre, um agente secreto da Inquisição. Sicre havia sido parte da comunidade cátara e chegou a ser um *parfait*. Portanto, tinha credibilidade junto a Belibaste, que vivia na clandestinidade. Depois de se reaproximar e conquistar a confiança do velho camarada, convenceu-o a acompanhá-lo a uma região sob controle da autoridade da igreja. Belibaste foi preso, levado para a fortaleza de Villerouge-Termenès, torturado e depois julgado pelo bispo Jacques Fournier, conhecido pela sua frieza e crueldade nos tribunais da Occitânia, onde respondia pelo posto principal na Inquisição. Não surpreendentemente, ocupou o trono papal de Avignon, como o Papa Bento XII. A execução, o trabalho sujo e violento, era feito pelas autoridades seculares. As autoridades eclesiásticas apenas decidiam se a pessoa era ou não culpada de heresia. Se merecia ou não ser executada e de que forma.

Belibaste foi queimado na fogueira armada no pátio das armas do castelo, sob a janela do arcebispo de Narbonne, Bernard de Forges, perto o suficiente para que ele escutasse um corajoso Belibaste, olhando para ele, já que havia recusado a venda nos olhos, dizer em tom profético que "em setecentos anos, voltará a ser verde o laurel", ou o loureiro, de cujas folhas se faz a "coroa de louros" que representa a vitória.

– Quando foi isso, Catherine?

– Essa é uma data difícil de esquecer: foi a 24 de outubro de 1321.

– 1321 mais setecentos anos dá 2021, quando eu terei 65 anos!

– E daí?

– Não sei. Deu-me vontade de fazer essa conta... Afinal, só faltam onze anos.

19

Decidimos fazer um jantar para que meus amigos pudessem encontrá-la. Afinal, aproximavam-se as festas natalinas com toda aquela manifestação maníaca coletiva: compras e mais compras, celebrações e confraternizações hipócritas para todos os lados. Poderíamos fazer o nosso jantar com o clima adequado: amizade, respeito, entretenimento e – inevitavelmente – cultura. Infelizmente, John e Pascale, amigos recentes, estariam fora de Brasília, passando as festas de final de ano em Washington, na neve, enquanto nós estaríamos no auge do verão e da chuva. Os outros amigos de longa data já haviam confirmado a presença. Lá estariam Biu, Tomás e Adriana, Stan, Lucien e Beatriz.

Catherine usou de muita diplomacia e foi muito delicada ao tomar as rédeas da organização do jantar sem ofender a autoridade de Milene. Também me enquadrou no seu regime disciplinar, não permitindo que eu contratasse um serviço de *buffet* para fazer e servir o jantar. Argumentou que era absurdo para ela comprar um jantar e ser servida, quando os convidados eram seis amigos que habitualmente frequentavam a casa. Fiz isso várias vezes por comodismo, mas dessa vez concordei em fazermos o jantar como ela queria.

Os critérios de estética da belga Catherine, assim como seu conceito de protocolo, eram obviamente diferentes das práticas de Brasília. De saída, decidiu que faríamos o jantar na varanda perto da piscina – onde temos (usei o plural!) – uma pequena cozinha de apoio.

A única mesa de que eu dispunha era a da sala de jantar e comportava oito lugares. Sendo muito pesada, era impossível levá-la escada abaixo, e Catherine insistia que jantar na sala quebraria o clima de intimidade que ela tinha em mente. Fiquei sem saber se me ofendia ou não, afinal, eu achava minha sala apropriada para intimidades, como ela mesma já havia experimentado.

Num piscar de olhos, Catherine fez uma visita à construção da casa no terreno vizinho. Voltou com duas tábuas longas carregadas por operários prestativos. Pediu emprestados dois cavaletes usados para apoiar as tábuas de pedreiros. Tudo coberto de restos de cimento e pingos de tinta. Milene, extasiada, providenciou uma velha toalha de mesa xadrez cor de vinho que estava aposentada havia muito. Foi estendida sobre um cobertor de lã igualmente velho que ajudava a compensar as imperfeições da superfície da mesa improvisada. As cadeiras da sala, forradas de vermelho, não me pareciam combinar muito, mas foram trazidas e arrumadas à volta da mesa e continuaram sem me convencer.

Foi usada uma louça branca, a mais simples de que eu dispunha. Os copos de cristal foram solenemente ignorados. Para água, Catherine escolheu copos de vidro esverdeados, quase grosseiros, mas simpáticos, que eu havia trazido de uma vinícola na França. Para vinho, ela usaria copos para água, com pé, base redonda e a taça de vidro vermelho (dificultando a apreciação da cor do vinho!), completamente diferentes daqueles verdes ao lado. Curioso é que depois de prontos, os arranjos de mesa com flores vermelhas e folhagem verde tenham feito um conjunto bonito. Minhas várias cestas de revistas e jornais espalhadas pelos banheiros da casa foram recolhidas para conter a exuberância de muitas flores do campo. De porta-revistas passaram a funcionar como *cache-pots*. Da padaria mais próxima veio um carregamento de pães de pouca variedade.

Eu estava gostando. A arrumação da mesa terminou com tijelas para cereal sobre os pratos e garrafas sortidas de vinho aglomeradas entre os dois arranjos de flores. Seria servido um caldo de ervas antes e um macarrão que ela faria na hora, enquanto conversássemos.

Depois que nos enfeitamos para receber os convidados, foi feita a iluminação indireta e suficientemente clara para que nos víssemos sem esforço. Ninguém lembrou da música, que teria sido desnecessária. Catherine estava bonita e com pose de dona da casa. Usava uma calça marrom claro cobrindo uma bota cor de conhaque. A camisa branca com o lenço vermelho no pescoço dava um tom italiano ao conjunto.

Começaram a chegar meus – agora nossos – amigos. Biu foi o primeiro, trazendo uma sacola de plástico com três livros e a recomendação de que não demorasse a examiná-los. Demonstrou surpresa quando, depois de recebê-lo, tomei o caminho da varanda no andar inferior. Seu encantamento quando viu Catherine foi indisfarçável. Logo começaram a conversar quando escutei a campainha e subi para abrir a porta a Lucien e Bia. Sem muita conversa, foram arrastados rapidamente para a varanda. Eu não queria perder a conversa de Catherine com Biu. Os dois foram enfáticos ao verem o novo estilo de receber. Lucien não cansava de elogiar o conjunto, até ser lembrado pelo abraço de Bia e Catherine que deveria se apresentar, já comendo um pedaço de pão. Foi um encontro tão natural que Catherine logo lhe estendeu uma garrafa de vinho e um abridor. A garrafa foi aberta com alegria e elogios do tipo "nem eu escolheria melhor". Novamente a campainha me afastou do grupo animado e era Stan, trazendo um vaso de violetas delicadas em desacordo com seu corpanzil e voz de trovão. Antes que pudesse fechar a porta, vi que chegava o carro de Tomás e Adriana. Fui presenteado com um livro que haviam trazido da Escócia. Tratava sobre a capela de Rosslyn.

Fomos sentando à volta da mesa sem formalidades, mudando de lugar eventualmente, disputando a manteiga e as pastinhas de queijo trazidas por Milene. Eu nunca me havia dado conta de como era saboroso aquele pão francês tão acessível na *Boulangerie*. As pessoas se completavam e não havia necessidade de banalidades. Todos podiam ser simples, sem ser superficiais; amigos, sem ser servis às vaidades do outro; se exibir sem depreciar ninguém. Era leve.

As garrafas de vinho foram sendo abertas numa sequência determinada por Lucien. Estava uma noite bonita e clara, luminosa e enluarada. Eu estava feliz.

20

Milene mantinha seu posto de combate guarnecido e ativo no andar de cima. Tudo corria suave e alegremente como há muito eu não via em eventos nessa casa. Como sou ansioso e pouco afeito a recepções, costumava suprir essas deficiências com terceirizações pomposas que, vejo agora, roubavam a espontaneidade e o sabor de reuniões como essa.

Chegou a sopeira com o caldo de ervas, que foi um agrado bem-vindo como preparação para a massa que já estava a caminho, sem prejuízo da conversa e da interação afetuosa que reinava. Adriana e Tomás, quase em uníssono, manifestaram o deleite com o caldo e elogiaram aquele manjar para Catherine, que logo transferiu o mérito para Lucien:

– Também estou achando de-li-ci-o-so, mas não fui eu, foi uma maravilhosa criação do nosso querido Lucien, que o preparou em minutos, depois que chegou. Bravo!

Todos aplaudiram animadamente, mas Adriana insistiu no assunto e gostaria de saber a receita. Bia – a eterna espontaneidade – saltou em defesa de Lucien:

– Ele não gosta de recitar suas receitas, e eu concordo, pois é a mão do *chef* que faz a diferença.

– Pois, como ele é o único *chef* entre nós, pode revelar a receita, já que não conseguiremos repetir. É só curiosidade para apreciar melhor.

– Claro, Stan. É tão simples que tenho certeza de que todos poderão fazer à sua própria maneira. Bia tem razão quando diz que não revelo minhas receitas. Fui dono de restaurante e o segredo é a alma do negócio. Mas vou revelar este: é coalhada, caldo de galinha, folhas de hortelã, de manjericão e salsinha batidas no liquidificador mais sal e pimenta. Naturalmente, uma lágrima de azeite.

– Parece simples, mas a sequência e os tempos só vendo, não é?

– Fica mais fácil. – Disse Lucien sorrindo.

A conversa já começava a esquentar quando o aviso de "massa à vista" materializou-se na figura de Catherine escorrendo a água do *fetuccine*. Fiquei aliviado, pois não pretendia falar sobre cátaros e templários naquela noite. Todos estavam curiosos sobre o trabalho de Catherine e as razões de sua vinda a Brasília. Meu comportamento havia mudado e havia um mistério no ar. Tudo indicava que era um romance misterioso, nada mais. E nada mais apetitoso que isso.

Enquanto era servido por Catherine, Biu deu início ao questionário:

– Então, o que traz uma especialista em Europa medieval ao Planalto Central do Brasil, além de visitar nosso querido Celso?

– Que coisa! Mal começamos a criar intimidade e os ciúmes do nosso anfitrião começam a aflorar. Não vou roubá-lo de vocês, mas vou tomá-lo de empréstimo num projeto que aparentemente temos em comum.

– Ainda bem que me antecipei – retrucou Biu –, Catherine já lançou uma cortina de fumaça! Parece uma manobra para despistar. Abra o jogo, professora, estamos entre amigos.

– Como sabe, a traição vem dos mais próximos – intercedeu Adriana –, é natural que Catherine esteja se guardando na timidez.

– A bancada suprapartidária das mulheres mobiliza-se! Celso nos adiantou que você é estudiosa dos cátaros, e a verdade é que – brincadeiras à parte – eu tenho curiosidade no assunto. Já conversei sobre o tema com Celso, e ele conhece minha simpatia pelos ideais daquele movimento.

– Celso me contou também que você é um estudioso da Inquisição – respondeu Catherine, marcando posição.

– Li em algum lugar que, se a igreja de Roma não tivesse tomado a iniciativa de dizimá-los, o Renascimento teria ocorrido no sul da França, cem anos antes do Renascimento italiano que conhecemos – comentou Tomás.

Era minha oportunidade de aparar as arestas da ansiedade reinante, dando um rumo mais leve para a conversa. Assim pensava eu. Minha esperança de não falarmos de assuntos acadêmicos se esvaía.

– Muito bem, crianças, deixem-me apresentar Catherine de Péreille, professora de História Medieval em Louvain, que, em suas pesquisas, encontrou elos entre meus estudos e os dela. Catherine foi casada com um arquiteto e historiador, interessado na saga dos templários como grandes incentivadores da arquitetura e construção no século XIV. (Notei um olhar dela que me fez sentir que havia dado uma informação desnecessária).

– Até onde eu sei, Celso, seus estudos tratam do século XVI – interveio Stan – e os templários foram desbaratados por Felipe, o Belo – belo bastardo, diga-se –, que em 1307 armou a trama para prender e torturar os cavaleiros, que poderiam dispor de recursos suficientes para sanar as finanças combalidas do rei francês.

– Pois é, Stan – retruquei –, é possível que alguns ideais do século XIV estivessem presentes na organização da Ordem dos Cavaleiros de Cristo em Portugal. Consequentemente, influindo nas viagens de descobrimento... Mas eu acho que o macarrão vai esfriar.

Biu voltou à carga:

– Só esfria se não estivermos com o apetite que parece acontecer. Estão todos mergulhados nos pratos com muito entusiasmo. Aliás, está delicioso esse molho no *fetuccine al dente*. Que acha o nosso *chef* Lucien? Mas antes da opinião balizadora dele, gostaria de perguntar se Catherine está interessada na Cruzada Albigense como foco do seu estudo, ou se o cenário político da ocasião joga um papel importante no estudo.

– Antes de sofrer o julgamento aterrorizante de um cozinheiro de verdade, respondo à pergunta de Biu: seria muito difícil para mim estudar um aspecto microscópico da situação, apesar de academicamente mais fácil. Na verdade não me considero uma profissional da academia; eu busco saber, antes de tudo. Seja condescendente, Lucien!

– Você não precisa da minha condescendência, querida. Independentemente do que eu possa dizer da comida, o clima que você criou, tão delicado, tão intimista, é o melhor. Adorei a ausência de fundo musical, as flores, o cuidado discreto com os vinhos... Você é elegante, é isso que importa. Quanto à comida, reflete sua elegância no cardápio e está saborosa. Lembrou-me um amigo italiano que dizia – de uma forma mais poética que eu – que o saber tem sabor. Para mim, sabor traz alegria e leveza ao saber, como agora.

– Depois dessa – com ou sem ciúmes – vou servir-me outra vez. Está ótimo, Catherine, continue assim. Seu estudo deve ser saboroso, se corresponder à forma como cozinha.

– Obrigada, Bia. É só fazer com amor e deixar o resultado com a minha cara.

– A sua cara é de mulher amada...

Essa é a Bia que eu conheço! Catherine enrubesceu constrangida. Ficou completamente sem ação. Não sabia o que fazer. Corri em seu socorro perguntando se a massa era suficiente. Considerando o quanto as pessoas estavam comendo, não seria. Pedi que Milene trouxesse mais um pacote do *fettucine* e preparasse mais sugo. Usei o interfone para não abandonar a arena. Meus amigos faziam troça do interfone, do meu carro, do tamanho da minha casa, e outras características do meu cotidiano que lhes parecia muito estranho. "Não chega a me incomodar", pensei. Mas incomoda um pouco.

Lucien abriu outra garrafa de vinho cujo conteúdo foi logo transferido para oito copos vazios. Catherine olhou-me de forma agradecida e retomou a conversa com um semblante recomposto:

– Vocês são tão delicados que conseguem me deixar encabulada. Ainda não me ajustei à forma de humor sutil do brasileiro. Bia me deixou sem jeito e me comportei como ré confessa! Como não estar apaixonada? Estar nessa cidade tão diferente, hospedada como uma princesa e cercada de gente simpática, devo mesmo ter cuidado para não morrer de paixão.

– Você esqueceu de satisfazer minha curiosidade feminina: o anfitrião estaria incluído nessa paixão?

Todos cantaram em uníssono: "conta, conta, conta...".

– Celso é um cavalheiro e um historiador que me inspira respeito cada vez que chegamos a um fato novo.

– E que fatos têm surgido, se é que podemos saber?

Catherine tentou disfarçar e, assim fazendo, abriu um flanco, provocando essa pergunta impertinente de Biu. Mas ela saiu-se bem:

– Todos os fatos são novos desde que eu cheguei. Tenho procurado me inteirar das pesquisas de Celso, tenho comparado com meus achados...

– ... Sobre os cátaros? – Perguntou Stan de forma provocativa.

– Na verdade, buscando material sobre a Península Ibérica medieval, encontrei fontes originais sobre a Ordem de Cristo que, espero, permitam a nós dois publicarmos um trabalho em conjunto. Mas não vamos conversar sobre isso agora, não é?

– Bem à maneira dos trovadores, ela se encastela na torre e ele, o cavaleiro Celso *de Lagosul*, olha embevecido enquanto compõe mentalmente sua nova canção de amor. – Essa foi a tréplica do velho *Padre* Biu, que continuou: – Mas, passando a falar sério, saiba que me interesso muito pelos aspectos inquisitoriais da época.

– Biu estuda a Inquisição no Brasil em particular, mas tem ótimos artigos sobre o tema em geral e me parece interessado em estudos comparativos com outras manifestações dessa praga, sobre os cátaros inclusive. – Intervim, pois não queria deixar Catherine desconfortável. Ela deu os sinais de que havia entendido, dizendo:

– Parece que temos uma sinergia por aqui. Alguém tem sempre uma contribuição a dar. Isso diz muito das qualidades do Celso. Está cercado de gente culta e interessante! Não tenho dúvidas de que a Inquisição se fez presente – com muito poder – nos primeiros tempos do Brasil colônia, quando ainda era a Terra da Cruz – disse ela, revelando um de nossos segredos. Segredinho inocente, mas segredo. Uma das cartas que examinamos fala apenas em Terra da Cruz.

– Ilha de Vera Cruz primeiro e por pouco tempo, depois foi a Terra de Santa Cruz. O rei preferia uma cruz santa a uma cruz verdadeira.– Disse Biu, corrigindo a assertiva. Catherine acusou o golpe, olhou para mim e continuou a conversa:

– Onde você viu mais semelhanças com os cátaros, Biu?

– Nas manifestações de heresia, das mais variadas formas: blasfêmia contra objetos de culto católico, atitudes iconoclastas, resistência aos clérigos com destemor – e inconsequência –, confiando na pureza da argumentação inteligente. Alguns julgamentos fizeram história e têm seus registros na Torre do Tombo, em Portugal, como você certamente sabe!

– Acredito que eu não saiba quase nada sobre isso, Biu. Pesquisar os documentos na Torre do Tombo é quase um jogo de azar; pode-se achar o que se procura, não achar nada que interesse no momento e, com mais frequência, achar o que não se estava procurando.

– Obviamente, você conhece a história de Menocchio...

– O oleiro ingênuo tão bem estudado por Carlo Guinzburg em *O queijo e os vermes*?

– ... o brilhante orador de pouca cultura e imenso bom senso que desafiou com maestria os juizes da Inquisição. Fatos semelhantes aos ocorridos na Europa do século XIII ocorreram no Brasil dos séculos XVI e XVII. Aparentemente, sem nada que pudesse nos levar a pensar num vínculo entre as ocorrências, como seria de acontecer num movimento orquestrado. Os fatos ocorreram com independência uns dos outros. Veja só quantas semelhanças: alguns dos acusados de heresia no Brasil disseram que não precisavam de confissão para que os pecados fossem perdoados por um sacerdote. Atos de contrição bastavam, já que Deus era quem perdoava, e não os clérigos. Outros não se sentiam no dever de prestar homenagens aos visitadores do Santo Ofício, que viam como espiões cruéis vindos da Europa para bisbilhotar a vida íntima dos que aqui estavam há gerações. Que lhes importava se alguém fornicava assim ou assado, com esta ou aquela pessoa? Que importância tinha para os europeus a poligamia dos nativos? Qual o valor da missa se aqui havia deuses e deusas mais bonitos? Por que Deus pediria dízimos para sustentar vadios que vendiam sacramentos? Muitos desejavam uma prática religiosa mais espiritual e menos comercial. E mais, não havia necessidade de igrejas feitas para dar prestígio ao construtor. O céu lhes parecia mais imponente que a abóbada da catedral mais sofisticada.

– Realmente, Biu, fico impressionada com o comportamento tão parecido com os cátaros medievais. Mas volto à observação que você desconsiderou: a da ingenuidade. Essas pessoas de orientação pagã – mais do que hereges – não podem se entregar a nenhuma doutrina que não a da simplicidade. Mas a ingenuidade sempre custou caro e, pelo que você me conta, continuou assim mais de duzentos anos depois de ser queimado o último cátaro conhecido.

– Você é que não é ingênua, Catherine, notei que você disse "o último cátaro *conhecido*". Quem sabe essa atitude dos cátaros não refletiria mais um movimento coletivo do espírito humano do que apenas uma implicância regional para com a igreja de Roma?

– Talvez.

– Você considera a hipótese de ainda existirem grupos, ou indivíduos, com essa postura espiritual?

– Tenho certeza! Assim como tenho certeza de que essa postura é uma grande ameaça a qualquer organização eclesiástica que se denomine cristã. Eu diria que esses merecem o qualificativo de maus cristãos se os considerarmos um contraponto, já que os cátaros, os bogomilos e os patarini apenas se consideravam bons cristãos. Que dizer dos anabatistas, aniquilados pelo Santo Ofício? Apesar do discurso espiritual, vejo no esforço inquisitorial uma tentativa de reduzir a religião a uma realidade puramente mundana. Essa não é a postura de bons cristãos!

– O que você consideraria um bom cristão?

– Essa pergunta merece uma resposta judaica, parodiando o sábio Hillel, do primeiro século da Era Comum: *O que você considera inaceitável que lhe façam, não faça aos outros. Essa é a Lei. O resto é comentário.*

– É, acho que temos muito a comentar!

– É certo, Biu. Temos muito que comentar e, como sei que você teve uma longa formação teológica, pergunto eu: é difícil encontrar neutralidade para estudar essas questões?

Tremi. Foi uma provocação dela, reconheço, mas Catherine tocou num ponto sensível de Biu além de sugerir que havíamos conversado sobre ele e seu passado, o que era verdade. Eu não tinha consciência, na minha ingenuidade, de quanto era verdadeira a sutileza da provocação.

– Eu não gosto da neutralidade, Catherine, eu busco o equilíbrio. Neutralidade me remete a moralidade e seus substitutos: convicções estreitas, conceitos mal definidos e códigos de ética – que não passam de regras fáceis de bom comportamento neutro. Neutralidade é própria da inocência, que é a recusa em tomar pé da realidade. A alma inocente precisa ser iniciada na escuridão da existência. Só nas sombras é que se percebe a necessidade da luz, da lucidez que angustia e fascina.

Percebendo que a tensão emocional estava em elevação, interferi:

– Tenha piedade, padre Biu!

– A piedade num homem de conhecimento é ridícula, como mãos delicadas num lenhador da Sibéria (comentário rápido de Stan).

– Obrigado pelo "homem de conhecimento", Stan. Mas acho que já li algo parecido com essa imagem que você usou.

– Nietzsche, talvez. Não me importa muito. Leio os autores e cito a compreensão que tenho de suas ideias que, a bem da filosofia, não pertencem a ninguém. É um comentário. Não se falou disso agora há pouco?

– Para mal entendedor, uma frase basta. Acho que subi o tom na minha resposta a você, Catherine. Desculpe-me.

– Nem pense em pedir desculpas e muito menos ser desculpado por enriquecer o diálogo, meu caro. Brindemos!

As garrafas de vinho foram esvaziando e a conversa foi desviada para outros temas mais leves e divertidos. Quatro horas se passaram e o café acabou tão logo havia chegado. Os convivas se cumprimentaram e despediram-se em meio a comentários sobre como chegar a casa sem serem abordados pela polícia de trânsito. Estavam sóbrios, eram pessoas maduras e responsáveis, mas o nível de álcool no sangue não estava no padrão tolerado pela lei.

A noite havia sido ótima e todos saíram com boa impressão da Catherine. E Catherine, qual teria sido sua impressão dos meus amigos? A resposta veio espontaneamente quando nos preparávamos para dormir. Docemente, ela me fez a seguinte observação:

– Seus amigos são ótimos, Celso. O simpático mau humor de Stan é delicioso. Ele tem aquela falta de paciência com o superficial que só os eruditos experientes têm. Bia e Lucien são tão deliciosos, que dá vontade de comê-los! Adriana e Tomás são *tão* educados; verdadeiros diplomatas. A picardia gay de Biu é tão característica, tão inteligente, que faz a gente pensar que os *homossexuais* são realmente mais interessantes...

– Como é essa história? (Eu estava indignado). Você chegou há dez dias e já está rotulando meus amigos?

– Não estou rotulando ninguém! Estou comentando com você na intimidade do nosso quarto.

– Estou me referindo ao seu comentário sobre Biu. Que história de *gay* é essa? De onde tirou essa ideia?

– Você não sabia? Nunca percebeu? Francamente, não posso acreditar! (Ela estava sendo sincera).

– Pois, acredite! Não sei de onde você tirou essa conclusão tão cheia de certeza. Poderia me explicar?

– Ele estava usando *Flower Bomb* de *Viktor & Rolf*.

– E que raios de coisa é essa?

– É um perfume holandês, está na moda, e o nome da marca sugere a criação de um casal *gay*.

– Um perfume lhe dá essa certeza? É inacreditável! Pior: é intolerável.

– Não pensei que meu comentário factual fosse deixá-lo tão transtornado. Desculpe, Celso. Em nenhum momento desqualifiquei seu amigo ou ele ficou menor no meu conceito. Ao contrário! Não foi apenas o perfume, é óbvio que temos todo um contexto, um conjunto de circunstâncias que nem parei para analisar como faço agora. A percepção veio inteira, como um pacote, uma equação pronta. Biu obviamente não se sente confortável com essa orientação sexual. Quando foi a última vez que você soube de uma viagem dele a Nova York ou Europa?

– Não tenho certeza, mas acho que faz uns três anos.

– Vê? Alguém íntimo trouxe o perfume para ele como presente. Duvido que ele encomendasse esse perfume, para uso pessoal, a uma mulher. Não creio que ele encomendasse a ninguém um perfume sofisticado e de lançamento recente. Ele é um homem simples, sem esses maneirismos refinados da moda. Foi um presente não solicitado.

– Estou perplexo com seu raciocínio e mais ainda com suas conclusões.

– Eu fico perplexa com suas conclusões históricas, nem por isso as desqualifico. No quadro geral, temos na história pregressa de Biu anos no seminário católico, que não dá direito a sequer suspeitar de homossexualidade, mas sublinha o fato. Outro elemento é seu discurso, que tem o humor ácido, arguto e penetrante que se vê na comunidade *gay* – e entre os artistas –, não como uma qualidade inerente, mas por força da posição libertária e transgressora dessas comunidades. Qualquer pessoa pode ter esse discurso, desde que tenha as condições de inteligência e coragem para isso. Em geral, entre os conservadores, são tantos os compromissos sociais e intelectuais que essa liberdade fica tolhida. Mais uma coisa para terminar: convenhamos que a vida social de Biu é misteriosa, pelo pouco que me foi dado perceber.

– Você pode ter razão. Eu nunca me detive para vê-lo de nenhuma maneira que não fosse a de um colega de departamento. Um colega reservado, discreto e até antipático. Ultimamente é que nos aproximamos mais – graças a você. Ele é só meu amigo.

– E continuará sendo, Celso! Não vejo por que ter ficado tão defensivo quando fiz o comentário espontâneo e carinhosamente honesto.

– Talvez por me faltar a coragem devido a meus compromissos conservadores. Não entendo bem essa questão de amor homoerótico.

– Não pense que me escapou sua omissão da palavra *inteligência* na frase, quando mencionei a coragem.

– Nem sempre me sinto muito inteligente.

– O ato falho é que, omitindo a palavra inteligente, você diz que, mesmo sendo conservador, pode lhe faltar a coragem para transgredir, mas não lhe falta a inteligência!

– Sabe de uma coisa? Vou dormir. Essa conversa está ficando muito complicada e eu não quero polemizar. Seu jantar foi ótimo, adorei o clima que você criou entre as pessoas com um cenário original para esta casa. Amanhã pensarei melhor na homossexualidade. Boa noite!

21

O sábado amanheceu nublado e não acordei de bom humor. A conversa da noite anterior ainda reverberava nos meus neurônios. Procurei deixar o ar mais leve em relação a Catherine, que me parecia preocupada com os danos que seus comentários poderiam ter causado. Achei por bem aliviar o clima:

– Depois do café da manhã, que tal um pouco mais de turismo explícito pela capital federal?

– De acordo, mas o que caracteriza um turismo explícito? Deve haver um turismo implícito, suponho.

– É verdade. O turismo implícito é conhecer meus amigos, conhecer a maneira de viver na cidade e sentir o clima social que se respira por aqui. O turismo explícito é ver monumentos, visitar museus e admirar o panorama arquitetônico e geográfico.

– Já fizemos um pouco de *sightseeing*, mas ainda não visitei nenhum museu! Eu gostaria disso. Qual museu vamos ver?

Saímos num clima mais leve, sem tocarmos no assunto do jantar da noite anterior. Fomos à Torre de TV. Ela adorou a vista e as peças em exibição. Fomos ao Museu Nacional, que ela já havia batizado de disco voador. Vimos o pobre Museu do Índio e, nesse trajeto pela Esplanada dos Ministérios, passando pelo Ministério das Relações Exteriores, tive a lembrança de ligar para Tomás e consultá-lo sobre a possibilidade de uma visita àquele belíssimo exemplo de arquitetura e decoração de um órgão oficial. Infelizmente, ficaria para outro dia, mas ele convidou para almoçar no dia seguinte, no restaurante Patu Anu, que finalmente Catherine poderia conhecer. Seria um programa especial, pois Tomás e Adriana têm uma lancha e fariam a gentileza de irem nos buscar no píer do Pontão. Seria mais pitoresco chegar ao restaurante navegando pelo lago Paranoá. A manhã terminava e prosseguimos com o plano de esgotar os museus do Eixo Monumental, partindo rumo ao Memorial JK com a imponente estátua de Juscelino no alto de uma coluna. Contei-lhe a lenda que trata da sombra projetada pela estátua do alto do pedestal. Em certa hora do dia, dizem que a sombra parece a foice e o martelo da imagem comunista. Esse resultado teria sido proposital, para irritar os militares pela sutileza.

– Por que não poderia ter sido proposital, Celso? A história está cheia desses sinais provocativos, intencionais, destinados àqueles que podem perceber.

– Tem razão, por que não? Veja aquela foto do Juscelino com os braços abertos numa fotomontagem com o primeiro esboço de Lúcio Costa para Brasília em primeiro plano. Parece que Juscelino está abrindo o arco com as mãos numa apresentação teatral, com aquele sorriso maroto de olhinhos apertados. Apenas a simplicidade de dois traços, um curvo com outro traço reto perpendicular...

– Celso! Estou paralisada, em choque! Essa imagem está no desenho feito por Colombo na sua terceira viagem ao Novo Mundo.

Catherine aproximou-se da grande fotomontagem, balbuciando coisas ininteligíveis, com os olhos muito abertos de espanto. Por enquanto, eu não sabia do que tratava o tal desenho de Colombo. Sabia apenas que parecia retratar uma visão paradisíaca, razão suficiente para mobilizar os mecanismos de defesa da Inquisição. Sentamos em silêncio num banquinho de frente para a imagem. Catherine não parava de examinar e balançar a cabeça, como se não estivesse acreditando.

– Moça! Você parece que viu o próprio demônio. O que a espantou tanto?

– Celso, meu caro! Seus amigos têm razão: como não ficar apaixonada e transtornada numa terra estranha como essa! Quando, nos meus devaneios mais doidos, eu imaginaria encontrar aqui, hoje pela manhã, um detalhe importante do desenho que encontrei perdido na Torre do Tombo em Lisboa? Será que podemos tirar uma foto?

– Não, é melhor procurarmos um desses livretos que tenha essa foto.

– Vamos comer em algum lugar sossegado? Preciso me acalmar. Pode ser em casa, se eu não tiver que cozinhar.

– Não será necessário. O almoço já deve estar pronto. Quem sabe pelo caminho você me conta alguma coisa mais sobre esse desenho e a relação com a foto de JK?

– Claro. Como já lhe disse, buscava registros da Península Ibérica medieval quando percebi que um dos documentos estava escrito no verso de um papel de trapo que trazia um desenho um tanto apagado, mas nítido o suficiente para identificar os detalhes. Esse desenho apresenta uma borda trabalhada com iluminuras que nos permitem saber que é uma cópia feita em 1512, a partir de um desenho confiscado pela Inquisição em 1498.

– Que documento é esse? Como é o desenho?

– O documento não tem a menor importância! Achei por acaso e copiei para não chamar atenção, deixando a página do desenho virada. Foi a única página que guardei. O papel me pareceu ter sido reutilizado para algum registro civil da segunda metade do século XVI. Aquele desenho devia estar atirado a um canto de desimportância. Imagino que o autor do original, provavelmente Colombo, estava sentado em um cantinho protegido do sol numa praia da Venezuela, segundo as melhores hipóteses. O canto inferior direito está sombreado, mostrando folhagens no canto superior direito no mesmo plano, permitindo supor que o desenhista estava na sombra. Aparece a praia, com um pouco de mar calmo à direita, que se estende até um curso d'água, resultante de uma pequena cachoeira caindo em meio a pedras no centro do quadro. Aves coloridas apareciam voando. Essas imagens estão cercadas por vegetação luxuriante, tanto árvores frondosas quanto arbustos, especialmente no alto dessa pedreira. Em meio a esses arbustos pode-se ver a intenção de retratar homens nus, mas com a nudez disfarçada pelas folhas. Uma das figuras, no entanto, se destaca na frente do grupo. Segurava um arco pelas extremidades, na horizontal, ou seja, com a corda acima, e com uma flecha comprida na vertical, com a ponta apoiada no chão. É a mesma imagem que acabamos de ver no memorial do presidente JK e cada vez que olho a imagem no folheto eu fico arrepiada.

– Não seria apenas uma coincidência da imagem com seus interesses? Esse desenho que você copiou é colorido?

– É *claro* que é uma coincidência, seu bobo! Mas é uma coincidência muito carregada de significados e emoções para mim, mais do que para você, obviamente. O desenho cuja cópia eu vi e fotografei é colorido, sim senhor. Isso não me garante que o original de Colombo tenha sido feito dessa maneira. Sinceramente, não acredito que tenha havido tempo para um registro com essa sofisticação. Minha suspeita é que essa cópia possa ter sido produzida a partir de algum processo da Inquisição; uma prova, talvez. Mas impressiona!

Eu também estava impressionado e achando que a imagem me parecia familiar por razões outras que não a fotomontagem que acabávamos de examinar. De fato, ao chegarmos a casa, folheei duas ou três obras até achar uma imagem equivalente, feita no século XIII. É um grande mosaico do Cristo feito na abóbada da capela do mosteiro de Monreale, na Sicília.

Catherine, ainda muito mobilizada pelo achado, deu de ombros, dizendo que só parecia porque, estando na curvatura do nicho, a foto mostra as duas mãos do Cristo nas extremidades de um arco formado pela estrutura, e não por ser um arco intencionalmente. *Mas* – e ela enfatizou o mas – a túnica azul cai do ombro esquerdo como uma cachoeira e escorre em primeiro plano como o mar até a mão direita, que parece uma caravela em direção ao ocidente! Na mão esquerda há um texto, as escrituras talvez, de onde teria partido essa caravela. Logo abaixo do Cristo, em outra representação por mosaicos em fundo dourado, uma *Maddona* com a criança ladeada por quatro possíveis evangelistas e dois anjos.

Comentei que já estávamos vendo pelo em ovo. Precisei explicar que era um fenômeno comum, enxergar o que não podia estar ali, por uma contaminação afetiva dos processos cognitivos. Ela fez pouco da linguagem psicológica, dizendo que a função da pessoa criativa é ver pelo em ovo. Rimos e nos pusemos a almoçar. Ainda assim, fiquei com a impressão de que aquela mão direita queria me dizer alguma coisa mais. Para Catherine, era a representação de uma caravela; para mim, apontava para alguma coisa que eu já havia visto sobre gestualidade no cristianismo primitivo. Ficou o registro.

22

Caía a tarde e nos cansamos do assunto principal que já ocupava muito espaço entre nós dois. Telefonei para Tomás e ele confirmou o passeio de lancha e o almoço para o domingo. Comemos uma pizza na Asa Norte. Catherine nunca havia comido uma pizza de alcachofras. Adorou e comentou que eu nunca me cansava de surpreendê-la, e ela gostava muito disso. Terminamos a garrafa de vinho programando uma viagem a Pirenópolis e Goyaz, nunca Goiás Velho, a antiga capital. Aprendi isso logo que a fazenda me obrigou a viver em Goiás. Pensei que não deveríamos ir sem antes fazermos uma visita à fazenda da família em Catalão, já no estado de Goiás.

A razão principal dessa visita seria tomar emprestada uma caminhonete mais robusta para viajarmos. Afinal, meu carro era quase um brinquedo inadequado para viagens com possíveis desvios de pavimento ruim. Não seria prático ir a um lugar com possibilidades de passeios exploradores com meu carro frágil. Na fazenda temos uma caminhonete 4x4 que nos serviria bem.

Essa parte da visita à nossa fazenda não verbalizei, e me perguntei por quê. A resposta era constrangimento! Mostrar uma fazenda de três mil hectares de soja plantada me constrangia, mas não me constrangia vender a soja no mercado internacional. Decidi que ainda não precisaria levar Catherine à fazenda. Não nessa fase do relacionamento. Não sei que imagem ela faz de mim e de minha família. Eu sentia como sendo um pecado nascer numa família de posses que soube conservar o patrimônio e cuidar para que não ficasse limitado ao aspecto material. Sabemos que dinheiro não dá em árvores, mas soubemos plantá-las. Decidido, pediria ao administrador para trazer o veículo a Brasília. Viajaríamos na "trapizonga", como chamávamos carinhosamente a caminhonete.

Voltamos para casa de uma forma amorosa e leve. Foi uma noite carregada de carinho e descanso.

O domingo chegou bonito com céu azul de brigadeiro, quase sem nuvens e com uma brisa fresca que seria bem-vinda a bordo da lancha. Catherine pediu uma bolsa emprestada para levar os apetrechos essenciais, como protetor solar, toalhas e uma muda de roupa. Fiquei imaginando se ela vestiria biquíni ou algum daqueles modelos feios, mal ajustados para o gosto brasileiro, mas que americanos e europeus costumam usar. Saímos cedo para o Pontão do Lago Sul. Assim eu poderia encontrar um lugar sombreado para deixar o carro enquanto esperávamos Tomás e Adriana na sua lancha.

Às dez horas, como combinado, chegaram nossos amigos. Catherine não escondeu sua admiração e surpresa pela aparência da lancha. Não era exatamente uma coisa imensa como algumas no lago Paranoá, mais apropriadas para oceano que para o lago de Brasília, mas era uma lancha cabinada, muito confortável, com espaço suficiente para seis pessoas passarem horas sem a sensação de sardinhas em lata. Foi uma abordagem rápida que não exigiu mais que dois ou três minutos para estarmos em velocidade em direção ao meio do lago.

Como é de praxe entre os proprietários de lancha na capital, bebidas alcoólicas não faltavam a bordo: boa quantidade de cerveja, vodka e whisky. Foi aí que me dei conta de que não havíamos trazido nada para colaborar. Nem um sanduíche! Achei melhor não comentar, assumindo a postura de réu confesso. A geladeira estava muito bem abastecida, e me programei para pagar o almoço, naturalmente. Eu sabia que Catherine gostaria, pois, conhecendo o casal, imaginei que fariam um passeio bem equilibrado, sem ter que mostrar cada casa na beira do lago. Até eu gostei, já que não busco muitas oportunidades de navegar por essas águas. Enquanto saboreava minha dose de vodka, Tomás mostrava os ângulos mais interessantes da cidade vista do lago, inclusive a ermida de Dom Bosco, erigida em homenagem ao famoso sonho que teve o religioso e educador João Bosco, criador das ordens salesianas:

– Foi um sonho antecipando – segundo o ministério para o qual nós trabalhamos – a construção da cidade.

– Quando foi isso? – perguntou Catherine mostrando interesse.

– O sonho é de 1883 – respondeu Tomás. Algum interesse especial para seus estudos?

– Não, é só curiosidade de turista. Como foi esse sonho? O seu ministério tem uma versão própria?

– Teve. É natural que os temas e lendas sofram alterações cada vez que surge uma nova versão. Parece – repito – parece que um dos muitos sonhos copiados do salesiano Dom Bosco diz respeito ao surgimento de uma terra prometida num vale estreito onde apareceria um lago. Deve ser este lago onde estamos no momento porque essa depressão estaria entre os paralelos de 15 e 20 graus. Aquela capelinha que vemos ali está na passagem do paralelo 15. Ele vai além, diz que quando começarem a escavar as minas ocultas no meio das montanhas aparecerá uma grande riqueza, vertendo leite e mel, e assim por diante. Como esse sonho era da conveniência dos interessados na mudança da capital do Rio de Janeiro para o Planalto Central, a expressão "terra prometida" foi mudada para "grande civilização" para não confundir com o deserto bíblico, certamente, e posteriormente virou "capital do Brasil", num *site* do Ministério das Relações Exteriores, já devidamente corrigido.

– Interessante, mas não vejo montanhas por perto.

– Dom Bosco devia estar prevendo o ponto turístico de Pirenópolis. Sabe como é, leite de hotéis fazenda, própolis de apicultura artesanal...

– Aliás, eu não me dava conta de que a sensação de amplitude que se tem de dentro desse lago é muito maior do que se pode imaginar vendo de fora!

– É verdade. Agora vamos fazer o que fazem todos: ancoramos na represa, encontramos uma dúzia de conhecidos que ficarão curiosos quanto a vocês, tomamos mais um trago, mergulhamos e vamos almoçar antes que a embriaguês coletiva se instale. A nossa incluída.

Tomamos nossos tragos, beliscando alguns petiscos trazidos por Adriana e a conversa fluiu, leve e solta, como convém entre amigos com superegos amortecidos por álcool. E foi justamente o estado etílico que fez aflorar em mim o assunto que ainda reverberava incomodamente:

– Tomás – disse eu, sem nenhum preâmbulo ou crítica –, você acha que o amor chamado de homoerótico é da mesma natureza de qualquer outra forma de amor? (Ganhei um olhar em que Catherine mostrava pena e irritação juntas).

– Não sei o que você quer dizer, Celso, mas, como professor de literatura que fui, entendo as palavras como elas são: erótico é erótico, simplesmente cheio de Eros. Agora, se você se refere a uma relação entre pessoas do mesmo sexo, para mim é hétero, já que são duas pessoas diferentes.

– Você excluiu os gêmeos idênticos dessa possibilidade.

– Não seja antipático. O que eu quis excluir foi a relação incestuosa; aquela que não é criativa. Muitas vezes, de improdutiva se transforma em destrutiva, seja entre parceiros do mesmo sexo ou não.

– Não estou convencido de que entendi. Mas percebo que a relação precisa ser a dois para ser heterossexual – eu disse com uma certa ironia.

– Mais que isso é safadeza, qualquer que seja o tamanho do grupo. Talvez o chamado amor homoerótico seja limitado à masturbação e ao amor devocional dos religiosos. Que lhe parece?

Diante do olhar que registrei dirigido a mim, achei prudente sair discretamente da situação. Talvez tenha sido paranoia de minha parte, mas achei que havia uma referência a Stan.

– Você tem razão, amor deve ser só amor mesmo.

– Você está preocupado com o tema? – insistiu Tomás de uma forma marota.

– Nada em especial. Como estamos, Catherine e eu, trabalhando juntos num tema que cruza com os templários, cátaros e muitos homens confinados em longas viagens marítimas, correm mundo as lendas de rituais homossexuais, além das conhecidas histórias de culto à cabeça de Bafomet e beijos no traseiro de gatos...

– Celso! – interveio Catherine, pedindo moderação (*in vino veritas*) – que coisa feia...

– Você sabe de onde parece vir essa história de Bafomet, como se fosse o diabo? – disse Tomás. Para alguns autores sufi, como Idries Shah, Bafomet não é o diabo coisa alguma, é uma palavra que vem do árabe *abufiamet,* que significa "o pai da compreensão". Se for aplicado a essa palavra um código esotérico dos essênios chamado *atbash*, chegamos ao nome Sofia.

– Tomás, meu amigo, você não me surpreende, você me encanta! Posso verificar suas fontes? Você deve tê-las. Se não tiver, vou usar essa história de alguma maneira inspiradora. É tão encantadora que só pode ser verdade!

– Não se preocupe, meu caro, eu sei onde estão as fontes. Você pode procurar à vontade na nossa biblioteca. Você sabe que servi em Madri e tenho fascinação pela Espanha mourisca. Mesmo com a inundação de catolicismo que tingiu todos os aspectos visíveis da cultura ibérica, a essência da sabedoria árabe está presente no espírito das coisas e dos lugares. Certamente, os templários não foram inocentes no processo da Reconquista dos territórios mouros.

– Certamente – interferiu Catherine, parecendo ter esquecido minha inconveniência –, alguns estiveram ativamente envolvidos, mas é bom não confundir a ordem dos templários com os cruzados a serviço dos barões.

– Está bem, Catherine, os templários tinham uma maneira mais simpática de matar mouros.

Tomás deu uma boa risada, de forma nada diplomática, que deixou Catherine corada de vergonha. Adriana interveio:

– Não precisa ser irônico, Tomás! Acho que está na hora do almoço.

Foi o ponto final dado com a autoridade da esposa sóbria. A bebida já fazia seu efeito em nós dois, o que era preocupante, já que havia uma embarcação a ser pilotada. Logo em seguida, começamos a nos secar e vestir roupas mais adequadas para almoçar. A lancha manobrou suavemente em direção ao píer do restaurante, onde ficou segura. Catherine, mais aliviada, tagarelava alegremente com a Adriana quando a dona do restaurante veio a nosso encontro com muita gentileza. A mesa estava numa posição ótima e com vista privilegiada. Sugeri que tomássemos sucos e refrigerantes, já que eu mesmo havia atingido meu limite de tolerância ao álcool. Queríamos conversar com proveito, e um retorno navegando ainda nos esperava. Estivemos todos de acordo e foi um almoço dos mais agradáveis e instigantes.

Depois de entradas deliciosas e muito líquido, a lucidez voltou a imperar e retomei o assunto do Bafomet.

– Tomás, eu não conheço nada sobre essa história de Bafomet ter sua origem em tradições mouras. Há muitos anos, adolescente ainda, lendo Umberto Eco, fiquei encantado com essa figura que a igreja demonizou para ajudar na desqualificação dos templários.

– Como vemos, o demônio é mesmo um velho amigo da sabedoria – disse Adriana.

– Agora, com relação a esse código dos essênios, você disse que se faz o quê? Como se usa esse código secreto?

– Antes de qualquer coisa, estou arrependido de ter usado a expressão "código". Esse termo está tão banalizado que basta entrar numa livraria para ver vinte ou mais títulos com essa palavra. Você se refere ao *atbash*? Eu disse que era dos essênios? Deve ter sido um ato falho, pois minha curiosidade sobre esse grupo também é grande. Sabemos que a colaboração entre árabes e judeus era intensa antes desse grande cisma – a meu ver – construído pelo Ocidente. Não é tão secreto assim e é mais usado em tradições cabalísticas do que pelos árabes. A tradição sufi também faz menção a esse código. Trata-se de um jogo de transposição de letras do alfabeto hebraico como é sugerido pela palavra: a-t-ba-sh. Veja, *alef* é a primeira letra; *tav* é a última; *bet* a segunda e *shin* a penúltima. Existem variações que podem levar a outras palavras, alterando o sentido de textos ou permitindo novas interpretações.

– Você viu alguma evidência de colaboração mais estreita entre mouros e judeus nas ciências?

– Não sou do ramo, Catherine, mas percebi nas minhas leituras e nas visitas cuidadosamente preparadas que os mouros se faziam cercar de judeus respeitados em cálculos e contabilidade, na medicina, astronomia, matemática e tantas áreas mais. Não é sem razão que palavras como "cifra", "álgebra" e "algoritmo" sejam de origem árabe.

– Boa parte desses autores não era de origem árabe, mas persa, não é verdade?

– Usamos a expressão árabe de forma genérica e inapropriada. Mas os persas não estavam sós; muitos eram armênios, turcos e curdos. O famoso Nur-Ed-Din era turco, por exemplo.

– Pois é, e ficamos sempre com a imagem dos cavaleiros francos, da primeira cruzada, galantemente buscando a cruz verdadeira, o Santo Graal e a libertação da Terra Santa do jugo dos infiéis!

– Minha fantasia, Catherine, é que alguns dos cavaleiros – alguns líderes templários –, à medida que aprendiam o árabe e o hebraico, iam sendo tomados por essas culturas fascinantes. E, como professor de literatura e escritor frustrado, não consigo deixar a ficção de lado.

– Conte mais!

– Imagino sempre aqueles templários mais cultos, mais inteligentes, supervisionando as escavações no que restava do Templo de Salomão e atentos aos objetos que eram desenterrados. Entre esses objetos devia haver registros de cálculos, projetos arquitetônicos, cálices que não eram o tal Graal, que passou a ser um emblema de algo a ser encontrado. Ou melhor, algo a ser constantemente buscado.

Felizmente, chegou a comida e Adriana, mais uma vez, foi rápida na intervenção:

– Salvos pelo gongo! Tomás já começava a sistematizar o delírio. Vamos ao ataque antes que esfrie...

– ... a criatividade. – Concluiu Tomás, parecendo magoado.

O almoço, apesar da interrupção do desenvolvimento da conversa sobre árabes e cruzados, templários e arqueologia, fluiu com naturalidade até o final, apesar de Adriana ter revelado uma faceta menos dócil que a habitual.

Voltamos já cansados, mas contentes pelo dia agradável. Eu estava ansioso para conversar a sós com Catherine quando os amigos nos deixaram de volta ao píer do Pontão às cinco horas da tarde. Eu me alegrava interiormente por não ter que levar a lancha para o clube e tomar as providências de manutenção.

23

Tomamos o caminho de casa sem muita conversa. O balanço da lancha, bebida ao sol e muita comida fazem o corpo ansiar por uma cama. Uma vez deitados e relaxados, Catherine, a que nunca esquece de fazer perguntas, disparou:

– Você notou a observação de Tomás quanto a escavações em montanhas e minas ocultas vertendo riquezas em leite e mel? Onde fica aquele ponto turístico que ele mencionou?

– Pirenópolis? Não fica longe; no máximo, duas horas de carro.

– Podemos ir lá? Sabe quando foi fundada e em que circunstâncias?

– Calma! Podemos ir lá. Foi no século XVIII, não lembro a data, mas antes disso e desde o século XVI a região já era explorada pelos caçadores de riquezas. Havia uma corrida pelo ouro da região – as minas secretas de Dom Bosco, quem sabe?

– Imagino que Dom Bosco não se sentiria mal por encontrar as minas secretas do rei Salomão. Esses exploradores deviam viver sob o lema de quem chega primeiro leva tudo!

– Exatamente. Quem chegasse primeiro dava as cartas, ficava com tudo, inclusive com o ônus de defender suas conquistas. Aquele que chegasse em segundo lugar não costumava levar em consideração o princípio da precedência. No final do século XVI, os bandeirantes vindos do sul começaram a disputar espaço com os jesuítas também, que vinham do norte. Cem anos depois dos primeiros contatos, um famoso bandeirante, Bartolomeu Bueno da Silva, durão e determinado como precisavam ser os ambiciosos naqueles tempos sem ONGs para os direitos humanos ou serviços de proteção ambiental, comandou uma bandeira até o Rio Araguaia. Depois de passar pelo Rio Vermelho, fez contato com a tribo Goyá e percebeu que as mulheres usavam pedaços de ouro como enfeite. Derramou aguardente numa tigela e ateou fogo. Ameaçou queimar todos os rios se não contassem onde encontrar o ouro. Contaram, mas em contrapartida ele ficou conhecido como Anhanguera, ou "diabo velho".

– Impressionante o castigo! Hoje diríamos que era um prêmio de publicidade. O que são essas bandeiras? Para mim são panos representativos na ponta de um mastro.

– Depois eu conto com detalhes. Agora o assunto é Pirenópolis!

A contragosto abri o *notebook* que estava na mesinha de cabeceira. Corrigindo: na enorme mesa de cabeceira que estava mais para criado-falante do que para criado-mudo, considerando os instrumentos de comunicação que estacionavam ali. Lá estavam, além do computador, o celular, o telefone fixo, o interfone e controles da TV e de um pequeno aparelho de som.

– Veja só: o filho desse Anhanguera circulou por ali, de 1720 a 1723, à frente de outra bandeira – que era uma expedição da livre iniciativa, respondendo a sua pergunta. Estabeleceu então o primeiro povoado na região enquanto, na prática, demarcava o futuro território de Goiás. Desse povoado, despachou, em 1727, um dos seus auxiliares e guia, um certo Urbano de Couto Menezes, para um lugar chamado de Meia Ponte, que passou a se chamar Pirenópolis em 1890.

– Por quê?

– Não sei. Sempre pensei que era alguma pretensão recente de comparar a região com os Pireneus. Vamos procurar noutro lugar... Aqui está: e não é que essa impressão é correta? Só que é mais antiga, é mesmo do final do século XIX.

– Agora, a Adriana diria que eu estou sistematizando meus delírios: Dom Bosco tem esse famoso sonho de minas secretas, terra prometida e coisa e tal em 1883. Em 1890, sete anos depois, alguém aparece comparando a região aos Pireneus!

– Você não para de me surpreender! Primeiro, vejo que estava atenta ao comportamento diferente do usual da Adriana que conhecemos. Depois, gostaria de não entrar no seu delírio e escutar da professora o desenrolar dos pensamentos.

– Claro! A Adriana estava diferente e não sei o porquê. Quanto aos Pireneus, lembra-se de que sou professora de História medieval e que a importância dos Pireneus está sempre presente em mim? Montségur, o último refúgio dos cátaros, fica lá, nos Pireneus, assim como os últimos eventos ligados ao catarismo aconteceram na região dos Pireneus. Lembra-se dos quatro *parfaits* que fizeram *rappel* no meio da noite levando tesouros não sei para onde? Lembra-se de que você estuda os investimentos no

Brasil do século XVI? Não poderia ter vindo alguém de lá junto com essas bandeiras? São muitas perguntas.

– É mesmo curioso. Consta que os colonizadores de Pirenópolis eram portugueses do norte e gente da Galícia. Ou seja, longe dos Pireneus.

– É mais uma pergunta para nossa listinha, meu caro. Eu gostaria de visitar esse lugar o mais breve possível. Vamos?

Eu não ia a Pirenópolis havia vários anos. Apesar de ser um pesquisador da história do Brasil, via os temas de uma forma preconcebida pelos meus estudos. Fiquei envergonhado de saber tão pouco sobre uma cidade vizinha e de uma época tão importante. Mas, em minha defesa, sempre achei que não devíamos ocupar muito espaço de memória com datas e dados que possam ser armazenados artificialmente. Meu interesse pelo passeio a Pirenópolis cresceu à medida que outras preocupações cresceram também. Meus compromissos com a universidade estavam em segundo plano desde a chegada dessa arqueóloga inquieta. Comecei a pensar numa licença.

Fiz reserva numa pousada relativamente nova, afastada da cidade, mas com acesso fácil. O aspecto nos agradou. Durante a semana, dediquei-me a colocar em dia as obrigações acadêmicas e providenciar minha licença enquanto Catherine tentava adquirir conhecimentos suficientes para um "doutoramento" em Pirenópolis e Centro-Oeste via Internet e pelo que dispúnhamos na biblioteca.

Partimos para Pirenópolis! Como sempre, a saída da cidade e sua periferia me atrapalham. Logo pegamos a estrada livre e a conversa fluiu como costuma fluir entre nós. Ela achou o caminho feio, poucos atrativos naturais, vegetação aparentemente devastada e as comunidades pelas quais passamos não passavam de agrupamentos de casas deprimentes. Também acho, mas o sentimento nativista ficou um pouco arranhado e desconfortável.

Ela havia sido prevenida de que é difícil encontrar uma cidade, no Brasil, cuja entrada ou saída seja bonitinha, agradável. Algumas exceções podem ser vistas no sul do país. Pirenópolis não seria diferente, nem Brasília. Borracharias, oficinas de automóveis, depósitos feios e outros monumentos ao descaso estético para com o urbano. Catherine lembrou-me de como é simpático chegarmos a uma pequena cidade na Europa e, logo de entrada, termos uma visão do que nos espera de bom. No Brasil, dá vontade de dar meia volta. Seguimos em frente e ela encantou-se com a igreja no centro. Paramos o carro e depois de uma caminhada curta sentamos para almoçar. Contei a história da igreja, construída pelos escravos com muita madeira e adobe e que foi completamente destruída por um incêndio. Eu havia estado lá uns dias antes, depois do Domingo de Ramos, e preocupou-me a quantidade de folhas de palmeira que já estavam secas no chão da igreja, e mais, havia na sacristia um ferro de passar roupa perto de material combustível, além de velas, fósforos e outros sinais de negligência para com a segurança preventiva. Levará ainda algum tempo para que a consciência lúcida se instale no país em geral. Ela ficou desolada e nem quis tirar outras fotografias da "cópia". Entramos na igreja restaurada, de qualquer maneira, e senti claramente a sensação física de estar numa cópia esforçada, mas uma cópia pobre. Ficamos só um pouco para que ela visse as fotografias enquanto eu me irritava com os comentários dos visitantes, e mais ainda com as explicações pretensiosas dos guias. Por que não fizeram isso antes? Em vez de desconsiderar a fragilidade do monumento, poderiam ter cobrado ingressos para cuidar do patrimônio e talvez evitar o incêndio anunciado.

Já havíamos caminhado muito pelas ruelas da cidade e queríamos descansar enquanto o sol baixava. Sentamos numa mesinha de calçada sob uma árvore, em frente a um boteco simpático, aparentemente novo. Pedi um whisky e Catherine tomou um chá com torradas. Quase Paris! *Boulevard Saint Germain.* Ainda havia luz suficiente para ler, e da sacola de pano de Catherine saíram umas folhas impressas de textos sobre a cidade e sua história e um livro sobre Montaillou, uma comunidade occitânica. O livro era uma edição francesa. Comecei a ler animadamente as folhas soltas sobre Pirenópolis. Curioso como é útil para o historiador ler material para turistas, pensei.

Eu já estava no segundo whisky e Catherine na segunda torrada quando um senhor com seus setenta e poucos anos – que já nos observava, para meu desconforto – aproximou-se e perguntou, em francês, se Catherine era provençal. Catherine assustou-se um pouco com a intromissão e, recomposta, respondeu em francês que era belga, e começou o que o velho desejava: uma boa prosa.

– E que faz uma belga em Pirenópolis lendo sobre uma comunidade occitânica?

– Faria diferença se eu fosse francesa? A propósito, esse é Celso, meu noivo.

– (Engoli em seco com a *promoção*, mas respondi com naturalidade) – Boa tarde, senhor...

– Pedro. No registro é Pierre, mas todos me conhecem como Pedro por aqui.

– E quanto ao senhor, é francês?

– Não, meu avô era. Ele veio para cá em 1880, antes da abolição da escravatura. Veio trabalhar numa fazenda muito produtiva e avançada para o lugar e os tempos. Era um modelo de empreendimento, mas ainda estava apoiada no modelo escravagista, apesar de prever o fim desse modelo pelas medidas inovadoras que tomava.

– Verdade? Que medidas eram essas?

– Ah, só sei o que meu pai contou e algumas vagas lembranças do meu avô. Quando ele morreu, eu tinha pouco mais de dez anos, em 1942. Mas por que estamos falando sobre isso?

– Porque o senhor estava curioso para saber se Catherine era da Provença pelo fato de estar lendo um livro sobre Montaillou, em francês! (Eu estava um pouco irritado).

– Claro, claro... Catherine, que nome bonito! (Fiquei ainda mais irritado). Um nome que fala da pureza...

Catherine quase pulou da cadeira. Parecia uma raposa ouvindo a aproximação de caçadores, com as orelhas firmes, vasculhando os ruídos estranhos, naquela atitude alerta própria de quem precisa tomar decisões rápidas.

– Como assim? O senhor se interessa pela origem dos nomes?

– Não exatamente, mas escutei muitas vezes meu pai dizer que cátaros queria dizer puros. Catherine deve ter a mesma origem; a pequena pura, talvez. Os cátaros foram uma civilização muito avançada no sul da França. Vocês sabem. Se não soubessem, não estariam interessados em Montaillou, não é verdade? Ninguém se interessa por esse assunto por aqui, e já aprendi a não querer impor meus próprios interesses.

Soou como uma falsa declaração de modéstia. Estávamos quietos e discretos, desfrutando nossa intimidade quando o assunto foi por ele imposto.

– De onde vem seu interesse, senhor Pierre? Eu sou professor de História. Catherine também. Gostamos desse tema. Quer tomar alguma coisa?

– Eu preferiria jantar, se não se importam de me convidar. Desculpem a sinceridade, mas não disponho de muitos recursos e conheço um lugar com boa comida e preço decente. Para não falar do sossego!

– Está convidado. Diga quando chegar a hora!

– Agora seria ótimo. Sei que dezenove horas deve ser cedo para quem possa ter almoçado. Se formos agora, poderemos conversar mais, já que me recolho muito cedo e levanto com o sol. Caminhamos?

O senhor Pierre caminhava com alguma dificuldade, apoiado numa bengala artesanal e muito bonita, polida pelo uso. Perguntou onde Catherine havia aprendido português quase sem sotaque. Enfatizou o *quase.* Enquanto dávamos as explicações que ele pedia, íamos a uma das ruas na parte mais baixa da cidade, aparentemente pouco frequentada pelos turistas. Chegamos a uma casa simples, não era um restaurante, mais parecia uma pensão. Sentamos numa das quatro mesas que estavam lá, vazias e cobertas com um plástico transparente. Na primeira oportunidade, pedi que deixassem a mesa sem aquela "proteção". A toalha de mesa estava limpa – graças ao plástico engordurado – apesar de bem usada.

A mocinha que nos atendeu era graciosa e prestativa. Pierre disse, orgulhoso, que era sua neta. A filha morava ali com a neta cujo pai havia morrido. Não entrou em detalhes. Logo percebemos que a boa conversa era uma ótima estratégia para angariar clientes para a pensão. Estávamos pagando para ver. Não havendo vinho na casa, pedi que a garota fosse ao lugar mais próximo e me trouxesse uma lista dos vinhos disponíveis, o que ela fez com presteza. Chegaram os vinhos, a boa comida caseira, e começou a primeira noite de histórias fantásticas.

24

O avô do senhor Pierre viera com um grupo de espanhóis da Galícia e de alguns franceses. Os franceses tinham experiência em produção rural, justamente na fértil região provençal. Os espanhóis eram operários com mais treino em construções e alguma engenharia mecânica. Foram logo empregados para cuidar dos engenhos de fazendas na região.

A pensão tinha o nome de Compostela e exibia uma clara versão da cruz de Santiago como emblema pintado numa placa de madeira na entrada. Era uma clara alusão à Galícia e à catedral de Compostela. Aquilo nos chamou a atenção, tanto que Catherine trocou olhares significativos comigo. Não fizemos comentários, mas sabíamos que os Cavaleiros de Santiago eram uma vertente dos Cavaleiros Hospitalários, aqueles que depois da extinção dos Templários herdaram boa parte das propriedades que antes pertenciam aos templários.

O avô do senhor Pierre, chegado em 1880, gostava de contar histórias de batalhas entre mouros e cristãos, que segundo seu neto teriam dado origem às cavalhadas famosas do folclore local. Talvez tenha havido alguma distorção quanto a mouros e cristãos. Algumas das histórias nos pareciam versões de combates entre os barões cristãos a serviço do papa, e os cátaros na figura dos mouros, que se ajustavam melhor à posição de inimigos infiéis e diferentes. De certa forma havia mesmo uma semelhança entre as duas situações. No século XII, os cristãos atacavam os hereges (porém cristãos) cátaros no sul da França. No século XV, Fernando e Isabel, reis católicos de Leon e Castela, guerrearam os mouros do reino de Granada no sul da Espanha. Nos dois casos, era a força bruta de um poderoso exército contra comunidades provenientes de culturas mais sofisticadas.

À noite, na pousada, Catherine e eu tentávamos fazer nossas próprias leituras da conversa e, sobretudo, organizar a história. A primeira delas dizia respeito à coincidência de, nos primeiros momentos de nossa expedição, já tropeçarmos em alguém com interesse no tema. Parecia ser como nos romances: um assunto tão sensível que logo dispararia gatilhos de defesa automática no universo. Se ela estivesse lendo um guia turístico, teria sido diferente. Decidimos que isso seria paranoia própria de teorias conspiratórias. O fato é que o senhor Pierre colecionou boas histórias que falavam de práticas medievais muito claramente. Contou que algumas pessoas nesse grupo do avô eram chamadas de "hospícios", por conhecerem as horas apropriadas para certos trabalhos. Alguns até faziam confirmações de suas previsões vendo as tripas de animais abatidos. Catherine logo os identificou com os *auspices* medievais, os auspícios e não hospícios. O avô mesmo se exibia para os netos encantando-os com os agouros dos pássaros. Ele sabia quais eram as aves de mau agouro, segundo o neto. Um certo dia, o avô saíra para acertar uma questão comercial quando ouviu um pavão piar. Ele não titubeou; voltou e cancelou o negócio que veio a falir posteriormente. Pierre contava esses eventos com a expressão cheia de orgulho e admiração pelo avô bruxo. Na França medieval, essas pessoas eram chamadas de *augures*, pessoas capazes de determinar o bom e o mau agouro por meio de aves.

Combinamos de almoçar com o senhor Pierre no dia seguinte, ou seja, no sábado. Concordamos em comer na pensão de Compostela novamente, o que o deixou cheio de satisfação. Havia algo de ingênuo na sua maneira de ser. Saí com Catherine para reconhecer os arredores e ela concordou que, de alguns ângulos e com muito boa vontade, ela poderia "ver" alguma coisa dos Pireneus por lá. Fomos ao alto de um mirante, numa estrada de terra batida, quando percebi a vantagem da tração nas quatro rodas de nossa caminhonete. Foi uma brincadeira divertida. Olhando na direção de Brasília, poderíamos imaginar um cenário europeu. Pena que o descuido para com a natureza nos lembrasse estarmos abaixo do Equador. Não era um cartão postal, especialmente numa época de seca.

Chegamos na hora combinada para o almoço e já encontramos o senhor Pierre acariciando um copinho de cachaça.

– Bom dia, – gritou ele alegremente –, vejo que andaram explorando os arredores de Pirenópolis. O carro está bastante empoeirado. Mas cheguem! Minha neta já preparou umas entradas absolutamente inadequadas para quem estiver de dieta!

– Acho que terei problemas! – Sussurrou Catherine.

– Não se preocupe, minha filha, – respondeu Pierre do outro lado da mesa –, só coma o que tiver vontade, pois é tudo gostoso e engorda. Eu deveria tê-los avisado antes, mas sou quase surdo e leio os lábios com muita facilidade.

– Que bom que pode compensar a deficiência com uma habilidade. Parabéns!

– Meu avô dizia a mesma coisa, minha filha. Quando ele chegou, em 1880, já não havia ouro para retirar e entregar para os ingleses. Por isso, o Comendador Joaquim decidiu investir em agricultura, plantou cana e construiu engenhos; plantou algodão e conseguiu ótimos preços na Inglaterra, fazendo bom comércio exterior e interno, transportando suas mercadorias em lombo de jumentos. Foi para suas empresas que meu avô veio trabalhar.

– Esse comendador deve ter sido um homem de grande visão empresarial, não foi?

– Imensa! Em 1800, começou a decadência do ciclo do ouro, quando ele também ganhou bastante dinheiro. Era um minerador, ou seja, era dono de escravos que achavam e beneficiavam ouro para ele. Tenho horror à escravidão. Antes de sua morte, já previa e preparava a mudança de rumo dos negócios. O Comendador Joaquim morreu em 1851 e a comunidade, despreparada, entrou em decadência. Faltava desde comida a segurança pública, que depende de um mínimo de bem-estar social e de uma figura de autoridade.

– Parece que as coisas se repetem, não é?

– Se repetem há séculos, minha filha – como passou a se dirigir a Catherine. É importante olhar o passado para compreendermos melhor o presente e nos prepararmos para o futuro. Veja só, quando meu avô chegou, o Comendador já havia morrido havia dezenove anos, e o ambiente daqui era muito diferente da antiga Meia-Ponte.

– Pois é, senhor Pierre, esclareça nossas dúvidas quanto a essa história de Meia-Ponte passando a Pirenópolis. Como foi isso?

– É uma longa história, mas sendo objetivo, foi a chegada desse último grupo europeu que determinou a mudança do nome. Eles queriam que fosse parecido com os Pireneus, onde se sentiam em casa. Talvez alguma outra razão, também. Sei lá... Mas o nome mudou em 1892.

– Outras razões? Quais?

– São tantas as lendas, minha filha, que nem saberia por onde começar. Tem que ver com os tempos dos primeiros desbravadores e, de certa forma, termina com a Comissão Cruls, que ficou sediada por aqui, explorando o Planalto Central. Eles pareciam saber o que estavam fazendo. Isso aconteceu poucos anos depois da mudança do nome para Pirenópolis, um ou dois anos, se não me falha a memória. Setenta anos depois, começou a construção de Brasília.

– Desculpe a ignorância desta estrangeira, o que foi a Comissão Cruls?

– O nome era mais pomposo: "Comissão Exploradora do Planalto Central". Foi uma expedição conduzida por um astrônomo belga, Louis Ferdinand Cruls, amigo do Imperador Dom Pedro II. Não esqueça que o Imperador tinha mais do que simpatias pelos ideais templários. Essa comissão fez o primeiro relatório sobre as condições do Planalto Central para assuntos que hoje chamaríamos de estratégicos. Desde então, governos após governos, como se existisse um *lobby* encoberto, consideraram a mudança da capital para essa região. Em 1954, uma outra expedição já tinha como missão localizar a área da futura capital federal. Foi a missão José Pessoa, em 1954.

– Fico feliz com a surpresa de saber de um belga participando dessa empreitada! O senhor vê alguma relação entre essas missões, a hipótese da investida dos templários no Brasil e a decisão de construir Brasília?

– Tudo está relacionado com tudo. Aprendemos com as imagens da história, mas a história aprende com a gente. Tanto que se repete quando não aprendeu e nos repetimos quando nos recusamos a visitá-la. Mas quem sou eu, comentando História com dois professores!

– Por favor – disse eu –, certamente estamos aprendendo muito com o senhor. Sei pouquíssimo da história do lugar. Estudei muito mais as condições históricas do litoral. Para que perceba minha ignorância, só há poucos dias li sobre as andanças de Anhanguera por aqui!

– Pois é, talvez ele nem tenha andado por aqui. Talvez tenha ido por outro caminho para a cidade de Goyaz, como é conhecida hoje. Ele chamava de Arraial de Sant'Ana, depois Villa Boa. Ele achou ouro na cabeceira do rio Vermelho. E essa história de tocar fogo em cuia de aguardente para assustar os nativos também não foi invenção dele. Outros fizeram isso antes. Além do quê, ele não gastaria uma tijela de boa pinga só para tocar fogo! Os portugueses fizeram isso na África com bons resultados. Não acredito que funcionasse tão bem aqui.

– E o nome de Anhanguera não vem desse fato? Diabo velho, ou coisa parecida?

– Acho que não. O final da palavra – lida em *nhengatu*, a língua geral – soa como "alma velha, que já saiu do corpo", não oferecendo perigo, portanto. É melhor entender Anhanguera como uma autoestrada que sai de São Paulo na direção nordeste do estado até a divisa com Minas. São tantas as versões para esse apelido que já cansou! Anhanguera é estrada e pronto.

– Não foi ele quem descobriu o ouro da região? – perguntou Catherine, mostrando que lembrava minhas preleções sumárias.

– Quem descobriu as minas de ouro dessas redondezas foi seu filho, também Bartolomeu Bueno da Silva, o que causa alguma confusão. Ficou conhecido como o segundo Anhanguera e chegou com o pai nos tenros 12 anos de vida. Esse foi um desbravador sério e competente apoiado pelo então governador de São Paulo, Rodrigo Cezar de Menezes. O pai era um caçador de índios, bruto e sem escrúpulos.

– A descoberta dessas minas de ouro foi casual ou foi prospecção? Era ouro de aluvião, trazido pela corrente dos rios, não?

– Sim, era ouro praticamente colhido nas margens dos rios. Foi escasseando nessa forma, e minas foram sendo escavadas até que se exauriu. Essas minas – enquanto produtivas – foram entregues ao governo português na primeira metade do século XVIII. Um amigo e guia de Bartolomeu Bueno Filho, Urbano de Couto Menezes, foi o responsável pela administração das minas. Era um castelhano da região de Burgos e ficou encarregado de passar a administração a um minerador português chamado Manuel Rodrigues... de Tomar. Não é curioso? Vi que vocês se entreolharam depois da minha pausa. Também acho isso: ele devia ser da cidade de Tomar. Mas confundiram a indicação da origem com o nome próprio e muitas vezes ele aparece como Manuel Rodrigues Tomás. Foi ele quem batizou o povoado das Minas Nossa Senhora do Rosário como Meia Ponte. Mais simpático, não é?

– Muito simpático, senhor Pierre. Principalmente quando sabemos da importância das pontes para a proteção dos castelos. Seus construtores eram verdadeiras celebridades na Idade Média. Só que essa era uma “meia ponte”, por que não uma ponte inteira?

– Talvez não fosse necessário, minha filha. Não havia castelos por aqui. Meia ponte bastava – disse com certo descaso –, o mais importante é a referência a Tomar. Foi lá que nasceu a Ordem de Cristo, uma ordem templária genuinamente portuguesa. E o senhor – afirmou olhando para mim – não discordará de que o Brasil, como nação, é resultado de uma estratégia templária! E uma estratégia portuguesa. Colombo era de nacionalidade portuguesa, o senhor sabe. Também ele esteve inserido nesse plano.

– Senhor Pierre, desculpe minha ignorância, mas estou perdido no seu raciocínio. Colombo era genovês, casou-se com uma portuguesa da Madeira, é verdade, assumiu a cidadania espanhola, ou melhor, castelhana. Mas qual foi a sua participação nesse plano templário? (Eu estava intrigado e muito curioso).

– Meu caro, apesar das piadas brasileiras, os portugueses nunca – repetiu – nunca foram burros! Você sabe que Colombo, quando voltou das terras recém-descobertas, aportou primeiro em Portugal! Ele não se dirigiu para a Espanha. E não me venham com aquela história de que cometeu um erro de navegação! Colombo não cometia erros de navegação. Ele sabia que estava correndo perigo no seio de sua própria tripulação. A parada em Lisboa foi uma bela jogada estratégica. Se ele fosse mesmo um inimigo de Portugal, não teria saído de lá com a facilidade que saiu. Teria sido assassinado, com certeza. Ele fez o jogo de cena necessário para continuar desfrutando de seus privilégios com os reis católicos de Leon e Castela. Deixou em Lisboa mapas e informações preciosas para as viagens de Pacheco Pereira, Gonçalo Coelho e o próprio Cabral, que não era um bom navegador.

– O senhor não para de me surpreender, senhor Pierre! Como chegou a essas conclusões tão cheias de convicção?

Nós estávamos muito surpresos com essa história toda. Dava até a impressão de que Pierre poderia saber o que buscávamos e estava nos esperando. A bobagem que era esse pensamento paranoico fez que logo fosse para a lixeira mental. Enquanto isso, Pierre se inclinava em nossa direção e, baixando a voz, disse:

– Meu avô era templário, se é que ainda se poderia chamar assim. Mas era cavaleiro da Ordem de Cristo. Só começou a me contar essas coisas quando estava muito velho. Queria desabafar, talvez, e pode ter pensado que a criança que eu era não daria maior importância e esqueceria tudo. Mas não esqueci.

– Então, seu avô veio com uma missão a cumprir? Era de nacionalidade francesa e membro de uma ordem portuguesa?

– Vocês dois são professores universitários, e a nacionalidade de cada um não vem ao caso. Estou errado? É a missão que conta.

– E qual é a missão?

– Ah, meu caro, depende do tempo e das circunstâncias. Para mim, a missão é a busca da verdade. E não vamos perder tempo filosofando o que vem a ser verdade e outras baboseiras. Além do quê, você sabe muitíssimo bem da importância das primeiras intromissões dos franceses no Brasil. Caramuru – por exemplo –, está lembrado? Era um espião dos franceses. Veio disfarçado na embarcação de Diego Garcia, que desapareceu misteriosamente na Bahia entre 1509 e 1511. Foi chamado pelos indígenas de Carya Muru, "aquele que veio do mar". Obviamente, como náufrago semimorto. Andou dando uns tiros de bacamarte para impressionar os indígenas e tornou-se amante de uma nativa. Mas não é isso que importa; o que importa é que, naquela época, essas terras eram um território a ser conquistado. Não eram só os espanhóis e portugueses nessa corrida; estavam holandeses, franceses e ingleses pelejando-se pela melhor posição em campo. Eu tenho minhas dúvidas se o interesse era apenas por riquezas materiais.

– Que outras riquezas seriam – perguntei ao senhor Pierre –, espirituais?

– Você está fazendo troça, mas eram riquezas espirituais. Isso na falta de uma palavra melhor.

– Tente uma palavra melhor, por favor. Não pense que estou desqualificando seus argumentos e muito menos ridicularizando-os.

– Vou tentar achar uma palavra melhor que "espiritual". Havia muito dinheiro envolvido, riquezas imensas, tanto naturais daqui como riquezas estratégicas para países como os que citei agora. O mundo havia mudado oficialmente. A partir daquele momento, era possível falar abertamente em um mundo novo. Escrever relatos, desenhar mapas e alimentar, ainda mais, desejos de poder. Tudo isso em contraposição a uma corrente – também poderosa e rica – que pregava a falta de sentido nessa corrida. Quem sabe a palavra melhor seja "filosófica"?

– Estou tentando acompanhar...

– Não tente, meu filho (agora passou a me chamar de filho também), faça o caminho junto, sem pretender encontrar explicações muito racionais. Não acredito que toda essa complicação mundial tenha sido planejada, urdida por um grupo de pessoas ou por uma associação de países. Essas coisas têm vida própria! Nós é que somos levados a fazer isso ou aquilo, dar a vida por ideais que nunca nos entusiasmaram, a adorar divindades estranhas... Não temos controle sobre o rio da história.

– Agora não entendi. Pode explicar melhor?

Pierre parecia tomado por um espírito tagarela. Não parava de falar e o fazia com enorme ansiedade. Arrependi-me de tê-lo interrompido. Sua respiração ofegava e começou a ficar enrubescido. Delicadamente, Catherine pôs a mão no seu ombro e falou com enorme suavidade:

– Pierre, acho que comemos demais e eu bebi mais do que estou habituada. Já não estou compreendendo muito bem o curso da conversa. Vários nomes que me são estranhos foram mencionados. Vamos descansar? Amanhã poderemos conversar mais.

– Não! Amanhã, não. À noite, mais tarde. Não precisa ser aqui no Compostela, se não quiserem.

– Está bem. Vá descansar e nos veremos, aqui mesmo, às 19 horas. Está bem?

– Obrigado, minha filha. Você é muito carinhosa.

Voltamos para a pousada atônitos, ainda mais confusos, se isso fosse possível. Eu já anotava um grande número de perguntas. Desde a história e geografia da região até questões sobre as incursões francesas no Brasil colônia. Eu conhecia Caramuru como Diogo Álvares, provavelmente minhoto de Viana. Como ele, outro náufrago famoso foi Frei Vicente do Salvador, que escreveu aquela que se considera a primeira história do Brasil. Nesse trabalho, Frei Vicente conta algumas histórias de Caramuru, romanceada ao gosto da época. Todas as histórias são romanceadas de alguma maneira. Nem um inventário consegue ser objetivo. Consta que Caramuru casou-se com a filha de um cacique que o teria resgatado, náufrago, nas pedras costeiras. É improvável que tenha sido a mesma "viúva honrada" que Frei Vicente diz ter conhecido antes que ela viesse a falecer, em 1587. Parece ter havido uma outra jovem, com a qual Caramuru teria ido à França em navio comandado por Jacques Cartier, o descobridor do Canadá. Mas, e daí? Eu pensava em voz alta.

Essa outra jovem teria – como boa figura lendária – seguido heroicamente a nau de Cartier, a nado, para não separar-se de Caramuru. Na França, ela foi batizada Luíza Álvares, casaram-se em Saint-Malo e na volta ela teria traído a tripulação, que foi trucidada pelos tupinambás, poupando apenas o amado Caramuru. Sandice. Onde estamos indo com essas informações?

Catherine, como que despertando de um transe, chamou a atenção para o fato de Jacques Cartier estar nessa história, lembrando que ele participou intensamente das explorações pós-colombianas no Hemisfério Norte, lembrando que em Saint-Malo consta um registro de que foi batizada uma certa *Katherine du Brésil,* cuja madrinha foi a esposa de Cartier, chamada Catherine des Granches, filha de Jacques de Granches, autoridade local. Certamente um indício da importância que davam a Caramuru. Não era isso que eu procurava compreender.

Cartier esteve no Brasil antes de sua primeira viagem ao Canadá em 1534. Nessa ocasião, batizou de Sainte Catherine uma ilha que descobriu por lá. O rei da França era Henri de Valois, casado com Catarina de Medici. O Brasil tem a sua ilha de Santa Catarina, batizada tempos depois, mas não deixa de ser uma coincidência a mais. Principalmente porque não sabemos quando e mais onde esteve o senhor Cartier no Brasil e na condição de quê. Catherine estava ocupando o cerne dos meus pensamentos. Eu a olhava encantado.

Ela estava muito animada com os desdobramentos de nossa história e com as possíveis imbricações do que estávamos escutando do senhor

Pierre com as explorações templárias no Hemisfério Norte, a descoberta do Canadá e as viagens portuguesas para lá. Para não mencionar a quantidade de *Catarinas* que surgiu! Que relações teriam os franceses com os navegadores portugueses? Tripulações portuguesas em navios de bandeira francesa estavam aparecendo mais e mais. Franceses em navios portugueses também.

Conversamos, escrevemos, namoramos, dormimos e acordamos mais perto da hora de encontrar o senhor Pierre do que o que seria confortável. Eu estava melhor, sem saber exatamente do quê. Queria estar com Catherine, mas ela parecia distante, como se quisesse algo mais. Deve ser alguma questão hormonal. Fiquei inseguro. Conseguimos que o atraso fosse tolerável, mas o Pierre nos olhou de forma marota. Com toda razão. Nossa vida sexual ficava a cada dia mais rica e prazerosa. A intimidade somada à atração física nos tornava mais cúmplices, mais amigos. Mas eu estava inquieto. Percebi o quanto estava envolvido.

25

O desequilíbrio mental do senhor Pierre começava a se delinear com mais clareza para mim. Depois do impacto inicial, da enxurrada de informações que ele despejou sobre nós, o controle que ele parecia ter sobre os temas foi se revelando frágil e o curso do seu pensamento ficou mais e mais confuso. Às vezes incoerente. Por certo, as informações não eram nem um pouco desprezíveis. Pelo contrário, nos estimularam muito a conferir com os registros históricos.

Por exemplo, voltamos ao tema Bahia. Nesse último encontro, Pierre insistiu muito na importância da Bahia, como que chamando nossa atenção para esse ponto. Por que tantas ocorrências importantes para a história do Brasil colônia nos obrigam a examinar aquela região? Cabral, Vespucci, Cartier, Caramuru, além de holandeses, espanhóis e portugueses importantes, como Garcia d'Ávila e seus projetos colonizadores, tinham a Bahia como destino. Ou seria só uma questão de rota marítima?

Nosso próprio equilíbrio mental passou a ser uma preocupação. Estávamos diante de uma enorme oportunidade de estudos históricos ou viajávamos num pântano de maionese? Estaríamos intuitivamente sendo chamados para um circuito de acontecimentos mundiais ou brincávamos de caçadores de tesouros míticos? Confessei a Catherine que, além de me deliciar na adolescência com as aventuras narradas por Ryder Haggard, na fase adulta eu assisti com prazer às estripulias de Indiana Jones, o heroico professor de arqueologia. Meu bom humor estava voltando. Mas eu queria voltar logo para casa; estava exausto.

Catherine não parecia estar muito preocupada com essas questões. Justamente ela que dizia precisar me ajudar com dados de realidade devido a minha inclinação a "delirar". Argumentava que essas coincidências podiam chamar atenção da consciência para aspectos que seriam naturalmente descartados pela crítica intelectual como irrelevantes. Sem essa intervenção intuitiva, um pouco doida, não haveria movimento nas artes, literatura e, quem sabe, na ciência. Eu concordava. Não podemos escapar do nosso tempo, da nossa cultura e do sistema no qual funcionamos. Só os profetas, sejam eles filósofos ou artistas, podem se aproximar da fronteira. Os loucos, sim. Esses podem atravessar a fronteira, mas não sabem ou não podem voltar. E continuamos na mesma. Afinal, somos historiadores, mas estamos nos comportando como amadores juvenis.

Foi assim que reencontramos o senhor Pierre para nos despedirmos no domingo e voltamos para Brasília, fazendo planos de sistematizar o estudo e visitar Goyaz o mais breve possível. Pierre pareceu emocionado ao se despedir e foi carinhoso como se nos conhecesse de muitos anos. Prometemos voltar para visitá-lo e ele nos deu um cartão sem endereço nem telefone, de um senhor italiano de sobrenome Clausoli. Pronunciei com acento oxítono e fui corrigido:

– Lembre-se, é *Cláusi*, não é *Clausí*. Façam boa viagem e passem minhas recomendações ao Piero Clausi!

Ele disse o primeiro nome, que não havia escrito, e mais uma vez enfatizou o acento proparoxítono. Eu já estava vendo significado encoberto em tudo. Quase paranoide. Poderia ser mais um enigma ou simplesmente mais um maneirismo do senhor Pierre. Coincidência: um é Pierre e o outro é Piero. Dois Pedros.

26

O passeio a Pirenópolis foi repleto de imagens e fantasias. Em nada se parecia com a maneira de pensar da minha formação acadêmica. Certamente era algo novo para Catherine também. No caminho, quase cheguei a dizer que os últimos acontecimentos combinavam mais com a maneira de ser da Victoria. A prudência, mais uma vez, me fez calar.

Catherine estava começando a revelar um ladinho possessivo, quase ciumento. Puxei o foco da conversa para Jacques Cartier, que eu conhecia pouco, e ela demonstrava saber mais do que havia dito até então. Foi uma intuição estranha, desagradável mesmo. Parecia haver uma agenda oculta rolando paralelamente. Tirei essa ideia da minha cabeça. Lembrei da amiga diplomata, Adriana – de formação em Psicologia –, quando me disse "o *mim* é muito diferente do *eu*, Celso. O *eu* é controlador, pensa, sente e gosta de achar que pode. O *mim* sabe, simplesmente sabe, e não faz. O *eu* passa a se comportar de forma irreconhecível. Faz (o *eu* faz!) a gente pensar que *essa* não sou *eu*, não pode ser. Não me reconheço". Pensava agora que não a reconhecia (Catherine) por inteiro, mas talvez não estivesse escutando a *mim*. Foi quando escutei a *Ela*, aquela do livro de Haggard:

– Eu pensava, Celso, naquelas histórias do irmão Gaspar Corte Real, que se "perdeu" da esquadra de Cabral em direção ao Canadá. Depois, houve o esforço de resgate sem sucesso pelo outro irmão, o Miguel. Como as coisas não são isoladas, lembrei que o rei Francisco I da França contratou uma expedição para examinar não se sabe o quê na costa oriental da América do Norte. Agora eu lembro que essa expedição foi financiada – você vai gostar dessa – por banqueiros florentinos!

– Você está brincando comigo!

– Não, não estou. Como havia interesses florentinos envolvidos (dos Medici?), o rei Francisco escolheu para comandar a esquadra o navegador Giovanni da Verrazano. Ele saiu com quatro navios e perdeu dois logo no início da viagem. Um terceiro voltou com o resultado de pilhagens feitas na costa da Espanha e o quarto, com Giovanni e seu irmão, o cartógrafo Girolamo, atravessou o Atlântico e talvez tenham encontrado vestígios do desaparecido Miguel Corte Real. Eles relatam coisas que levam a crer que sabiam o que procuravam.

– Quando foi isso?

– 1524? 1525? Não sei ao certo.

– Exatamente o período em que o consórcio holandês estava explorando o Brasil extrativamente, estrategicamente. Você havia esquecido desses dados?

– Não, seu bobão. Escondi de propósito. Agora sem ironia, foi sua menção a Cartier que puxou o fio da meada. Tem mais: você vai lembrar que chegaram ao litoral da Carolina do Norte e fizeram análises complexas de navegação com referência a cálculos dos "antigos" – que ele não especifica quais – cheios de detalhes matemáticos que não tenho sequer condições de lembrar.

– Infelizmente, sei pouquíssimo sobre esses aspectos históricos. Eu sempre estive mais preocupado com os acontecimentos ligados ao Brasil. Mesmo a respeito de Cartier, só lembrei sua participação no episódio Caramuru. Que mais você lembra?

– Os irmãos Verrazano voltaram à França e, além dos relatórios, deixaram o rei ainda mais animado para a retomada da busca.

– Vou perguntar como exercício de retórica: o que seria o objeto dessa procura?

– Não posso saber. Poderiam ser os irmãos Corte Real? A comunidade templária de Sinclair? Poderia ser...

– Espere! Você disse Sinclair? Daquela família de esotéricos escoceses e atualmente em voga em todas as histórias de ficção místico-conspiratória? (Novamente lembrei da Victoria).

– Claro. Consta que o príncipe Henry Sinclair teria estabelecido uma comunidade templária na América do Norte. Possivelmente, perto da divisa dos Estados Unidos com o Canadá. Pela descrição, me parece mais com as praias da *Virginia*, como *Chesapeake Bay* ou o litoral no *Delaware*. O fato é que voltaram à França e viajaram mais duas vezes, em 1527 e 1528, essas datas eu lembro. Nessa volta de 1527, aportou no Brasil e carregou o navio de madeira. Possivelmente, o pau-brasil. Em 1528, aportou na Flórida, cuidando para não ser encontrado pelos navios espanhóis que estivessem patrulhando as Antilhas e que ficariam felizes em revê-los por ali. Também ali ocorreu o inesperado: até então os nativos haviam sido acolhedores. Num certo ponto, os Verrazano resolveram se arriscar com mais confiança, ancoraram mais perto, e Giovanni foi até a praia de bote quando foi morto pelos nativos. Ao que parece, essa busca americana foi continuada por Jacques Cartier.

– Menina, você deve ser ótima em sala de aula! Vai encaixando os fatos direitinho. Verdade ou não, mais uma menção aos Sinclair dá o que pensar. A lenda dos tesouros templários saindo da França e seguindo para Escócia e Portugal recebe mais uma contribuição.

– Para não mencionar aquela outra parte da lendária esquadra que sai do litoral norte da França depois da prisão de Jacques de Molay. Num certo ponto, divide-se em três grupos: dez navios chegam a Lisboa, cinco vão para a Escócia e uma flotilha de três que vai para o Hemisfério Norte, lembra-se? Talvez ali pudesse estar o príncipe Henry Sinclair. Se bem que somos sempre lembrados na universidade de que essas histórias misturam-se com muita facilidade com lendas.

– Encaixa na hipótese, mas não sabemos. As desinformações intencionais, como temos visto, são muito frequentes.

O restante da curta viagem entre Pirenópolis e Brasília transcorreu num clima alegre, amoroso e aconchegante. Fizemos planos para nossa visita a Goyaz, e nosso caderninho *moleskine* já estava recheado de perguntas e anotações de temas a serem pesquisados.

Chegamos animados, comentando que viajar com a caminhonete era bem mais confortável que na réplica do Porsche 356. Cheguei, por um segundo, a pensar em trocar de veículo. Afinal, já não me sentia mais um solteiro. Entramos logo para o quarto e começou a programação de banhos e de retomada da casa. Olhei na mesa de cabeceira e vi um envelope com timbre da embaixada norte-americana. Era um convite de John e Pascale para jantarmos na quarta-feira, daí a dois dias. O convite deixava claro que seríamos apenas os dois casais num encontro informal apesar do convite de aspecto formal, pensei.

Catherine saiu do banheiro com o cabelo molhado, vestida com um roupão branco de toalha. Estava linda. Cada vez que eu a via, era como se fosse a primeira vez,... ainda que eu lembrasse muito bem dos primeiros momentos e as restrições que identifiquei nela, talvez originadas daquela figura feminina interior que Jung chamou de anima. Gosto mais da imagem que construiu Hermann Hesse com a sua Hermine, no *Lobo da estepe*. A *Celsina* que habita esse corpo cinquentão deve ter ficado ameaçada desde o encontro no aeroporto, com as esgrimas intelectuais desconfiadas dos primeiros dias de convívio, até se dar conta de que agora tinha uma aliada, não necessariamente a meu favor. Como diria meu terapeuta, "seu pequeno ego é muito arrogante, deixe a alma se expressar e cuide do espírito. Essa é a ponte para as coisas importantes". Quem sabe, eu só conhecia *meia ponte*?

Verdade é que fui abrindo mão da tentativa de controlar a minha hóspede, na minha cidade, no meu campo de conhecimento e deixei que a *Celsina* conversasse com Catherine, com meu corpo como instrumento de encontro sem medo e reconhecendo a superioridade (?) – as contribuições, talvez – dessa figura humana tão querida. No aeroporto vi apenas um casulo. Acompanhei o sair dessa bela borboleta em voo livre, com trilha sonora! (Estou escutando a Sonata (op.102) de Beethoven para piano e violoncelo, em belíssima interpretação de Antonio Meneses no celo e Menahem Pressler ao piano. A borboleta toca delicadamente as flores que surgem a cada compasso, até que *Ella – a que deve ser obedecida* – aparece de pijama, ainda com os cabelos úmidos e meu comentário saiu simplesmente):

– Você é linda!

– Mesmo assim? Pijaminha de algodão, nenhuma maquiagem e sem roupas íntimas tidas como sensuais?

– Sobretudo assim.

Foi só o que consegui dizer, me bendizendo por estar vivendo o momento, já que não há outros momentos para viver, senão aquele disponível. Disponível porque foi o escolhido, entre tantas desistências. E cada desistência é uma morte. Como disse Joyce Carey: "A vida é só para quem não tem medo de morrer".

27

Passamos dois dias sistematizando nossos dados e hipóteses. Era preciso reler os trabalhos anteriores, pois a cada hora surgiam novos elementos que precisavam ser cotejados com aquelas hipóteses. Decidimos criar uma pasta de hipóteses descartadas para não fechar as portas da intuição. Intuição essa que pode ter se manifestado antes que o "pequeno ego" tivesse condições de apreciá-la produtivamente. Uma aluna me havia dito que a intuição não servia para muita coisa; só nos dávamos conta dela quando os fatos aconteciam, para bem ou para mal! É verdade, mas também é verdade que a resposta confiante ao impulso intuitivo revela a intuição. Com o tempo e o desenvolver da consciência, aprendemos a distinguir intuição de um desejo, ou do medo.

Por falar em alunos, foi concedida minha licença por tempo indeterminado das obrigações docentes na universidade. De qualquer maneira, continuarei com os compromissos assumidos de orientar os projetos de tese de alguns candidatos. Foi um alívio maior do que eu poderia esperar. Estou convencido de que só sabemos mesmo qual é o caminho quando mudamos a direção do movimento.

Chegada a hora de encontrar os amigos John e Pascale. Seria a oportunidade de apresentar Catherine, que ainda não os havia visto. Chegar à casa já é uma alegria: projeto de Zanini com seu gosto pelas madeiras e sua execução primorosa. Chega-se por uma faixa pavimentada em curva até a base de uma escada que leva ao nível superior, a entrada da casa. O charme está em que o térreo tem paredes de vidro por trás de um jardim. Quando as luzes se acenderam, antes de subirmos as escadas, surgiu uma sala de estar emoldurada pelo belo jardim, com um piano de cauda em primeiro plano que arrancou um suspiro maravilhado de Catherine.

A recepção foi calorosa, tanto quanto as culturas permitiram. O fato de Pascale ser francesa foi uma excelente alavanca para começar a noite. Ela e Catherine já foram à cozinha falando francês e só então a mesa começou a ser preparada. Senti que Catherine estava aliviada e percebi certa semelhança na forma de receber das duas. Uma forma menos afetada. Enquanto isso, eu e John, o estadunidense, nos servíamos de whisky e eu me inteirava da sua viagem. Ele pensava em se retirar da vida diplomática depois de muitos anos no exterior. Exterior para ele era estar fora da França e não dos Estados Unidos. Entretanto, nessa viagem profissional a Washington, foi-lhe oferecida uma missão junto à Organização Mundial de Comércio. Aceitou, sobretudo porque dará condições de continuar suas pesquisas sobre a natureza das trocas simbólicas, e outras nem tanto, na Idade Média. Perguntei:

– Mas entendi que suas investigações diziam respeito à América do Sul nesse circuito comercial iniciado pelos templários.

– Talvez você tenha misturado com seus próprios interesses, Celso. Acho que ainda não o convenci de que não sou um espião com uma missão secreta no Brasil. Com relação a seus amigos, eu não acho, eu tenho certeza de que pensam em mim como um agente secreto do Império Americano.

– Quanto a eles não posso dizer nada, mas achei mesmo que fosse um pesquisador dos resultados de investimentos templários no Brasil e a situação atual dessas atividades. Ou algo parecido no universo econômico, cada vez mais esotérico para mim.

– Você não tem dúvidas de que esses investimentos ocorreram, me parece.

– Nenhuma. Eu e Catherine estamos juntando as peças de um quebra-cabeça histórico que certamente se derrama para fora das fronteiras do Brasil e precede o tempo de existência do Brasil como território ultramarino da Europa.

– Estou de acordo com isso. Como sabe, servi em Malta e me debrucei sobre a questão dos templários e dos hospitalários enquanto estive por lá. Percebi que seu amigo diplomata, Tomás – casado com uma colega, a Adriana –, também estava muito envolvido com o tema.

– É verdade. A motivação dele é outra, no entanto. Ele é muito dedicado ao ministério onde trabalha. É um funcionário extremamente capaz e diligente. Isso o deixa afogado em obrigações, sendo assim, um interesse desobrigado – um *hobby* –, é bem-vindo e traz um pouco de vivacidade para sua vida burocrática. Cada nova descoberta nesse campo é um prazer interior e não apenas um elogio do chefe. Entende o que quero dizer?

– Entendo perfeitamente!

– Adoraria escutar seus relatos, John. Praticamente fiquei limitado à Ordem dos Cavaleiros de Cristo nas minhas pesquisas. Sabemos que os recursos vieram de vários pontos e até de antes da Idade Média. Meu conhecimento dos templários é precário e muito contaminado pelas lendas que os envolvem. Entretanto, me parece evidente que a acusação de heresia é uma grande cortina de fumaça, mas inocentes eles não eram! Malta era uma central dos hospitalários, beneficiários da extinção dos colegas templários. Deve ter sido uma experiência e tanto morar lá.

– Foi mesmo. Você sabe que os hospitalários tinham seu quartel general em Rodes, mas os exércitos otomanos simplesmente passaram como um rolo compressor pelas fortalezas deles em 1522. De lá é que foram para Malta em 1530. Presente do rei Carlos V. Na capital, La Valeta, resistiram cinco ou seis meses de cerco pelos turcos. Na maneira como eu vejo, era uma ordem rival dos templários, como não poderia deixar de ser. A humanidade é assim; quando somos parecidos, enfatizamos as diferenças, exageradamente, para aparecer mais. Seria mais fácil somar esforços. Mas isso faria sentido!

Depois que ficaram mais fortes com a herança dos templários, a pirataria entrou na agenda e não ajudou na relação com Veneza, por serem prejudiciais às relações da Sereníssima com o Oriente. É bom lembrar que vários navios turcos foram aprisionados pelos hospitalários de Malta, e na batalha de Lepanto sua esquadra foi uma boa contribuição para a vitória cristã.

Por essa época já eram conhecidos como Cavaleiros de Malta. Uma ordem aristocrática dirigida por senhores das altas castas europeias. A decadência foi tanta que Napoleão levou apenas um dia para tomar a fortaleza de La Valeta no final do século XVIII. Ele mesmo disse que faltava força moral. Não me surpreende.

– Você me parece amargo com relação à humanidade.

– Desesperançado, eu diria. Talvez isso traga uma certa amargura. Eu não acredito mais na humanidade, acredito em alguns seres humanos. Afinal, não podemos conversar com um representante da humanidade, só com uma pessoa! Só alguns indivíduos podem contribuir para o engrandecimento do espírito. Todos nós deveríamos desejar estar entre esses, sem falsa modéstia e com um legítimo desejo de contribuir.

– Meninos, lavar as mãos e sentar à mesa!

O comando em francês soou como um convite aos filhos descerem para o jantar. Perguntei por eles, mas estavam na casa de amigos. Teríamos a noite só para nós. Havia uma bela torta de frango, uma salada fresca e colorida e uma sopa fria de cor verde clara, que descobri com enorme prazer ser feita de pera batida com aipo. O vinho foi servido com um certo lamento, pois era um Bordeaux 1994 (Château Lafite) do qual restavam duas garrafas. Acompanhava fatias de pão saídas do forno com uma fina camada de brie. Ao primeiro elogio, Pascale informou que eram de uma *Boulangerie* tradicional, dedicada ao verdadeiro pão francês e recentemente aberta no Lago Sul.

– Não poderia ser de outro lugar! São os mesmos que me fazem ir ao Plano Piloto comprar pães. Agora ficou mais fácil. Já estive lá.

– Bem se vê que você não perde tempo, Celso. Leve a Catherine no sábado para o *cassoulet* que eles servem. *Delicieux*!

Catherine levantou a taça com vinho e, dirigindo-se a mim, agradeceu eu tê-la apresentado a mais duas pessoas maravilhosas e acrescentou:

– Celso, antes de conhecê-lo eu tinha uma vida interessante. Agora, eu vivo uma aventura fascinante!

Fiquei ruborizado – segundo me disseram –, mas senti-me um felizardo. O jantar transcorreu alegremente. Contamos nossas experiências em Pirenópolis e quando foi dito que o senhor Pierre segredou o fato de ser neto de um templário, John mostrou indisfarçável interesse:

– Como assim? Ele disse que o avô confessou na velhice que era um templário, para um menino de dez anos? O que isso poderia significar para uma criança?

– John – disse eu –, no isolamento daquele lugar no século XIX, em meio ao fracasso dos investimentos, do declínio da vida e dos planos, creio que foi um desabafo. Uma forma de compartilhar com alguém especial. Pierre não é uma pessoa comum. Tenho certeza de que sempre foi assim. Certas pessoas não mudam muito, assim como você. Acho que sempre se sentiu diferente dos seus colegas. Verdade? Aposto até que usa o mesmo manequim desde que saiu da universidade.

– É um ângulo diferente para examinar a questão, sem dúvida. Não deixa de ser estranha figura esse senhor Pierre. Normalmente, o avô se revelaria como "membro da Ordem de Cristo", "cavaleiro de Malta" ou coisa assim, mas templário? Soa esquisito. Não seria maçom?

– O que ele disse é que o avô era templário. Mas a verdade é que completou a frase informando que era membro da Ordem de Cristo. Não tiramos conclusões. Nem mesmo tivemos tempo de investigar melhor o que ele quis dizer. No entanto, recomendou que visitássemos Goyaz e procurássemos um tal Piero Clausoli. Temos a intenção de ir lá no próximo final de semana. Por que você ficou tão intrigado com o fato de o avô de Pierre ter dito que era templário?

– No século XIX, não era de bom tom confessar-se templário. Para os adeptos da ideia, era preferível ser membro da maçonaria ou de alguma outra sociedade secreta. A igreja, mais poderosa do que é agora, não tiraria os olhos de semelhante pessoa. Não deixaria de olhar cuidadosamente, para saber a que veio. Numa sociedade pequena como era a cidade do senhor Pierre, seu avô não gostaria de interferências na sua agenda pessoal.

– Concordo plenamente, mas diga-me, John, perdoando minha curiosidade, de onde vem o *seu* interesse por esse assunto?

– Na verdade, não é um interesse específico no tema. Alguns fatos em torno dessa história – na sua maior parte, fantasiosa – apontam para acontecimentos históricos de interesse. Eu sou formado em Filosofia. Meu caminho acadêmico em estudos pós-graduados foi trilhado em torno da Ciência: História da Ciência, Filosofia da Ciência, avanços científicos. Em suma, sou um especialista em generalidades científicas!

– Não faça troça de sua formação! Estou achando que começo a entender seu interesse pelos templários, apesar de ser professor de História do Brasil. Não é segredo que entre os templários havia gente muito inteligente e preparada no mesmo campo que você.

– Diplomados em Filosofia da Ciência?

– Não seja tímido! Você sabe, melhor que nós todos, que muitos templários voltaram das cruzadas falando árabe, aramaico e outras línguas variantes. Pouco se sabe da origem desse interesse linguístico e sempre se atribui ao fenômeno comum do conquistador ser aculturado pelo que foi subjugado.

– Além da síndrome de Estocolmo, quando os subjugados desenvolvem um fascínio pelos dominadores.

– Claro. Acontece uma imbricação de línguas e costumes, amizades e colaborações.

– Está bem, Celso. Sua perspicácia me conquistou. Esse é exatamente o meu tema de interesse. Tenho fortes suspeitas de que as escavações no Templo de Salomão revelaram mais que detritos de madeira, ferro e cálices mágicos. Obviamente, os operários eram locais, muito provavelmente de língua árabe. Os feitores cruzados não eram todos uns guerreiros toscos. Pode imaginar o impacto que teria causado nesses homens a visão de documentos de sábios árabes, persas, hebreus com revelações úteis para suas atividades?

– Está ficando interessante, apesar da sua atitude reticente de espião desconfiado. Revelações úteis para que atividades?

– Contabilidade, por exemplo. Não eram eles banqueiros primordiais?

– Faz sentido. Você acha que no século XII já se pensava algo importante para a ciência contemporânea?

– Não foi isso que eu disse. Mas posso responder afirmativamente. Minha teoria é que os cruzados foram na qualidade de militares, para exercer atividades militares. Como em qualquer comunidade, há os mais curiosos, os mais inteligentes, os mais cultos, os mais observadores.

Os hospitalários, mais antigos, tinham outras funções claramente definidas: foram criados em 1070, a partir da atividade de mercadores amalfitanos, que construíram dois mosteiros perto da Igreja do Santo Sepulcro. Esses mosteiros foram usados principalmente para abrigar e cuidar dos peregrinos. A vocação como ordem de caridade era mais importante. Mas o enriquecimento foi criando outras necessidades, entre elas a contratação de mercenários guerreiros. Por volta de 1113, o papado reconheceu a Ordem dos Hospitalários – veja só, inspirada nas regras de Santo Agostinho – como organização independente. De início, colaboradora dos templários, para depois se tornar uma ordem concorrente.

– Você mencionou Santo Agostinho com um tom irônico por ele ter sido adepto do dualismo maniqueu?

– Não tive intenção de ser irônico, mas o fato é que esse grande intelectual da igreja católica conhecia bem o dualismo e a vertente dos gnósticos. A ironia é ter inspirado uma ordem de cavalaria que pouco a pouco se aproximou dos templários. Esses, assumidamente ambíguos com relação ao dualismo.

– De uma forma ou de outra, muitos dos chamados dualistas eram cristãos. A ambiguidade de Agostinho não era mais evidente? Ele censurou os pagãos politeístas e ao mesmo tempo escreveu contra os maniqueus. Também lembrou aos romanos que culpavam os cristãos pelas tragédias em Roma, que cristãos também foram agredidos.

– Esse é o ponto. Para ele, a vida não tinha que ser justa. Coisas boas e coisas ruins acontecem aos bons e aos maus indistintamente. Portanto, se os hospitalários podiam pretender ser bons hospedeiros, hospitalários na acepção do termo, por que os templários tinham que ser considerados maus? O que desejo enfatizar é que Agostinho tem uma contribuição à psicologia dos sentimentos ainda pouco reconhecida. A leitura simbólica de Agostinho é pura poesia.

Eu não estava muito interessado nessa mudança de rumo da conversa. Talvez devesse estar, e anotei mentalmente para me avaliar melhor depois. Voltei ao tema:

– Hoje, os sucedâneos dos hospitalários são os Cavaleiros da Ordem de São João de Jerusalém. Não é isso?

– Perfeitamente. Já os Cavaleiros do Templo eram aqueles encarregados de construir e de ocupar o canteiro de obras, digamos assim, que era a Palestina. Eram os templários que estavam lá quando os serviçais, escravos e outros escavavam as entranhas do terreno onde Salomão teria construído o Templo. Muito antes, o imperador Adriano já havia remexido aquela terra para fazer ali o seu templo para Apolo. Os hebreus não deixaram por menos na movimentação de terra para melhorar a defesa de Jerusalém.

– Como os templários eram menos caridosos que os hospitalários, estavam mais susceptíveis aos impactos das informações. A caridade compulsória, como outras bondades explícitas, deixam a alma anestesiada para o *Novo,* essa instância transformadora da criação.

– Você é cruel, mas como não sê-lo sendo inteligente? Concordo com você, apesar de não gostar de ser cruel. Afinal, fui criado na tradição calvinista de ser bom, trabalhar muito e ao mesmo tempo ganhar dinheiro. Não consegui a última parte, onde, me parece, você começou.

– Vejo que andou colhendo informações. Eu fui criado na tradição católica. A dizer, pede-se mostrar que seu poder é endossado por Deus e que Ele confia em você para que seja justo e caridoso. Aqueles que trabalharem para você serão gratos e eficientes. Isso dará condições para que você possa administrar o conjunto. Isso se chama eficiência e praticidade. Estou sendo cínico, mas estou gostando da conversa, que como toda boa conversa não vai chegar a lugar nenhum. Mas serve como força motriz para novos movimentos.

– Quais são os próximos movimentos dessa conversa?

– Conversa boa não tem agenda prévia e leva ao lugar possível. Ao que me parece, a nossa conversa está levando a um movimento de excursão – eu espero que seja incursão – a Goyaz. Depois de um vinho tão bom, só me ocorre que devemos ir a Goyaz brevemente.

– Podemos ir junto?

– Era o que eu estava pensando.

28

A conversa continuou por mais uma hora. Estava claro que John conhecia muito mais dos templários – e dos cátaros – do que estava disposto a revelar. Ao mesmo tempo, e honestamente, deixou sempre claro que não é possível saber muito mais porque quase toda documentação fora destruída pelos exércitos otomanos, pelos próprios hospitalários e pelos papados que se seguiram. Como sói acontecer, algum indício sempre é preservado por aqueles que tencionam suprimi-los. Assim foi com a Inquisição, conservando registros detalhados de seus interrogatórios e julgamentos.

John se dizia esperançoso de que novos documentos ou indícios aparecessem, já que ainda existem muitos lugares a serem explorados. Um desses lugares é o próprio Museu do Vaticano, onde recentemente, em 2001, uma intelectual, autorizada a pesquisar tema numa determinada área, achou um documento editado pelo Papa Clemente V, após a prisão e o julgamento dos templários em 1307.

Esse documento é conhecido nos meios especializados como *Pergaminho de Chinon* pelo fato de ser resultado de reuniões secretas, em agosto de 1308, no castelo de Chinon. Nessas reuniões, o Papa Clemente V procurava, com diplomacia, proteger os templários da ira de Felipe, o Belo. Essa descoberta convida a um novo olhar sobre esse papa, geralmente apresentado pelos historiadores como um fraco submisso, complacente quanto aos desejos violentos do Rei Felipe IV, da França. Nesse pergaminho, há um registro de época de depoimentos de Jacques De Molay e outros templários aprisionados por Felipe, o Belo.

A política agressiva do rei foi mais eficiente que a diplomacia – ainda que enérgica – de Clemente V. O processo de acusação foi acelerado e o rei conseguiu levar os líderes templários à fogueira antes que o veredicto papal fosse conhecido. Não foi possível "desqueimar" os templários, obviamente. O fato estava consumado.

O *Pergaminho de Chinon* foi achado por Barbara Fale, pesquisadora italiana que, conhecedora da política do fato consumado, abandonou sua pesquisa original, decifrou a escrita da época e apressou-se em publicar o achado no Arquivo Secreto do Vaticano. Três anos depois da publicação, em 2007, não restou aos fiéis (?) depositários senão publicar um fac-símile do documento.

A leitura desse texto revela que a igreja havia absolvido os líderes templários das várias acusações de heresia, apesar das desculpas simplórias ali registradas. Portanto, não havia razões para as fogueiras inquisitoriais arderem com os templários. O que houve foi mesmo uma execução por um rei invejoso e frustrado.

A diferença dos cátaros está no fato de que nunca negaram sua condição de hereges e se mostraram dispostos a morrer por suas escolhas, ou seja, por suas heresias. Apesar de muitos templários terem sido presos, e 54 deles queimados nos arredores de Paris em 1310, outros não se intimidaram e mantiveram-se militantes, seja como agentes financeiros, seja como milícias, na proteção a cátaros inclusive. Sob uma forte pressão de Felipe, em 1312, o Papa Clemente V emitiu uma bula reafirmando que os templários não haviam cometido heresia alguma, mas havia tanta comoção e difamação que seria melhor extinguir a ordem. Dois meses depois, em maio do mesmo ano, em outra bula, transferiu para os hospitalários aquelas propriedades templárias confiscadas. Felipe, o Belo, cobrou sua comissão para compensar “o que havia gasto no julgamento dos templários”.

– Lembra-me uma frase de Nietzsche, meu caro John: “humano, demasiado humano”.

– Além de humano, demasiado conhecido, não acha?

– Claro, é a pergunta comum: “Qual é a minha parte no butim?”, mas tudo em nome do bem-estar social. Felipe já devia ter informações de que riquezas importantes haviam sido desenterradas na Palestina.

– Estou convencido de que sim. Convenhamos que as mentes mais simples só percebem a informação literal. Para essas, riquezas são representadas por metais, pedras preciosas e, eventualmente, obras de valor comercial. Não lembra da invasão do Iraque quando a televisão mostrou ao vivo a ocupação do Ministério do Petróleo pelos *Marines*?

– Como esquecer? Do outro lado da rua, a turba invadia o museu da Babilônia e saqueava o que podia. Eu vertia lágrimas vendo o que supunha ser papiros milenares carregados pelo vento, pisoteados ante a postura impassível dos conquistadores da gasolina! Quantos daqueles meninos brincando de soldado faziam ideia de que estava acontecendo uma tragédia em que não havia tiros nem explosões?

– Pois é, Celso, para os observadores mais argutos – como você –, o olhar para o que era desencavado em Jerusalém também poderia ter outra dimensão.

– Deixe-me ver se estou acompanhando: você está mais interessado no conhecimento que possa ter surgido dessas escavações. Uma espécie de arqueologia primitiva?

– Posso concordar, de certa maneira. Mesmo que os cruzados – templários entre eles – estivessem procurando a Arca da Aliança com os Dez Mandamentos dentro, ou mesmo um hipotético cálice chamado Graal, havia uma escavação em andamento e coisas saem do chão nesses casos. Qualquer estudante de arqueologia sabe disso. O mais importante, fundamental eu diria, é olhar para esses achados nas suas circunstâncias.

– Algum observador mais atento poderia ver riqueza em algo escrito, por exemplo.

– Bingo! Algo escrito e bem protegido é diferente de uma lista de compras rasgada e amassada. São as circunstâncias a que me referia. Não temos dúvidas de que a Matemática, a Astronomia e outras ciências eram mais desenvolvidas entre árabes e hebreus que no seio da bárbara – e poderosa – cultura europeia. Ou do *outremer*, como diziam na época.

– Ainda que *bárbaro* signifique aquele que não conhece o grego, eu concordo.

– Infelizmente, Celso, o número de bárbaros aumentou e vem aumentando consideravelmente. Pelo menos, entre esses, o número de pessoas com capacidade para destruir o mundo ainda é pequeno. Como contraponto a esses, vejo um número menor ainda, aqueles que conhecem o único fenômeno verdadeiro, a meu ver, um tesouro para alguns templários e para todos os cátaros, os puros do mundo. O verdadeiro tesouro é a experiência espiritual, um fenômeno da alma que não está disponível para todos e só pode ser compartilhado por quem participa da mesma experiência. E como são poucos...

– É verdade, John. Não sei se estou acompanhando corretamente, mas algo me faz concordar. Esse fenômeno não está no ruído nem na banalidade, certamente. Acho que começo a percebê-lo no amor. No amor literal, homem e mulher, macho e fêmea.

– O espírito está na entrega. Mas não quero cair na pieguice.

– Está bem, não serei piegas!

– Por favor, não me entenda mal! Eu sei a quê você se refere. Demorei a encontrar, mas eu e Pascale vivemos isso há anos, com serenidade, cuidado e respeito. Procuramos na transparência evitar a invasão no espaço do outro propiciando tranquilidade. Eu fico sereno quando não preciso confiar – ou desconfiar – porque ela não é fiadora de nada, é cúmplice e companheira. A transformação do apaixonamento, essa mágica cega, em intimidade é parte do fenômeno espiritual.

– Entendi e anotei o alerta: o *heads up*. Voltando ao assunto das escavações no Templo de Salomão, qual é a sua hipótese? Você deve achar que, das descobertas já feitas – o papiro de Chinon entre elas –, ainda poderão aparecer muitas coisas "arqueologicamente" enterradas em algum arquivo morto por aí. Seguindo sua hipótese audaciosa, além de recursos financeiros, os templários podem ter trazido tesouros e conhecimento para o Brasil. O Planalto Central poderia ser uma região mais segura que o litoral, exposto a ataques, invasões e saques, não é?

– O que eu acho é que você já pensou muito sobre isso e deve ter hipóteses mais ricas que as minhas!

– Não creio, John. Sou um professor de História do Brasil que circula apenas na média dos professores universitários. Não tenho trabalhos brilhantes, nem ambições na academia. Você é um professor de Filosofia da Ciência e temos olhares diferentes para os mesmos eventos. Se olharmos juntos, tenho a impressão de que poderemos compreender mais. Que acha?

– Podemos olhar o Goiás Velho juntos.

– Maravilha. Mesmo que você pareça estar querendo mudar de assunto. Pode ser daqui a duas semanas? Temos algumas providências a tomar nesse período e farei o possível para que possamos aproveitar ao máximo. Mas é bom esclarecer que você não deve se referir a essa cidade orgulhosa como "Goiás Velho" e muito menos com o artigo *o*. A mudança da capital foi política e a população de Goyaz ainda se ressente disso.

– De acordo. Lembrarei a recomendação. As "meninas" escutaram mais do que falaram. Será que fomos prepotentes?

Diante da provocação do John, Catherine saiu, como sempre, para o combate:

– Não estávamos em silêncio. Mulheres não conseguem ficar em silêncio, mesmo caladas. Estávamos contemplando os "meninos" revelarem de forma tão eloquente o espírito masculino: descobertas, aventuras, segredos e conspirações.

Pascale entrou na brincadeira com um protesto mais à moda de sua geração:

– Não sei se perceberam, mas limpamos a mesa, trouxemos a sobremesa e o café está quase pronto. Ou seja, cuidamos das coisas mais importantes: alimento e aconchego.

– Ao ataque! Essa receita de torta que Pascale herdou da mãe é feita e refeita, e a cada vez de forma continuamente aperfeiçoada. Não é tão doce como as sobremesas no Brasil. Em compensação, o café daqui é bem superior àquele "chafé" que se toma nos Estados Unidos.

Terminamos o jantar com um ótimo cognac e um pequeno charuto que fumei para acompanhar o anfitrião. Impregnou minhas papilas e corrompeu um pouco – só um pouco – os sabores do encontro.

29

Como sempre, foi bom voltar para casa com Catherine. Eu começava a me comportar – e me sentir – casado com ela. A conversa flui e não nos preocupamos em impressionar um ao outro. Os interesses acadêmicos – melhor dizendo, intelectuais – afloram sem constrangimento de uma forma natural. O trajeto para casa, apesar de relativamente curto, foi feito em mais de quinze minutos conversando e dirigindo devagar.

A questão espiritual voltou a ocupar nosso interesse quando um de nós disse que as guerras são feitas para ter, enquanto as revoluções são feitas para o ser. As cruzadas, por exemplo, foram financiadas para conquistar e nesse processo acharam um caminho de evolução espiritual. Daí a necessidade de ocultar. Quem não sabe ocultar não está preparado para amar. Esse pensamento me incomodou, mas continuei: quem ama a humanidade não ama ninguém. Só podemos amar pessoas. Algumas pessoas. Por quanto tempo? Ocultar adquire o sentido de segredo não compartilhado. Em outras palavras, intimidade, privacidade. Quando é compartilhado, é com outro que comunga na mesma experiência. Sexo, por exemplo, fala-se mais do que o necessário, não se oculta o suficiente. Com isso, se revela o banal apenas. O fenômeno espiritual é oculto porque é privado. A sexualidade precisa ser oculta para dar oportunidade de ser espiritual.

Eu estava passando por uma transformação desconhecida para mim. Naturalmente, eu poderia dizer que estava amando Catherine. Mais do que isso, eu diria estar apaixonado por ela. Havia um ar de intoxicação, ou uma intoxicação no ar. Surpreendi sentimentos estranhos transitando pelos domínios imaginados do meu eu. Entre esses estava a invasão de pensamentos destrutivos, que levavam à fantasia delirante de amores passados que ela poderia ter vivido. É enlouquecedor, para um homem inteligente que se pretende culto, ter ciúmes de algo que possa ter se passado num tempo e lugar imaginários. Qual seria a realidade: aqui, agora, testemunhando o que experiencio com meus sentidos, ou os delírios que operam nos recônditos da minha mente? Nesse momento, enquanto pensava autonomamente e seguia acompanhando a conversa, ela perguntou:

– Celso, você ainda me ama?

– Eu nunca disse que amava ou deixava de amar! Por que esse *ainda*?

– Porque eu sei que você me ama. Nosso encontro se deu com muita facilidade, como se já conhecêssemos os caminhos um do outro. Há uma ressonância espiritual entre nós. Você já percebeu que quase sempre escolhemos as mesmas coisas em restaurantes? Parece que há uma cumplicidade oculta que se manifesta nas coisas mais simples.

– Cuidado para não confundir afinidade sexual com amor, coincidência de gostos com algo do tipo "feitos um para o outro", e coisas do gênero. Mas, por que pergunta se *ainda* amo você? A impressão que dá é que amei por muito tempo e já não pareço amar.

– Nada disso! Há pouquíssimo tempo descobri que você me ama. Só quero saber se esse processo ainda está em andamento. Ter tomado consciência disso me deu uma serenidade que eu desconhecia, ou já não lembrava. Responder que *ainda* me ama é apenas mais um elemento de garantia dessa serenidade.

Tomei coragem e, vencendo um forte sentimento de vergonha, timidez ou infantilidade, respondi "ainda amo você". Esperei um ataque frontal de manifestações explícitas de afeto feminino, com gritinhos, beijos, tentativas de causar um acidente na avenida do Lago Sul, tapando minha visão, e outras possibilidades. Para minha surpresa, ela olhou para frente em silêncio, pousou a mão na minha coxa direita e repousou a cabeça no banco, com os olhos fechados. Naquele momento, eu a amei e também aprendi que é preciso aprender a servir antes de ser servido.

Que fantástico é ver o desdobramento de um estudo como o nosso. Algumas cartas do passado, encontradas pelo ex-marido da mulher que veio – por essa razão – ao meu encontro, que no caminho encontra o fantasma de um namoro esquecido e passado como Victoria, e tantos elos mais nessa corrente viva que nos une e nos impele a algum lugar. Tenho a impressão de que esse "lugar" é – ou pode ser – apenas um passinho em direção a nós mesmos. Pode ser o início da consciência de que somos apenas personagens. Como disse meu analista, "uma marionete nas mãos dos deuses".

Finalmente, chegamos à casa e abri a porta de uma maneira diferente: era como se ela estivesse entrando pela primeira vez. Quase não falamos, mas a sexualidade foi vivida com um vigor que eu desconhecia. Também parecia ser a primeira vez, tanto dela quanto minha. Ela sussurrou depois de aninhada no meu peito: “Eu não sabia que isso existia”. Concordei emocionado, silenciosamente, ainda despreparado para verbalizar esses pensamentos.

Foi difícil conciliar o sono com a nova inquietação física e emocional que me tomava. Terá sido ela que provocou essa mudança, ou foi uma consequência autônoma de fatores alheios ao meu controle? Subitamente, já não me sentia só, como vinha sentindo há tantos anos. Já não estava com o conhecido mau humor cotidiano, aquela preguiça do mundo, de ver pessoas, de encontros de que eu participava conscientemente por sobrevivência social. Percebi que não me pertencia, mas não pertencia a Catherine. Era uma parte minha que eu podia enxergar fora de mim! Ela dormia agora. A imagem me encantava. Eu não queria dormir, queria fotografá-la. Não, não seria delicado. E ela poderia acordar. Eu, Celso, já não era o mesmo, estaria enlouquecendo? Essa mulher é a mesma que chegou há pouco tempo a minha casa e teve relações sexuais comigo no primeiro dia, quase contra minha vontade! (Não fosse ela tão atraente).

Dormi. Despertei com a sensação de estar sendo observado. Estava, e era eu mesmo. Digo, era Catherine – essa parte agora sentida como eu mesmo –, que me olhava com a doçura que nunca conheci. Estava confuso, desnorteado e feliz.

Já li tanto sobre o amor romântico – o quanto é lesivo, fantasioso e desnecessário – que as compatibilidades são mais importantes que a paixão. Meu gosto pela mitologia me faz achar que Zeus tinha suas razões para separar os felizes hermafroditas. Assim como eles, estamos condenados por Zeus a procurar eternamente a outra metade sem nunca encontrá-la. Não deveria ser assim. Eu já não me pertencia, e essa certeza era de uma pureza e de um amor imenso! Eu me sentia enorme por ser menor. Por ter uma parte separada de mim. Depois dos cinquenta era inimaginável e inesperado. Eu estava desprevenido. Talvez por isso mesmo, não estava com as defesas em guarda. Mas foi ela a causadora. Quem determinou essa mudança só pode ter sido ela. Terá planejado? Será uma estratégia do tipo “vou esperar a hora para dar o bote”, tão própria dos felinos? Ela certamente sabe o que quer e vai atrás para conseguir. E eu, não?

Já fui acusado de não lutar por nada. Eu? E como cheguei a professor titular, com tantos trabalhos publicados, tantas pesquisas com resultados bem aceitos na comunidade acadêmica? Como ter dois filhos adultos saudáveis e bem-sucedidos, filhos de uma mulher amiga e solidária, sem ter lutado? Não. Essa pecha eu não aceito. Veio de uma mulher por quem não me apaixonei e que achava que eu deveria ter "lutado" para corresponder às suas expectativas. Mas não era uma questão de expectativas. As mulheres parecem pensar assim. Como se a paixão tivesse expectativas. O amor apaixonado tem suas exigências. Ontem, passei um dia, mais um dia, no meu casulo de sempre. Num simples trajeto de carro, algo se rompe em mim. Durmo transtornado e acordo envolto numa paixão que não conhecia e que me toma o ser! É uma forma de possessão demoníaca. Não no sentido cristão de uma força do mal. Mas no sentido de um *daimon* que se desperta, como uma onda imensa que se levanta e desaba na minha, repito, na *minha* praia! O mar assusta.

Nessa manhã, mudaram meus valores, meus desejos se intensificaram, minha alma se animou. Isso! A alma se animou. A vida passou a viver, o Celso passou a *celsar*. Só posso estar louco! É hora de comer alguma coisa.

Volto para o quarto e paro na soleira da porta: ela, ou melhor, *Ela* havia despertado e lia deitada um catálogo qualquer. O lençol de algodão fino deitava-se sobre seu corpo cujas curvas e dimensões eu não só conhecia como sentia agora como extensão do meu próprio corpo. Não queria sair dali. A alternativa era fotografá-la e eternizar aquela visão. Ela olhou e sorriu para mim. Eu poderia ter dito alguma coisa, mas não disse. Deveria? Não sei, mas a alma vibrava como nunca havia sentido. Eu já não me pertencia.

30

Saímos para a casa de John e Pascale, aquele belo projeto de residência que nos abraça logo que passamos do portão de entrada, e já nos esperavam. Nem precisamos esperar. Estavam na varanda do nível superior à entrada de automóveis, ao lado da piscina. Desceram sorridentes e já estavam prontos para embarcar.

– Estou muito curioso para conhecer a Vila Boa de Goyaz. Está certo assim, Celso? Não quero ofender suscetibilidades.

– Está ótimo, John! Lembra-se de tudo que nós conversamos sobre o Anhanguera e seu filho? Gostei muito das intervenções e contribuições do Sr. Pierre em Pirenópolis.

– E eu gostei ainda mais da menção aos clérigos leigos e "viajei" na imaginação. Esses clérigos não poderiam ser cátaros numa versão brasileira? – Catherine já se entusiasmava com uma nova teoria medieval aplicada a Goiás, quando ainda era da província de São Paulo.

– Parece que incomodavam tanto que fizeram os jesuítas descerem desde o Maranhão até a região de Goiás. – Completei.

– Como assim? – Perguntou John.

– Você já sabe o que foram as Bandeiras, aquelas expedições ditas não oficiais, que entravam pelo território que havia sido acordado em Tordesilhas ser da Espanha. Para a região de Goiás, a primeira foi no final do século XVI, apenas noventa anos depois do chamado "descobrimento" do Brasil. Muita gente pensa que a região que hoje é Goiás naquela época era um território sem interesse. Mas não, muitas Bandeiras estiveram naquela região entre 1590 e 1722 quando o segundo Anhanguera começou o ciclo do ouro e de real povoamento.

– Conversamos sobre isso lá em casa, mas fiquei interessado nessa participação de jesuítas nas Bandeiras. Quando foi isso?

– Entre 1650 e 1660 foram pelo menos três expedições comandadas por jesuítas, que, usando a via dos rios Tocantins e Araguaia, saíram do Pará e do Maranhão, para chegar à região dos índios Goyá, na região da Serra Dourada. Exatamente para onde estamos indo. Um desses jesuítas era um dos nossos mais famosos intelectuais da época: o onipresente Padre Antônio Vieira.

– *How exciting!* (Esse "muito excitante" soou extremamente americano dito pela francesa. Ela realmente é mais estadunidense do que supõe).

– Onde há jesuítas há indícios de tentativas de controlar a doutrina e a fé, não acha? Você há de convir, Catherine (disse John, com sotaque francês ao pronunciar o nome dela), que a Inquisição não costumava deixar suspeitas sem investigação. Possivelmente as suspeitas deles eram as mesmas que você tem hoje.

– Concordo, John. E o que mais me impressiona é como os acontecimentos fluem com vida própria. Estamos buscando coisas e tesouros que não eram sequer sonhados – a não ser pelo Celso, na Inglaterra de anos atrás –, quando começamos a comparar nossos dados.

Anotei a referência velada a Victoria na "Inglaterra de anos atrás". Para que dar essa informação? A única coisa que conseguiu foi me inquietar. Tentei esquecer e apagar da conversa em andamento. John, delicadamente, passou por cima da observação, talvez por perceber minha expressão de incômodo, e perguntou:

– Como vamos achar o senhor Piero, vocês têm um endereço?

– Seria pedir demais ao misterioso Pierre. Ele disse simplesmente que o procurássemos, e é o que vamos fazer. Vamos achá-lo, com certeza.

Partimos, mas eu estava inquieto. Seguimos pelo Lago Sul até a saída para Goiânia enquanto a paisagem ficava mais feia. Não consigo deixar de me aborrecer quando entro ou saio de nossas cidades: é tudo feio! Brasília, até uns vinte anos atrás, ainda conservava um pouco da ordem estética e urbanística nas entradas e saídas, mas acabou. Está feia e confusa como quase todas as cidades.

Levamos um bom tempo para sair do Distrito Federal, desde a QI 17 onde moram nossos amigos. E convenhamos que é sábado! Até aí as conversas não saíram muito do trivial. A estrada melhorou muito desde a última vez que fiz esse percurso, tomando um susto após outro. Parece que quanto mais perigosa é a estrada mais se arriscam os motoristas. Sei lá, mas acho que a ansiedade toma conta e os motoristas entram em desespero para sair logo dali guiando com imprudência. Quanto ao nosso passeio, levou um pouco mais de quatro horas em virtude de uma parada para nossos amigos e Catherine provarem da pamonha no Jerivá, esse conhecido restaurante na beira da estrada.

Tentei encontrar um atalho que me disseram ser possível para não ter que ir até Goiânia, onde sempre me atrapalho e fico perdido. Nesse aspecto, Goiânia me lembra Washington, D.C. Dizem que o urbanista de lá, Lenfant, enquanto projetava a cidade, apoiava o copo de bebida no papel. Naturalmente ficava gravado um círculo e a partir dos círculos saíam ruas que encontravam outras saídas de outros círculos! Isso não ajuda muito na localização. A verdade é que não sou bom para me localizar, mas a ausência de ângulos retos e de placas indicativas em Goiânia contribui em muito para isso.

Parei em Anápolis e perguntei a um mecânico por onde deveria seguir dali à cidade de Goiás. A resposta veio rápida: "É melhor ir até Goiânia". A segunda pessoa respondeu que "o senhor não vai conseguir indo por aqui", o que ouvi como um desafio e retruquei: "Posso tentar?". Resposta: "Melhor não!". Finalmente, o terceiro foi mais convincente: "O senhor vai levar mais tempo, em estrada ruim, indo por Anápolis. Siga na estrada boa até a entrada de Goiânia – saída para Nerópolis –, pegue a Avenida Perimetral e siga tranquilamente até a saída para *Goiás Velho*".

John me olhou com um ar irônico como se dissesse: "Ah, pensei que não gostassem de usar a expressão *Goiás Velho*". Não me dei por achado e não fiz comentários. Seguimos até a saída para Nerópolis, já avistando a cidade de Goiânia e seus prédios altos. Novamente Pascale:

– Vejam, uma cidade normal!

Também não me fiz de rogado e guardei meus comentários pensados. O fato é que a conversa parou pela minha tensão enquanto o "siga tranquilamente" da orientação ficava a dever. Eu dirigia tentando adivinhar o caminho. Nenhuma placa. Parei para abastecer a caminhonete e comentei o fato de não encontrar sinalização. O comentário displicente da frentista jovem foi: "Em Goiás não tem placas mesmo. Mas todo mundo sabe o caminho". Todo mundo menos eu, porque a informação era sempre a mesma: "siga em frente". Como seguir em frente se a cada dez minutos aparece uma rotatória com três ou quatro opções de caminho? Inseguranças minhas à parte, não errei e tomamos o rumo de Vila Boa de Goiás. Aí o trecho da estrada estava bastante esburacado e eu contente por estar com um veículo alto, de rodas e pneus grandes. Eu estava mais rápido e me divertindo – calado – ao me desviar dos buracos, nem sempre bem-sucedido, até que John comentou:

– Pensei que você tivesse comentado que as pessoas dirigiam com menos cuidado quando a estrada era mais perigosa...

– Tem razão, John. Desculpem, mas é uma forma de não me aborrecer com a estrada ruim criando uma brincadeira pessoal. Não levei em consideração o desconforto que isso pode causar aos outros no carro.

Ao chegar à cidade, procuramos a pousada que eu *não* havia reservado. Duas senhoras parecendo habitantes do lugar não sabiam localizar a primeira opção, indicada por ser de um historiador, salvo engano. Encontramos a outra opção, bem perto de onde estávamos, o Largo do Rosário. Foi bom parar de conversar, tomar uma ducha fria e deitar de forma relaxada.

Cochilei por alguns minutos e tive um sonho:

Alguém dirigia meu carro enquanto eu observava do banco do passageiro. Logo percebi que era um político conhecido e que eu considerava estranho. Aparentemente uma boa pessoa, mas de pensamento lento e fácil de ser levado a se expor ao ridículo. O noticiário já cansou de revelar essa faceta do congressista e, para agravar o quadro que eu via no sonho, além de dirigir o meu carro, ele brincava com um joguete artesanal vendido em feiras livres. Acordei em sobressalto quando Catherine saiu do banho, já que estava claro que não era o meu "eu" habitual, responsável na direção e tido como motorista competente, quem guiava meu "carro". Ou seja, eu não estava em boas mãos. Corria risco, pensei. Fiquei preocupado, como convém com um sonho desse tipo, mas resolvi que ficaria atento, pois não poderia interpretá-lo. E o sonho não me mostrava um desfecho. Eu deveria estar feliz! Uma mulher maravilhosa ao meu lado, demonstrando seu amor por mim e compartilhando meus interesses. Eu não estava bem.

Almoçamos num restaurante anexo da pousada, com o rio passando num plano mais baixo, formando uma paisagem que fez evocar a época das Bandeiras exploradoras, com imagens velhas de mais de trezentos anos. Alguém nos disse que era possível caminhar pela margem do rio até um ponto onde o Anhanguera teria encontrado os primeiros nativos da tribo Goyá. Essa caminhada nos impediu de correr para a pousada e dormir na rede.

Estávamos ansiosos para começar nossa peregrinação e saímos, tão leve quanto possível, seguindo a rota determinada pelas nossas expectativas. Isso queria dizer: uma longa e digestiva caminhada!

A primeira e rápida parada foi na Igreja do Rosário. Uma construção de aspecto medieval, totalmente fora de lugar e de proporções grotescas onde antes havia a segunda construção religiosa da cidade, de 1734. Uma bela construção colonial, com duas torres bem equilibradas em relação ao corpo da igreja. Esta estava posicionada de forma a deixar a praça com o espaço que lhe era devido. Com dois séculos de construída, foi queimada e no local fizeram essa. Fiz comentários desairosos e, adepto das teorias conspiratórias, disse que deve ter sido incêndio criminoso porque a igreja original devia ter aspectos que incomodavam a Inquisição do século XX. Assim, montaram um ato de fé simbólico queimando a igrejinha qual herege medieval. Os outros riram, menos um homem velho sentado na escadaria, com aspecto descuidado, com uma longa barba branca e uma boina escura na cabeça. Olhou-me de forma inquiridora e pensei que poderia ser um sacerdote católico. Antigo. Perguntei o que era a construção imponente do outro lado da rua.

– O Fórum.

– Obrigado, mas vejo que isso está escrito na fachada. Para que servia esse prédio há cem ou duzentos anos?

– Uma missão dominicana.

– Entendi. Obrigado.

Saímos em silêncio e olhei para trás. A igreja mais parecia um peso para prender papéis, impedindo que se espalhem com o vento. É atemorizante em meio a tantas habitações acolhedoras e harmônicas com o lugar. Fiquei incomodado como se os "papéis" sob a igreja fossem aspectos sombrios escondidos. O olhar daquele sacerdote, um olhar que me acompanhava, era desconfortável como se estivesse sendo observado por um guardião com trezentos anos de idade.

Da porta da Igreja do Rosário já podíamos ver a pequena ponte sobre o Rio Vermelho, ao lado da casa de Cora Coralina. O clima do século XVIII já estava impregnando nossos sentimentos. Entramos na casa e o ponto alto foi o porão, paradoxalmente! Por uma canaleta de bambu desce uma corrente de água límpida, fria e maravilhosamente refrescante. Para entrar, John teve que curvar seu mais de um metro e noventa, tomando o cuidado de pôr a mão na primeira viga de madeira no teto. Esqueceu da segunda viga ao sair, e senti pena da dor que deve ter sentido com a cabeçada que deu. Mas cruzamos a ponte e disparamos a caminhar com energia em direção à Igreja da Boa Morte, em linha reta saindo da ponte.

No caminho, na primeira viela à direita depois de cruzar a rua que margeia o Rio Vermelho, vimos a porta de um restaurante que me havia sido recomendado em Brasília. Decidimos que lá poderia ser o jantar. Passamos pela praça do coreto onde se vendem os famosos picolés de frutas nativas.

Vimos o Palácio Conde dos Arcos, com sua simplicidade imponente que me fazia pensar nesse povo orgulhosamente cívico. Quando a República foi proclamada numa espécie de golpe militar, o Conselho Municipal da Vila Boa de Goyaz reuniu-se na sede da Intendência, em sessão deliberativa permanente, para avaliar se e como acatariam aquela “proclamação”. Depois de longos debates, o bom senso ditou a conclusão: a República estava em vigor! A população foi chamada a comparecer à Praça da Matriz, em frente ao Palácio do Conde dos Arcos, para receber a decisão do Conselho. O povo entusiasmado cantou o hino francês, a Marselhesa!

Pascale parecia não acreditar no que eu dizia e olhava com a boca semiaberta de espanto e finalmente perguntou:

– É sério, Celso?

– Muito sério. Ouvi contado por uma amiga pianista, já falecida, há mais de vinte anos, quando passeávamos exatamente por aqui. Cantaram a Marselhesa! O que revela características insólitas desse lugar, onde havia gente do povo em número suficiente que falava francês ou pelo menos capaz de entoar a Marselhesa. Talvez ainda mais: capazes de fazer a ligação dos ideais de liberdade, igualdade e fraternidade com os novos tempos políticos.

– Está vendo, John? – Continuou Pascale em tom provocador – Não foi o hino americano!

– Estou ciente, querida. Ainda não tínhamos acumulado história cultural suficiente para exportar ao Planalto Central.

Paramos no coreto para comprar os picolés. Murici, mangaba, graviola, caju, cajá-manga. Cada um tomou conta de no mínimo dois. Ficamos com os picolés, observando aquele silêncio, a ausência de pessoas na rua, e Catherine – cada vez mais introspectiva – ainda murmurava coisas sobre a Marselhesa, sobre o clima mágico do lugar e o fato de os bancos da praça estarem todos voltados para o perímetro e não para o centro, como seria de se esperar, segundo ela.

– Menos aqueles dois, que voltados um de frente para o outro como que para facilitar a conversa. Por que será?

Invoquei minha experiência de Ribeirão Preto e o cerimonial do *footing* em torno da Praça da Independência aos domingos.

– As pessoas, no início do século XX, sem Internet ou celulares, caminhavam em torno da praça para verem e serem vistas. Geralmente os homens numa direção e as mulheres no sentido contrário. Hoje isso acontece nos parques onde se pode fazer aquela corridinha matinal antes do trabalho, para contrabalançar a vida sedentária que vem com o resto do dia.

Chega Pascale cheia de animação:

– Estão vendo aquela pequena escultura? É francesa! Ali, no topo daquela coluninha.

Era mesmo, e já que estávamos todos de pé, conscientes da preguiça que se instalava com aquele calor forte e ainda tentando digerir o almoço, partimos para a Igreja da Boa Morte, onde está o Museu de Arte Sacra. Catherine estava inquieta. Ouvimos da recepcionista delicada, como razão para o nome da igrejinha, que a "boa morte" ali era uma referência à morte de Maria, mãe de Jesus.

Eu era todo sentimento naquele instante. Tanto que não saberia reproduzir o que Catherine, John e Pascale conversaram naqueles momentos. Algo mágico tomava a alma e fazia eu me sentir poeta, delicado e vulnerável. Mais uma vez, uma certa tristeza me atingiu em cheio. Não sabia o que era e não tinha razões para ficar triste, a não ser a saudade da amiga pianista, a grande dama do piano em Goiás e uma das melhores que o Brasil já teve: Belkiss Carneiro de Mendonça. Mas ela foi uma pessoa de verdade, e a saudade era de uma pessoa que vivera esta vida onde eu ainda estava.

O incômodo que me invadia era de outra natureza. Tratava-se de algo fora de mim que me fazia lembrar uma canção francesa de décadas atrás que, se não me engano, chama-se *Un parfum de fin du monde* e fala de um casal que se reencontra num café deserto, aparentemente depois de uma guerra, talvez mortos e num outro mundo, olhando a primeira ave a voar: a fênix. Calcinada e nascida de suas próprias cinzas. Foi uma associação livre que fiz ao sentir essa tristeza. Os sentimentos me "pensavam". Eu não passava de uma imagem ambulante, uma construção pensada pelo coração.

A conversa dos amigos me trouxe de volta ao convívio e ao lugar. Mas eu estava sentindo-me estranho, fora de lugar. De qual lugar? Subitamente, me ocorreu que poderia estar tomando consciência de que estivera há muito fora de lugar. Seja como for, eu queria simplesmente estar ali, sem mergulhar em especulações, principalmente de natureza mística. Mas a verdade é que senti como se já houvesse estado ali, daquela maneira, muito antes.

A recepcionista, muito orgulhosa do acervo, fez questão de mostrar a imagem da Virgem Maria numa câmara transparente. A postura é tensa, os pés estão num ângulo reto com as pernas, sem apoio algum. Poderia ser uma figura feita para ficar de pé, mas que foi colocada deitada. Ficou forçado. As mãos estão justapostas com rigor oriental, parecendo a postura cátara para dizer a oração do *Pater*. Imediatamente, ouvi Pascale murmurar em francês para John:

– Parece mais uma francesa que uma hebreia. A pele tão clara, o cabelo tão liso...

Entra Catherine e solta uma exclamação de dor e susto. Abraça-se comigo aos prantos:

– É minha mãe, Celso! Parece minha mãe! Corrigiu.

Percebi o olhar caridoso e preocupado de Pascale e John diante do descontrole de Catherine. Os dois saíram enquanto Catherine se recompunha. Eu estava preocupado e perguntei se estava bem.

– Não, Celso. Não me sinto bem desde que tivemos aquela conversa ao sair do jantar na casa deles (referindo-se a Pascale e John). Tenho sentido vontade de chorar o dia todo e naquela noite chorei muito sem saber o motivo. Mas falamos nisso depois, está bem?

– Para mim chega! – disse Pascale, fingindo não interromper e produzindo um retorno extremamente rápido ao concreto –, estou cansada de caminhar. Vamos voltar para a pousada e descansar um pouco? Quero sentir aquelas paredes de mais de duzentos anos.

Tinha um tom sarcástico que fazia referência ao comentário orgulhoso da mocinha que nos recebeu dando essa informação. Afinal, para Pascale, duzentos anos não era muita coisa...

31

Ao chegar à pousada, Catherine não pareceu com vontade de conversar. Estava mais introspectiva, algo deprimida e logo adormeceu depois de tomar um comprimido do medicamento que usava uma vez ou outra e que, com bom humor, chamava de "as rosinhas". Fiz algumas anotações, verifiquei minhas mensagens por meio do celular e fiquei surpreso de encontrar um e-mail de Victoria:

> "Querido Celso,
>
> Soube por Catherine que tudo anda às mil maravilhas por aí. A pesquisa dela certamente vem dando bons frutos, a julgar pelo entusiasmo com que ela se refere – de forma muito genérica e intelectual – à estada no Brasil. Você deve estar surpreso com essa mensagem e de como teria eu descoberto seu endereço eletrônico. Catherine incluiu seu e-mail entre outras formas de encontrá-la caso eu não conseguisse entrar em contato com ela. Não entendi, mas achei bom! Bom proveito, meu querido, e dê notícias quando puder.
>
> Abraços, beijos e saudades.
>
> Victoria."

Eu não sabia o que pensar daquilo. Anotei o endereço dela num canto discreto do meu caderninho e apaguei a mensagem da minha caixa de entrada. Em Brasília, na volta, tentaria achar algum sentido para essa comunicação entre Catherine e Victoria. Não sentia sono e fiquei pensando nos últimos acontecimentos, internos e externos, até que Catherine acordou e disse que estava mais bem disposta. Verificou que já poderíamos começar a pensar em jantar e me dei conta de que duas horas haviam se passado sem que eu registrasse esse tempo de reflexão acordado.

Saímos para o restaurante caminhando e todos pareciam relaxados e prontos para uma boa refeição. A conversa girava em torno desse senhor Piero e de como encontrá-lo. Vimos o casarão belíssimo do Instituto do Patrimônio Histórico (IPHAN) e pensei que poderia ser um bom lugar para começar a procurá-lo. Se fosse mesmo um pesquisador estrangeiro, certamente alguém ali poderia dar alguma indicação. Isso se essa repartição abrisse no sábado pela manhã. Essa noite quente de sexta-feira já mostrava uma cidade vazia, silenciosa e com poucos estabelecimentos abertos. Ainda demos uma rápida volta em torno do coreto para vê-lo à noite e apenas duas lanchonetes estavam com fregueses. Um outro estabelecimento mais acima, que me pareceu ser um restaurante, estava fechado. De resto, era um grande silêncio. Hora de jantar!

Fomos recebidos, melhor dizendo, eu fui recebido efusivamente como "Dr. Miguel". O simpático garçom foi convincente ao pretender me reconhecer, levou-nos à "sala de que eu gosto, porque é menos quente" e outras manifestações que qualquer observador no lugar me tomaria por assíduo frequentador. Havia duas salas na parte da frente e me pareceu que numa delas havia duas mesas ocupadas por apreciadores de cerveja.

A sala do fundos tinha três mesas desocupadas: uma de quatro lugares sob o ventilador no teto, outra de dois lugares e mais uma com três cadeiras ao lado de uma janela. As três mesas na sala pequena davam um ar de aconchego apesar de muito próximas umas das outras.

Como havia uma pintura grande nessa sala, John comparou a figura a "outro" membro da Klu Klux Klan, já que havia feito a mesma comparação na hora do almoço vendo a presença de um enfeite de jardim no restaurante. Era uma figura de argila com a mesma aparência. A comida veio ótima e conversamos sobre vários assuntos, não podendo faltar como tema as festividades da Semana Santa, especialmente a Procissão do Fogaréu. John e Pascale não conheciam. Tentei descrever da forma mais dramática possível e com minhas tintas. A começar pelos chamados *faricocos*, essas figuras encapuzadas que representariam perseguidores de Jesus em Jerusalém. Saem da Igreja da Boa Morte na virada da meia-noite da quarta-feira, passam pela Igreja do Rosário e, na cidade às escuras, saem correndo por certas ruas predeterminadas, carregando tochas e criando um clima impressionante até chegar ao Largo de São Francisco, onde aquele espetáculo macabro e belo se dissolve numa certa pieguice: encenam o beijo da traição e segue-se uma longa missa.

– Beijo de Judas? – perguntou John – E onde foram buscar essas vestimentas medievais?

– Pois é, meu caro. A maior parte das pessoas que acompanha a procissão acha que eles estão correndo para prender Jesus. Não se dão conta de que são os agentes da Inquisição correndo para capturar os cristãos, os hereges, os bruxos ou alquimistas. São a reencarnação das forças repressivas da igreja contra as ameaças do livre pensar.

– No final da procissão, encontram o Largo de São Francisco, que os espera com uma missa. É isso?

– Sim, John, os que no passado vestiram de fato aqueles trajes fazem as honras da casa.

– É curioso que essa tradição tenha ficado tão marcada aqui. Isso aguça minha curiosidade quanto ao lugar aos tais clérigos leigos. Eles bem que podem ter sido os alvos dessa perseguição, não acha? O largo bem que pode ter sido apenas Largo de São Francisco. Mas qual Francisco? O de Assis, aquele que tentou convencer os dirigentes da igreja de que a atitude deles estava fora dos preceitos evangélicos ou aquele outro Francisco, de Paula, analfabeto e dedicado, que vivia para atender os desejos de sua igreja? Seria mais conveniente ficar com o dócil Francisco e não com o Francisco revolucionário que, à maneira das Perfeitas e Perfeitos, vivia na pobreza e na humildade.

– É possível, Catherine. Amanhã podemos descobrir qual é o trajeto da procissão e observar o que existe em volta. Depois de tanto tempo devem ter mudado muito o cenário.

Enquanto esperávamos o troco, entrou um homem de seus cinquenta anos acompanhado de uma jovem linda. Aquela beleza típica do Centro-Oeste, da tez morena, como uma versão cinematográfica de uma nativa dos tempos do Anhanguera. Se eu fosse escolher os figurantes para um filme épico passado nessa região, ela seria a atriz principal! Bonita, esguia, cabelos escuros longos e lisos, olhos que mais pareciam azeitonas com vida própria.

Sentaram-se numa mesa ao lado. Ele era todo felicidade! Com um belo sorriso e mostrando bom humor, comentou alguma coisa que a moça havia dito e ela rebateu comparando ao "papagaio no telhado". Ele pareceu não entender e ela, com o rosto iluminado, explicou:

– Piero, essa é uma história conhecida por aqui e você parece o fazendeiro que liga para o capataz para saber se estava tudo bem e escuta:

"Tudo bem, patrão. Só que o papagaio subiu no telhado".

"E por quê?"

"Porque não dava para ficar dentro da casa. E mais, aquele seu cavalo de estimação também morreu".

"Não acredito. Como?"

"Carregando água".

"Vocês fizeram um cavalo de raça carregar água?"

"Foi preciso por causa do incêndio. O incêndio causado pela vela".

"Vamos direto ao assunto. Que vela e por que precisou de vela?"

"A vela foi por causa do velório. Acendemos as velas e uma caiu, causando o incêndio. Precisamos carregar muita água e o cavalo não aguentou. A casa acabou e assim o papagaio precisou ficar no telhado. Foi o que sobrou".

"Velório de quem, por caridade!"

"Da sua mãe...".

– Você pergunta demais e não consegue fazer as pontes entre as respostas que lhe são dadas. Você pensa diferente, tem mais cultura e espera por respostas inteligentes no seu conceito de inteligência. As pessoas aqui têm uma sabedoria fruto de outra forma de inteligência que não foi corrompida por tantas informações desnecessárias para eles. Informação ocupa espaço, meu querido, e tira o foco do que interessa no momento.

O homem sorriu com um olhar de admiração para a moça, quase dizendo: *Touché!* Levantei-me calmamente, dei volta à mesa e chegando mais perto deles me apresentei com ar de desculpas pela intromissão:

– Boa noite. Meu nome é Celso França, da Universidade de Brasília. Desculpe a intromissão, mas não consegui deixar de ouvir um pouco da conversa e escutei a senhorita tratá-lo por Piero. Acontece que viemos a esta cidade (nem me atrevi a dizer o nome, com medo de me atrapalhar) com a incumbência de procurar um homem chamado Piero Clausi. A indicação, quase insistência, foi do senhor Pierre de Pirenópolis.

– Sim, eu sou Piero Clausi. Em que posso servi-lo?

– Em muito, senhor Clausi, mas acho que esta noite não seria conveniente. Poderia nos dar um telefone ou endereço para que nos encontremos outra hora? Terminamos o nosso jantar e o senhor está apenas começando. Gostaria apenas de apresentar meus amigos: professora Catherine de Péreille, Universidade de Louvain, estudiosa dos cátaros...

– Hummm! Encantado, professora!

Havia um sorriso maroto nos olhos. Eu deveria dizer lábios, mas o sorriso estava nos olhos dele.

– Dr. John Collins e Senhora – Pascale – (me dei conta de que não sabia o sobrenome dela!) da embaixada dos Estados Unidos...

– Muito prazer. Podem me adiantar o tema que os faz interessados em conversar comigo?

– Com certeza: estamos interessados na relação entre a descoberta do Brasil e alguns interesses de grupos medievais que se estenderam até o século XVI, terminando por serem identificados por aqui.

– Entendi.

Ele disse que havia entendido de forma algo enigmática. De certa forma me desconcertou. Entendeu o quê, se fui deliberadamente vago? A minha curiosidade aumentava quando ele completou, encerrando a conversa e voltando a sentar-se:

– Foi uma satisfação encontrá-los. Essa é a Dra. Cláudia – ela fez um meneio com a cabeça – e os senhores podem ligar amanhã depois do meio-dia para esse número. Bem-vindos e boa noite.

Entregou um cartão onde só havia um número de celular.

Depois que já estávamos na rua, a caminho da pousada, relaxamos da surpresa de mais essa experiência estranha. Catherine foi a primeira a se manifestar:

– Há poucos dias, na sua casa, John, eu disse que minha vida tinha se tornado uma aventura ao conhecer Celso, começar a entender o Brasil, encontrar pessoas como vocês. Mas eu pensava que haveria uma hora em que as coisas voltariam ao normal. Aí acontece isto: o homem que procurávamos nos acha! E que moça bonita, não é Celso?

– A juventude, querida, a juventude em si já é bela. Mas ela já é doutora em alguma área.

– Sem desconversar, meu caro. Ela é lindíssima! Conheço muitas jovens feias e desinteressantes. Ela tem uma beleza selvagem, profunda, que penetra os poros de quem vê. Não espanta que o senhor Piero Clausi estivesse com tanta alegria transbordando. Não hesitou em nos mandar embora.

– O que você achou, John? Perguntou Pascale.

– Está tudo muito fresquinho ainda. Acho melhor dormirmos e refletir sobre isso amanhã. Teremos tempo para caminhar pela cidade, respirar o clima com a pele para termos condições lúcidas de apresentar a ele nossas dúvidas e perguntas. Eu mesmo não sei o que perguntar. Vamos conhecê-lo com os sentidos impregnados por esse lugar. É tudo que penso no momento.

Chegamos à pousada e nos despedimos para a noite. Catherine estava linda e eu mais interessado nela, que estava ali, do que no Piero Clausi, que, além de não estar ali, só seria visto amanhã. Não parecia acontecer o mesmo com Catherine. Ela não parava de fazer conjecturas e criar cenários, não importando o que eu fizesse para criar um clima mais romântico entre nós. Desisti.

32

Dormimos até muito bem e acordei sem o proverbial mau humor de homem rejeitado sexualmente. Eu gosto da companhia dela! É bom vê-la, tocá-la, ouvi-la. Ainda bem que não fui privado desses elementos de sensopercepção. Ela não é refratária aos meus gestos e manifestações de carinho. Enquanto tomávamos o farto e gostoso café da manhã, tivemos (agora vem um tom de crítica) que escutar Catherine tagarelar ininterruptamente sobre os cátaros e sua visão pura do cristianismo. Aproveitei a oportunidade para desviar a conversa para nossos amigos:

– A propósito, Pascale, você é da região que foi mais afetada pela Cruzada Albigense. Isso mostrou uma influência forte, ou pelo menos marcante, no seu crescimento e educação?

– Sim, Celso, muito marcante, a começar pelo nome que, como o de Catherine, tem uma clara origem no movimento *cathare*. Tanto o nome da família do meu pai, os Castre, como o da família da minha mãe, Marty. Consta que era (já faleceu) descendente de Carcassone Marty, uma Perfeita que ficou conhecida por adotar e educar moças na doutrina dos bons cristãos, os cátaros. Dirigia uma das muitas casas – as *maisons* – de abrigo e pregação mantidas pelo movimento cátaro.

– Você sabia disso, Catherine?

– Não com esse detalhe. Conversamos superficialmente sobre isso antes do jantar na casa deles, mas o tema foi a facilidade com que se encontra gente naquela região com alguma ligação remota com os cátaros. Salvo engano, Carcassone Marty teve participação importante e, na cruzada de Roma contra os cátaros, foi das primeiras a sofrer com a repressão. Ela criou e conduziu a *Maison* em Rivière-de-Cabaret, até o dia em que chegaram os cruzados.

– É isso mesmo, Catherine, mas minha família não dava muita importância para árvore genealógica ou mesmo para fatos históricos. Meu pai era muito prático como convém a um engenheiro mecânico, e minha mãe simplesmente tinha outros interesses. Muito jovem conheci o John e iniciamos nossa peregrinação pelo mundo a serviço do governo dos Estados Unidos. Não contei antes, mas, apesar de ser francesa para sempre, aceitei a cidadania estadunidense.

– Essa é a minha esposa francesa! Ninguém a obrigou a se naturalizar, mas ela sempre diz que *aceitou* a cidadania americana.

– Eu sei que você está brincando, querido, mas, mesmo reconhecendo ser uma forma indelicada de colocar a questão, é como eu sinto. Eu quis trabalhar de uma forma que não atrapalhasse nosso casamento e a opção que me foi oferecida foi pela naturalização. Eu me orgulho de ser cidadã americana e você sabe disso.

– Eu sei. Realmente foi uma brincadeira para não perder a oportunidade da brincadeira. Como sempre gostei de estudar os templários, era um prazer conversar com *Monsieur* Castre, que, fazendo jus ao nome, tinha interesses castrenses. Era curioso por coisas militares.

– Afinal de contas – intervim – *castrum* é uma fortificação, não é? Mas tenho a impressão de que é algo mais.

Catherine aproveitou a oportunidade para voltar ao tema central da conversa:

– Não é apenas uma fortificação, o termo implica uma pequena comunidade, um aldeamento com funções militares. Lembra-se de quando cheguei e disse que Brasília parecia mostrar um desenho urbanístico parecido com as *ville neuves*? As aldeias construídas em formação estratégica para ocupar defensivamente um certo território? Algumas eram *castrum*, uma aldeia com funções militares mais definidas. Geralmente era uma caserna mesmo, alojamentos para combatentes eventuais. Brasília, obviamente, teve e tem uma função estratégica.

– Falávamos do sogro de John e eu causei uma digressão em torno do nome. Desculpem.

– Não tem importância – disse John, delicadamente –, são esclarecimentos que vêm a calhar. O nome Castre, do sogro, reflete uma preocupação dos cátaros de revelar, ou indicar alguma coisa. Ainda hoje o nome faz sobrancelhas se erguerem. Não acha, Catherine?

Cavalheiro como sempre, devolveu a palavra a ela, e eu revi minha posição de "não ressentido" pela noite anterior.

– Certamente, John. Os cátaros não eram combatentes. Os templários, sim. As *ville neuves* eram mais uma estratégia dos senhores feudais. Talvez os *castra* fossem uma forma de se referirem a uma instalação militar simpática a sua causa e em relação às ameaças às quais estavam sujeitos. Porém, a reação ao nome deve ser por causa de Gilhabert de Castre, um Perfeito muito respeitado e presente em muitas histórias de arrepiar. Uma delas é a de uma senhora no leito de morte que pede sua presença para encomendar a boa morte com o *consolamentum*. O clero católico, que almoçava na sede do bispado, recebe a denúncia de um dos empregados dessa senhora, deixa a mesa e vai à sua casa. A senhora é avisada de que o próprio bispo é que está vindo! Na confusão mental em que se encontrava, a senhora não entende que se referiam ao bispo católico. Pensou que era a chegada de Gilhabert de Castre. Fazendo-se passar por ele, e com membros do clero como testemunhas, o bispo ouve a confissão da senhora moribunda e a condena à morte na fogueira dali a minutos. É carregada para fora de casa no leito e queimada. Os membros do clero voltam ao palácio, dão graças a Deus e retomam a refeição.

– Que coisa horrível, Catherine! Imagino que seja apenas uma das muitas história do gênero que você conhece, não?

– Conheço muitas dessas histórias, John, muitas! O que me faz mais e mais simpatizante desse movimento dos Bons Cristãos. Voltando aos *castra*, para completar a informação, foram estruturas importantes na dinâmica sociopolítica da região, assim como as *maisons* criadas pelas Perfeitas tiveram uma função profundamente afetiva e feminina na constituição do tecido da comunidade cátara. Essas casas, criadas pelas mulheres da nobreza local, exerceram uma função educativa e de exemplo na comunidade. Imaginem o impacto que causava nos camponeses e na população mais simples compartilhar o dia com senhoras poderosas, filhas de grandes proprietários ou esposas de ricos comerciantes, que demonstravam seu desapego pelos excessos, como pregam os evangelhos.

– Como sempre, as mulheres emprestando sua força, coragem e desprendimento. Sem pegar em armas. Acredito mesmo – continuou John – que não fossem as mulheres cátaras, o catarismo não teria conseguido ajudar a descobrir esse novo ângulo de visão do cristianismo, onde se vê o sofrimento do Filho na sua trágica Encarnação. Isso aconteceu e acho que continua acontecendo, apesar da igreja católica, da repressão a ferro e fogo (literalmente) e do estímulo à submissão a um Pai distante e ao reconhecimento de um Espírito Santo, que é pomba e paracleto. Por mais que se fale na mística da igreja cristã, a educação que oferece é muito mais intelectual e política do que espiritual. Eu que o diga: quando criança assisti a aulas de religião aos domingos e cursos obrigatórios de teologia na universidade.

– É a primeira vez que o vejo tão emocional com relação a esse assunto, John! Mas acho que concordo com você. Tive as minhas experiências doloridas com aulas de catecismo. Mas, por favor, poderia refrescar minha memória quanto ao significado de "paracleto"?

Minha intervenção deixou-o um pouco constrangido por ter revelado um lado emocional que ainda não havia mostrado. Mas não se deu por achado e alinhavou o discurso assim:

– Paracleto é uma transliteração de um termo grego – agora me falta a lembrança das aulas de teologia – que significa "advogado", mas me lembro de um professor dizendo que o termo se tornou conhecido pelo Evangelho de João, onde ele diz que Jesus promete mandar, depois da morte, outro "paracleto" no sentido de "aquele que conforta". Frequentemente é usado como sinônimo de Espírito Santo, mas eu vejo como uma qualidade, não como substantivo. Já ouvi na igreja, aqui no Brasil, dizerem *paráclito.* Acho feio, não me soa bem.

– Obrigado. Eu não chegaria nem perto! Pensava em outra coisa. Voltando então ao feminino e o catarismo: como você vê a contribuição das mulheres a esse movimento essencialmente cristão em oposição à igreja católica que reservou um lugar secundário – para dizer o mínimo – às mulheres?

– Catherine terá muito mais a dizer sobre isso. Acredito que a contribuição do catarismo não foi ainda apreciada como se deve, Celso. Francisco de Assis escapou por pouco de ser queimado na fogueira da Inquisição ao tentar revelar esse fato. O despojamento franciscano ficou como um marco irônico nessa história. Um registro de despojamento onde falta a dimensão do feminino. Com esse aspecto seria perfeito. A propósito, o largo onde termina a procissão do Fogaréu é São Francisco de Paula, como suspeitei.

Eu estava mais interessado nas mulheres do que em São Francisco e pulei essa parte que ele fez questão de enfatizar:

– Por isso a colocação de Catherine sobre a importância das mulheres mobilizou tamanha emoção? As mulheres, o feminino, fazem o catarismo focalizar a atenção no Filho, na dor, no esforço de redenção e salvação neste mundo, e não num mundo virtual onde estamos cada vez mais aprisionados?

– A mulher, a mãe diante da morte de um filho, não vai aceitar que *neste* mundo prevaleça o intelecto. A hierarquização por gênero, raça ou poder material não vai prevalecer nesse tipo de sofrimento. É estranho – para mim – esse interesse contemporâneo de mulheres pela vida militar profissional. Entendo as combatentes valorosas de ocasião, para defender seus filhos, sua família, seu lar. A história está repleta de exemplos disso. Mas a inclinação da mulher é cuidar e não destruir, como é da tradição militar.

– E seu interesse por Goyaz? Haverá algum indício de que esse catarismo, esse cristianismo sensível, possa sobreviver por aqui? Com essa dimensão tão forte do feminino? Quem sabe pensa encontrar alguma pista olhando o catálogo telefônico e vendo os nomes mais tradicionais?

Percebi que – por alguma razão – eu continuava irritadiço e correndo o risco de ser indelicado. O feminino em mim estava carente, frustrado e raivoso.

– Não, meu caro. O tempo já se encarregou de apagar os rastros. Apesar de que a memória coletiva, cultural, procura conservar a lembrança no folclore e nas tradições. Nós já vimos os trajes inquisitoriais na Procissão do Fogaréu, a luta dos cristãos contra os mouros e outras manifestações. Se o senhor Piero Clausi tem alguma razão para estar vivendo aqui, a razão é essa. Não viu como os olhos dele brilharam quando você disse que a Catherine era estudiosa do catarismo medieval?

– Eu disse aquilo propositalmente. Não imaginei que você estivesse tão atento assim!

– Trabalhar fora do próprio país, longe dos seus costumes, conviver com linguagens e valores tão diferentes nos obriga a ficar atentos como instinto de sobrevivência. Não estou convencido de que isso seja de todo ruim.

Logo passamos a temas menos complexos e mais prosaicos do tipo “a manteiga é ótima”, para nos prepararmos para a saída exploradora, caminhando pela Vila Boa de Goyaz.

Procuramos o Museu das Bandeiras para retomar nossa caminhada e comecei a sentir o clima de encantamento que me fez escolher a carreira de estudioso da História do Brasil. Vimos a belíssima construção – reformada, é claro – do Colégio Sant’Ana que Catherine logo apontou que é das dominicanas, numa clara alusão à presença dos inquisidores. A Igreja da Boa Morte também a remetia aos cátaros e sua fé na morte boa, por bons motivos, como caminho de salvação. Passamos pelo Palácio Conde dos Arcos, pelo Chafariz de Cauda, pelo Museu de Artes Sacras.

Sabíamos de uma igreja de Nossa Senhora Aparecida, onde precisaríamos ir de carro para uma rápida visita. Decidimos não ir por ser uma imagem conhecida dos estrangeiros, mas lembrando das histórias que contei para Victoria, contei-as para John e Pascale, que ficaram bastante curiosos, enquanto Catherine, que as conhecia bem, nem tanto. Resumi ao máximo, para não provocar mais animosidade dela para comigo, fazendo um paralelo da santa Aparecida, padroeira do Brasil, com a Virgem Negra na região occitânica, sul da França e partes da Espanha. No século XVII, algumas dessas imagens teriam vindo para o Brasil tendo uma delas sido encontrada no fundo do Rio Paraíba por pescadores. A ela foram atribuídos poderes milagrosos pela igreja, diante do forte impacto emocional causado na comunidade de pescadores. Os olhinhos de Pascale brilhavam, e John pareceu gostar da minha ideia:

– Nenhuma novidade, Celso! Cada vez que aparece alguma imagem emblemática de algo ameaçador, a igreja assume a paternidade e atribui, o mais rapidamente possível, qualidades santificadas à ameaça. Construiu catedrais maravilhosas em sítios de culto pagão, transformou vidas inquietantes em vidas santificadas, beatificadas e adaptou mitos nativos à sua própria conveniência. Veja só como dá para fantasiar com essa Procissão do Fogaréu. As figuras vestidas como na Idade Média saem exatamente da Igreja da Boa Morte como um recado aos hereges. Depois, vão à Igreja Nossa Senhora do Rosário, dando o tom católico ao evento – sublinhando a presença da Virgem –, onde a cena da última ceia já se encontra desfeita. Ou seja, informando que conspirações não são toleradas. A procissão termina, como já sublinhei, no largo de São Francisco de Paula, o dócil, onde uma longa missa apaga a emoção da passagem dos inquisidores pela cidade às escuras, levando sua própria luz, com os tambores rufando ameaçadoramente, com o passo acelerando dramaticamente à medida que se aproximam do desfecho... E vem o anticlímax: a missa e a preleção. Aquelas tochas me remetem à queima dos hereges nas fogueiras inquisitoriais.

– Você é católico, John?

– Sou presbiteriano – você esqueceu que lhe havia dito na casa de Tomás e Adriana –, mas, nos Estados Unidos, mesmo os católicos são protestantes.

33

Não tínhamos vontade de almoçar, tamanha era a ansiedade por encontrar o enigmático senhor Piero Clausi. Passado pouco do meio-dia, eu liguei para o número informado e caiu numa caixa postal. Deixei recado e fomos fazer um lanche rápido, por sorte, porque Piero ligou quarenta minutos depois se desculpando e combinando um lugar para o encontro: a praça do coreto, em frente à Matriz, naqueles dois bancos mirando um ao outro!

Chegou só, falante e simpático:

– Boa tarde! Celso, Catherine, Mister Collins, Pascale...

Lembrou-se dos prenomes, mas deixou escapar que John só foi lembrado pelo sobrenome. Este, delicadamente, instruiu, lembrando que Piero deveria tratá-lo por John, apenas.

– Ok, John. Como então o velho Pierre foi quem me denunciou! Fui procurá-lo em Pirenópolis há cerca de dois anos. Como encontraram aquele maluco simpático? Eu ouvi dizer por aqui que havia um francês delirante em Pirenópolis que se achava descendente de templários originais. Obviamente, fui verificar.

– Por que isso nos pareceria óbvio, Piero? – Perguntei.

– Porque vocês me procuraram por indicação dele, que conhece meus interesses e, sendo assim, achariam natural que eu houvesse tomado a iniciativa de procurá-lo, já que vocês têm os mesmos interesses.

– Faz sentido, se tivermos o mesmo interesse. Como é que você veio parar por aqui? Foi por causa desses interesses? Ainda não abrimos o jogo completamente, portanto não tenho certeza de que saiba quais são os nossos. Que tal começarmos por testar a confiança recíproca? Um pouco de transparência traz conforto a relações novas.

– Claro, Celso, não tenho uma agenda oculta. O desconfiado parece estar sendo você, não? Pois bem, trabalhei em Israel por dois anos depois de uma separação difícil. Queria um lugar onde fosse impossível ser encontrado e onde a língua fosse um obstáculo – para ela. Como minha mãe é judia, estudei numa escola israelita e falo hebraico. Acompanhei, por curiosidade, a questão dos Manuscritos do Mar Morto e suas intrigas de bastidor. Foi um choque descobrir como são mesquinhos os interesses eclesiásticos. Participei como voluntário de escavações arqueológicas em Massada e estudei o que pude sobre as primeiras cruzadas. Isso tudo de uma forma desorganizada e sem método. Ao tentar organizar, tive a forte impressão de que tudo era uma coisa só. Ou melhor, tudo o que amontoei em termos de informação era visto pelo mesmo ponto de vista: o meu. Não é assim a vida?

– Catherine e eu temos experiências parecidas, ainda que por caminhos diferentes. Nosso encontro se deu na encruzilhada da curiosidade. Para ela, se é que posso falar por ela, as cruzadas mostraram-se importantes na Idade Média. Para mim, essa importância apareceu mais adiante, com as consequências visíveis do comportamento templário nos séculos XV e XVI. E para você, onde as consequências das primeiras cruzadas encontraram o Hemisfério Sul, ou melhor, como seu interesse pelas cruzadas o trouxeram a Vila Boa de Goyaz?

– Você dá saltos grandes! Calma, meu caro. A alma é rápida, mas a história é lenta; o velocímetro da história mede o tempo em séculos. Estou convencido de que os templários trouxeram para a Europa – e talvez para o continente americano – mais do que sua invenção do sistema bancário. Trouxeram a experiência de conhecimentos, talvez fosse melhor dizer, vivências místicas junto a conhecimentos – agora sim –, que vieram influenciar o que chamamos de ciência contemporânea.

– Estou gostando.

Essa foi a intervenção de John, quando pensei que ficaria calado como bom espião. Informei a Piero que John era doutor em Filosofia da Ciência. Dessa vez, eu e Catherine ficamos calados com cara de jogadores de *poker*. Essa era uma teoria de Tomás, o diplomata, compartilhada na sua lancha no dia do almoço alcoólico à beira do lago, quando vimos uma Drika diferente, amarga e agressiva com o marido.

– Acho ótimo! O quadro vai ficando mais claro: Celso é professor de História do Brasil, Catherine é medievalista e estudiosa dos cátaros – assunto que me interessa sobremaneira –, e Pascale...

– Sou casada com John, Piero. Pelo menos enquanto ele for adido de Ciência e Tecnologia na Embaixada.

A resposta saiu demasiado rápida e, para mim, soou artificial, já que nos havia dito que aceitara a cidadania americana para poder trabalhar com o governo dos Estados Unidos sem atrapalhar a carreira do marido.

Achei melhor deixar assim, pois senti como um apelo para que não estendêssemos o assunto. A expressão dela não acusou nenhuma emoção contida, e John ficou com cara de paisagem, própria de quem ouviu uma questão de fato. Mas julguei perceber aquele mesmo sorriso maroto, intrigante, no olhar de Piero. Seria um italiano conquistador? A conferir, já que percebi o mesmo quando o apresentei a Catherine. Ando ciumento, é verdade. E irritado.

– Entendi. Mas contem um pouco do encontro com Pierre. Percebo que foi um acontecimento ocasional, diferente de mim, que fui procurá-lo. Vocês procuravam o quê em Pirenópolis?

Novamente o "entendi"! Seria um cacoete ou teria a mesma conotação que dei quando recebi a informação do padre na Igreja do Rosário? Mas continuei, ainda que irritado:

– Era para ser uma viagem turística e romântica para que Catherine tentasse descobrir as semelhanças do lugar com os Pireneus, origem do nome. Ela lia um livro sobre Montaillou, a aldeia occitânica, na calçada de um bar e Pierre viu, aproveitando para uma abordagem em francês. A partir daí, a conversa foi muito proveitosa para nós.

– Ele deve tê-los levado para o restaurante da filha, servido pela neta e oferecido sua versão da história do lugar. É interessante, mas fiquei na dúvida sobre onde o fato se separa da versão. Bobagem minha! Há tanto de imaginação nesse tema que não faz diferença. Só a imaginação pode estudar o imaginário.

– Não sei se entendi, Piero. Aliás, nem sei se estamos falando da mesma coisa!

– Estamos sim, Celso. Quando você mencionou Montaillou, fez uma referência implícita aos cátaros na *Provence*. Estamos falando de uma cultura que tem história – os cátaros – e que já passou para um plano mítico no imaginário coletivo. Dependendo do grau de sofisticação do interlocutor, esse mito vai desde o mágico simplório, assim como se os cátaros *soubessem* coisas que só os iniciados podem saber, beirando o misticismo popular tão apreciado aqui no Planalto Central.

– Concordo. Aqui as pessoas acreditam que existe algo a descobrir, algo que alguém por perto sabe, mas ainda não contou! Então, com um pouco de esforço e sedução, essas pessoas creem que vão terminar sabendo o grande segredo, e a iluminação será atingida. Seria tão fácil se fosse assim!

Pascale interferiu:

– Acontece o mesmo por todos os lados, Celso. Alguns lugares são investidos de tanta magia que certas coisas só parecem possíveis de acontecer se o sujeito estiver lá. É o princípio da romaria. Isso acontece aqui, no Planalto Central, como acontece em Montségur, em Fátima e em lugares que tais. É muito mais fácil literalizar os temas e colocá-los numa posição geográfica. Não é assim que se espera entrar em contato com as supostas informações secretas?

– E como seria a melhor forma de descobrir essas informações?

Perguntei, e Piero respondeu:

– Essas informações não existem, para começar. Se há informação, o estudioso precisa transformá-la em conhecimento, e o conhecimento em compreensão, eventualmente em sabedoria. Só compreendendo é que se pode ver uma questão que é mística, não se tratando de práticas mágicas para atingir a perfeição espiritual. Não é fácil encontrar o mestre; mas é muito difícil o aprendiz se encontrar na posição de discípulo.

– Céus! Mal nos encontramos e parece que estamos num painel de discussão acadêmica. Quando eu era jovem e estudante universitária, quando alguém começava a despejar erudição, dizíamos algo como "o meu com sal, por favor" ou "saúde!", como se o outro tivesse espirrado. Parece que saltamos de temas históricos para um tema religioso.

– Acertou, Catherine. No fundo é uma questão religiosa! A mística é o território da alma, e não é com práticas mágicas e rituais estranhos que vamos encontrar a espiritualidade. Quando você quer realmente ver alguma coisa, tem que olhar para dentro dessa coisa. Desculpem dizer *a* espiritualidade, mas não adianta enxergar a superfície, o fora, e achar que viu a essência. Como se faz? Ora, não sendo intelectual demais a respeito do assunto. Se vir, viu; se pensar demais a respeito, começou a perder o sentido do caminho religioso e vira presa fácil do proselitismo eclesiástico. Se não pensar, também fica preso! Equilíbrio é a postura correta. Para isso é preciso evitar uma atitude exclusivamente intelectual. Mas Catherine tem razão: estou sendo intelectual enquanto critico essa atitude.

John, o prático na aparência, fez sua intervenção:

– Eu me interesso por Filosofia da Ciência e certamente alguém termina equiparando-a a questões religiosas. A ferramenta da filosofia é o pensamento. Se não pensarmos muito sobre o assunto, o que fazer então? O que se espera, por outro lado, de uma pessoa religiosa?

– A ciência é um sistema de crenças como os outros, não acha? Apesar de ter como peculiaridade buscar informações para construir um acervo de conhecimentos. Entendo que esse conhecimento, importantíssimo, não deva ser confundido com a sabedoria conferida pela experiência. A Medicina, por exemplo, é uma prática erudita, que depende de conhecimentos e que precisa ser pensada e comparada, estudada e ensinada intelectualmente também. O curador, o médico de vocação, que aceita o chamado, adota uma postura religiosa enquanto "põe a mão na massa", como dizem vocês. "A clínica – no sentido da prática – é soberana", ouvimos os médicos dizerem, principalmente agora que estou envolvido com uma pediatra, filha de um ginecologista.

– Ah! Eu estava curiosa para saber onde se encaixava aquele "Dra. Cláudia" de ontem à noite, no restaurante.

– Não acontece o mesmo com a Filosofia da Ciência?

– Não. A Filosofia da Ciência, como se apresenta hoje, é fruto de intuição, dedicação e visão de conjunto. Não é à toa que andam falando tanto em temas holísticos, hologramas, totalidade e visão de conjunto. Os poucos autores científicos que li recentemente me pareceram escrever como pessoas religiosas. Cuidado para não entender minha frase de antes, "evitar atitude intelectual", como deixar de examinar as questões. Considero o exame cuidadoso, o *re-ligere,* o *ler novamente*, fundamental. Dificulta muito tentar a transposição de uma linguagem para outra, mas nada impede a justaposição. Não sou cientista nem filósofo.

– É religioso, então?

– Procuro adotar uma atitude religiosa. Facilita bastante tentar ver as coisas pelo verso delas; com verso, conversa, conversando. E para conversar, é preciso escutar e ser escutado. Pensar e ser pensado. Sentir e ser sentido.

Piero citou alguns autores modernos que não consegui lembrar, mas atingiram John em cheio:

– Confesso que estou surpreendido com sua colocação, Piero, – disse John – não esperava vir a Goiás para falar sobre isso! Esses autores – polêmicos, a meu ver – são, antes de tudo, pensadores e intelectuais de ponta. Como poderiam ser vistos como religiosos? Insisto: o que se espera de um religioso?

– Espera-se que a pessoa religiosa siga sua vida, simplesmente. Que durma bem, preste atenção nos sonhos sem procurar interpretá-los, acorde tranquilamente, ponha a roupa limpa no corpo limpo e saia para trabalhar, seja num consultório ou numa fábrica, e receba seu dinheiro no dia do pagamento. Que ande pela vida e veja o caminho, sem procurar ser um eleito, ou um sábio, ou um Buda. Um velho sábio disse que, se alguém procurar ser um Buda, esse *seu* Buda particular será a origem da sua prisão. No mínimo, será um bom carcereiro para manter essa pessoa na superficialidade, impedindo-a de ser livre. Gosto de pensar que a gente termina por encontrar o que procura, e o susto é grande quando encontra!

– Estou começando a me identificar com seu conceito de pessoa religiosa, Piero. Fico com medo do que possa encontrar, já que não sei o que procuro.

Essa minha intervenção foi irônica e afetou mais a mim do que a ele. A ironia faz isso. Senti que meu apaixonamento por Catherine e o êxtase que vivi em alguns momentos não deviam ser muito diferentes do que se poderia chamar de vivências místicas. É perturbador e rouba a serenidade, porque tem um objeto concreto. No caso, uma mulher que deixa de ser externa e passa a me habitar. O caminho religioso a que Piero se refere bem que poderia ser o aprendizado de viver esse êxtase sem grandes perturbações do cotidiano. Sem invadir-me. Senti até que fiquei fragilizado fisicamente. Emocionalmente também.

– Ainda nos identificamos muito com as aparências, Celso. As grandes inspirações vêm da alma e não desse sistema organizado para criar consciência. A vida cria consciência para que o universo possa descansar desse processo desgastante de caminhar da ordem para o caos. Existe sempre algo mais. Há um outro processo que vai do caos à ordem. Parece paradoxal porque é! E os dois processos não ocorrem simultaneamente.

– Como você chegou às suas conclusões? Qual foi o seu caminho?

– Devagar chegaremos lá. Alguém disse "vou devagar, pois tenho pressa". Isso me serve bem. Acho que sou preguiçoso. Muitas vezes deixo a vida me levar.

– E quando a vida o levou, você enlouqueceu?

– Deveria. Sair do equilíbrio estável é uma forma de enlouquecer com serenidade. Sabe como vim parar aqui? A vida me trouxe. Quando estava em Aleppo, na Síria, conheci uma senhora brasileira, de Goiânia. Enquanto outras estavam viajando em expedições de compra pelos *outlets* americanos ou *boutiques* europeias, essa senhora recebia sua herança peregrinando nos passos de sua loucura.

– Recebendo sua herança, ou gastando?

– Recolhendo, para dizer melhor. Herança é aquilo que vem da alma. O DNA é a forma biológica de manifestação da herança. Só revela seu aspecto profundamente espiritual quando conseguimos mobilizar a coragem de soltar o lastro, o peso das convenções aprendidas, o condicionamento que embota a essência daquilo que na infância já sabíamos que era verdade. Não digo que essas coisas sejam desimportantes, mas uma vez introjetadas, precisam ser abandonadas sem desrespeitar o mundo!

– "Sem desrespeitar o mundo!" Meu pai gostava de citar Platão: "Que os pais deixem aos filhos não riquezas, mas o espírito de reverência".

– É o que eu dizia. A gente fica maior quando assume o tamanho que tem.

– Não creio que esteja entendendo. Está ficando esotérico demais!

– No fundo é isso mesmo, esotérico, porém no melhor dos sentidos, em que os acontecimentos são experimentados de uma forma interiorizada, intuída como demonstram os mestres, e como os pensadores contemporâneos estão buscando pensar. Não sendo filósofo, tenho dificuldade para colocar de uma forma mais clara. Mas a clareza, assim como a claridade, me assusta. Gosto do sutil, da luz indireta, mais das parábolas do que enunciados filosóficos. Não foi por outra razão que Jesus e tantos outros mestres usaram das parábolas para se fazerem entender. As parábolas criam imagens, e as imagens criam movimentos da consciência. A História muda por imagens, imagens que precedem os acontecimentos.

Senti um calafrio indefinido na espinha. Não sou supersticioso e não creio em bruxarias. Não tenho interesse por práticas de magia ou mesmo atração por amuletos. Mandinga e vodu não têm vez comigo, mas Piero está tentando falar de Filosofia e está nos envolvendo num universo mágico. Logo recebeu uma ajuda de John:

– Dê-nos um exemplo. Tente uma parábola que expresse seu sentimento agora, Piero. Pode ser?

– Não preciso buscar longe; é só uma frase que chegou de velhas leituras: “Uma vela não queima para iluminar-se”. Estamos queimando e sinto que isso nos beneficia. Isso me agrada, me eleva e pode parecer arrogância. Percebem o que quero dizer? Tomara que meu sentimento agora seja humildade. A verdadeira humildade não se revela externamente, é de foro íntimo... Mas Catherine parece que tem algo a dizer...

– É verdade. A imagem da vela me lembrou a visita de um amigo, há muitos anos. Tinha perdido a mulher e estava muito sofrido. Quando partiu, encontrei no seu quarto um pedacinho de papel com um trecho da poeta Edna St. Vincent Millay, que dizia assim, mais ou menos arranhado pela minha vaga lembrança:

> *My candle burns both ends.*
> *It may not last all night. But,*
> *Ah! My friends; Oh! My foes,*
> *What a lovely light!*
>
> *(Minha vela queima pelas duas pontas.*
> *talvez não dure a noite inteira. Mas,*
> *Ah! meus amigos; Oh! Meus inimigos,*
> *Que luz adorável!)*

– Isso é lindo, Catherine!

Piero fez a observação olhando-a bem nos olhos e com uma certa compaixão no dizer. Era como se compartilhasse um segredo. Cortei minhas interpretações pela raiz. Eu estava brigando com a minha sombra escura e destrutiva. Que venham as sombras! John voltou a se manifestar com aquela literalidade própria dos anglo-saxões, tentando ser simpático, mas esvaziando um pouco da poesia que se manifestava:

– Gosto muito da poesia de St. Vincent Millay, Catherine, mas é preciso não descuidar de algumas sutilezas idiomáticas: "*To burn the candle both ends*" (queimar a vela pelos dois lados) é uma forma de dizer que está levando uma vida hedonista, desregrada e sem se importar com isso. Voltando à questão levantada por Piero sobre intelectualidade, desperta em mim pensamentos e uma postura intelectual para manter a polêmica. Por mais que você não goste, ou ache que é uma abordagem improdutiva, faz parte da vida humana. Não entendo como se possa discutir sem uma atitude intelectual.

– Catherine – perguntei –, você sabia que era uma expressão idiomática ou entendeu como sendo uma vela queimando as duas pontas?

– Entendi como uma imagem de sacrifício, Celso. Sendo necessário mais luz, não hesitaria em acender as duas extremidades da vela. Ainda que ela só dure a metade do tempo e me deixe no meio da noite, na escuridão.

– Com toda franqueza, Catherine, nunca pensei dessa maneira. Achei que fosse uma declaração de vida libertina, não importando as consequências. Certamente, o poeta não pode ser um intelectual! Nada acontece por acaso.

– Você acha que a vida ocorre por acaso, John?

– Pode ter surgido por acaso. Alguns acham que é mais provável que tenha sido assim. Pessoalmente, tenho minhas dúvidas. A probabilidade é pequena, a meu ver.

– Intelectualmente, você tem dúvidas. Mas algo lhe diz que é possível não ter sido por acaso. O poeta – a poeta, no caso – comunica o que a intuição lhe diz que deve. O que de fato ela quis dizer termina não sendo mais tão importante. Tentemos uma ferramenta inventada pelos intelectuais em dúvida: a entropia. E vamos concordar que a probabilidade pode ser medida por entropia. Não é?

Eu já não aguentava mais essa conversa de botequim de universidade. Afinal, pedi licença da *minha* universidade para correr atrás de uma aventura inventada por Catherine, que agora confessa não hesitar em sacrificar tempo de vida em nome de uma luz melhor. Tudo parece uma enorme cortina de fumaça! Expectorei minha irritação:

– Cada vez sinto que estou mais alienado da conversa. Lembro das aulas de Física e, para falar a verdade, não faço a menor ideia do que venha a ser entropia. John, explique em cinco minutos para um ignorante, por favor. Ou falemos de futebol!

Finalmente, uma voz feminina se manifestou por Pascale:

– Que tal voltarmos ao início da conversa? Piero, como os templários, os cátaros, a História da Filosofia, as Cruzadas ou o que mais seja o trouxeram a Goiás? Daqui a pouco estaremos discutindo o sexo dos anjos!

– Não seria uma má ideia! – respondeu Piero. – Como eu dizia, estava interessado em investigar – para uso interno – alguns aspectos antigos do que chamamos hoje de Medicina e, de indício em indício, me vi na Síria, em Aleppo especificamente. Por que eu estava interessado em Medicina? Porque a Medicina foi das primeiras ciências praticadas na antiguidade. Curar alguém era uma obra divina que visava além do corpo. Aqueles que conseguiam uma cura estavam inevitavelmente incluídos entre os sacerdotes e os mágicos. Assim, como a vaidade frequenta o círculo dos habilidosos, o número daqueles que se esforçavam para melhorar o desempenho nas curas era grande. Logo surgiram locais destinados a curas, além de abrigar os doentes. Não fui ao templo de Asclépio, mas fui a Allepo, talvez a cidade habitada mais antiga da história que ainda pode ser visitada. Lá está o Templo de Hadad, Deus de Aleppo, num lugar onde brota água sagrada. Esses lugares de cura são chamados de Bimarestan, palavra de origem persa para designar hospital. Para os doentes mentais, havia os Timarestans, hospícios. Como percebem, já se fazia diferença entre hospital e hospício, sendo este último, pelo nome, um lugar para prestar cuidados – e não tratamento – onde nunca faltavam música, flores e poesia. Essa tradição foi levada para a Península Ibérica, especialmente em Valência, na Espanha de hoje. Talvez tenha sido lá onde os católicos viram, pela primeira vez, um hospício sem violência.

– Sim –, continuou Pascale, tentando manter o foco da conversa – você estava interessado na Medicina da antiguidade e veio para Goiás?

– Pois é. Lá, visitantes circulavam enquanto eu lia entretido um livreto exaltando a importância do Bimarestan, afirmando que o próprio Aristóteles, quando em campanha com Alexandre, o Grande, pediu-lhe permissão para ficar em Aleppo por alguns meses. Essa visita de Aristóteles deu-se aos novecentos anos antes de Cristo! Eu estava absorto nessas especulações quando uma senhora começou a conversar comigo e me trouxe ao que realmente importa: aqui e agora. Contou-me que era de Goiás, que era casada com um médico e tinha uma filha médica também.

– Era a mãe da Cláudia? – Perguntou Catherine mostrando uma emoção sincera da qual eu vinha sentindo falta ultimamente.

– Está vendo? – respondeu Piero – Às vezes os anjos aparecem com sexos bem definidos. Eu vim para visitar Dona Teresa e sua família e fiquei por causa da Cláudia, meu anjo de carne e osso. Enquanto eu lia o tal livreto, uma voz atrás de mim disse: “Foi aqui, no primeiro milênio de nossa era, onde se fez a associação entre lua cheia e inquietação feminina, sabia? Sabe quem é o Deus da lua? *Sin* (pecado em inglês)!” Eu dei uma boa risada e começamos a conversar. Dona Teresa contou-me boas histórias sobre o Brasil e sobre Goiás em especial. Despertou uma enorme curiosidade em mim e na primeira oportunidade aceitei o convite para visitá-la e à sua família. Assim conheci Cláudia, sua filha, por quem me apaixonei.

As mulheres estavam muito silenciosas, caladas! Pascale não foi escutada. Piero não respondeu sua pergunta. Notei que cada pergunta que lhe é feita esgota um tema e fica maçante. Erudição demais. Cansado da atitude enevoada de Catherine, dos mistérios de Piero, que mal conheço, e dessa busca que começou com uma simples invencionice minha para Victoria. Quero ir para minha casa. Em casa, todas as mulheres são histéricas. Fora do habitat natural ficam misteriosas e assustadoras.

– E como fica Hipócrates nessa história? Não é o celebrado pai da Medicina?

Mais uma vez, John esticava a conversa! Estou cansado.

– Hipócrates só nasceu no ano 460 depois de Cristo. São quase mil e quinhentos anos depois desse episódio com Aristóteles. Ele morava em Homs, na Síria Central, e foi em Damasco que fundou a primeira escola de ensino médico conhecida. Talvez por isso seja celebrado como o grande pai dos médicos. A propósito, é muito instrutivo ler seu juramento em tradução do original. Não é muito parecido com aquele que aparece nos convites de formatura das Faculdades de Medicina. E por falar em Medicina, são quinze horas, hora em que a Dra. Cláudia termina seu consultório de pediatria aos sábados. Logo deve ligar e, como estamos tão perto, direi para nos encontrar aqui mesmo.

Eu olhava para a Igreja da Boa Morte, logo em frente à Praça do Coreto, quando o celular de Piero tocou enquanto aquela jovem doutora fechava a porta de uma casa voltada para o lado esquerdo dessa igreja, da posição onde estávamos. Piero iluminou-se e com um sorriso de indisfarçável alegria disse que ali era o consultório dela e do Dr. Fleury, seu pai, ginecologista e obstetra. Ele só atendia emergências nos finais de semana, e nesse final de semana, estava com a esposa em Goiânia.

Ela aproximou-se sorridente, diferente da fisionomia que apresentava ontem à noite no restaurante. Talvez fosse a expressão do receio de que pudéssemos atrapalhar os planos deles para a noite. Mostrou-se muito simpática e falante. Depois de algumas amenidades, convidou-nos para tomar chá na casa da família localizada no Largo do Colégio, como disse ela. Oficialmente, vi que o lugar tinha outro nome.

Passamos o Palácio Conde dos Arcos à direita; a seguir, a Igreja da Boa Morte à esquerda e logo se abre aquele espaço maravilhoso onde vemos o Museu das Bandeiras ao fundo, no aclive suave que deixa o Chafariz de Cauda num plano levemente inferior. Cláudia apontou para o museu, antiga prefeitura e cadeia, e disse:

– Estão vendo aquela árvore ao lado esquerdo do Museu? Não aquelas menores, em primeiro plano, mas aquela solitária no centro do gramado? Fui eu quem plantei faz vinte e cinco anos! Isso mesmo, eu estava com três aninhos e ganhei do meu pai a muda. Não tive nenhuma dúvida de que era ali que desejava vê-la plantada. Ele foi comigo num final de tarde e me fez sentir como se a tivesse plantado sozinha, e sinto assim até hoje. Chegamos! Bem-vindos à nossa casa.

Que casa gostosa aquela! Pintada de um amarelo agradável – o que não é fácil – com uma árvore frondosa em frente, marcando uma esquina, e com a entrada pela ruela lateral. Tudo me lembrava aconchego. Aconchego da casa dos avós, da fazenda em Ribeirão Preto e dos passeios pelo povoado que chamávamos Dumont – pois era onde o pai de Santos Dumont tinha fazenda –, no jipe tirado às escondidas da garagem. Só então me dei conta de que quase não dirigi a palavra a Catherine. Mas ela não parecia aborrecida, o que me fez ficar aborrecido!

As meninas tagarelavam alegremente sobre as toalhas bordadas, os *crochets* nas mesinhas de canto sob as luminárias antigas, objetos *art déco* e mobiliário de cem anos ou mais. E com os comentários admirados das duas europeias, começaram a arrumar a mesa. Piero queria fumar um cigarro de palha que, segundo disse, foi um dos grandes prazeres que descobriu por aqui. Sendo terminantemente proibido fumar na casa dos dois médicos, saímos para a sombra de outra árvore que não aquela em frente à casa, mas aquela em frente à casa vizinha, onde havia três banquinhos de madeira, muito primitivos e absolutamente em sintonia com o cenário e a luminosidade decrescente, indireta, que Piero fez questão de lembrar que preferia ao sol do meio-dia. Enrolou a palha com o tabaco cuidadosamente espalhado longitudinalmente, lambeu as bordas e sacou a caixinha de fósforos para acender o cigarro. Soltou uma baforada espessa de fumaça, olhou ritualisticamente para o cigarro aceso e falou sem nos olhar:

– É impressionante como as linhas se cruzam. Eu venho para cá, solitário, discreto e silencioso, pretendendo ficar dessa maneira e encontro um bando de bisbilhoteiros internacionais procurando as mesmas coisas. Talvez eu possa desfrutar de algumas informações para meu próprio proveito. John, Celso ficou com uma pergunta não respondida, aquela da entropia. Como você explicaria esse conceito para ele?

– Obrigado, Piero. Eu já nem lembrava da minha pergunta e possivelmente já estava resignado a ficar nessa ignorância. Lembro que você perguntou a John se a probabilidade de a vida ter surgido por acaso poderia ser medida pela entropia. Eu não sei mais, se é que um dia soube o que é entropia.

– A maneira mais simples que me ocorre, para começar a falar em entropia, é recorrer à imagem de colisão. Quando um sistema fechado está numa configuração que não seja de equilíbrio, o mais provável é que a entropia desse sistema aumente com o tempo. Ou seja, aumenta a desordem no sistema com o passar do tempo. Se considerarmos que o tempo flui do passado para o presente e que os átomos colidem uns com os outros criando novas desordens, podemos concluir que a entropia do universo aumenta com o tempo. Ou seja, o universo caminha na direção de uma desordem crescente e se desgastando continuamente em direção ao caos. Um pouco confuso, não é?

– "Um pouco" é minimizar a questão. Parece que entropia é o máximo de confusão possível.

– Talvez. Entropia máxima é quando a desorganização ao acaso (o embaralhar) não consegue aumentar a desordem.

– Pode-se diminuir a entropia? Quero dizer, o universo, imagino, deve estar se desgastando continuamente. Podemos reverter isso?

– A entropia pode ser reduzida por escolhas conscientes, na minha opinião. Com o aumento da especificidade. (Especificidade é o inverso de entropia). Se a probabilidade é medida por entropia, a improbabilidade é medida por especificidade. São inversamente proporcionais e não podem ocorrer simultaneamente. Entendeu?

– Não.

– É um paradoxo orgânico, Celso. – disse Piero. – Ou o animal está vivo ou o animal está morto. O propósito da vida parece ser o de criar um sistema para gerar consciência e a consciência poder organizar o material psíquico. Ou seja, consciência funciona na especificidade, criando ordem no caos e contribuindo para que o universo não se desintegre tão rapidamente. O animal morto precisa se desintegrar para alimentar novas possibilidades.

– Quem gera esse "propósito" de criar consciência?

– Ora, um *daimon* qualquer. Sei lá! Há um propósito, sem dúvida, só não sabemos o que é.

– Não sei se eu colocaria as coisas assim, Piero. Celso não entendeu uma forma de enunciado que precisa da Segunda Lei da Termodinâmica. Toda a formação dele é humanística, não é científica. Ele sabe do que estamos falando, só não está habituado ao nome das regras e dos fenômenos. Ele foi treinado para comparar documentos e mapas, para entender o fluxo da história humana. Com essa resposta, você vai ter que explicar que esse *daimon* parece inverter a Segunda Lei da Termodinâmica.

– John, você está quase demonstrando minha tese da dificuldade que o intelecto interpõe quando tentamos entender algo muito complexo. Procuramos naturalmente usar imagens visuais para fazer um mapa ou, em outras palavras, para fazer um modelo, como fazem os grandes matemáticos. Só que pouquíssimos gênios conseguem tratar uma equação matemática como um modelo. Nós teríamos que já estar pensando de uma maneira diferente daquela que pensávamos no século XIX. E não conseguimos ainda.

– Você acha que era melhor?

– Não disse que era melhor, ou pior. Era diferente. Se for para achar, eu acho que os árabes na Idade Média – ou antes – já conheciam essa maneira diferente de pensar. E mais, acho que a intuição de Catherine de que a filosofia cátara tenha migrado para essa região é digna de consideração séria. Eles estavam impregnados do conhecimento que os templários levaram do Oriente Médio para a Europa.

– Então teremos que substituir os pensamentos lógico e matemático pela intuição?

– Ora, John, não precisa ficar defensivo. Matemática é igual a lógica. No entanto, a matemática só funcionou porque certos pensadores aceitaram seguir o fluxo mental de suas intuições, amparadas pelo conhecimento específico. Foi o fato de aceitarem que o mundo é feito de imagens que nos permitiram aproveitar a Teoria da Relatividade, a Teoria Quântica, o Princípio da Incerteza, a Relatividade especial e tantas coisas mais que você sabe melhor do que eu.

– Não estou tão certo de que eu saiba melhor que você. Você é misterioso para mim! Desde que começamos a falar hoje, não mais que algumas poucas horas atrás, já chafurdamos num poço profundo de erudição. Não acha cansativo?

– Não. Para mim não é cansativo porque me esforço para esquecer o que não me convém. É como tomar banho nas águas de Lesmósina, a fonte do esquecimento.

– Esquecer é bom?

– Esquecer é ótimo! Senão, vejamos, os idosos não teriam amnésia para fatos recentes. Não fixam o que não vão usar. Basta usar o que lembram: aquilo que vem navegando nas águas de Mnemósina, a fonte da lembrança de fatos antigos. O esquecimento facilita o perdão, alivia a alma do peso de ressentimentos e amarguras, além de nos deixar livres para novos interesses. Só precisamos nos lembrar daquilo que evocamos com facilidade.

– Acho que concordo com Piero. – disse eu a John. – Meu avô, tão afeiçoado a livros, tão cuidadoso com sua biblioteca, começou a doá-los na velhice, como se já não precisasse daqueles registros. A quantidade disponível de informações que temos hoje; o acesso insano a quase todas as fontes de busca, torna o processo de lembrar um tormento. Fica fácil cair na armadilha das interpretações, que gera arrogância. Começamos a ter certeza de que temos certezas, o que gera superficialidade. Acho que vamos ser salvos dessa intelectualidade por uma voz feminina... Ninguém merece esse suplício. (Eu via que Pascale saía da casa em nossa direção).

Fomos convocados por Pascale, que veio até nosso espaço, recém-criado, de discussões sobre questões transcendentais. Estava na hora do chá, que seria muito bem-vindo porque já eram quase cinco horas e não tínhamos almoçado, na expectativa de encontrar Piero. Realmente, a ansiedade era justificada, pois a cada minuto ele trazia um elemento novo e intrigante.

34

Sentamos à mesa enquanto Cláudia respondia às perguntas e atendia à curiosidade feminina de Pascale e Catherine com relação aos tecidos, à louça Companhia das Índias, aos talheres de prata e aos quadros. Eu ouvia, mas estava bastante concentrado nos pães, geleias, bolos e doces recheados do pecado da gula. Tudo era parte do chá ritual diário, mas parecia ter sido especialmente preparado para nos receber. Só parecia, mas era o cotidiano daquela casa. Elegância de alma daquela moça tão jovem, tão delicada e tão hospitaleira. Elegância praticada desde o berço.

Cada um contou algum episódio interessante sobre o tempo que passamos à mesa. Tudo começou quando eu comparei a decoração cuidada e os tempos de mocidade na fazenda de meu avô. Lembrei um dia, já casado, quando minha sogra queria ir a um evento religioso na cidade e foi convidada para esperar um pouco porque eu a levaria depois do jantar. Mas ela disse: "Meu filho, hoje eu não posso, tenho pouco tempo". Respondi: "Podemos fazer um jantar mais rápido", "nem tente, retrucou, o jantar aqui é uma missa comprida e já tenho uma missa mais curta para assistir". Pensei que os estrangeiros não haviam captado as sutilezas do episódio, mas Piero saiu-se bem, como sempre:

– A boa refeição é mais que boa comida. É ritualizada, e rituais tomam tempo de outras atividades para que, saindo do profano, se aproximem do sagrado. A referência à missa foi mais que mera casualidade.

John parecia pouco à vontade quanto aos modos, o que chamou minha atenção. Afinal, como representante do governo americano, precisou comparecer a muitas recepções mais formais que essa. Mas sua colaboração não demorou:

– Nos Estados Unidos da classe média, que é a minha camada da população, o tempo dedicado à mesa é mínimo. Tempo é dinheiro! Ouvi isso a vida inteira e acreditei que gastar tempo com atividades improdutivas era um pecado. Comer poderia ser uma dessas atividades. Mudei de atitude quando morei na França, quando me casei com Pascale, e aprendi a desfrutar o ritual da mesa. No Brasil também encontrei esse prazer, tanto que recebi várias vezes um colega do Consulado em São Paulo e cada vez o levei a um restaurante diferente em Brasília. Certa vez, quando o procurei em Washington, achei que ele estava desejoso de retribuir e aceitei seu convite para almoçarmos. Marcou o encontro na esquina de uma avenida comercial com uma praça, onde eu não tinha registro da existência de restaurante algum. Fui conduzido apressadamente para o interior de uma farmácia onde havia um *buffet* de saladas, servido em caixinhas de plástico transparente e talheres idem. Ele escolheu uma garrafinha de suco de laranja e eu, ainda tentando me recuperar do susto, preferi uma minigarrafa de tinto californiano. Pegamos a fila do caixa, esperamos alguém pagar o xarope para tosse que havia comprado, ele pagou sua conta e eu – inevitavelmente – paguei a minha. Comemos sentados num banco da praça, ao sol, enquanto eu respondia como podia às perguntas dele sobre meu bem-estar, família e coisas assim. Ao final, tirou de uma pequena caixa um comprimido e tomou o resto do suco. Perguntei se era alguma medicação de uso constante, mas ele respondeu que não: era a essência do vinho, os flavonoides, princípio ativo que permitia aos franceses terem menos infartos do miocárdio que os americanos! "Sem precisar beber", acrescentou com um olhar de superioridade para minha garrafa vazia. Perguntei se havia considerado a hipótese de que o coração dos franceses poderia gostar mais de tirar o paletó, sentar à sombra, comer com o prato sobre uma mesa com toalha e tirar uma soneca depois. "Leva tempo demais", foi a resposta enquanto atirava os detritos numa lixeira. Nunca mais fui convidado por ele. Assim agradeço a Cláudia esse momento tão especial e carinhoso.

– Não há o que agradecer, John. As formalidades têm muitas faces. Gosto dessa forma, sobretudo quando as visitas participam da arrumação da mesa, construindo a atmosfera do convívio compartilhado.

Percebi, uma vez mais, que Catherine estava desconfortável e fiz-lhe um elogio:

– Eu sempre terceirizei meus jantares formais. Contratava alguém para fazer tudo e pronto. Quando Catherine chegou, trouxe uma leveza nova para minha casa, percebida pelos meus amigos já no primeiro jantar.

– Mas foi tudo tão simples, Celso. E ainda contei com a colaboração de Lucien, Bia e sua Milene!

O detalhe do possessivo antes de "Milene" me fez desistir de continuar o elogio. A tarde começava a mostrar sinais coloridos de pôr do sol. John não parava de massagear a cabeça, o que chamou a atenção de Pascale e Cláudia, que perguntou:

– Está doendo a cabeça, John?

– Está, mas foi uma pancada que minha distração causou na casa – no porão – de Cora Coralina. Estava tão entretido com o ambiente que levantei sem prestar a devida atenção na pouca altura do teto!

– Ah! – disse Cláudia – Então foi o espírito de Maria Grampinho. Aqui em Vila Boa, além de pianos de cauda, era comum ter alguém com desenvolvimento intelectual retardado. Talvez pelos casamentos consanguíneos, muito comuns, ou falta endêmica de iodo. Mas Maria Grampinho era uma errante. Andava pelas ruas, cuidava de animais e ganhou a simpatia de muitos. Cora Coralina a acolheu e ela tinha liberdade de entrar e sair da casa. Gostava de dormir no porão e não deve ter gostado da intromissão de vocês!

Terminada a cerimônia da mesa, Cláudia nos convidou para ficar na varanda um pouco mais – antes de partirmos, obviamente – e a conversa continuou enquanto eu olhava os cajueiros, mangueiras, mamoeiros e outras plantas. Todas de um verde exuberante. Notei uns pássaros negros de peito branco, piando com um penetrante tom metálico enquanto desfrutavam ruidosamente um mamão maduro ainda no pé. Estava bom demais: logo apareceu um pássaro preto maior que todos, com uma bela cauda amarela, piando como uma gralha. O comportamento era tão pouco sutil quanto o pio.

A cena foi tão barulhenta que chamou a atenção de todos nós. Fiz um comentário absolutamente banal, só para não perder o mote de nosso encontro:

– Aqueles pássaros negros podiam ser religiosos idealistas, ingênuos e alegres, comendo o mamão de uma forma compartilhada e jovial. Quando a festa começou a ficar animada, chegou um "visitador" para atrapalhar e dar uma nova ordem.

Piero encampou a brincadeira e acrescentou:

– Essa ordem bem que poderia ser a Inquisição, com sua voz dissonante e poderosa. Intervir dessa maneira instalou o terror e não serviu para assumir o poder. Para aqueles que a Inquisição tentou dominar, também não serviu a docilidade. Muitas vezes esses hereges foram os arautos de uma visão dos sábios orientais, uma visão unitária da vida, que os templários tentaram difundir.

Colocação misteriosa, aquela. Logo chegou um casal de bem-te-vis com sua coloração amarela e parecendo usar máscaras, provocando a exclamação de Piero:

– Pronto! Chegaram os pregadores leigos, os hereges, e tudo ficou mais quieto. Onde foram os outros? Agora os clérigos seculares ficaram falando entre si. É sempre assim: os arautos do Novo ficam um bom tempo falando sozinhos. Notem que estão mascarados!

– Essa parte do assunto é a que me interessa – interveio Catherine. Mas entendo que estamos abusando da paciência e da tolerância de quem não está mergulhado nisso como estamos eu e Celso. Piero parece comungar com um amigo nosso, Tomás, a ideia de que os templários trouxeram conhecimentos da Palestina e que alguns desses conhecimentos eram – ou são – oraculares com relação aos novos olhares da ciência moderna.

Aparentemente, John ficou interessado, ou pareceu acordar de um estado de relaxamento que tinha conseguido. Os olhinhos de Pascale brilharam novamente, e passou a chamar minha atenção a maneira curiosa e discreta do seu comportamento. Decidi não compartilhar isso com Catherine depois. Começa a se abrir um espaço de desencontro entre mim e ela. Sinto-me triste, mas é algo que parece estar no ar como inevitável. Nunca senti isso antes. Será que não prestava tanta atenção aos meus instintos ou intuições? Não importa agora, pois a argúcia de Pascale voltou a se manifestar:

– Piero, você foi descoberto pela mãe de Cláudia num dos primeiros hospitais da civilização como a conhecemos. Foi quando surgiu na conversa a questão das origens da Medicina, a posição de Hipócrates na História, e suas explicações vieram na ponta da língua. Qual é sua formação acadêmica? Você é tão erudito e tem uma facilidade tão grande para revelar essa erudição que não creio que tenha ido para Israel só para fugir de uma ex-esposa impertinente!

– Eu sou médico, Pascale. Sou clínico geral, mas só trabalhei em hospitais públicos. Nunca fiz clínica privada.

Pensei que Pascale fosse dizer: "Por isso não achei você no Google". Essa fantasia me agradou e despertou uma nova curiosidade que já se manifestava em várias frentes além da pergunta desagradável: quem é Catherine? Agora tenho também: quem é Pascale? E quem é Piero? Pelas barbas do profeta, esse homem não para de surpreender! Pascale não conseguiu esconder um certo ar de vitória sobre o desconhecido. Como já vi acontecer, em momentos assim, John faz ar de paisagem, como se tudo fosse a coisa mais natural do mundo. Aproveitei para jogar um pouco de água na fervura, comentando sobre o número de médicos que havia aflorado subitamente nas conversas. Até eu, contribuindo como pai de um jovem neurocirurgião em Ribeirão Preto. A conversa derivou para aspectos familiares em torno da Medicina. Cláudia fez relatos pessoais e interessantes sobre seu curso em Goiânia e tentou saber coisas sobre o curso do meu filho. Eu não soube informar e senti vergonha. Anoiteceu e começamos a nos despedir com promessas de nos vermos outra vez no dia seguinte. Por ser domingo, com expectativa de tráfego intenso, só voltaríamos a Brasília na segunda-feira pela manhã. Seria mais calmo.

Caminhamos para a pousada, não sem antes passarmos pelos sorvetes da praça. Era pura gulodice já que nenhum de nós podia sequer pensar em comida. O chá na casa da Cláudia seria mais que suficiente para nos deixar satisfeitos – ainda que culpados – até o café da manhã.

Catherine estava mais carinhosa e próxima dos meus afetos depois dos sorvetes. Infelizmente, algo havia trincado nos sentimentos que havia depositado nela. Que pena! É muito difícil recolher afetos que foram doados incondicionalmente. Teriam sido incondicionais? Parece que não. A minha expectativa era de podermos compartilhar o cotidiano como compartilhamos gostosamente, acumpliciados, as análises acadêmicas de nossos achados. Já não era mais assim, e isso me entristecia profundamente.

Tomamos uma ducha juntos, de forma sensual e excitante. Deitamos e nos abraçamos como nos primeiros dias do nosso encontro. Não, foi diferente. Naqueles dias, as iniciativas eram dela e eu resistia assustado. Agora, as iniciativas eram minhas e eu percebia uma parceira que apenas correspondia. Reagia com entusiasmo até, mas não era como antes. Havia uma folha fina de celofane entre nós. Sempre acreditei que essas folhas tivessem um nome; dessa vez eu não sabia.

Catherine adormeceu e eu, recostado, usando uma fonte de luz pequenina, típica de feiras de contrabando, abri minha caixa de mensagens. Lá estava mais uma de Victoria.

> *"Querido Celso,*
>
> *Lamento que você não tenha podido responder minha mensagem anterior, pois estou certa de que me teria escrito, se pudesse.*
>
> *Algo me diz que poderemos ter uma oportunidade de encontro num futuro próximo, e espero que não seja desperdiçada. Espero que esteja atento para os obstáculos no seu caminho. Sendo amiga das atitudes discretas – e sendo mulher –, não vou revelar minhas fontes, mas confesso minha curiosidade por saber o que anda acontecendo.*
>
> *Afetuosamente, com amizade,*
>
> *Victoria."*

Mais um elemento de estranheza no meu caderninho de viagem. Como os ingleses são diferentes no trato com detalhes e protocolo! Até as mulheres, antes de serem enciumadas, são inglesas. O que será que Victoria sabe e eu, não sabendo, deveria saber? Essa foi a minha leitura, especialmente pelos protestos de amizade que me pareceram como um alerta. É verdade que tenho uma certa inclinação para teorias conspiratórias, mas até os paranoides têm inimigos reais. Dormi inquieto. Eu percebia um universo paralelo que não via antes. Ou será que não existia antes?

35

Acordamos bem. Catherine estava linda, graciosa e – para minha alegria – amorosa. Precisei lembrar que isso não era garantia de um dia sereno. Nas primeiras horas de sua chegada a Brasília, já me seduziu e fez as coisas à sua maneira. No primeiro despertar, já armou uma discussão sobre psicanálise e sei lá eu que mais.

Fomos tomar café na varanda da pousada, em frente a nosso quarto. Pascale e John já estavam lá e ficaram até que nós terminássemos quando as duas mulheres saíram para caminhar e conversar "coisas de meninas", segundo elas. Eu e John saímos calmamente para sentar num banquinho à sombra. Quando estávamos na pracinha, entre a pousada e o restaurante, a figura de Piero materializou-se à nossa frente, vindo por detrás da pequena árvore que nos dava sombra.

– Espero que não os tenha assustado! Vi vocês de longe e achei que poderia convidá-los a ver minha casinha. Querem vir comigo? É um lugar simples, pequeno e mal-arrumado, mas tem sido meu lar por aqui.

Depois dos cumprimentos normais (que amenizavam a surpresa anormal), caminhamos por não mais que duzentos metros para chegar à última casa da rua. Uma casa pequena, pintada de azul claro e, longe de ser desarrumada, mostrava um jardim bem cuidado (pelo próprio Piero) e absolutamente limpa na sua simplicidade. A sala de entrada já mostrava sinais de ser a residência de um amante dos livros. A mesa de refeições já era apenas uma mesa de trabalho intelectual: havia livros em pequenas pilhas, lâmpada de leitura, uma grande lupa e, para minha surpresa, um microscópio.

– Não, não é um microscópio de laboratório de microbiologia! É apenas uma lente de aumento sofisticada e potente. É uma ferramenta usada por geólogos e outros investigadores que não precisam ver aspectos microscópicos dos objetos de estudo.

– E quais são os seus objetos de estudo? – perguntei, me achando inconveniente, como sempre, mas Piero não pareceu se incomodar.

– Plantas, insetos, pequenos objetos...

– Objetos?

– Sim, veja esses.

Abriu uma gaveta do móvel que fica atrás da cadeira à cabeceira da mesa – uma espécie de cristaleira antiga – e tirou um saquinho de camurça fechado com um barbante. Tirou três lâminas de metal mole, com a consistência de latão. Haviam sido lavados, obviamente, tinham aparência amarelada puxando para a cor de mostarda. Parecia ouro amalgamado com outros metais. Um deles tinha o formato circular com quatro círculos cortados equidistantes fazendo o objeto parecer quatro machadinhas unidas pela extremidade dos cabos. O segundo era um disco parecido com uma flor de seis pétalas; uma margarida com uma bolinha no centro. O terceiro era tipicamente cristão, a meu ver. Era uma cruz em forma de trevo de quatro folhas. Cada folha mostrava uma cruz de duas traves, a cruz de Caravaca, salvo engano.

– Onde achou essas coisas, Piero?

– Comprei-as nas minhas andanças por aí. Cada uma num lugar diferente. A primeira comprei numa dessas casas de velharia como se fosse artesanato indígena. A segunda, numa feira de artesanato *hippie* em Itaberaí, e a terceira, aqui mesmo na cidade de Goyaz, numa loja do Mercado, na praça da Igreja de São Francisco.

– E a que se referem?

– Não sei ao certo, mas gostaria que as desse para Catherine quando chegarem a Brasília amanhã. Pode me prometer?

– Claro! Muito obrigado por ela, mas não levo explicações por não dar hoje?

– Não tenho explicações, tenho apenas hipóteses que não quero explicitar. Algo me diz que Catherine poderá apreciá-las melhor que eu. Por favor, só entregue amanhã, está bem? Em Brasília. Ela tentou conversar ontem sobre a questão dos clérigos leigos. Tentei provocar a conversa usando a sua observação sobre os pássaros. Mas outras questões apareceram. Uma das coisas que observei na história dessa região é que, de fato, pregadores não eclesiásticos atuavam livremente por aqui. A Inquisição dos jesuítas e dominicanos não demorou a ser informada e eles vieram investigar, vindos do Norte e do Sul. Diga a Catherine que tenho razões para acreditar que eram adeptos da doutrina cátara. Mas estamos falando dos séculos XVI e XVII, quando os cátaros já eram considerados extintos. Nessa época, questões políticas vinham disfarçadas de religião. O foco era, e continua sendo, o poder. Hoje, o poder está vinculado a questões geopolíticas, ainda que estrategicamente possa parecer religiosidade. Deixe essa conversa com ela para Brasília, por favor.

Prometi, guardei o saquinho no bolso da calça e o acompanhamos a ver o resto da casa. Muito simples, agradável e obviamente sem investimentos que denunciassem um desejo de ficar por ali muito tempo. Era uma habitação temporária. Fiz esse comentário e Piero respondeu com aquele conhecido olhar irônico, argumentando que a casa formal dele era a casa de Cláudia. Ali era um refúgio. O lar era Israel.

Combinamos de almoçar juntos, os três casais, no mesmo restaurante em que jantamos na sexta-feira. Ele gostaria de almoçar um pouco mais tarde porque nos dispensaria de encontros e despedidas à noite. Gostaria de poder beber e não deveríamos beber na véspera de uma longa viagem por estradas esburacadas. John fez mais uma das suas intervenções típicas:

– Piero, você fez um pedido de segredo a Celso na minha presença. Fico desobrigado de guardar esse segredo? Posso contar a Pascale, ou mesmo a Catherine?

– Pode fazer como achar correto, John. Eu realmente só pedi segredo a Celso porque Catherine é companheira dele e estão envolvidos por um projeto comum. Será melhor para o nosso almoço e nossas despedidas se for assim. Saber ou não saber não afetará sua intimidade com Pascale que, de resto, sendo uma mulher inteligente, sabe o que precisa saber. Quanto a Celso e Catherine, ainda estão se conhecendo e têm um trabalho longo pela frente. Para mim foi um desses prazeres imensos, trazidos pelo acaso, ter sido objeto de sua busca. Desejo que possamos ter uma despedida alegre hoje à tarde, junto com essa pessoa maravilhosa que é a Cláudia.

– Piero, a cada dia você fica mais misterioso! Sua namorada é linda. Tem uma beleza ingênua e um ar malicioso – se me permite a impertinência – de uma mulher muito mais experiente do que sua pouca idade permitiria. Que idade tem? Menos de trinta, com certeza.

– Está com vinte e oito anos, John. Antes que você me pergunte, tenho cinquenta e três anos de vida. São vinte e cinco anos de diferença!

– Eu sou americano e nós amamos a franqueza a um ponto de absoluta indelicadeza. Para os padrões brasileiros, beira o grotesco. Mas vai a pergunta: você se sente amado?

– Amado? John, um homem jamais será amado por uma mulher muito mais jovem. Ela não poderá dar a serenidade que ele já deveria ter, não poderá compartilhar de uma experiência que ela ainda não tem e, mais importante, não poderá aproveitar de uma sabedoria que ela ainda não percebe.

– Não dependeria das pessoas e circunstâncias? Em alguns casos, não será o fantasma do pai a persegui-las?

– Meu caro, nesses casos, geralmente são pais complicados e não admirados. São pais pobres ou fracos, incompetentes ou toscos. Por que alguém gostaria de reeditar semelhante figura? Além do mais, não é o caso dela. Ela recebe minha proteção madura de europeu erudito, sem desconsiderar a proteção material – de que ela não precisa. Ela gosta de pensar que faz feliz este homem maduro. E tem a ilusão de que me rejuvenesce. Ela me faz sentir orgulhoso de estar acompanhado por uma bela jovem. Eu preferiria acompanhar uma bela mulher. Fico envaidecido por ter sido encantado quando sei que seria melhor fazê-la sentir-se encantadora na sua plenitude. É constrangedor, mas gosto de perceber a inveja de outros homens.

– Percebo uma certa amargura, com umas tinturas de impotência para mudar a situação em que está. É verdade?

– Não só é verdade como é pior: fico enciumado pelo medo de perdê-la e aterrorizado pela consciência de não poder possuí-la! Ter a posse material dela.

– E se pudesse possuí-la?

– Teria que matá-la.

– Tente me explicar. Não entendi.

– Ninguém pode possuir outra pessoa. Se eu a possuísse, teria que matá-la para encerrar essa situação psicótica. A alternativa seria suicídio, que prefiro não considerar.

– Você fala a sério, Piero?

– Claro. Disse espontaneamente o que me ocorreu no momento. Nada mais sério do que isso. De resto seriam elucubrações intelectuais. Vocês já devem ter aprendido a não levar a sério minhas expectorações teóricas. Mas eu mesmo vou refletir mais sobre isso. Meu caro John, preste atenção: a mulher jovem busca o encantamento. Retifico: as mulheres buscam o encantamento, a mulher jovem com um homem maduro pensará ter encontrado esse encantamento, mas terá doado o encanto.

– Voltando à pergunta inicial: você se sente amado?

– Respondendo, após essa digressão, não me sinto amado. Digo o porquê: porque estou cheio de amor próprio. Reconheço minha necessidade de ser amado, mas essa necessidade está deslocada para um arquivo qualquer. Possivelmente, no arquivo das vaidades. O que estou vivendo é a experiência possível. Sempre podemos pensar que se aprende com as experiências, mas, se fosse assim, eu já deveria ser um sábio...

– Você é um sábio, Piero. Tão erudito, tão...charmoso! É fascinante como a vida nos reserva tantas descobertas inesperadas. Faz-me acreditar que nem sempre os efeitos são consequência de uma certa causa. Seria tão improvável eu conhecer Celso na casa de diplomatas brasileiros, vir a conhecer Catherine, você e Cláudia nessas circunstâncias! Lembrou-me de um filme de Woody Allen que vimos recentemente: "*Whatever Works*". Não sei o título em português.

– É o contrário do que o inglês sugere, John. Ficou como "Tudo pode dar certo", quando o original quer dizer: "O que dê certo". Se algo funciona, aproveite! Tudo pode dar errado na realidade; se der errado, pode piorar.

– Concordo, Celso. A realidade concreta é só aquilo que funciona. Mas funciona para quem? Para um historiador como você, para um professor de filosofia como John, para aquela mosca ou aquele pássaro? Isso é realidade relativa, meus caros. Realidade só é válida para uma determinada categoria de criatura. Para a mosca, o ar entre um ponto e outro da sala é tão sólido quanto a estrada para Brasília. O que chamamos de realidade só é acessível pela mente humana e, consequentemente, pode ser mudada pela mente humana. Senão a participação de intuições especiais não teria sido tão fundamental para o desenvolvimento da ciência de ponta hoje. É impossível calcular a relação precisa de causa e efeito para microeventos.

– E como ficam, para você, os grandes cientistas como Einstein, Planck, Pauli, Heisenberg, que ajudaram a pulverizar o conceito de causalidade que aprendemos a usar desde Newton? O que significa o impacto que tiveram no século XX?

– Significa que ainda não aprendemos a pensar diferentemente de como pensávamos no século XIX, para me repetir. Esses autores destruíram os mapas mecânicos da natureza que tanto nos agradavam. Se tivermos um efeito, era só procurar a causa e seríamos senhores do processo!

– Você não acha que isso já foi uma enorme mudança na maneira de pensar no século XX?

– Foi insuficiente, John. Ainda ficamos amarrados a uma forma intelectualmente científica de avaliar o mundo. Ainda queremos ser os observadores e construir as teorias. Construindo teorias não nos damos conta de que, então, é essa teoria que passa a decidir o que podemos observar ou não.

– Poderia elaborar essa colocação? Poderia ser mais claro?

– Vou tentar, o que é difícil, já que pensei muito sobre isso. Nessa situação a tendência é acharmos que está claro para todos. Teoria, etimologicamente, é apenas reflexão sobre a experiência. É bom refletir e organizar as conclusões, mas a teoria pode ser tão atraente que se torna uma verdade definitiva, impedindo que se possa seguir adiante. Vira um dogma. Gosto de imaginar que possamos ver o mundo de uma forma dinâmica e poética. A filosofia árabe da antiguidade já apontava na direção dessa perspectiva, com humor, com sentimento. Isso nos leva a ver que o mundo é feito de matéria psíquica.

– Tenho a impressão de que você está propondo uma ciência sobrenatural.

– Não! Prefiro uma ciência supranatural. A Física e o que chamamos de ciência, enfim, estuda uma sombra da realidade. As ciências naturais estudam analiticamente o ambiente. Mas o ambiente cria necessidades novas e a mente muda o comportamento para satisfazer essas necessidades sem se dar conta da mudança. A abordagem analítica teve um enorme sucesso na ciência e provocou uma arrogância equivalente no universo de quem deveria fazer o contraponto: os filósofos e os psicólogos, especialmente para aqueles com visão mais estreita. Simplificando, tudo que pode ser medido e quantificado é visto como mais científico e, consequentemente, mais verdadeiro. Isso virou um método de investigação, e o que seria uma forma de nos ajudar a ver e mudar nosso mundo transformou-se em ideologia totalitária. Nessa ideologia, o que não puder ser quantificado e repetido experimentalmente não é verdadeiro. Essa atitude não considera o mundo como matéria psíquica.

– Você não está reeditando o velho dualismo entre mente e matéria?

– Não, John, esse “dualismo” é uma *dissociação* psíquica feita pela mente. A matéria psíquica do mundo é algo mais amplo que nossas mentes conscientes individuais. Espero que essa dissociação entre mente e matéria esteja se dissolvendo.

– E como vamos saber se são invenções da consciência ou não?

– Sabemos por “senti-las”. Sentimos que não são estranhas à consciência. É a velha *gnosis kardias* dos gregos. O saber pelo coração, pelo sentir. A *kabala,* em suas várias manifestações, foi uma maneira judaica, medieval, de disseminar essa sabedoria conhecida na tradição sufi. Basicamente, é conservar o conhecimento, concentrá-lo e saber como transmiti-lo, tarefa sempre tão delicada. Marcilio Ficino e outros da Europa deram sinais de ter entendido a mensagem.

Minha cabeça já estava dando um nó, apesar de estar gostando de escutar a conversa. Achei até que estava aprendendo! Perguntei a Piero:

– Já que a realidade é aquilo que funciona e admitindo que concordamos que realidade é matéria psíquica organizada mentalmente, como fica a História, a dimensão desse *continuum* espaço/tempo assim como o que é dito a respeito do que aconteceu? Ou o que parece ter acontecido. Já não sei mais como colocar a questão!

– A realidade se expressa *agora*, Celso. Quanto ao que é *dito*, precisamos de uma linguagem para dizer. Eu gosto de usar a expressão *logos*, como usavam os gnósticos, para designar essa linguagem. E a única forma de entrar em contato com *logos* é pela imaginação. O nível mais elevado de linguagem é a imaginação. Não confundir com a simples fantasia, essa invencionice da consciência. Acho que foi Umberto Eco quem disse que "o passado não pode ser destruído, mas deve ser revisitado com ironia". No caso, a ironia é uma forma de imaginar, de deixar que a imagem se revele. Vocês chegaram aqui pela imaginação. Pelos mesmos processos intuitivos que levaram os grandes cientistas a desenvolver a Teoria da Relatividade, a Teoria Quântica, etc.

– Por que eles, os cientistas, e não nós, reles mortais?

– Porque não temos controle do processo criativo. Somos ferramentas dessa construção. É *logos* que conduz o ato de pensar. O pensar dos cientistas, inclusive. Como você mesmo sugeriu, a História é uma criação do pensar.

– Imagino então que *logos* tenha um propósito teleológico, a ideia de chegar a algum lugar. Afinal, a vida tem ou não um propósito?

O ar foi de total desprezo pela minha pergunta. Ou talvez fosse a consciência da inutilidade – futilidade – da conversa toda.

– Querem experimentar essa pinga? Veio de um alambique especial de um novo amigo da redondeza. Afinal, a manhã está quase terminando e temos um compromisso para o almoço em duas horas.

Recado recebido e anotado. Passamos a saborear a pinga sem pirotecnias intelectuais e filosóficas. Estava excelente! Tinha gosto de sanidade.

36

Deixamos Piero a sós com suas coisas, com suas dúvidas – ou seriam certezas? – e saímos de volta em direção à pracinha. Entramos na pousada para ver se as "meninas" haviam voltado. Encontrei Catherine deitada com os pés sobre os travesseiros. Ela havia experimentado como era difícil caminhar sobre aquelas pedras arredondadas do calçamento. Os tornozelos torcem para os dois lados, sem aviso. Como algumas lojas de artesanato estivessem abertas, ela e Pascale compraram pequenas lembranças. Pelo tamanho do pacote, compraram muitas pequenas lembranças.

Perguntou-me onde havíamos estado e contei do encontro com Piero e da visita à sua casa, omitindo a história dos objetos. Eu estava me contorcendo interiormente para não fazer perguntas estúpidas, não confessar minhas fraquezas e ciúmes, não interrogá-la a respeito das *minhas* inquietações. Começava a sentir saudade do professor ranzinza e solitário, morando só, numa casa grande feita para caber uma família de quatro adultos. Conversamos sobre trivialidades e apesar do meu desejo de, uma vez mais, transformar inquietação em atividade sexual, mantive o equilíbrio e imaginei um eixo do qual não deveria me afastar. Busquei o caminho do cuidado, deliberado e intencional. Passei a massagear seus tornozelos e seus pés enquanto conversávamos. Percebi que agradava de uma forma especial, como se isso não fosse esperado. Era eu que temia estar perdendo o amor de Catherine ou era Catherine que sinalizava sutilmente para que me preparasse para a perda? Eu temia perder o amor dela ou temia perder meu amor por ela? Parei. A convivência com Piero estava alterando meus conceitos do que seja uma boa reflexão. Refletir demais pode tirar metade da alegria de viver! Voltei à minha atividade de massagista dela. Estava bom assim.

John e Pascale, pontuais como sempre, bateram à nossa porta dez minutos antes da hora marcada para irmos ao almoço de despedida com Piero e Cláudia. Quando chegamos ao restaurante, o casal já estava na mesma sala de três mesas em que nos encontramos, agora reduzida a uma mesa para seis pessoas a pedido de Piero, que nos acolheu com notável bom humor:

– *Benvenutti*! Chegou a equipe avançada do catarismo globalizado. Sentem-se, meus amigos. Já estamos abrindo os trabalhos com cachaça. Pedi uma pinga da região que não vou estragar com um suco de fruta qualquer.

– Fiquem à vontade para pedirem qualquer coisa. Piero toma pinga, eu vou tomar uma cachaça não tão boa, com um ótimo suco de limão com gelo e com açúcar. Essa bebida é conhecida por caipirinha. Para evitar constrangimentos posteriores, aviso que hoje o convite é meu.

– Obrigado, Cláudia. Vou seguir os passos de Piero e estou certo de que John vai seguir fiel à cerveja. Catherine já pediu cerveja. Minha dúvida é Pascale.

– Cerveja também, Celso.

– Então amanhã é o dia de voltarem ao normal. Tremo ao pensar que passarei por isso inevitavelmente em algum momento, num futuro breve. Todos temos que voltar para casa...

– Eu pensava nisso como americana prática, Piero. Quanto tempo você poderia ficar sem trabalhar era uma pergunta que eu não queria fazer. Afinal, dinheiro não dá em árvores, mas você poderia responder como Celso respondeu há pouco tempo: "Felizmente minha família soube plantar bem!", e achei melhor você falar sobre isso, se quisesse.

Quando ele disse que "todos nós temos que voltar para casa", eu entendi que se referia à inevitabilidade da morte, mas Pascale era mais literal e nem passou perto de algum comentário sobre isso.

– Infelizmente, Pascale, como você pode imaginar, preciso trabalhar, e minha licença termina em algum momento. Mas meu coração está aqui com Cláudia e com o encanto dessa região. Apaixonamento não tem razões lógicas e me apaixonei pelas duas: por essa pediatra maravilhosa e por essa região mágica. Não é à toa que tantos conflitos ocorreram aqui. Seria só o ouro? Tenho dúvidas.

Meus ouvidos foram alertados por aquele "você pode imaginar" com relação a Pascale. Qualquer um pode imaginar o que quiser, especialmente que adultos trabalhem, com ou sem dinheiro de família. Mas, pensei, são estrangeiros e estamos conversando em português. Possivelmente as sutilezas da linguagem escapam ou são desconsideradas por eles. Por eles? – retomei o pensamento –, por esses que discutem Filosofia em português? Se há uma vítima das sutilezas por aqui, essa vítima sou eu.

Além do mais, eu sou perfeitamente consciente de que a vítima é a principal causadora de sua condição. Às vezes, é causa de uma desgraça por ser mais sagaz, desconfiada, por contestar o óbvio ingenuamente e perturbar o que parece em ordem. Perturbar a situação acomodada é perigoso. Encurtei as rédeas das minhas paranoias. Vamos tomar cachaça, pensei, quando Pascale respondeu a Piero:

– Nunca vamos saber, Piero. Esses conflitos a que você se refere aconteceram há mais de trezentos anos.

– Acredito que até mais. A velha Iugoslávia já nos mostrou que acontecimentos de quatrocentos anos atrás foram tratados como se tratariam eventos acontecidos ontem! Nunca vamos saber, é verdade, mas alguns acreditam que não precisam saber: está embaixo da pele.

– Está falando dos judeus?

– Também. Estou falando da alma de um povo ou de uma cultura, da identificação coletiva com certos símbolos de importância comum ao grupo. É muito forte. Passa de geração a geração.

– A propósito, disse John, sou um interessado nesse tema, a transmissão de experiências, traumáticas ou não, para outra geração. Quando chegamos aqui em Goyaz, fiquei curioso para saber qual São Francisco estavam homenageando quando nomearam a igreja e a praça onde termina a procissão do fogaréu. Teria que ser Francisco de Paula, que era mais dócil que o de Assis. Mas esses dois últimos dias – com esses novos computadores pequenos – me permitiram ler mais sobre Francisco de Assis. Ele bem que poderia ter sido um cátaro, não acha? Dependeria só de como foi transmitida a história. Como você prefere a teoria, história de santo ou de herege?

– Poderia ser a história de um cruzado – quem sabe, um templário – influenciado pela filosofia sufi. Houve um mestre sufi, Nasrudin Kubra (1145 – 1220) que, conta a lenda, impressionava pela facilidade com que se comunicava com os animais por "projeção de pensamento", ou assim se justificava. Provavelmente há uma ligação entre ele e Francisco de Assis. Veja só, os membros de sua Ordem são chamados de Grandes Irmãos (Kubravi). Essa ordem tem semelhanças com a ordem Franciscana. Nasrrudin Kubra morreu no campo de batalha lutando contra os mongóis. Previu a chegada das tropas invasoras e conseguiu enviar seus discípulos para um lugar seguro. Ele não era um santo apático. Era favorável ao uso da raiva para mobilizar alguém, mas não para humilhá-lo. Francisco de Assis também. Lembremos que foi militar e combateu defendendo a cidade de Assis contra o ataque dos homens de Peruggia. Portanto, a igreja poderia ser Francisco de Paula, e a praça, Francisco de Assis!

– Mas nem chegaram as bebidas e já estamos mergulhando nessas elucubrações? (Eu já estava exausto dessas conversas, mas no íntimo estava curioso).

Catherine falou por mim:

– Eu estou interessadíssima na continuação da conversa, mas já temos a Internet, não é verdade? Quero discutir mais a ideia de Piero sobre a presença dos clérigos leigos por aqui no século XVIII. Esse dado é de uma importância fundamental para mim. Seriam pregadores cátaros, os bons cristãos, os *parfaits* do Languedoc? Para todos os efeitos históricos, os cátaros foram dizimados oficialmente quando o último deles, Belibaste, foi queimado em 1321.

– É verdade, Catherine, temos a Internet e poderemos continuar nossa conversa com certeza. Entretanto, também é divertido conversar sobre assuntos culturais ou inquietantes tomando pinga. Por que não?

Pensei: "porque chega uma hora que cansa e é melhor falar da comida, da bebida, do tempo e de coisas banais". Mas fiquei interessado na ideia de que alguns temas emocionais pudessem passar a outras gerações. Realmente, não sou coerente!

– Como você acha que se dá essa transmissão de fatos e experiências de geração em geração, Piero?

– Como você vai concordar, não é possível viver sem aliados, o que equivale dizer que não se pode viver sem inimigos. Entendeu?

– Não.

– Claro que entendeu! Você está só querendo me provocar. O inimigo precisa ser diferente de nós, Celso. Acreditamos que ele tem qualidades inaceitáveis aos nossos valores e é capaz de cometer atos destrutivos, principalmente contra *nossa* gente. Assim, somos ensinados a tomar cuidado com os inimigos, e ensinamos nossas crianças que eles são maus. Não me parece que haja, nesse momento, consideração pelos sentimentos das crianças, mas sei que fica um registro – em mim ficou – que será usado posteriormente, segundo conveniências da ocasião.

– O que ficou registrado em você?

– Que nossos vizinhos territoriais querem nos destruir. Eu não queria ser destruído! Além disso, tive oportunidade de acompanhar de perto o desenrolar do conflito catastrófico na desagregação da Iugoslávia que mencionei há pouco. Perguntei a um garoto cristão da Sérvia que estava próximo a um garoto muçulmano da Bósnia, ambos órfãos e num programa para refugiados, se ele gostaria de ser amigo daquele menino da nação vizinha. A resposta foi um pronto e seguro: "Não posso, porque ele é meu inimigo. Os parentes dele mataram meus pais e quando eu crescer vou matar os parentes dele". O outro concordou candidamente! Fiquei semanas em depressão. O universo adulto usa e abusa das crianças para exprimir e ativar sentimentos de vingança e retaliação.

– Eu fiquei um curto período de trabalho temporário em Moscou, – disse John –, e tenho bem claro na memória o quanto me agredia a propaganda antiamericana que nos era imposta. Meu pai esteve na Guerra da Coreia e lembro com que ressentimento falava dos comunistas. Eu tinha certeza, no meu universo infantojuvenil, de que os russos gostariam de nos bombardear o mais breve possível. Concordo que esse sentimento estava – não está mais – enraizado na minha insegurança infantil e que buscava no universo adulto o alívio para as ameaças externas. Nós nos unimos diante de um inimigo. Se não existir, o inventamos. É melhor lidar com o inimigo externo que descobri-lo em nós mesmos.

– Sendo judeu, sei do que você está falando, John. Mas que tal pedirmos a comida? Talvez estejamos estendendo muito essas conversas que afloram, mesmo quando planejamos não tê-las. Não gostaria de ser lembrado exatamente por aquilo que combato e critico: meu inimigo interior, a intelectualidade.

– É curioso como as coisas mudam de lugar, Piero. Antes eu aparecia como o intelectual, professor de Filosofia e funcionário de governo dos Estados Unidos, talvez suspeito de ser mais um espião norte-americano. Agora, quando me exponho ao compartilhar emoções que dizem respeito a nossa conversa, temos que comer!

– Você tem razão, meu amigo! Primeiro, posso lhe assegurar que nunca suspeitei de que fosse *mais um* espião norte-americano. Depois, me penitencio pela indelicadeza. Talvez eu já esteja me protegendo da angústia do afastamento. É muito raro encontrar pessoas amigas com as quais possamos interagir de uma maneira tão profunda, tão rapidamente. Certamente, não somos inimigos e, sendo assim, os inimigos ocultos, nossos piores defeitos, nossas sombras destrutivas afloram num piscar de olhos. Acredite que eu compreendo sua experiência em Moscou!

– Acredito. Apenas não quis deixar sem registro essa passagem. Se inimigos não existissem, precisariam ser inventados.

– Como disse Nietzsche! Voltamos a ele, e é isso mesmo. Será mesmo necessário conviver com o inimigo inevitável? Será o inimigo um conceito inato ou será que é aprendido no tempo e nas suas circunstâncias? Mas lá vou eu novamente, embalado pela pinga.

Enquanto isso, eu pensava: "Essa situação não existe! Esse tipo de conversa simplesmente não ocorre! Estaremos do outro lado do espelho?

E por que não podemos ser parte da ficção e, por um momento que seja, sermos os personagens como atores e autores?" Ser lúcido é quase encarnar uma peça inteira e reconhecer a peça que seu interlocutor está encenando.

A comida chegou e com a graça divina o assunto mudou, as mulheres falaram mais, apareceram as piadas e os comentários de mau gosto também. De minha parte, fui poupado de começar a inventar – ou descobrir – as peças dramáticas que cada um de nós estava representando. Tomamos vários cafés e finalmente, com esforço, nos despedimos, tomando cuidado para que tivéssemos os endereços eletrônicos e os números do telefone celular de cada um. Como havia oferecido, Cláudia pagou a conta.

A última fala de Piero foi como segue:

– Uma última expectoração do louco, meus caros: o que buscamos saber, os sábios e os profetas já sabiam. O que pensamos ter sido segredo dos templários eram manifestações simples do cotidiano que remetem a uma linguagem poética. No fundo, é muito mais simples do que imaginamos e muito mais poético do que somos capazes de aceitar. Daí minha preocupação com a intelectualidade. Não quero ficar velho, nem morrer na cama. Mas caso isso venha a ocorrer, eu prefiro – por não ter alternativa – estar imerso na beleza e na poesia. Essas, como precedem o lógico e o racional, devem naturalmente sucedê-los. Para isso, não devem ser descuidadas durante o pleno vigor da existência. O que parece linguagem cifrada não passa de complicação deliberada do poeta para desencorajar os intelectuais. Por outro lado, a linguagem complicada serve para esconder o poeta sem assunto. A sabedoria árabe descoberta nos tempos das primeiras cruzadas tem a chave do tesouro. Tenho a impressão de que aquilo que a Ciência e a Filosofia de hoje estão começando a desconfiar já era um saber natural para os que podiam saber alquimicamente, como os sufi. A cabala é uma das evidências disso. Há outras. Como diziam os alquimistas: "Nosso ouro não é o ouro vulgar". A meu ver, isso diz que os valores importantes não são visíveis. Assim como o importante é a pergunta; não a resposta. Façam boa viagem e espero que possamos nos reencontrar brevemente. *Ciao*!

Piero e Cláudia saíram abraçados em direção à casa dela e não olharam para trás. Por que deveriam olhar para trás? Nós quatro seguimos na direção oposta, um pouco embriagados, e fomos para a pousada, onde nos recolhemos. Conversamos banalidades e, exausto, logo adormeci.

37

Tocou o despertador e desliguei. Não vi o menor sentido em acordar com o mundo tão escuro lá fora. Deviam ser cinco horas. Dormi mais duas horas e felizmente John e Pascale não vieram bater à nossa porta, no bom estilo europeu. O jeito brasileiro de ser já começou a exercer alguma influência sobre eles e certamente imaginaram que não cumpriríamos o prometido de partir tão cedo. Até chegamos ao café da manhã antes do casal, mas não demoraram a aparecer, ainda com cara de sono.

– Bom dia, Celso, bom dia, Catherine! Ainda bem que vocês desistiram de sair tão cedo. Cheguei a despertar, mas Pascale foi enfática, dizendo sem abrir os olhos: "Eles não vão acordar!". Virou para o outro lado já dormindo. Não tive opção, dormi também e achei ótimo.

– Bom dia, meus amigos! Eu sequer notei que Celso havia desligado o despertador. Melhor assim. Não seria prudente, depois de tantas emoções, viajarmos com o dia ainda escuro.

– Por falar em emoções, foi um final de semana muito doido! Pareceu um daqueles filmes da década de sessenta, *filme cabeça*, como dizem os jovens de hoje. Ainda não estou recuperado. Parece que não dormi o suficiente para deixar o cérebro processar essa quantidade enorme de fatos improváveis que insistiram em aparecer em cadeia. Não acha, Pascale? Você, que é sempre mais calada, me dá a impressão de que olha tudo, registra tudo e sabe sempre algo mais do que revela.

– O que faz você pensar isso de mim, Celso? – disse ela sorrindo. – Sou mais introvertida, é verdade, mas não sou uma observadora egoísta. Eu compartilho tudo que posso. Concordo com você que foi um encontro, para dizer o mínimo, improvável. Eu sequer acreditei que pudéssemos encontrá-los, muito menos acreditei que fôssemos mergulhar num filme surrealista, mas foi bom. Gostei.

– Sairemos quando estivermos prontos. Combinado? Vamos considerar esta segunda-feira prejudicada e viajemos com calma. Dessa vez não pretendo procurar caminhos mais curtos. Voltaremos por Goiânia e chegaremos a Brasília na hora possível.

Tomamos nosso café e voltamos ao quarto. Enquanto Catherine cuidava da maquiagem, fui à recepção pagar nossa conta para descobrir que John, delicadamente, havia feito o pagamento no dia anterior – a nossa conta inclusive –, sabendo que às cinco horas não haveria ninguém para receber quando saíssemos. *Se* tivéssemos saído na hora marcada.

Trouxe a caminhonete para a porta da pousada, tomamos nossos lugares e partimos. Dessa vez eu podia ver Pascale pelo retrovisor já que ela havia trocado de lugar com o marido. Procurei não dirigir de uma forma desconfortável para nossos amigos e pude perceber que Pascale mostrava um semblante mais descontraído. Achei que deveria mencionar o fato de ter sido descortês na forma de guiar na vinda. Os protestos de "estima e consideração" dos meus passageiros mudaram o assunto e me deixaram menos culpado. Obviamente, a conversa da volta foi bem diferente da conversa da ida. Comecei:

– O que vocês acharam do Piero Clausi? Figura adorável, misteriosa e estranha. Como pode um médico do serviço de saúde israelense sair de férias para a Síria, encontrar uma brasileira de Goiás e encantar-se de tal maneira a ponto de vir ao Brasil e decidir ficar por aqui bastante tempo? Ele me pareceu muito interessado na doutrina sufi e gostaria de voltar a encontrá-lo para esmiuçar um pouco mais esse tema.

– Não me parece que isso tenha grandes chances de acontecer, Celso. – Disse Pascale. – Aceito que ele possa ser um místico, um estudioso dos cátaros, pode até ser um homem rico, mas há uma cortina de fumaça em volta dele. A Claúdia está tremendamente apaixonada por ele, e enquanto vocês fumavam embaixo daquela árvore, conversei com ela sobre amores e apaixonamentos. Ela foi a uma pequena estante e tirou um livro sobre os sufi, em inglês, presente de Piero, e abriu numa página marcada com um delicado marcador escrito em árabe. Um parágrafo – na verdade uma citação de Ibn El'Arabi – falava do amor e da amada. Não saberia reproduzir, mas era tão delicada que se eu escutasse um homem dizer aquilo para mim, John, você estaria em perigo!

– Comprarei esse livro imediatamente! Como era o título?

– Não lembro e não importa. Seria importante escutar frases *como* aquela, ditas espontaneamente. Mas o que importa é que Piero leva o estudo da mística árabe muito a sério. Celso tem razão.

– Certamente, Pascale, mas fiquei com a impressão de que Piero não é exatamente um estudioso no sentido que John daria ao termo. Piero parece que vive de uma forma especial, sincera, aprendendo enquanto está presente. Não é um homem de cultura livresca.

– Eu concordo com vocês. Ele não tem aquela postura que aprendemos a ter em Princeton – minha *alma mater* – e outras universidades para dar credibilidade ao discurso. Naturalmente as pessoas esperam que um estudioso *pareça* ser um estudioso. Só que, quando reconhecem o mestre pela aparência, tendem a rejeitá-lo por pedantismo, arrogância ou pura antipatia mesmo.

– Mas pode ser que seja mesmo um mestre.

– Claro! Mas nesse caso o discípulo é quem precisa estar preparado para exercer com habilidade essa tarefa de seguir o mestre. Precisa do mérito de saber o que precisa fazer. A maioria costuma rejeitar o mestre porque ele parece entender aquilo que essa maioria não consegue entender.

– E talvez não precisem entender.

– É isso mesmo, Pascale. Talvez não precisemos entender boa parte das questões que se apresentam.

– Senti que você quis dizer algo sobre Piero, meu caro John. Qual foi a associação que você acabou de fazer com Piero?

– Várias associações com Piero, Celso. Ele não parece ser o professor que se espera que seja. Melhor: ele nem parece ser um professor, mas vai deixando que a gente descubra que ele sabe mais do que revela. Uma queixa que você acabou de fazer a Pascale. Ou ainda: ele parece querer mostrar que não está dizendo tudo. Algumas vezes me pareceu um comportamento dissimulado. Talvez seja maldade minha.

– Não vi assim – disse Catherine –, ele me pareceu mais surpreso do que dissimulado. Eu vi sinceridade nos olhos dele.

– Concordo com Catherine – falou Pascale –, sobretudo quando ela diz que ele pareceu surpreso. Achei até que ficou um pouco irritado com o senhor Pierre por ter instigado vocês a procurá-lo, e com escolta, ainda por cima!

– Para mim foi um prazer estar com vocês. Eu teria vindo com Catherine, sem dúvida, mas não sei se teria sido tão animado e produtivo. Criamos uma pequena tempestade na vida dos pombinhos Piero e Cláudia e continuo me perguntando por que esses assuntos antigos e misteriosos, como a ciência árabe, e o eventual deslumbramento dos templários com essas questões serviriam hoje? E ainda mais por aqui, no Planalto Central do Brasil.

– Acredito que possa ter a importância sugerida por Piero, Celso. Seria hoje uma contribuição na mudança de paradigmas quanto à forma de pensar. Sendo assim, poderia ser de importância fundamental. Coisas equivalentes podem estar ocorrendo em qualquer lugar do mundo.

– Essa presença insistente das forças estadunidenses no Oriente Médio e a aliança incondicional com os israelenses poderiam estar relacionadas a essa importância?

Minha pergunta foi de leitor de jornal, no melhor estilo "jogar conversa fora", mas Pascale titubeou e isso me chamou a atenção. John foi rápido ao vir em socorro da esposa:

– Nossa questão é filosófica e a presença militar é uma postura estratégica. É possível argumentar muitas outras razões – como de fato se faz –, como interesses econômicos, comerciais ou defesa da hegemonia norte-americana, etc. Dificilmente eu veria questões filosóficas embutidas nisso. Existe sofisticação nos Estados Unidos, é claro, mas dificilmente se manifesta quando estamos em grandes grupos!

– Não tenho tanta certeza – provoquei. Quando descobriram os Manuscritos do Mar Morto, com o potencial de questionar os dogmas da igreja católica, esta logo despachou uma tropa de choque dominicana com o claro objetivo de desinformar, confundir e atrapalhar as pesquisas. A questão havia deixado de ser arqueológica, intelectual e religiosa da maior relevância para ser uma questão estratégica de luta pelo poder: não perder o poder de manobra sobre uma parcela enorme da população mundial.

Vocês sabem – continuei meu discurso – o que aconteceu na Guerra dos Seis Dias de 1965. Uma das intervenções militares bem planejadas de Israel foi tomar a *École Biblique* dos dominicanos na Jordânia e assumir o controle daquele tesouro arqueológico. Convenhamos que as questões filosóficas e religiosas se converteram imediatamente em ações estratégicas e militares!

Pascale, que estava quieta, mas escutando atentamente, disse:

– Cuidado, Celso! Parece que você se identificou tanto com o estilo Piero Clausi que já está aplicando aquele jeito de querer aprofundar e esgotar todo e qualquer assunto. Vamos descansar dessas conversas intermináveis? Tudo pode ser discutido em profundidade. Falando só por mim mesma, estou cansada. Esses estudos político-militares, estratégicos ou filosóficos, podem descansar um pouco.

– Eu compreendo, Pascale. Desculpem.

Em outras ocasiões eu me sentiria ofendido. Dessa vez, não. O tom usado por Pascale não foi convincente, e mais: depois que ela pronunciou "estudos político-militares, estratégicos ou não", percebi pelo retrovisor uma discreta contratura na musculatura labial, como se tivesse arrependido de ter dito algo que não queria dizer. Sempre tive bons contatos com a Embaixada dos Estados Unidos e anos atrás, quando os serviços de inteligência não eram tão declarados quanto hoje em dia, houve um tempo em que o escritório local da CIA era chamado de *Political Military Studies*, ou PMS, o que levou a muitas brincadeiras com a sigla que, em inglês, corresponde à nossa TPM (tensão pré-menstrual). Salvo engano, o nome teria mudado para *Political Strategic Studies*. Ela mencionou todas essas palavras e contraiu os lábios! Posso estar delirando, como Catherine já me acusou de fazer, mas estou certo de ter percebido um desconforto.

Enquanto isso, Catherine remexia o estoque de CDs entre nossos bancos. Segurou um divertido. Uma gravação do trio Sammy Davies Jr, Frank Sinatra e Dean Martin: *The Rat Pack*. Foi providencial e mudou o clima a bordo. A conversa ficou mais leve, rimos bastante e chegamos relaxados e confortavelmente cansados à casa do casal. Recusamos o convite para lanchar – que foi mera formalidade – e seguimos para casa.

Milene nos esperava para o almoço, que foi leve, regado a suco de frutas e foi ótimo poder dormir depois. Convenhamos, não foi um fim de semana comum, como seria uma reunião de família. Mas é uma outra espécie de família. Pessoas com buscas semelhantes que vivem longe uma das outras e por acaso (?) se encontram no tempo e no espaço.

Acordamos ao entardecer, quando o sol se punha naquelas cores tão especiais de Brasília. A umidade relativa do ar estava baixíssima, coisa de 20%, e a temperatura em torno dos 30 graus Celsius. Estávamos acometidos de uma lerdeza incomum. Eu não conseguia me concentrar em nada e perambulava a esmo pela casa. Guiado pelo meu "piloto automático", parei no escritório olhando os livros sem focar em nada especial. Percebi que meu olhar se detinha nas lombadas de volumes sobre a Inquisição e me lembrei do amigo e colega Severino, o Biu. Mas estava por demais preguiçoso para telefonar para quem quer que fosse.

Catherine estava mergulhada no seu *notebook* e achei por bem deixá-la quieta. Comecei a tirar alguns títulos aleatoriamente, quase todos diziam respeito às nossas conversas do final de semana que se encerrava. Talvez fosse melhor deixar que se encerrasse.

Sentei na varanda, ao lado de Catherine, gostando que ela estivesse lá. Sua presença voltava a ser reconfortante e aconchegante. Perguntei se estava examinando os documentos e ela respondeu com uma certa irritação: "Por que estaria?". Não me aborreceu e retruquei:

– Ora, porque foi essa a razão que a trouxe a Brasília, a meu encontro e à minha casa. Achei natural minha pergunta.

Ela fechou o computador e com um sorriso delicado pediu desculpas:

– Não me interprete mal. Ainda estou exausta dessa experiência doida. Eu estava escrevendo algumas notas para lembrar-me depois de elaborá-las. Depois eu mostro, está bem? Tomamos alguma coisa?

Desci e preparei dois copos grandes com muito gelo, muita tônica e um pouco de gin. E por ali ficamos conversando sobre assuntos gerais, sobre nossos passados, casamentos e expectativas. Como sempre, aos domingos, liguei para meus filhos enquanto ela descia para preparar um pequeno lanche que tomaríamos ali mesmo, na varanda.

38

A semana passou tranquila com a volta progressiva de nossos estudos dos documentos recuperados por Olivier e Catherine em Veneza, mais especificamente, no Vêneto. Voltei a me sentir curioso e com vontade de investigar esse quebra-cabeças. Nossas teorias quanto aos acontecimentos do descobrimento do Brasil pareciam, cada vez mais, nos satisfazer intelectualmente. As excursões a Pirenópolis e Goyaz lançaram muitas dúvidas sobre outro período: os séculos XVIII e XIX. Especialmente as atividades das monções que eram expedições fluviais para o interior. Muitas começavam no Tietê, quando o Tietê era um rio bonito.

Catherine não parecia saber que houve uma invasão quase militar, por parte da igreja de Roma, na América do Sul. Resumidamente contei das missões jesuíticas e a infiltração – no que diz respeito ao Brasil de hoje – pelos rios da Prata, Uruguai, Paraguai e Paraná entre outros. A estratégia seguia os preceitos de Ignácio de Loyola, guerreiro e organizador da Companhia de Jesus nos moldes militares a que estava acostumado.

Os séculos XVI e XVII mostraram abertamente o conflito dentro do cristianismo. Conflito militar, como se tivéssemos esquecido que alguns séculos antes essa já era a forma de resolver diferenças “religiosas”. Na América do Sul, a Companhia de Jesus entrou arrebanhando nativos aos milhares em “reduções”, povoamentos que poderiam ser bem controlados e que no século XX foram chamados de guetos na Europa, provando que os velhos costumes voltam.

Enquanto falava, lembrei-me das peças de ouro que Piero me havia dado para que presenteasse Catherine. Uma delas tinha o desenho de quatro pétalas, cada uma com uma cruz de duas traves unidas por um círculo, no centro dessa “flor” estilizada. Essa cruz, na ocasião, me remeteu à cruz de Caravaca, na Espanha, e a um emblema, uma notação ainda usada em alguns livros de História para assinalar local de reduções e missões! Afinal é também a cruz papal, sinalizando conquistas como num mapa militar.

Como o objetivo estratégico dos jesuítas era claramente de expansão territorial e aumento da influência política da força católica, qualquer ameaça herética era vista com olhos beligerantes. Nessa época, o inimigo oficial era a Reforma protestante. A reação foi a Contra-Reforma jesuíta. Entretanto, duvido que tivessem esquecido a grande ameaça dualista representada pelos cátaros. As outras duas peças eram representações que eu já havia visto no sul da França!

Claro que já deveriam – ou poderiam – ter conhecimento de atividades inimigas na região. Era preciso manter os colonos e sobretudo os nativos sob vigilância. Então viriam novas ordens religiosas, como os franciscanos para conquistar os "corações e mentes", como nas operações de inteligência na Guerra do Vietnam.

A descoberta de ouro, material estratégico de enorme importância, fez com que a logística mudasse. As minas estavam longe, no interior daquelas vastas dimensões de terra e, para garantir a vinda da maior parte do ouro para São Paulo, passou-se a usar a via fluvial depois das chuvas, com os rios cheios entre março e julho. Chamaram essas expedições de monções. Subiam o Tietê até o Centro-Oeste usando outros rios como o Paraná, o Paraguai e o Cuiabá. Eram expedições que chegavam a trinta barcos, alguns bem grandes, com capacidade para mais de vinte passageiros.

Nesse período, o comércio intenso obrigou a luta pelo poder "espiritual" a ficar mais cautelosa, mais ardilosa, e essa era a opinião de Catherine. Eu poderia ter mostrado a ela as peças de ouro, mas não quis fazê-lo. Alguma coisa precisava não ser compartilhada. Eu sentia vontade de ter algum segredo, coisa que não vinha fazendo.

Nossos estudos nessa fase pós-Pierre e pós-Piero tomaram rumos ligeiramente diferentes daquele inicial, quando Catherine tinha sua própria agenda, aparentemente ligada aos documentos venezianos da época dos descobrimentos. Não era só isso. A questão dos cátaros e suas posições políticas, econômicas e eventualmente geográficas foram se desenhando aos poucos para mim. Eu ainda me sentia credor de explicações quanto a evidências de fatos importantes que Catherine disse ter em Portugal, mas que se recusou a ser mais específica. Pelo menos por enquanto.

Felizmente, uma chamada telefônica trouxe animação para o sábado que chegava: Lucien convidava para compartilharmos sua primeira lasanha. Tanto ele quanto Bia sabem o quanto aprecio esse prato que ele, Lucien, não considera uma comida das mais sofisticadas. Teríamos a companhia do casal Tomás e Adriana, Severino e Stan, que são vizinhos na Colina, aquela parte do *campus* onde moram professores da UnB.

Chegamos, como sempre, na hora marcada e Biu já estava lá. Tanto ele como os anfitriões manifestaram uma alegria genuína com a nossa chegada. Ficamos logo sabendo, consternados, que Stan estava indisposto e não iria. Nos seus oitenta anos não era de surpreender, mas nos preocupava. "Minha" vodka lá estava, ao lado de um copinho cheio perto de Severino, o eterno Biu.

Contamos nossas experiências em Goyaz de uma forma divertida, poderíamos dizer, numa versão de salão. Aproveitei a ocasião para avisar Biu que precisaria abusar de sua boa vontade para esclarecer alguns aspectos específicos na história da Inquisição. Ele quis saber em que aspectos eu estava pensando e, contaminado pelas teorias de conspiração, fui vago: queria saber mais sobre as atividades da Inquisição na América do Sul, mais especificamente no Centro-Oeste do Brasil. Ele me olhou desconfiado e maroto, como sempre. Dessa vez eu o percebi amaneirado, como nunca havia percebido. "Não faz diferença", pensei e depois vi que fazia.

Catherine, com enorme loquacidade, contava histórias de Padre Antônio Vieira subindo o rio Araguaia, desde o Maranhão, para bisbilhotar a vida dos cristãos na confluência com o Tocantins. Biu passou a escutá-la com mais atenção do que me havia escutado, enquanto me dirigia olhares cheios de interrogação, com uma expressão que parecia perguntar: "foi você que contou essas histórias para ela?". Comecei a elaborar mentalmente algumas perguntas quando soou a campainha, anunciando a chegada de Tomás e Adriana.

Bem vestidos como sempre e muito tensos. Adriana parecia muito abatida, pálida e mais magra do que já era naturalmente. Mostrava um semblante sofrido, o que a tornava ainda mais marcante. Não era um padrão de beleza feminina, mas era uma presença forte. Abraçou-me docemente, como se pedisse socorro, não sei por quê. Aquele abraço discreto me causou enorme desconforto. Havia uma grande tristeza por trás do sorriso diplomático.

Tomás estava visivelmente desconfortável, mas não parecia infeliz. Havia uma dissonância naquele casal que me fez lembrar o passeio de lancha que fizemos juntos e foi quando sentimos, Catherine e eu, que havia algo diferente. Suspeitei de que estivessem à beira de uma separação.

Bia começou a integrá-los na conversa e fez a sua própria versão editada de nossa visita a Goyaz. Versão resumida e cheia de glamour, com exclamações elogiosas a mim, o que fez lembrar o grande poeta

Walt Whitman: "Minha vida é só para mim; não é para ser um espetáculo". Mas recebi e acusei o carinho. É bom ser mimado, Whitman haverá de me perdoar.

Lucien, no seu jeito habitual, avançou para a cozinha resolutamente e, como sempre, recusou ofertas variadas de ajuda. A mesa já pronta exibia o *decanter* com a cor rubi de um vinho bem escolhido. Os lugares foram apontados por Bia com naturalidade: Lucien na cabeceira, perto do acesso à cozinha, eu fiquei à sua esquerda e Adriana à direita. Ao meu lado, Bia. Na outra cabeceira, Catherine, com Tomás à sua direita e Biu à sua esquerda, ao lado de Adriana.

A conversa fluía, apesar de sentir desconforto quando meu olhar cruzava com o de Adriana à minha frente. Ela fazia esforço para participar da conversa, mas não estava presente. O corpo físico estava ali, mas ela estava atuando um roteiro de como se deve ser discreta, sem muito sucesso. Faltava algo que, na falta de uma palavra melhor, eu chamaria de amor. Adriana estava des-amada enquanto Catherine falava animadamente, de certa forma me incomodando. Quando ela relatou na versão dela a questão levantada por John quanto aos dois Franciscos, o de Assis e aquele de Paula, Biu fez uma intervenção interessante para mim:

– Faço minhas ressalvas com relação ao arrazoado de John, Catherine. Os dominicanos sabiam bem o que estavam fazendo e a questão a ser dissimulada era outra, a meu ver. São Francisco de Assis teve a sua Verônica, é isso.

Chercher la femme! Minha atividade favorita. Onde há confusão, há uma mulher por trás. Atrás dos grandes homens e também atrás dos medíocres. É preciso achá-la para esclarecer a questão. Pensei num bom amigo que diz que só deveríamos namorar mulheres baixinhas: "Dos males, a menor!".

Mas, voltando ao jantar, perguntei a Biu:

– Poderia esclarecer quem foi essa Verônica para um historiador ignorante em história de santos?

– Verônica foi aquela que enxugou a face de Jesus. São Francisco – de Assis – teve Jacoba Settesoli, uma senhora casada, mãe de dois filhos, que ele conheceu em Roma. Ela morreu em 1239 e foi sepultada na parte baixa da basílica, onde está o túmulo de São Francisco, falecido treze anos antes.

– Essa senhora cuidava dele?

– Salvo engano, sim. Desde que não haja maledicência na pergunta. Esse é um bom exemplo da Ordem Terceira de São Francisco, quando uma pessoa leiga pode pertencer à Ordem e continuar levando a vida secular, observando os princípios de São Francisco, ou seja, compartilhando o que Deus lhe deu para o benefício de todos. Nunca achei que São Francisco tenha sugerido a pobreza, pura e simplesmente.

Dediquei uns bons minutos pensando se eu poderia pertencer à Ordem Terceira e concluí que não poderia. Continuei o assunto:

– John encontrou nas suas andanças pela Internet que um mestre sufi, Nasrudin Kubra, teria dado um manto para Francisco de Assis e, antes de ele morrer, uma senhora amiga teria levado o manto de volta. Poderia ter sido essa senhora?

– Não sei.

A resposta seca e rápida pareceu uma daquelas respostas de mulher que está sendo cortejada, diz aceitar o encontro, mas prefere ela telefonar: "Aguarde meu telefonema para combinarmos o encontro". Pois sim! Prepara uma longa espera.

O jantar terminou como esperado: todos mais relaxados com o vinho e o licor (para não mencionar a vodka que tomamos eu e Severino). A sobremesa mágica de sabor fresco e delicado com pedacinhos de pinha no fundo, parecendo ter contado com a contribuição de um espumante por cima, estava divina e todos dispensaram o café. As despedidas correram como de praxe.

Catherine e eu chegamos ao carro sem acompanhantes, abraçados e em paz. Quando ia pedir que dirigisse para mim, ela disparou:

– Tem algo a me dizer?

– Eu?

– Sim, você. Senti um clima esquisito entre você e Adriana. Estava estranho.

– Bem, eu não tenho nada a contar de mim, mas devo dizer que achei Adriana muito abatida, magra e, sobretudo, infeliz.

– Apesar da máscara diplomática.

– Exatamente. Você também acha que estão se separando?

– Não necessariamente. Você me tranquilizou por um lado, mas algo bem mais grave está acontecendo!

– Já aprendi que não devo desprezar sua capacidade de observação. Algum perfume novo dessa vez?

– Que bom que vem aprendendo a confiar em mim! Deixa-me mais segura. Não, não senti um perfume novo; senti o mesmo, agora em duas pessoas diferentes. O perfume era *Flower Bomb, de Victor & Rolf*, lembra-se? Pois é, a bomba explodiu.

– Continua me surpreendendo. Senti a insinuação, mas não quero (temo) tirar conclusões apressadas. Quem mais, além de Biu, usava o tal perfume?

– Lembra-se – duvido – que eu disse que Biu era simples demais para escolher e comprar um perfume tão sofisticado? Por não viajar muito, alguém o teria presenteado e minha suspeita é que teria sido um homem. Eu sentei entre Biu e Tomás e os dois usavam o mesmo perfume. Estava mais forte em Biu. Errou na mão, como já ouvi dizer por aqui. Falta de traquejo e de toalhas de Abrolhos na infância.

– Oh! Deus. Que meu ateísmo perdoe a exclamação. Antes que eu seja acometido de um choque fatal, explicite, troque em miúdos o que está dizendo e eu não estou querendo acreditar. Por favor? Eu vou guiando enquanto você fala.

– Estou dizendo que a pessoa sofisticada, que viaja com frequência e que comprou o perfume para Biu – sem que lhe tenha sido encomendado – foi Tomás. Esqueceu, ou não achou necessário, dar algumas instruções de uso para o ingênuo presenteado que não conviveu desde o berço com a sofisticação. Além do mais, é comum mulheres usarem fragrâncias masculinas, mas homens usarem perfumes delicados de mulher é bem mais raro. Há um desejo encoberto de compartilhar uma paixão, não acha?

Tremi. Não sei se de estupefação ou de pena por todos os envolvidos. Será isso que percebi no sofrimento de Adriana? Nossa Drika? Não conseguia mais pensar no assunto. Voltamos para casa em silêncio, mas num clima de amizade. Catherine foi sensível na forma de respeitar meus sentimentos. Chegamos à casa abraçados e solidários na dor dessa tragédia familiar no seio de nossas amizades. Parecia que tínhamos ido a um velório.

Já deitados, pedi a Catherine uma de suas pílulas "rosinhas" e perguntei:

– Você acha que Bia e Lucien perceberam alguma coisa?

– Sinceramente, não sei. Bia é de uma bondade tão grande que é incapaz de perceber sofrimentos, se não forem os dela. Ela deseja o tempo todo que os outros estejam bem. Lucien é muito perspicaz, mas é tão cavalheiro que é capaz de disfarçar suas percepções com elegância.

– Tomara que não tenham percebido. Eu estou convencido de que você tinha e tem razão. Há sentimentos profundos entre Tomás e Biu. Boa noite, querida.

Ela sorriu agradada pelo meu "querida" que foi sincero. Apesar da "rosinha" tranquilizante, demorei a dormir. Entretanto, acordei em paz. Como diz minha filha, há momentos em que o disco rígido da mente desfragmenta, e vários conteúdos se reorganizam.

Acordei com vontade de viajar. Eu gostaria de me afastar de Brasília e, de preferência, sair do Brasil. Portugal era meu destino de escolha. Lá estariam – segundo Catherine – as tais evidências de acontecimentos pouco conhecidos que balizariam nossas hipóteses no melhor caminho. De lá poderíamos ir à Espanha, Bélgica, Veneza e Firenze.

Mas passaram-se algumas semanas cheias de coisas rotineiras a resolver, como lavar cortinas, consertar a cerca eletrificada (que deixava Catherine estupidificada diante da existência de semelhante artefato numa residência), renovar a carteira de motorista e outras coisas mais. Resolvi sair da mesmice e tentar uma visita a Biu em seu apartamento na Colina. Combinamos dia e hora e lá fui eu armado de questões e perguntas prontas sobre a Inquisição no Brasil colônia.

Pairando sobre essas perguntas estava a questão levantada por Catherine sobre a possível relação amorosa de Biu com Tomás. Enquanto isso não fosse explicitado por eles, eu me via numa situação de grande desconforto. Talvez por isso eu tivesse demorado tanto a provocar esse encontro de hoje à noite.

Havia tempos que não visitava meu amigo em sua casa. Mal lembrava de como era decorada e da disposição dos cômodos. É um apartamento amplo, sem as reformas especiais de alguns outros, com decoração limpa, quase monástica, usando muito móveis – quase todos – doados pela família.

– Há algum tempo eram apenas móveis velhos, descartados por membros da família que não sabiam o que fazer com eles. Hoje, alguns deles são "antiguidades". Está vendo aquela marquesa escura, com a palhinha parecendo nova? Era da minha avó e já me ofereceram um bom dinheiro por ela. Se eu vendesse tudo que você está vendo, daria para comprar um pequeno apartamento.

– Você não quer?

– Não. Não preciso de um apartamento pequeno quando me é oferecido este e ainda preciso desses objetos e das histórias que eles carregam. O que vamos beber, *dry martini*, como antigamente?

Aceitei, lembrando que ele sempre dizia que eu não tinha ideia de como preparar um *dry martini*. Na opinião dele, eu fazia uma mistura que certamente tinha outro nome, porque *dry martini* era o que ele preparava. Curioso, aqui era esperado que eu bebesse isso; na casa de Lucien e Bia, eu deveria beber vodka. As pessoas sempre fazem leituras surpreendentes umas das outras. Gosto mesmo é de vinho!

Chegaram as duas taças abertas, bem abertas como aquelas que usávamos para tomar c*hampagne* antigamente. Biu torceu a casca de limão por sobre a bebida e aquele aroma cítrico penetrou minhas narinas com uma enorme suavidade. Na segunda taça, a conversa estava bastante desinibida e temi que pudesse desviar para assuntos por demais pessoais em detrimento das questões inquisitoriais. E lembrei que eu havia pensado ter sido seduzido pela mulher e não pelo tema. Mas o tema é que havia seduzido a mulher! Eu estava embriagado e ríamos de tudo. E foi a noite amiga como era antes, quando nada precisava ser entendido e tudo era afeto.

Voltei leve para o Lago Sul, torcendo para não dar de encontro com alguma patrulha de trânsito querendo medir o hálito etílico de pessoas como eu. Fui cauteloso e cheguei à casa sem incidentes. Catherine dormia, mas eu estava animado demais para fechar os olhos.

Verificando minha caixa de mensagens, entre muitos *spams* – esse inferno moderno –, havia uma mensagem de Cláudia com cópia para John e Pascale:

> "Queridos Celso e Catherine, John e Pascale:
>
> Desmoronou meu mundo. Piero foi chamado às pressas para cumprir uma missão do seu trabalho. Deixou seus objetos pessoais na casa que vocês conheceram e na minha (dos meus pais). Pretendia voltar e saiu contrariado. Apesar do comentário que fez, quando estávamos juntos, sobre ter que voltar mais cedo ou mais tarde, ele não contava com essa convocação. Sempre foi muito sincero comigo. Ele foi e nunca mais voltará. Piero morreu. Recebi uma comunicação oficial do governo de Israel – por instrução anterior dele – de que ele havia desaparecido no cumprimento do dever. Nada mais. Até o nome estava diferente na mensagem; devia ser seu nome em hebraico. Mas eu sei que ele estaria fora do território israelense. Piero morreu, e tenho certeza de que ele gostaria que vocês fossem avisados. Contem sempre comigo. Muito triste, muito saudosa e muito só,
>
> Cláudia"

Li e reli algumas vezes, anestesiado pelos *drinks*, sem conseguir manifestar grandes emoções, até conseguir dormir. Estava em choque. Minhas emoções travaram e fiquei com aquela desagradável sensação, própria do choque mental, de que era natural aquela notícia.

No dia seguinte, chamei Catherine para reler a mensagem com ela ao lado. Choramos juntos, sem nada para dizer, por uma pessoa que mal conhecemos. Eu ainda estava em choque e foi Catherine quem sugeriu ligarmos para John e Pascale, que também já haviam lido. Fomos para a casa deles, comentando sobre como uma pessoa que nunca havíamos visto até um mês atrás poderia causar tanta tristeza ao falecer.

Nossos amigos nos receberam com a mesma consternação que sentíamos. Fomos convidados à sala do piano, sentamos ao redor de uma mesinha já com gelo, copos e whisky, e John começou o assunto:

– Esse é um risco assumido por quem aceita fazer trabalho de campo na área de inteligência, numa região tão explosiva como aquela.

– Como assim – disse Catherine, entre surpresa e incrédula –, ele não era médico do serviço público israelense? Não foi isso que ele disse que era?

– Ainda que fosse – interferiu Pascale –, isso não o impediria de ser um oficial da inteligência.

– Será que era do Mossad? Perguntei, ingênuo, e completei: – Nunca poderíamos saber.

– Eu sabia. Disse Pascale.

Diante das expressões que fizemos, eu e Catherine, ela continuou:

– Enquanto ainda estávamos em Goyaz, fiz algumas consultas e fui informada que Piero Clausi, aliás, Itzchak Cohen, era um alto funcionário da inteligência israelense. Ele voltou ao *Bimarestan*, onde havia encontrado a mãe da Cláudia. Foi a última notícia que se teve dele. Desapareceu desde então. Agora sabemos que está oficialmente morto.

Minha tristeza pela morte de Piero estava sendo abafada pela experiência de pasmo que a revelação de Pascale trazia. Eu tinha a sensação de que algumas luzes de alerta me haviam incomodado, mas não podia acreditar! Não havia mais o que dizer sobre o assunto. Minha mente simplesmente ficou uma tela em branco. Servi-me de mais uma dose e lamentamos o sofrimento de Cláudia, ficando de enviar alguma mensagem para ela. Ao nos despedirmos, a última palavra foi de Pascale:

– Como é de praxe, e segundo acordos internacionais, minha presença no país é autorizada e declarada ao governo federal. Como puderam perceber, não é uma profissão sem riscos. Boa noite, meus amigos. Sei que saberão ser discretos.

Voltamos para casa muito mobilizados, e eu com um sentimento de confiança que desde então passou a me acompanhar com mais clareza: minhas intuições não podem ser desconsideradas. Posso não saber de onde estão vindo as informações que estiver processando no momento do alerta, mas devem ser registradas e cuidadas até que essas mesmas informações se revelem.

39

A primeira coisa que fiz ao chegar à casa foi escrever para Cláudia. Não sabia o que dizer e foi assim que comecei:

> "Querida Cláudia,
>
> Não sei o que dizer! Será que é possível saber o que dizer numa situação como essa? Até poucas semanas atrás, não sabíamos da existência uns dos outros.
>
> Piero nos impressionou sobremaneira e mais ainda impressionou você e você a ele. Não seria preciso ser um especialista em comportamento humano para perceber o encantamento mútuo que dominava o ar onde estivessem.
>
> Gostaria que soubesse do nosso bem-querer e quero deixar registrado meu desejo de visitá-la brevemente. Será combinado com antecedência. Agora, não há nada mais para dizer.
>
> Atenciosamente,
>
> Celso
>
> P.S. Catherine se associa a mim nessa manifestação."

Reli e decidi apagar o P.S. Catherine pode escrever sua própria mensagem, se quiser. Preparei-me para desligar o computador depois de verificar minha caixa de mensagens, responder algumas e apagar a maioria delas. Antes de deixar o mundo virtual, chegou uma resposta de Cláudia:

> "Querido Celso,
>
> Obrigada pelo carinho. Posso lhe assegurar que Piero nutria uma estima especial por você. Chegou a comentar que, não fossem as circunstâncias, a transitoriedade da presença dele em Goyaz e a iminência de uma partida, você seria o interlocutor que ele buscava nessas latitudes. Para ele, você tem aquela intuição livre, carregada de humor e tão necessária

ao professor. Entretanto, disse ele, você se beneficiaria muito do contato com alguém com outro olhar. Acho que ele se referia a uma possibilidade de contraponto. Quero crer que pensava nele mesmo para esse papel, mas jamais se ofereceria, se o conheço bem. Uma outra maneira de dizer isso – à minha maneira – seria: você tem qualidades de aluno que ele, como professor, gostaria de encontrar. Não me entenda mal. Foi uma acolhida amorosa, a dele para com você. Beijos,

Cláudia".

Fiquei confuso e envaidecido. Por que a entenderia mal? Talvez por ser um professor maduro, da idade do Piero, recebendo a informação de que um médico israelense se sentia em condições de ser meu mestre. Minha vaidade não ficou abalada. Ao contrário, aumentou meu sentimento de perda de algo que nunca tive: um homem da minha geração que gozasse do meu respeito e a quem escutaria com admiração.

Desliguei o computador para não sucumbir ao desejo de responder a Cláudia imediatamente, correndo o risco de ser piegas. Eu queria pensar, não no que Piero era, ou parecia ser. Agora eu queria saber qual era a missão de Piero. E mais, para que ele teria morrido.

Onde foi que ele errou? Como uma pessoa tão consciente e alerta como ele poderia errar a ponto de morrer? Essa reflexão trouxe uma lembrança vívida de meu avô. Ele comentava, com admiração evidente, a história de um erro de agricultura que cometeu enquanto ensinava meu pai, recém-chegado da metrópole e noviço nas lides do campo. Segundo ele, meu pai escutou as instruções erradas atentamente, respeitosamente, sem contestação. Numa outra oportunidade, meu pai fez o certo, contrariando o que o sogro havia recomendado. Meu avô perguntou, durante o jantar daquele dia, por que meu pai não o corrigiu antes. Sem levantar os olhos, meu pai disse que havia mais mérito do meu avô em errar do que ele, inexperiente, em apontar o erro. Acertar depois seria para ele uma questão de tempo e de observação.

Como eu aproveitaria isso para a situação presente, para minha avaliação de Piero? O que eu sinto por ele? O que provocou em mim? Senti em Piero a imagem de um mestre, de um homem admirável. Mesmo que não tivesse se mostrado tanto assim. Como pode um homem ser admirável se não tiver falhas? Estou certo de que não tive tempo de entender Piero. Certamente, aquilo que posso classificar como falha agora pode muito bem ser resultado da minha incapacidade de entendê-lo.

Entrou Catherine trazendo questões da nossa pesquisa que, cada vez mais, parecia ser dela só:

– Celso, você continua acreditando que houve um projeto cátaro de investimento no Brasil, especialmente no Planalto Central?

– Com toda franqueza, Catherine, não estou em condições de pensar nisso por enquanto.

– Por causa do que aconteceu com Piero? Ou tem algo a ver comigo?

– Por que teria que ver com você? Não – menti –, você não é culpada do meu recolhimento agora. Ainda não organizei meu mundo interior desde que chegamos de Goyaz. Além do mais, aconteceu agora essa tragédia!

– Cuidado para não maximizar um sofrimento que talvez não seja seu.

– Tomarei cuidado – disse com certa irritação –, e acho que deveríamos começar a pôr em prática nossa ideia de ir à Europa. Vou retomar minhas investigações sobre o tema e tentar recuperar o fio da meada. Vou ligar para Biu e fazer as perguntas que não fiz ontem.

Fui recebido com a atenção delicada de sempre, mas havia uma preocupação evidente na fisionomia de Biu. Ele já estava a par dos acontecimentos em Goyaz, menos das atividades heterodoxas de Piero e Pascale. Tentando ser mais fiel às saudáveis demandas para a discrição, fiz um apanhado superficial do que fazia Piero e, por lealdade, do que fazíamos nós, eu e Catherine.

Biu ficou muito surpreso e preocupado. Não conseguia entender, como acadêmico, como é que eu havia sido atraído para essa maluquice confusa:

– Tudo já começou de uma forma ilícita, Celso! Como é que esse ex-marido, aparentemente um profissional respeitado, ocupando uma posição importante no mundo das artes e da preservação, se presta a uma irregularidade dessas? Acha documentos importantes e os esconde?

– Agora me soa mal, Biu. Mas no começo me trouxe a excitação que faltava no meu mundo entediado.

– Há outras maneiras de sair do tédio, meu caro. Eu, Severino, estou muito preocupado com essa história toda. Como você pediu, lhe asseguro meu silêncio, mas tome cuidado. Você não tem mais o direito à ingenuidade.

A partir daí, minha lealdade ao amigo começou a sobrepujar-se à promessa de sigilo que fizera a Catherine. Realmente havia algo de muito mal explicado. Coloquei claramente ao amigo as hipóteses e o foco da busca de Catherine. Ou seja, haveria algo de muito importante para ela, ligado aos cátaros, que poderia estar fisicamente no Planalto Central, ou haveria um processo inaparente em andamento por aqui. Eu não estava seguro das hipóteses iniciais. Ele também ficou espantado com algumas reações histéricas de Catherine, como a cena na Igreja da Boa Morte, por exemplo.

– Essa mulher é doida, Celso.

– E tem mais: ela acha que você é *gay* e que tem um caso com Tomás.

Saiu! "Caiu da boca", como dizia uma amiga. O arrependimento pelo que falei instalou-se em mim imediatamente, pelo congelamento da expressão de Biu. Era um misto de tristeza, decepção e surpresa.

– E o que você acha disso, Celso? Disse ele calmamente, de forma quase inaudível.

– Neste momento, sendo sincero, não me importa o que possa estar acontecendo. Quando ela me falou a primeira vez, fiquei furioso porque não podia acreditar e achei então um desaforo completamente descabido. Depois do jantar na casa de Lucien e Bia, quando percebi que poderia ser verdade, fiquei triste por Adriana. Agora, acho que Adriana é grande o suficiente para se cuidar se for verdade, mas não seria justo deixá-la sofrendo sem saber de quê, se for o caso. Mas não é da minha conta. De verdade.

– É verdade a percepção de Catherine, Celso. Eu não sabia que estava assim tão evidente, e me recrimino com relação à Drika. Nessas situações, há uma inclinação para subestimar a capacidade alheia de perceber. Também venho sofrendo há muito tempo por conta desse amor tão inconveniente. Algo terá que mudar e terá que mudar logo! Mas vamos deixar esse assunto para outro momento. Não foi para isso que você veio. Nem vamos beber álcool! Nenhum de nós está em condições de se intoxicar mais por hoje. Vamos lá! Em que posso ajudá-lo?

– Agora que você conhece os bastidores, minha pergunta principal e sem subterfúgios é: há possibilidade de que a Inquisição tenha sido ludibriada na Península Ibérica e os cátaros tenham trazido para o Brasil alguma coisa de muito importante? Sendo assim, teria havido uma estratégia da Inquisição para descobrir e sabotar essa "coisa importante" no Brasil colonial?

– Há essa possibilidade. Penso que vai além das possibilidades. Portugal era a via de escape mais fácil e a que oferecia menos obstáculos para qualquer atividade herética da ocasião. A história mostra isso. Não é nenhum segredo que o conhecimento dos árabes nas ciências, nas artes, na matemática ultrapassava a soma geral dos conhecimentos no mundo cristão.

– Você sabe que Catherine conhece bem a história dos cátaros e é fascinada pela possibilidade de que tenham, ao final, enganado a Inquisição e protegido seus segredos trazendo-os para o Novo Mundo. Ela começou a me convencer dessa possibilidade e acontece que Piero me deu essas três peças de ouro que ele disse ter comprado na região em torno de Goyaz. Eu só deveria mostrá-las a Catherine uma vez chegado a Brasília. Não mostrei ainda. O que acha disso? Veja esta que parece um trevo de quatro folhas com a Cruz de Caravaca em cada pétala...

– Por que seria de Caravaca? Caravaca é mais uma cidade espanhola servindo de ambiente para alguma das muitas lendas passadas entre mouros e cristãos. Geralmente são parábolas de conversão do mouro ao cristianismo. Essa cruz com duas traves é chamada de cruz de Lorraine, emblema dos nobres D'Anjou e dos Guise. Depois, foi usada como emblema da França livre pelo General De Gaulle, na Segunda Grande Guerra.

– Essas famílias que você citou eram conhecidas pelas suas relações com a maçonaria e com os templários, não é?

– Também, mas não esqueça que templários e cátaros não são a mesma coisa, nem se confundem com a maçonaria. Os templários tinham o sonho de um estado autônomo só para eles, não é verdade? Isso nos foi contado no seminário, lembro bem. Obviamente, foi mencionado de passagem e com a ênfase recaindo no tema da Doutrina e da Fé, sobretudo, da importância da eterna vigilância sobre o rebanho de fiéis. O sul da França, o Languedoc, seria o modelo de civilização a ser copiado pelos templários. O modelo dualista dos cátaros era para a igreja um modelo herético, alternativo e perigoso. Tão perigoso para o cristianismo que foi exterminado na Cruzada Albigense pelo Papa Inocêncio III.

– Você falou com tanta convicção que por um instante achei que estivesse me doutrinando! O que eu pensava é que os maçons tinham sua origem nos templários, que sempre tiveram sua própria agenda de poder, e o Novo Mundo não poderia estar de fora desse projeto.

– Nada disso. Eu estava apenas lembrando a força retórica de alguns professores. Para nós, foi ensinado que o Papa Inocêncio III estava tentando proteger o sul da França das influências malignas dos hereges. Para isso, era perfeitamente legítimo que os cruzados, sob o comando de Simon de Monfort, tomassem as propriedades e os bens dos hereges para compensar os custos de tamanha empreitada religiosa. Ambição disfarçada em fé.

Fez uma pausa e continuou:

– Para mim, o aspecto mais importante dessa imagem em cruz é a representação da França livre do pós-guerra. Não quero entrar nas divagações de vocês dois, mas é curioso que essa imagem estivesse guardada numa cidade do interior goiano.

Procurei dar mais esclarecimentos:

– Esta peça com as quatro cruzes de Lorraine foi encontrada em Itaberaí, e as outras, nas redondezas de Goyaz. Procurei a origem do nome

Itaberaí e encontrei algo próximo de "lugar de pedra brilhante", mas, que eu saiba, não houve atividade de mineração por lá. Para mim são alusões claras a atividades heréticas, não acha?

– Alusões podem ser, mas claras acho que não. Temos a Serra Dourada em Goiás Velho, não é? Você está me parecendo que ficou tomado pela preguiça de ser professor universitário e está confundindo a imagem representativa com a essência da coisa em si. São pedaços de ouro martelados cuja origem e data desconhecemos. Agora, esse disco com quatro círculos retirados, olhado com boa vontade, é uma cruz templária estilizada.

– Tem razão. Isso me escapou porque lembrava de ter visto essa imagem num monumento de pedra, à beira da estrada, no sul da França. Ou seja, me remete ao território cátaro. Se essas imagens estavam por aqui, no Planalto Central, não é de surpreender que a Inquisição também estivesse. Você deve saber sobre isso muito mais do que eu, Biu.

– Não sobre esse aspecto. Meus estudos sempre estiveram focados na Inquisição espanhola e seus desdobramentos no Novo Mundo. Colombo foi – talvez ingenuamente – um agente da Inquisição, enquanto Cabral foi um emissário da Ordem de Cristo, nada menos que a organização que sucedeu os templários. Ou seja, Colombo e Cabral estavam em campos opostos.

– Isso está óbvio na análise dos documentos que Catherine copiou.

– Catherine está em qual campo, Celso? Pode ser deformação profissional, mas tenho enorme dificuldade em aceitar que uma pesquisadora, professora doutora de uma universidade prestigiosa como é a de Louvain, possa trabalhar com documentos importantes conseguidos ilicitamente.

– Eu estou confuso, Biu. O apaixonamento me deixou completamente fora do eixo que me orientava, ou desorientava. Não sei.

– Ela é uma pessoa encantadora, meu amigo, mas tenho dúvidas de que tenha vindo para lhe fazer bem. Antes eu via você recolhido, calmo, mas infeliz. Subitamente, um entusiasmo quase maníaco tomou conta dos seus humores. Acredito que a excitação de examinar documentos originais, de grande interesse para você, tenha sido legítima. Por outro lado, não vejo, de sua parte, uma análise crítica das circunstâncias.

– Você tem razão. Entretanto, não sei como agir daqui para frente. Temos uma viagem marcada para dentro de duas semanas. Vamos a Portugal, sul da Espanha, sul da França, Bruxelas e Veneza. Quero ver de perto o terreno onde essas coisas se originaram. Será difícil, para mim, fingir o entusiasmo que já não existe.

– Não tenha tanta certeza. O entusiasmo voltará por outras razões, desde que não fique se lamentando e permita-se observar com a atitude do pesquisador que é. Leve esses livros sobre a Inquisição – sem esquecer de devolver os que ainda estão em seu poder – e reflita com serenidade sobre a nova situação. Não veja minhas observações como um julgamento e condenação de Catherine, apesar de estar sentido e magoado com ela.

– Nesse ponto devo defendê-la, Biu. Quando o tema surgiu pela primeira vez, foi com muita naturalidade e delicadeza. Não houve maledicência, ao contrário, ficou surpresa por eu nunca ter percebido. Eu é que manifestei preconceito com minha indignação e, digamos, pela falta de atenção para com os sinais que ela me apontou. Achei que não era possível. Devo a ela o fato de ter me convencido de que não só é possível como não faz diferença para mim. Ou melhor, fez diferença. Agora estou mais perto de você, como um homem mais completo. Estou mais presente como amigo. Boa noite, amigo.

E mais uma vez a conversa sobre a Inquisição foi adiada.

40

Ao chegar à casa, com o coração acelerado, percebi a luz acesa no quarto de Catherine. "Que horror!", pensei, "antes eu chegava ansioso para encontrá-la acordada, me esperando com um sorriso. Agora, fico tenso e inquieto ante a possibilidade de precisar conversar antes de refletir sobre o que dizer". Subi as escadas e, estando a porta aberta, vi que escrevia no computador recostada na cama. Cumprimentei-a com o melhor sorriso:

– Boa noite! Ainda trabalhando?

– Tranquila – respondeu. – Foi boa a conversa com Biu? Você não parece satisfeito.

– A conversa foi muito boa. São tantas as informações que estou tentando não misturá-las, ou pior, perdê-las. Biu confirma nossa hipótese de que a Inquisição estava por aqui, viva e atuante, desde o século XVII. Lembrou-me que a Inquisição não representava a igreja católica em boa parte de suas manifestações, como você sabe, e mesmo na França do século XIII era movida mais por interesses de poder do que no intuito de zelar pela fé cristã. Com a chegada do simbólico ano de 1492, quando foi "descoberta" a América, a Espanha abraçou sua própria versão, e os judeus e muçulmanos foram definitivamente banidos da Península Ibérica. Os reis católicos julgaram que a grande contribuição que essas culturas haviam dado já não era necessária. Imenso equívoco!

Catherine aproveitou o meu discurso e deu o golpe de misericórdia:

– Como disse Carlos Fuentes sobre esse ano de 1492: "a Espanha baniu a sensualidade com os mouros, o intelecto com os judeus e ficou estéril pelos quinhentos anos que vieram depois".

– Pois é, e os donos do poder eclesiástico começaram a prestar atenção no Novo Mundo, passando o México a hospedar os inquisidores oficiais em 1571. Um pouco antes, estabeleceu-se um tribunal independente no Peru. Esse tribunal tinha jurisdição sobre os territórios espanhóis, de Buenos

Aires a Santiago do Chile, Lima e Cuzco. As terras portuguesas por aqui estavam, supostamente, mais protegidas. Não é de surpreender que "clérigos leigos" possam ter escolhido essas paragens por razões estratégicas. Além do mais, não oferecíamos ameaças culturais fortíssimas como a dos Astecas e dos Incas. Sabemos que cultura é uma ameaça para qualquer tentativa autoritária de domínio político. A pasteurização estética de Brasília – das pessoas, não da cidade – e o nivelamento por baixo, promovido pelos meios de comunicação de massa, são a evidência disso. A consequência é o fascínio que as pessoas daqui têm por Miami.

– Rabugice sua, meu caro. Eu gosto de Miami como um parquinho de diversões. Eu sei que, lá, estamos em território de ficção e de astronáutica. Não seria hoje o que foi Lisboa no passado? O ponto de partida de novas fronteiras? Talvez você esteja criticando a atitude da maioria que vai à Flórida só pela diversão infantil.

– Claro! Você acredita que esses viajantes sabem que estão pisando na terra dos iroqueses, do conceito de fonte da juventude buscada por Ponce de León, e da relação histórica com Cuba? Não sabem. Mas sabem os endereços onde podem comprar todas as bugigangas em português. Esses são os colonizados, os primitivos em busca dos espelhos, machadinhas e das contas coloridas que os navegantes vinham distribuir. A gente se acostumou e agora vai buscar.

– Calma, Celso! Se o mundo fosse habitado por professores universitários e intelectuais sofisticados, eu me mudaria para Marte. Pelo menos parece ter água por lá. Você falava sobre Inquisição. Continue, por favor.

Falei bastante. Até me surpreendi com o discurso sobre a Inquisição. Na verdade, disse apenas o que lembrava das minhas próprias aulas. Catherine pareceu satisfazer-se com meu relato e não fez mais perguntas sobre meu encontro com Biu. Fomos dormir já tendo acertado como faríamos nosso roteiro, começando por Lisboa.

Uma semana passa depressa quando se tem providência a tomar, coisas para fazer e que, normalmente, não poderiam ser feitas em apenas uma semana.

Passagens compradas, hotéis reservados e planos de viagem na mão, eu refletia sobre os últimos acontecimentos e pensava no que ainda poderia me acontecer. Iríamos à Europa, com certeza, mas eu não tinha certeza do que aconteceria por lá. Havia uma grande interrogação no ar. No ar que eu respirava. Eu buscava sinais de segurança. Em Lisboa, Catherine já tinha uma reserva de longa data num hotel simpático, numa travessa da Avenida da Liberdade, a Travessa da Mãe d'Água. Era para ela, e eventualmente para Olivier, um ponto de apoio quando estivessem em Lisboa. Segundo ela, saía mais barato que alugar um apartamento.

Passei os dias seguintes me preparando intelectualmente para a viagem. Consultei os livros emprestados por Biu, examinei os mapas e guias de turismo além de rever meus próprios conhecimentos adormecidos de História do Brasil. Escrevi para Victoria dando ciência das datas e trajetos pela Europa, deixando em aberto a possibilidade de que ela me convidasse para um encontro.

Investiguei um pouco a história de Veneza, já que nossos objetos de estudo, os documentos e cartas, foram achados por lá. Com meu novo olhar, não foi difícil ver claramente que Veneza foi o ponto de encontro entre Ocidente e Oriente. Era a cidade que mais brilhava entre todas do Ocidente. Os turcos davam grande atenção ao poderio crescente de Veneza, sobretudo no século XV. Obviamente, viam os templários como os piores inimigos.

Aqui e ali encontrei referências importantes ao comércio com o Oriente. Os cruzados, certamente, tinham uma importância relevante para os interesses comerciais de Veneza com o Oriente. As chamadas especiarias eram mercadorias de enorme importância para o comércio internacional. Nos séculos XIII e XIV, houve grande movimentação na espionagem comercial. Vários espiões foram infiltrados entre os intermediários venezianos no comércio dessas especiarias. Eram especialistas em descobrir informações secretas sobre estoques de pimenta, por exemplo. Em 1258, havia a *Scuola degli Speziari,* criada para estudar o uso medicinal de especiarias, o que era controlado pelo Estado, em Veneza. Aparentemente, as receitas vinham de sábios islâmicos. Além de receitas, eu imaginava que poderiam ter ensinado mais coisas. Seria mais uma forma de comunicação cifrada?

Espionagem é, depois da prostituição, a atividade mais antiga. As cartas que li com Catherine são exemplo eloquente. Tem me chamado atenção a frequência com que o interesse pela medicina antiga tem aflorado junto com esse tema. Especialmente no que diz respeito à medicina islâmica. Até a morte de Piero é intrigante, quando estava trabalhando na região de antigos hospitais árabes. Eu não queria pensar sobre isso. Há coisas de que só podemos suspeitar.

Felizmente, memórias antigas da única visita que fiz a Veneza chegavam com nitidez: o nome maravilhoso de República Sereníssima de Veneza era um ponto de partida. Na ocasião, cheguei pela *Terra Ferma*, a parte terrestre do Vêneto, intimamente ligada à Veneza aquática, digamos assim. Lembrei um passeio que fizemos, Victoria e eu, à Igreja San Geremia e aquele belo *campanille* do século XII. As religiosas plantavam erva cidreira no pátio da igreja. Mais uma manifestação de cultivo dos detalhes, ainda que Veneza não tenha sido uma cultivadora das delicadezas.

Veio o *Quattrocento*, o século do esbanjamento. Depois de 1470, começou uma grande pressão econômica sobre a população. Tudo era controlado, e o excesso de regulamentações me parecia indício de falência. Era preciso expandir para além-mar, e o além-mar estava congestionado.

Meus apontamentos sublinhavam vários sinais de perigo para a República Sereníssima de Veneza. Os principais estados do Ocidente armavam uma "cruzada" contra Veneza no início do século XVI, exatamente quando se descobria um Novo Mundo e, lá, o Brasil. Pelas cartas descobertas por Olivier e copiadas por Catherine, Veneza tinha uma posição geopolítica importantíssima nesse jogo de xadrez político. Apesar de confuso, fui tentando organizar minhas anotações, não com o espírito de um historiador treinado academicamente, mas com a curiosidade de um crente que desejava provar como verdadeiro algo que intuía. Senti uma certa vergonha intelectual ao pensar com essa honestidade.

Mas registrei que em 1539 houve em Veneza a instauração do Tribunal Supremo, órgão de segurança do Estado. Estava lá o conselheiro do Doge e um grupo chamado de *Neri*, os negros, que cuidavam da espionagem e da contraespionagem. Não esqueci de Malipiero, o almirante chefe da espionagem veneziana, que foi uma menção frequente nas cartas que examinamos.

Logo depois, em 1545, veio o Concílio de Trento na Contra-Reforma. Os jesuítas já eram uma tropa de choque nesse embate contra as forças de Lutero. Os dominicanos ganharam uma tela da última ceia feita por Ticiano para enfeitar seu refeitório em 1555. Dominicanos e jesuítas eram forças católicas contra ameaças à fé, mas aqueles muito próximos são os primeiros adversários. Curiosamente, em 1571, um incêndio destruiu o refeitório do mosteiro dominicano e lá se foi a tela de Ticiano. Inevitável lembrar que, na mesma época, Leonardo Da Vinci havia pintado outra Ceia, na Santa Maria Delle Grazie, em Milano, onde comunidades heréticas, dualistas como os cátaros, haviam sido identificadas. Da Vinci era, sem sombra de dúvida, um dualista e um joanita, seguidor de João e do seu Evangelho. A obra dele não foi queimada! Acho que o incêndio do refeitório em Veneza foi um incêndio criminoso, coisa típica de briga entre irmãos – como em Vila Boa de Goyaz –, mas isso é divagação minha. Eu me havia prometido que não desqualificaria minhas "divagações" e "intuições". Ficou o registro.

Poucos anos depois, em 1587, surge o "Banco della Piazza", o primeiro banco público de Veneza. Pensei na hipótese que eu e Catherine levantamos sobre o banco dos Medici ser um agente templário. Hoje suspeitaríamos de lavagem de dinheiro. Será que o banco veneziano teria função semelhante? Servindo a quem? A movimentação de dinheiro era grande. Em Firenze, as coisas estavam difíceis e o banco veneziano poderia estar contra ou a favor dos Medici. Mais provavelmente contra.

Lorenzo de Medici tentava segurar o fundamentalismo cego e delirante do monge Savonarola, tomado pela missão literal de servir e proteger a verdadeira religião – a dele – e com isso fazia a campanha antibanco em Firenze. De nossa parte, achávamos que Amerigo Vespucci poderia ser um agente da Inquisição infiltrado no banco. Agora, hesitava em voltar. Teria outros patrocinadores? Haveria agentes templários infiltrados no banco de Veneza? Difícil dizer.

Lorenzo tentava ser conciliador com o fanático Savonarola e no último momento deu uma chance ao monge idealista para salvar-se. Ele não entendeu e terminou por ser queimado pela mesma religião que pensava defender, quando apontou na direção inconveniente. É o fundamentalismo que cega e inebria.

Já tomado pela paixão do investigador comprometido com sua própria versão, sem a necessária isenção, imaginei que o banco veneziano poderia ser adversário do banco florentino. Se o primeiro defendia interesses templários, o outro estaria mais inclinado para atender interesses dominicanos, ainda que protegido por um manto republicano que protegeu tantos pensadores da época. Enfim, Veneza era um caldeirão de interesses diferentes no século XVI.

Eu estava completamente dedicado ao estudo de Veneza. Afinal, estávamos indo lá para visitar o local onde os documentos foram encontrados por Olivier. Mas Catherine não se mostrava muito interessada nas circunstâncias de Veneza. Ela insistia em ver um padrão no comportamento de Vespucci, argumentando que ele primeiro seguiu Colombo e depois seguiu Cabral. A ótica era sempre a de uma estudiosa focada no seu tema: os cátaros.

– Celso, por que Vespucci seguiria Colombo? O que será que ele procurava e que também poderia estar com Cabral?

– Pode ser mais uma manifestação daquela já famosa frase: *"é a economia, estúpido!"* No sentido que ele, sendo bancário e espião, precisava saber onde os investimentos valeriam a pena como mais rentáveis. Aparentemente, alguém estava com os cofres cheios.

– Mas você concorda, como já conversamos, que Colombo estava mais para um cruzado ingênuo do que para um descobridor nos moldes pragmáticos da época. Sabemos, desde o começo, que ele tinha informações, talvez mapas melhores do que aqueles que sabemos de que dispunha.

– Não sei se estou acompanhando... Para mim, Colombo corria atrás de um sonho, ou intuição, com destemor. Uma certa ingenuidade idealista (eu disse isso lembrando a opinião de Severino) – Continue, por favor.

– Vou ajudar. Lembra-se de Soderini?

– Claro! Aquele magistrado de Firenze, um dos destinatários das questionáveis cartas de Vespucci. Especialmente quando ele sondou a possibilidade de regresso a Firenze depois da fanfarra com as grandes descobertas no além mar.

– Exatamente. E o que disse ele a Vespucci?

Detesto quando um interlocutor faz a pergunta que sabe responder. Ou que faz uma pergunta para ter certeza de que o ouvinte – eu, no caso – está acompanhando o raciocínio. Perguntas do tipo: *"e o que se precisa para ligar um automóvel?"*, para logo em seguida responder a si próprio com ar triunfal: *"a chave desse carro!"*

– Não sei. Pode continuar o raciocínio.

– Está irritado?

– Não. (Menti).

– Soderini recomendou a Amerigo Vespucci que não voltasse a Firenze. Alguma coisa não estava saindo como o desejado. Lorenzo de Medici já não estava bem de saúde e seus filhos tinham interesses conflitantes: Piero Medici era um colecionador de obras de arte. Giovanni era a encarnação do ambicioso arquetípico, interessando-se por tudo que fosse ligado a poder. Finalmente, Carlo Medici era a própria serenidade, cultivando o espírito, para o bem ou para o mal. Um dos três poderia ter informado Soderini de que Vespucci poderia ser alvo de perseguição por algum descompasso nos planos. Podemos voltar a brincar de teóricos da conspiração?

– Podemos. Mas ainda não estou acompanhando, talvez você possa fazer mais perguntas com a resposta incluída.

– Como assim?

– Nada, não. Foi uma brincadeira.

A conversa se estendeu por bastante tempo. Não cheguei a uma conclusão importante, mas fiquei atento a novos desdobramentos. Ela mencionou, mais uma vez, a hipótese de que Vespucci pudesse ter alguma cópia de mapa pouco conhecido, "como uma cópia do Planisfério de Cantino" sugerida vagamente. Mais uma vez, a impressão de estar participando de uma agenda oculta me incomodou.

– Estamos muito conscientes dos acontecimentos na Europa Medieval. A época foi de uma riqueza tal que ainda hoje se descobrem detalhes esclarecedores sobre alguns eventos que pareciam completamente explorados.

Continuou:

– Veja só o grosso dos acontecimentos entre 1085 e 1265, cento e oitenta anos na maravilhosa Península Ibérica: a importante cidade de Toledo é retomada pelos cristãos, o que causou um forte abalo no mundo islâmico. Por séculos o equilíbrio na região havia conseguido se manter. Aí veio uma dinastia de fanáticos, e os judeus passaram a ser oprimidos.

O olhar dela não desgrudava da tela do computador:

– Em 1236, Córdoba caiu nas mão dos cristãos. Em 1238, foi a vez de Valência e seguiu-se Sevilha, em 1248. E chegamos a 1265, quando o poderoso império maometano de Al-Andalus estava reduzido a Granada e alguns portos ao redor de Cadiz. A população cristã ainda mantinha boas relações com os cerca de cento e vinte mil judeus da região, enquanto seguiam recuperando as terras mouras até o final do século XIV. Não restou aos judeus nenhuma outra opção que não fosse ajudar os cristãos nesse processo, o que motivou retribuição dos reis católicos, premiando-os com cargos importantes.

Enquanto isso, os moçárabes eram tolerados. Foram eles os responsáveis pela manutenção e divulgação dos conhecimentos mais importantes da época, pois traduziam do árabe para o latim. O sábio rei castelhano Afonso X, versado no árabe, ordenou que o Corão e o Talmude fossem traduzidos para o latim. Teve acesso a valiosas contribuições da astronomia árabe, que foram traduzidas e permitiram estudos avançados para a época.

– Moçárabes eram os árabes tolerados pelos cristãos ou aqueles convertidos de fato ao cristianismo?

– Eram aqueles que se adaptaram ao mundo islâmico sem necessariamente se converter. Adotaram a língua árabe, roupas, costumes...

– Acho maravilhosa a tolerância da civilização mourisca, marcada pela concessão de plenos direitos a judeus e cristãos.

– Essa diversidade de crenças convivendo em equilíbrio assombrou a igreja cristã, não acha?

– Claro, nunca fariam a mesma coisa, como não fizeram.

– Não seja rabugento! A Espanha do início do século XIII foi o apogeu da tolerância e da troca de conhecimentos, ou, para sermos honestos, da maior absorção dos conhecimentos árabes traduzidos para o latim e mesmo para a língua do homem comum, o castelhano. (Os cátaros diziam que Deus não sabia só o latim!). Porém, no final desse mesmo século, surgiu o poder da Inquisição. As heresias críticas à igreja cristã tiveram que enfrentar o peso da mão punitiva da igreja.

– Eu me adiantei, mas fui acusado de rabugice. Imagino que esteja querendo chegar a algum lugar com essa aula de história.

– Eu sei onde quero chegar, ainda que você não acredite de verdade. Entre as heresias estava o objeto de todo meu estudo: os cátaros. Por isso chegamos ao século XIII, século do nascimento de Jacques Fournier (1280/1289) em Saverdun, no condado de Foix, onde hoje é Ariège. De origem humilde, parece ter sido consciente de sua linhagem simples. Nem sempre essa consciência passa batida sem algum ressentimento quando se é ambicioso como era Fournier. O sentimento de inferioridade apareceu na forma de arrogância e comportamento rude bem conhecidos nas comunidades onde teve influência. Uma pessoa humilde não diria, como ele disse: "essa sela não é digna desse cavalo", referindo-se a uma irmã que estava sendo pretendida por um aristocrata.

– Espero que o pedido tenha sido negado.

– Não sei. Talvez tenha sido concedido, pois aparentemente a família era de gente inteligente, de educação sofisticada e desejosa de ascensão social. Ele destacou-se bastante nas atividades eclesiásticas e o próprio Papa João XXII felicitou-o pelo sucesso nas atividades anti-heréticas quando era bispo de Pamiers, onde foi odiado pelas perseguições obsessivamente implacáveis.

– Foi ele quem mandou queimar o célebre Belibaste, não? E a frase de efeito, misteriosa: "Em setecentos anos, voltará a ser verde o loureiro".

– Sim, foi em 1321. Além de célebre, Belibaste teve uma importância que ainda não sei avaliar. Fournier soube avaliar, tanto que organizou um plano de busca e captura, com requintes de espionagem e ações secretas que daria um filme com tanto suspense quanto os melhores que já vimos, ambientados no clima da Guerra Fria.

– O gênero espionagem não foi o meu preferido na juventude, mas está ganhando espaço de uns tempos para cá. Se não me falha a memória, a participação desse agente de operações especiais foi cinematográfica. O *James Bond* dessa aventura chamava-se Sicre, certo?

– Certo, e essa operação fantástica rendeu bons dividendos profissionais a Fournier. Se fosse na Rússia soviética, corresponderia a ser nomeado chefe da KGB e depois alçado a primeiro-ministro! Cinco anos depois, em

1326, bem relacionado – convenientemente bem relacionado –, foi nomeado bispo de Mirepoix. Um ano depois, já conseguia ser indicado cardeal e, em 1334, tornou-se o Papa Bento XII!

– Estou impressionado. Menos com ele do que com Belibaste. Não fossem suas informações, esse nome seria desconhecido para mim. Certamente não era homem de pouca importância!

– Não era, e ainda não sei a razão central de sua importância. Mas Fournier sabia. Ele estava cercado de gente que deixou marcas na história. Um certo Gaillard de Pomiés, dominicano, funcionava como lugar-tenente de Fournier. Isso me chama atenção porque parece estranho que um dominicano pudesse ser ajudante sincero de um cisterciense, dada a rivalidade entre as ordens.

– Catherine, preciso admitir mais uma vez: você transformou minha vida em um livro de aventuras. Desde que você chegou, entraram personagens insuspeitados, como Pierre, Piero, Cláudia e família, enquanto os velhos amigos saíram daquilo que eu imaginava ser uma vida normal. Estou quase admirando esse senhor Fournier. Devia ter uma boa equipe, pois ele não conseguiria fazer isso tudo sozinho!

– Não havia possibilidade de trabalho em equipe nessas questões, como você sabe. A hierarquia não permitia. Os interesses pessoais não permitiam. O que podemos saber é que os interesses da Inquisição estavam acima de todas as rivalidades e destacavam-se os mais eficientes entre os grandes inquisidores da época. Ninguém menos que Bernardo Gui, Jean de Beaune e Jean Duprat.

– Pelos nomes, parece elenco de cinema. Esse Bernardo Gui já havia sido mencionado por Severino.

– Nenhum estudioso da Inquisição pode ignorar Bernardo Gui. Eram intelectuais de ponta, eruditos, mestres da retórica, investigadores sagazes, e bastante malvados para meus padrões. No seu papado, Fournier tentou retificar algumas fantasias teológicas de João XXII. Como sempre, seus modos eram os de um intelectual inábil e rude. Porém, um homem que polemizou com muitos pensadores da época – inclusive com mestre Eckhart – e foi publicamente contra a teoria da imaculada conceição de Maria não pode ser desprezado.

– Não tenho mais o que dizer!

Eu era forçado a aceitar e reconhecer a inteligência e a rapidez de raciocínio que Catherine mostrava. Ela sabe, de fato, o que está procurando, mas não gosta de revelar seus objetos de investigação nem seus métodos. Mas eu tenho conseguido vislumbrar uma sombra desses métodos. Ela segue um raciocínio analítico dentro de uma postura aparentemente acadêmica, porém sem revelar a pergunta que interessa.

Hoje estou certo de que, desde o século XIV (ou até antes disso), já havia um movimento em direção ao Ocidente. Várias imagens da iconografia cristã me davam a corroboração dessa hipótese. Nada científico, admito; mas a imagem que vimos num livro, com um barco velejando para o Ocidente numa igreja bizantina, não me saía da cabeça. Era como se minha intuição dissesse: acredite! E mais, a imagem – atribuída a Cristo – fazia um gesto joanino, apontando o céu. Um dos muitos braços guardados como "relíquia" de João Batista está conservado com esse gesto grego de bendição. O anular tocando o polegar, com o indicador e o médio juntos apontando para cima. Quando estive no Palácio de Topkapi, em Istambul, vi "o" braço direito – os ossos – de João, encastoado em ouro, que antes estivera na Igreja de São João de Pera, quando Istambul era Constantinopla. Soube depois que há registros acadêmicos atestando que "o" braço era o esquerdo, e não o direito que eu vi. É tudo uma grande confusão. A meu ver, proposital.

A questão dos mapas já não estava sendo mencionada. Havia algo em relação a mapas que Catherine já evitava falar, e eu não conseguia deixar de pensar. Agora, mais uma pergunta me assola: o ano de 1321. Foi o ano da morte de Belibaste, quando ele lançou uma "profecia" para dali a 700 anos. "Em setecentos anos voltará a ser verde o loureiro", certamente no sentido de coroa de louros, de vitória, de um ciclo completado, de término da batalha. Sei lá!

41

Sob o pretexto de tomar providências universitárias com relação a meu emprego, fui todas as tardes para o Departamento de História antes de viajar. Li muito sobre os cátaros nos dez livros que fui encomendando à medida que aumentava meu interesse pelo tema e a consciência das minhas limitações. Retomei a atitude de professor que sabe como se preparar para um seminário. Na calma do meu escritório – o mesmo onde recebi a primeira carta de Catherine –, estudei com seriedade a história do movimento cátaro. No começo dessa história com Catherine, meus conhecimentos eram aqueles de um intelectual curioso. Agora, eu não conseguia impedir um forte sentimento de compaixão e espanto por aquelas pessoas no sul da França. Como foi possível a uns poucos milhares de "mulheres e homens bons" – como eles se chamavam – despertar tanta solidariedade nas comunidades onde viveram? Como conseguiram a adesão de tantos amigos (como os templários) para defendê-los, já que viviam sem pegar em armas, sem exército próprio e sem abusos contra terceiros? Faz pensar que a integridade é extremamente perturbadora!

Chega a ser comovente como essas características puderam provocar tanto ódio contra eles, tanta crueldade e injustiça por parte daqueles que pregavam "a verdade" e se apresentavam como representantes da "justiça divina". Como compreender se cruzadas foram organizadas por papas em Roma, com exércitos conduzidos por bispos que, brandindo os emblemas da cristandade oficial, autorizavam os cruzados a matar indiscriminadamente? O crime dos cátaros era de heresia: fazer a escolha de não seguir dogmas que para eles não faziam sentido. Pior: se recusavam a pagar os tributos e pedágios para "a salvação da alma". Portanto, não poderiam ter direito à vida nem às suas propriedades que eram convenientemente confiscadas. Os cátaros só queriam ser considerados bons cristãos, sem precisar de templos, e assim serem deixados em paz. A História nos conta que foi diferente. Foram perseguidos, violentados e aniquilados. A liberdade que respeitavam nos semelhantes e o apego a princípios são, para muitos no poder, insuportáveis. Não se pode argumentar "que era uma conduta de época". A conduta íntegra, bem ajustada no respeito ao semelhante sempre foi conhecida, e não era diferente naquele tempo.

Conversei muito mais com o amigo e colega Severino nas horas que ele podia me dispensar no Departamento de História. Percebi o quanto estava cego para muitos à minha volta e assim estava me relacionando com a superfície epidérmica das pessoas. Talvez eu mesmo esteja com a pele mais sensível, mais permeável ao contato com o "outro" no sentido mais amplo. Certamente, o estado vulnerável em que a paixão me deixou está sendo transformado em sensibilidade. Espero que sim. Percebo que estou menos deprimido e mais recolhido. Antes eu me sentia mais isolado e rabujento, buscando a agitação para não olhar para dentro. Estou mais confortável na minha companhia agora.

Das conversas com Severino, entre outras coisas mais importantes, ficou uma compreensão mais ampla das atividades da Inquisição, não só na Europa como nos desdobramentos no Novo Mundo. Meu amigo não se sentia muito à vontade para discorrer sobre a atuação dos jesuítas e dominicanos no Planalto Central. Dizia que possivelmente eu já sabia mais que ele. Gentileza pura e simples. Ele é um erudito no assunto e partia de constatações documentadas. Mesmo assim, me admirava por eu partir de certezas a serem ainda comprovadas: "Assim como Colombo, que acreditava primeiro para comprovar depois". Não queria me criticar. Ainda assim, deu-me informação relevante para abrir meu leque de opções ao arranhar a superfície desse assunto. Meus temas de estudo sempre foram econômicos e sociais, talvez para compensar o fato de ter nascido rico.

Não se pode negar que a expressão da religião católica na época era carregada de conceitos pesados e preconceitos convenientes. Os portugueses apregoavam que cabia a todos os católicos aceitar a fé, mas aos católicos portugueses cabia também difundi-la apostolicamente, "já que o próprio Deus elegera os portugueses, dentre os demais povos", para essa tarefa. Qualquer semelhança com a história de Israel não será mera coincidência. Ela volta ao Brasil com os holandeses no século XVII. Dessa vez, Amsterdam é a Nova Jerusalém a ser replicada em Pernambuco.

O Brasil recebeu três Visitações do Santo Ofício da Inquisição: Bahia e Pernambuco em 1591; Bahia novamente em 1618; Pará e Maranhão de 1763 a 1768. Como na Europa, a Inquisição mostrou interesse nas áreas de maior vigor econômico. O velho ditado ensina que quem tem o poder econômico detém o poder político. Por ocasião da terceira Visitação, já estava evidente que o poder político era muito beneficiado pelo conhecimento. O Novo Mundo deveria ser privado, ao máximo, de acesso ao conhecimento. O estado de colônia já era perigoso o suficiente pela contaminação com outras culturas e outras práticas rituais. A feitiçaria, a bruxaria, práticas de adivinhação, danças e celebrações pagãs eram sinais inequívocos de independência da autoridade católica.

Fui levado a pensar – sem comprovação documental – que a peça de ouro com as quatro pétalas exibindo cada uma a cruz de Caravaca, ou de Lorraine como prefere Biu, poderia ser uma indicação de que havia conhecimento do esforço catequizador europeu no Centro-Oeste do Brasil. As duas estelas cátaras, as duas medalhas circulares, mostrariam, talvez, a presença opositora de outra força evangelizadora, a dos "bons cristãos", os cátaros. Achei por bem ficar com minha hipótese e não mostrar as peças para Catherine.

Chegada minha hora de despedida, ele, o velho amigo Biu, me abraçou e contou emocionado que sua vida daria uma forte guinada na direção que lhe devolveria a dignidade que sentia haver perdido:

– Celso, gostaria de agradecer o modelo que você foi para mim por todos esses anos – não precisa me interromper –, um modelo de homem seguro, charmoso, cativante e inteligente. Infelizmente – pensava eu –, ficou sem uma companheira, mas o que conheço da sua vida antes de Brasília me parece que foi completa e satisfatória. Quando o conheci, você era um ícone na universidade, e eu tinha vergonha de ser um nordestino pobre, de família humilde, que precisou entrar para um seminário para conseguir o conhecimento que buscava. Você era a imagem do menino bem criado, bonito, cheio de experiências para contar e encantar sua audiência predominantemente feminina. Até dessa faceta, eu sentia certa inveja. Eu teria gostado muito de encantar alguém, mesmo aquelas estudantes jovens e fascinadas.

– Você sempre me atraiu como amigo. A amizade é recíproca, Biu. Você sabe disso!

– Sei, e foi muito importante para mim. Tomás também se sentiu atraído e pela primeira vez me senti amado, cuidado nos meus sentimentos e bem acolhido. Ainda não comuniquei publicamente, mas vou fazer um pós-doutorado em Salamanca. Talvez sobre Santo Agostinho. Quero exercitar meu lado reflexivo, introvertido, que venho negligenciando há anos. Estudei os horrores da Inquisição. Preferi a segurança dos documentos e, no máximo, da busca pela originalidade na interpretação. Agora vou procurar as minhas qualidades filosóficas – talvez poéticas – com a ajuda de Santo Agostinho, talvez. Vou deixar outras pessoas em paz e vou seguir o meu caminho. Seja o que Deus quiser. Oportunamente darei notícias. Terei um novo endereço eletrônico, portanto peço que aguarde o contato da minha parte. Faça uma boa excursão pela Europa, meu amigo. Cuide-se!

Poucos dias depois estávamos – eu e Catherine – decolando para Lisboa.

42

Chegamos ao hotel na Travessa da Mãe d'Água, e Catherine foi prontamente reconhecida pelo recepcionista. As gentilezas foram trocadas e ela logo recebeu uma chave com número de quarto. Para minha surpresa, ela perguntou se havia outro quarto no mesmo andar, "pois teríamos que trabalhar muito". Sim, havia um, "ao lado do dela", providencialmente. Fomos conduzidos aos nossos respectivos aposentos sem que meu desconforto diminuísse e também sem que eu recebesse explicações, fizesse perguntas, ou mesmo que olhares significativos fossem trocados entre nós.

Tranquei a porta do quarto número 29 e fui até a janela. Eu estava zangado. De lá eu via a rua estreita num ponto onde fazia uma curva muito fechada à esquerda. Estrategicamente, no poste à direita havia um espelho convexo para ajudar os motoristas a fazerem a curva com segurança. A observação de detalhes da vista me distraiu do estado de irritação em que me encontrava. Por que Catherine não fez nenhum comentário sobre as condições de hospedagem? Todos os outros locais de estadia que eu reservei nos colocaram no mesmo quarto. Quando a irritação voltava a se manifestar fisiologicamente em mim, com a opressão no peito, ouvi a discreta batida à porta. Mal abri uma fresta, Catherine empurrou a porta com firmeza, fechou suavemente e me deu um beijinho nos lábios que não retribuí. Sentou-se na única poltrona do quarto, olhando para mim. Ainda de pé, fiz um ar de surpresa e perguntei:

– Há algo que eu deva saber?

– Sim, bobinho. Muitas coisas você precisa saber, mas saber na hora certa. Você sabe que Olivier também usa esse hotel e esse mesmo quarto 27. Não, não precisa fazer essa cara! Estamos separados há anos e não nos encontramos aqui. Ele vem quando não estou. É conveniente que a administração do hotel veja a mim e Olivier como marido e mulher. Além do quê, o quarto está alugado em nome dele, que é um consultor da Comunidade Europeia e sujeito a muitas viagens. Entendeu?

– Começo a fazer um vago panorama, só isso. Suponho que deva fingir que somos companheiros de trabalho. Só me faltava essa!

– Pois então relaxe e vamos fazer nosso programa romântico para hoje. Que tal jantarmos num lugar simpático, pequeno, com pouca luz e muito vinho?

Os homens (ou serei eu?) são muito idiotas! Bastou imaginar uma boa comida, um ligeiro estado de embriaguez, com a promessa de uma noite sexualmente animada para me deixar à mercê de manobras, que sei serem de manipulação.

Fomos ao Café Martinho da Arcada, onde só havia ido nos meus tempos de doutoramento em Londres. Fernando Pessoa costumava frequentar e parece que Catherine e Olivier também. O jovem garçom gentil e indiscreto abriu um belo sorriso para Catherine e perguntou se gostaria da mesa de sempre. Ela não perdeu a pose, disse que sim e lá sentamos. Tomávamos um bom vinho e como não havia manifestações explícitas de afeto romântico, o rapaz sentiu-se à vontade para perguntar pelo "esposo". Para um casal "que nunca se encontra em Lisboa", a informação deixou meus sentidos aguçados.

– Não vai perguntar se vim aqui com Olivier?

– Deveria perguntar?

– Sim, se já o conheço bem. Se eu quisesse esconder alguma coisa, não o traria para um lugar onde habitualmente frequentei com um antigo namorado. Você não vai acreditar que foi o segundo homem da minha vida, vai?

– Não, nem acredito que esteja sendo, mas exatamente por respeitar sua história não fiz perguntas sobre temas que não me dizem respeito.

Entretanto, me perguntei *para que* havia dado essa informação gratuita. Será que ela não contava com a indiscrição do moço? Também não lhe disse que minha única visita ao café havia sido com Victoria num intervalo dos meus estudos. O fato é que o jantar foi ótimo, a conversa foi agradável e minha curiosidade só aumentava.

Voltamos de táxi para o hotel exatamente no clima que imaginei: com desejo, cheio de sensualidade e fantasias eróticas. Assim que entramos na Travessa da Mãe D'Água, veio a ducha fria e anticlimática. Catherine esgueirou-se para fora do meu abraço como se estivéssemos numa situação indecente. Minhas fantasias foram embora pelo ralo da frustração, junto com a água fria da ducha. Ela não pareceu perceber meu aborrecimento.

Entramos no hotel como dois bons amigos, recebemos nossas chaves e seguimos para os respectivos quartos. Ela chamou pelo telefone do hotel e não atendi. Chamou pelo celular internacional (!), mas eu já o havia desligado. Verifiquei no dia seguinte. Foi infantil meu comportamento? Talvez, mas foi sincero e me deixou ainda mais atento. Eu diria que despertei como se tivesse dormido bem. Acordei repousado.

Pela manhã, ela foi a meu quarto, bateu à porta e me encontrou saindo do banho. Sem mais delongas, tirou a blusa de *cashmere* que tinha sobre a pele, deixou cair as calças de lã depois de atirar os sapatos para o lado, displicentemente, como que dizendo: "Não estou pensando em outra coisa senão ter relações com você". E, parodiando nosso poeta, como era de costume, obedeci. Foi bom e não foi bom. O homem, a virilidade, os instintos estavam satisfeitos. A alma estava mais inquieta. Parecia uma pantera acuada em grande estado de alerta.

Após o agradável café da manhã, fomos à locadora de automóveis para cumprir o programado: andar pela cidade, visitar o Museu da Marinha, vizinho ao Mosteiro dos Jerônimos (Catherine disse que queria ver alguns modelos de embarcações junto comigo) e irmos juntos aos pontos históricos de onde partiram as expedições ao Novo Mundo. Essa programação foi feita por ela. Parecia querer abastecer nosso estudo com imagens românticas de locais que já conhecíamos.

Eu gostaria de ir outra vez a Tomar, mas Catherine insistia que fôssemos ao sul, para que mostrasse por onde eu pensava que o "tesouro" cátaro, saído de Montségur pudesse ter sido mandado ao Brasil pela "via Catalonia". Expliquei mais uma vez que nunca ouvira falar dessa "via Catalonia" e que minhas histórias para Victoria, décadas atrás, foram inventadas. Catherine aceitava com serenidade essa explicação, mas comecei a perceber certo mau humor, como se eu estivesse sonegando informações. Lembrei-me de Severino dizendo: "Essa mulher é louca!" Fiquei preocupado, mas não fomos ao sul de Portugal. Além do quê, pensando bem, teria sido mais fácil para os transportadores do tal tesouro saírem do sul da Espanha.

Convenci Catherine a aceitar o meu plano. Almoçamos em Óbidos e seguimos para Tomar, onde dormimos. Em Tomar, desfrutamos um bom passeio, mas eu estava obcecado pelas imagens mostradas nas plaquinhas de ouro achadas por Piero. Cheguei a pensar ter visto a roseta com seis pétalas na entrada da igreja do castelo templário. Era o mesmo estilo, não era igual, e encontrei outras variações sobre o tema, sobretudo no topo das abóbadas, no ponto de encontro das linhas de sustentação.

À noite, costumávamos rever nossas anotações e mais um ou outro documento guardado por ela que eu ainda não houvesse examinado. Era ela quem sonegava informações, e não eu. Um desses documentos, uma carta endereçada a um senhor Contarini em Veneza, falava de uma certa

Ixola Oitinticha (com essa grafia) que ficaria a 1500 *mia* a poente de Cabo Verde num mapa de Andrea Bianco, datado do início do século XV, 1432. Perguntei se ela tinha conhecimento desse mapa. Eu sabia que alguns mapas haviam sido feitos e bem calculados com dados colhidos dos mouros. Esse poderia ser um deles. Perguntei:

– Você já viu esse mapa?

– Só vi por fotografias na Internet. É um mapa curioso, pois tem o Oriente acima, obviamente com o Ocidente no lugar onde representamos o sul. Por alguma razão, achavam que o Sol se punha lá em baixo. Não é estranho?

– Mais um ponto para Cristóvão Colombo. Andrea Bianco deveria ser de alguma província na Itália. Ou seriam informações conseguidas na Península Ibérica? Na parte moura, é claro.

– Não há segurança de onde poderiam ter vindo as informações, Celso. Aliás, é mais provável que o mapa tenha sido conhecido nos reinos católicos de Castela ou León. Havia outros mapistas por lá. Esse mapa a que a carta se refere está num museu em Veneza, se for o mapa que estou pensando. Faz parte de um conjunto de dez pergaminhos de pele de cabra chamado de *Liber secretorum fidelium crusis*. Parece ter sido feito em Londres e levado para Veneza, onde ficou aos cuidados da família Contarini.

– Por que não me mostrou essa informação antes? Eu gostaria de ter pesquisado mais sobre esse achado. Agora lembro que há uma controvérsia quanto à chegada de João Ramalho ao Brasil. Manoel da Nóbrega, um visitador da Inquisição, diz que João Ramalho chegou ao Brasil em 1512. Mas corre uma lenda que ele teria chegado a São Vicente, litoral de São Paulo, em 1492. O ano mágico de 1492! Viagem de Colombo, Reconquista (do território mouro na Espanha) e outras coisas mais. Devo dizer que lamento muito não ter sabido sobre essa carta antes de sair do Brasil!

– Eu já lhe disse, querido, há um tempo para tudo. Achei melhor estudarmos na Europa as coisas que estão por aqui, e estudar no Brasil as coisas que estão por lá. Não vejo por que ficar tão irritado por não ter visto essa carta antes.

– Essa lenda sobre a chegada de João Ramalho ao litoral de São Vicente menciona o que pode ser essa *Ixola Oitinticha*. Ele teria chegado a essa ilha em 1492. Talvez o esforço de Nóbrega para colocá-lo na Bahia em 1512 fosse uma manobra diversionista. Nós sabemos o medo que tinham os inquisidores da possibilidade de alguém encontrar o paraíso na Terra. Seria o mesmo transtorno de se encontrar os ossos de Jesus em algum lugar. Vários dogmas seriam contestados.

– Verdade? É interessante, sem dúvida. Amanhã já estaremos no hotel em Lisboa e conversaremos mais sobre isso. Como você sabe, naquela época, alusão a nomes, datas e lugares são tão confiáveis quanto as fontes. Depende de: em quem você acredita.

Ela fingiu descaso pelo assunto. Esse passeio por Portugal – me parecia – era bem, e nada mais, que um passeio. Catherine não estava muito disposta a examinar detalhes dos castelos, tirar fotos ou se deter em minúcias. Parecia estar me guiando numa viagem turística superficial. Cheguei a pensar que era retaliação por ter sofrido o mesmo em Brasília. Estávamos em Tomar, no mesmo quarto de hotel, e eu já não queria me revelar mais, demonstrando interesses específicos. Anotei mentalmente que precisava ter mais informações com relação a esses mapas. A informação não me parecia casual.

Almoçamos com a bela vista da torre do forte num simpático restaurante na rua principal de Tomar. Logo após, seguimos para Lisboa, onde chegamos no final da tarde. Cada um para os seus aposentos, como – agora – eu desejava. Abri meu computador e procurei primeiro as mensagens recebidas. Lá estavam duas importantes: uma de Cláudia, chegada há pouco de Vila Boa de Goyaz. (Já sinto dificuldade de chamar Goiás Velho, como todo mundo):

> "Querido Celso,
>
> Tentando encontrar, de alguma forma, sinais da presença de Piero, encontrei um pequeno bilhete para você. Estava dentro de um livro que me havia dado há mais tempo, antes que vocês aparecessem, portanto *foi colocado depois que se foram.* Diz assim:
>
> *Meu caro professor, a língua da verdade não pertence a nenhuma linguagem conhecida. São códigos, e todos os códigos podem ser decifrados. São feitos para isso. São tesouros. A chave desse tesouro está embaixo da língua do poeta. O profeta e o poeta são o cerne; os outros são a casca.*
>
> Achei que deveria informá-lo desse bilhete que encontrei ontem. Espero que esteja bem, assim como nossos amigos. Está em Brasília? Dê notícias. Beijos afetuosos,
>
> Cláudia"

Mais uma surpresa enigmática. Lembrei-me de que Pascale mencionou um livro que Cláudia lhe havia mostrado, presente de Piero, cujo autor Pascale não lembrava. A outra mensagem vinha de Adriana:

"Celso, meu querido amigo,

Soube por nossos amigos John e Pascale que você está na Europa. Talvez ainda esteja em Portugal. Gostaria que você fosse dos primeiros a saber que eu e Tomás estamos separados e em processo de divórcio. Está tudo aparentemente calmo. Acredito que Tomás escreverá a você assim que estiver instalado em Barcelona. Pediu e conseguiu a remoção para o consulado. Desculpe o estilo telegráfico e lacônico, mas é como posso fazer no momento. Beijos,

Drika"

Então, Tomás também foi para a Espanha! É a vida e seus estranhos caminhos. Não faz muito tempo desde que recebi a primeira carta de Catherine iniciando nossa comunicação. Ela sugeria que nos comunicássemos por e-mail usando contas diferentes das nossas habituais. Ela ainda usa na comunicação comigo o apelido de *madeleine*. Agora começa a fazer sentido. Talvez ela temesse estar sendo monitorada. Atribuiu esse cuidado para proteger Olivier, seu ex-marido, que ficaria exposto por tê-la ajudado com os documentos que subtraiu da obra em Veneza e escondeu em Firenze, num banco. Pode não ter sido a primeira vez que fazem isso, e pode não ser a mais importante! Parece que continuo mesmo um *jeca-tatu,* fazendo jus ao apelido que escolhi na ocasião.

Começo a ficar mais esperto e mais assustado. Onde será que me meti? Terá sido esse o aviso da britânica Victoria quando disse: "Espero que saiba onde está se metendo?" Não, pelo visto, eu não sabia, se é que sei. As águas estão ficando mais turvas. Pior, não consigo dissociar essa consciência dos fatos da minha enorme atração pela Catherine. Pareço Ulisses, querendo não escutar o canto das sereias. Refazendo a colocação, acho melhor pensar que eu estou dissociado ao não separar uma coisa da outra. É como se "eu" soubesse, mas o Celso não quer mudar de atitude. Não querer sair da ignorância é um grande problema!

Não vou responder às duas amigas agora. Vou, isso sim, apagar as mensagens. Já recebi os recados. Procurei informações sobre os mapas antigos e refresquei a memória com novas informações e a cronologia de outros mapas, desde Ptolomeu. Antes de Andrea Bianco, um outro mapista, Petrus Vesconte, já havia composto um mapa-múndi parecidíssimo com o mapa de Bianco, que na Internet encontrei como Biancho. O mapa de Vesconte também mostra o Oriente para cima. Para mim, obviamente, havia uma alusão moura na importância dada ao Oriente, mesmo que o centro do mundo não fosse representado graficamente em Jerusalém. E qual foi a maior surpresa? A data do mapa de Vesconte era 1321! O mesmo ano oficialmente reconhecido como o fim do catarismo na Europa. Alguma coisa faz sentido, mas eu não sei o que é! É como um letreiro de neon piscando, mas não consigo ler a mensagem. Não devo demorar muito, ainda preciso me aprontar para o jantar. Iríamos a um restaurante não muito longe, na Avenida da Liberdade.

Uma vez pronto, desci para o *lobby* e esperei Catherine descer. Desceu. Estava muito atraente com a mesma roupa do nosso primeiro encontro na varanda, na primeira noite dela em Brasília. O olhar dela foi de enorme confiança no seu desempenho e capacidade de sedução. Era verdade: eu fiquei hipnotizado e muito mobilizado sexualmente. Ela sussurrou ao pé do ouvido:

– Você vai dormir no meu quarto essa noite. Eu sei que vou gostar e amanhã lhe darei um presente. Você não faz ideia de como me sinto envolvida com você. Eu me sinto protegida e feliz.

Eu já não pensava mais. Fomos para o restaurante, a comida estava maravilhosa, o vinho idem e a esperada hora de voltar para o hotel chegou. Sequer fui ao quarto 29. Catherine me puxou para o quarto dela, e a noite foi de um encontro apaixonado como no início do nosso caso de amor.

Cedo pela manhã, foi difícil esgueirar-me semivestido para meu quarto. Já nem lembrava da irritação que senti quando chegamos e me senti asilado noutro aposento. O café da manhã foi calmo, carinhoso e algumas juras de amor foram pronunciadas.

– Eu gostei muito dessa noite. Muito mesmo! Agora chegou a hora do seu presente.

A promessa de presente já estava arquivada e esquecida nos meus guardados mentais. Eu já me sentia presenteado e amplamente recompensado pelos últimos dissabores. Uma vez no quarto dela, sentamos lado a lado na cama, ela me deu um beijo carinhoso, abriu o guarda-roupa e inclinou-se em direção ao cofre de segurança. Ainda era de um modelo antigo, daqueles que precisam da inserção do cartão magnético do cliente além de uma senha numérica. A tranca fez o ruído característico ao abrir. Dentro havia uma espécie de garrafa térmica um pouco maior, de cor metálica prateada. Ela abriu a tampa de rosca e buscou um par de luvas brancas de algodão que também estavam no cofre. Eram dois pares. Deu-me as luvas maiores, que deviam ser para uso de Olivier, e com desenvoltura calçou o seu par. Com cuidado, retirou o que parecia um pergaminho, protegido por duas folhas de plástico transparente, firme, mas flexível. Era uma espécie de envelope lacrado.

Eu estava num estado de alerta e tensão que só avaliei mais tarde, pelas dores musculares que senti. Ela desenrolou o papiro de pele de cabra – que chamou de pelerine – no meu colo. Consegui manter o ar de calma, espero. Era um mapa assinado por Petrus Vesconte, com data legível de (surpresa!) 1321. Parecia ser parte de um trabalho maior porque o desenho ultrapassava o espaço do pergaminho. O Ocidente estava para baixo, e a parte de terra firme, o leste, estava acima no desenho. Ali era claramente a Península Ibérica e uma parte da costa africana. A expressão *Ixola Otenticha* (outra grafia, diferente da que eu havia investigado) estava na parte terrestre vista abaixo, uma área muito grande em comparação com a Península Ibérica e mais parecida com o que seria a África da qual estava separada por uma faixa relativamente estreita de oceano. Não era o mesmo mapa que eu havia visto na Internet. No canto direito do mapa havia um desenho bem pequeno. Era um disco com quatro círculos retirados, formando aquela espécie de hélice, como na peça de ouro que Piero achou. A meu ver, uma estela discoidal cátara.

Consegui não me manifestar a respeito do que percebi. Era muito pequeno em relação ao todo para chamar minha atenção naturalmente. Deixei passar como desapercebido. Tampouco revelei que o nome Petrus Vesconte não me era desconhecido.

– Estou em choque, Catherine! O que significa isso? Esse é um tesouro do século XIV guardado num quarto de hotel?

– Estava entre os documentos que Olivier encontrou e está aqui especialmente para que você visse, ficasse em choque e me desse ainda mais crédito quanto aos objetivos de minha – da nossa – pesquisa.

– Já estou completamente confuso, querida! Quais são os objetivos de sua pesquisa? A minha pesquisa trata de examinar a fonte e natureza dos recursos investidos no Brasil de 1500 a 1520.

– Pois bem! Se você quiser separar, a minha é descobrir onde foi investido o tesouro cátaro que saiu do Languedoc – de vários lugares, não apenas de Montségur, como achava Hitler –, passou pela Catalonia, ou Catalunha, como queira, e de alguma forma chegou ao Brasil. Talvez tendo passado de mão em mão. De aliado para inimigo, de cátaros a templários, de templários a reis e nobres portugueses, e de navegadores a exploradores do Planalto Central. Temos aí um espaço de tempo de 1200 a 1700. Quinhentos anos para que nos ocupemos do assunto. Seus vinte anos estão incluídos nesse período.

Achei que foi sarcástica e sutilmente ameaçadora no tom. Lembrei certa vez, numa conversa com Drika, quando ela discorria sobre o feminino, qual aluna aplicada, que este aspecto é tão inspirador quanto devorador. Jung, dizia ela, sugeria que se tivesse muito respeito para com o feminino. Essa faceta da vida psíquica apresenta-se com muitas formas, inclusive na forma de mulher. Eu me sentia na presença desse feminino simbólico que não se confundia com a figura da Catherine. Ia além. Algo havia mudado em mim, pois Catherine parecia a mesma.

– Não quero separar nada, querida. Mas quero perguntar o que vocês vão fazer com este mapa, com os documentos que estão em Firenze...

– Que horror, Celso! Agora sou eu que estou chocada. Vocês ou nós? Nós vamos resolver essa questão. Olivier me entregou os documentos para me ajudar, e você os vem usando comigo. Olivier colocou em risco sua reputação e sua carreira assim fazendo. Você e eu somos os usuários desse material.

Tremi! Usuários ou cúmplices? Pensei: "E eu sinto que estou arriscando minha liberdade, ou mesmo a vida, nessa história". Ela, ainda em Brasília, me havia alertado sobre os perigos do comércio clandestino de documentos históricos e tesouros arqueológicos.

– Sim, eu entendo, mas não podemos andar por aí cruzando fronteiras e transportando material histórico do qual os museus da Comunidade Europeia não têm informações.

Se arrependimento matasse, eu teria morrido ao dizer isso. Senti que todos os mecanismos de defesa da Catherine se mobilizaram. A fisionomia mudou e mais uma vez me senti em perigo. Passei a dar sugestões em vez de fazer perguntas.

– Sugiro, depois desse achado, que façamos algumas alterações no plano inicial. Vamos deixar esse mapa de Vesconte quieto e guardado onde está. Apesar de todo meu interesse em seguirmos de carro pelo sul da Espanha e sentir na pele a presença mourisca, acho mais produtivo irmos de avião a Barcelona ou Paris, alugarmos outro carro, e nos demorarmos mais no território cátaro do Languedoc. Estaríamos mais no clima da sua pesquisa.

– Nossa pesquisa.

– Não, sua pesquisa. Para mim seria mais interessante andar mais por Portugal e Espanha vendo os lugares com outros olhos e com uma nova visão depois desses meses cheios de mudanças e surpresas.

– Está zangado comigo?

– De forma alguma! Apenas mais surpreso do que pensei que pudesse ficar. Você é surpreendente, e eu já sabia disso. Concorda em mudarmos o plano e sairmos de Lisboa num voo para...

– Barcelona!

– Acha melhor que Milão?

– Acho, porque poderíamos continuar a viagem de carro para Veneza, sem precisar passar por Milão. Começando por Milão, viajaríamos no sentido contrário do nosso objetivo, Veneza.

Pensei que nosso último destino fosse Bruxelas e nosso objetivo fosse o Languedoc, no sul da França. Não quis adiantar, mas Barcelona traria o risco de termos que estar com Tomás, se eu receber alguma notícia dele. Eu teria que me preparar para revelações indiscretas como o teor das conversas com Severino, acusar recebimento de mensagem de Adriana, etc. Não me agradava, mas concordei.

Naquela mesma manhã, comecei a tomar as providências para o novo plano de viagem. É curioso como as coisas mudam com os ventos que sopram. Não controlamos nada! Permitimos, ou não, que o *novo* aconteça. A vida normal é a vida sem desafios, sem criatividade e, de preferência, sem perigos. Confesso que estava bem acostumado a resmungar do tédio. Reclamar da possibilidade de perigos reais não estava nos meus planos, assim como não estava nos planos de Drika e Tomás enfrentar tantas mudanças na vida pessoal, na carreira e na família.

Stan, nos últimos tempos, revelava cada vez mais a sua mortalidade. Depois de alguns exames, feitos em consequência do constante desconforto que já impedia nossos encontros, ficamos sabendo que estava com um câncer de próstata que precisaria ser operado, apesar da idade. Lucien e Bia, generosamente, se ofereceram para cuidar dele no que fosse necessário, enquanto nós estivéssemos fora do país.

Na noite desse mesmo dia, recebi a esperada (temida?) mensagem de Tomás:

> "Estimado Celso,
>
> Estou em Barcelona. Não quero perguntar o quanto você tem de informações sobre os últimos acontecimentos. Temo que saiba mais do que meus pudores gostariam de suportar. Pedi minha remoção para o consulado aqui há vários meses. Adriana soube desde o começo, mas com o passar do tempo, decidiu não me acompanhar, e com razão. Quando finalmente foi oficializada minha mudança, Adriana pediu que começássemos o processo de divórcio já que ela pretende seguir seu caminho na carreira de uma forma diferente da minha. Só conversei com Biu sobre essas coisas e ele me disse que havia dito a você do desejo de sair de Brasília para fazer um pós-doutoramento. Ele conseguiu essa possibilidade em Salamanca e está feliz.
>
> Ainda não estou com uma residência definitiva, mas o apartamento temporário é confortável o suficiente para hospedar você e Catherine,

se quiserem passar por Barcelona. Por favor, me avisem, se assim for do seu agrado. Afetuosamente,

Tomás".

Achei que deveria responder imediatamente e não fazer jogos desnecessários:

"Tomás, meu caro amigo,

Fico aliviado de saber por você que as coisas correm como devem correr nas circunstâncias. Você sabe que, para mim, informações não representam conhecimento e muito menos sentimentos. O que eu sinto é um enorme bem-querer pelos amigos. Por cada um, individualmente, e de uma forma especial. Se você está bem, eu fico feliz. Espero vê-lo logo que possível. Infelizmente, passaremos por Barcelona apenas para alugar um carro no aeroporto, seguindo logo para a França, onde teremos trabalho a fazer.

Logo que você estiver instalado e acomodado na cidade, avise e terei o maior prazer em visitá-lo, quando for conveniente para você. Com os melhores votos de felicidade, afetuosamente,

Celso."

Pronto. Foi praticamente indolor e não consigo saber por que estava tão apreensivo com uma eventual mensagem de Tomás. Ao contrário, senti-me mais confortável em responder da forma como sentia do que naquele dia na lancha quando a relação dele com Drika me deixou tão inquieto. Parece que minha relação com o discurso encoberto é difícil. Acho que não seria um bom político! Naturalmente, percebi que minha resposta a Tomás foi formal. Mais do que seria para Drika. Pode ser que, estando a relação com Catherine algo nublada, estilo águas turvas, minha sensibilidade para o feminino esteja aguçada. Achei a mensagem dela cheia de sutilezas. Mas não senti isso com a mensagem de Tomás. Pareceu-me calmo, verdadeiro e discreto, enquanto sinto a comunicação com Catherine tensa, vaga e encoberta. Mesmo sabendo intelectualmente das condições, algo em mim quer dizer, ingenuamente, que "isso é uma fase e vai passar". Mesmo na minha idade! Nada passa e as pessoas não mudam. Preciso dar aquele não corajoso de que falava minha filha sobre o fim de uma relação que o coração não quer terminar, mas a razão sabe que precisa. Estou preso na armadilha. Verifiquei, no entanto, que eu não tinha que estar com Tomás ou com quem quer que fosse se isso não fizesse parte da minha agenda. Que coisa simples para descobrir tão tarde! Liberdade não é fazer o que quer; é *não ter que* fazer o que não precisa.

Era a hora de responder Cláudia e Adriana:

> "Querida Cláudia,
>
> Estou em Lisboa com Catherine. Faremos algumas viagens de reconhecimento de terreno para nos ajudar com a pesquisa, mas o bom mesmo é que o passeio tem sido agradável e relaxante.
>
> Fiquei muito sensibilizado com o bilhete de Piero. Tenho pensado nele com muito carinho e gratidão. Ele abriu meus olhos para muitas questões importantes sobre as quais gostaria de conversar com você quando voltar. Obrigado pela enorme delicadeza de compartilhar o bilhete comigo. Cuide-se e até breve! Beijos,
>
> Celso."

Próxima:

> "Drika, minha querida,
>
> Senti sua tristeza e angústia como se você estivesse do meu lado. Entendo perfeitamente seu estado de espírito e me recrimino por não ter conversado com você antes de viajar. Você haverá de compreender que era difícil para mim avaliar a situação. Assim resolvi pecar pela ausência e não pela intromissão. Logo estarei de volta e você será a primeira pessoa que desejo encontrar. Beijos do amigo de sempre,
>
> Celso".

Jantamos essa noite num pequeno restaurante na própria Travessa da Mãe D'Água, uns cinquenta metros rua abaixo de onde está o hotel. Tomamos o vinho da casa e comemos bem. Havia um clima de despedida, ainda que no dia seguinte estivesse programada uma visita ao museu naval e ainda quiséssemos passear um pouco e fazer compras no *shopping* das Amoreiras. Voltamos ao hotel como quem volta de uma longa caminhada. Eu estava completamente exausto, sem energia para nada. Fomos para os nossos respectivos aposentos, e eu dormi pesadamente.

Acordei bem e nos dirigimos para o Mosteiro dos Jerônimos e sua característica arquitetura manuelina, tão rica e impressionante. Os detalhes me levam sempre a buscar significados encobertos. Talvez seja apenas o encanto encoberto próprio dos detalhes. "Os deuses moram nos detalhes", não é verdade?

Caminhamos do Mosteiro para o museu naval, e eu mal conseguia conter minha curiosidade para descobrir a razão dessa visita específica, sugerida por Catherine.

Vimos muitas maquetes e réplicas das embarcações da época dos descobrimentos. Uma delas mostrava um círculo contendo uma flor de seis pétalas. Outra das figuras encontradas por Piero. O mesmo estilo daquele emblema que aparecia no canto direito do mapa – ou parte de um mapa – feito por Vesconte em 1321. Mais uma vez, não me manifestei, até que Catherine tomou a iniciativa da conversa. Nosso tempo estava correndo e essa fase da história precisaria ser encerrada:

– Está vendo aquela roseta, Celso? Aquele círculo com uma forma de flor?

– Aquele asterisco entre duas cruzes templárias?– Exagerei no disfarçar.

– Não é um simples adorno. Já vi aquela forma no norte da Itália, perto de Milão, e no sul da França aparecem formas muito parecidas. Nos meus estudos de História Medieval fui levada a supor que é uma variação da Cruz de Salomão. Se você visse hoje a Cruz de Salomão, não hesitaria em me corrigir, dizendo que seria a Estrela de Davi. Curiosamente, o judaísmo só adotou a Estrela de Davi como emblema no século XVI quando foi decidido que não estava limitado a seis pontas. O centro seria a importante – e sutil – sétima ponta. Como você pode ver, aquela rosácea que parece uma margarida tem seis pétalas e um botão bem marcado no centro. Nada sutil, ao contrário, chama atenção para o centro.

– É verdade, mas aonde você quer chegar?

– Já cheguei. Veja que esse tipo de embarcação é do século XV. Parece que os cruzados que participaram da tomada de Jerusalém, especialmente os que trabalharam nas escavações do templo de Salomão, se distinguiam usando essa imagem, que chamamos hoje de Estrela de Davi, costurada nas túnicas. A imagem mostra dois triângulos: um masculino apontando para cima, para o céu e o espírito. O outro é feminino, apontando para baixo, para a terra e a fertilidade. É possível que a forma tenha evoluído na Idade Média para a forma de flor, que contém os dois princípios, como era do gosto dos dualistas, sejam maniqueus, patarini ou cátaros. O monoteísmo judaico ficou com a estrela, enquanto o cristianismo (menos monoteísta) ficou com a cruz.

– Depois gostaria de saber o que você entende por “menos monoteísta”. Continue, por favor.

– Não acha que pode ser mais um indício de que os cátaros estavam de fato interessados nas terras do Novo Mundo, antes de Colombo? Aquele sinal na embarcação poderia indicar uma qualidade particular, como transportadora de valores cátaros. Aquela nau é um galeão, própria para o transporte de cargas maiores.

– Certamente, o mapa de Bianco ("e de Vesconte", pensei), além de tudo que já vimos antes, permite essa leitura. O que me intriga há algum tempo, Catherine, é a impressão de que você considera o tesouro dos cátaros algo palpável, materialmente palpável.

– É verdade. Ainda que sejam alguns documentos, uns poucos objetos, será um tesouro palpável, não acha? Não sou idiota de pensar que quatro *parfaits,* quatro pastores cátaros, conseguiriam fazer um *rapel*, descendo por cordas de Montségur sitiado, no escuro, carregando arcas de tesouro. Só a mente delirante de Hitler pensou isso e dinamitou todas as cavernas que encontrou na região, procurando ouro. Obviamente, você pensa que o tesouro dos cátaros é algo simbólico, poético como a sabedoria, místico como a verdade. Não é?

– Mais ou menos.

Estúpida ela não é! É esperta, cuidadosa na apresentação das questões e ardilosa nas armadilhas. Uma frase me alertou: "... alguns documentos, uns poucos objetos, seriam um tesouro". Decerto, valeriam uma fortuna.

Piero Clausi estava na mesma sintonia, tanto comigo como com Catherine. Tenho a convicção de que pensava como eu, mas desconfiava de outros interesses que poderiam estar envolvidos nessa busca de Catherine. Médico, estudioso da História da Medicina e a serviço de uma organização oficial de inteligência que nunca descuidou da importância do saber, ele percebeu – ou sabia – a importância daquelas imagens que achou perto da Vila Boa de Goyás. Ainda fez uma brincadeira, uma charada: na frente de John me pediu segredo por algum tempo até poder mostrar as peças a Catherine. Isso seria em Brasília, já bem longe dele e da cidade. Piero achou que John podia saber, mesmo – ou por isso mesmo – suspeitando de que o casal americano poderia ter vínculos com a inteligência estadunidense.

Piero não poderia ter garantias de que, uma vez em Brasília, eu não mostraria as peças a Catherine. Ele confiava em John e Pascale, mas não confiava em Catherine! Só agora me dou conta desse recado. No momento, parece que Catherine está testando as águas e, aos poucos, me apresentando a algumas imagens e alguns significados. Ela está procurando tesouros cátaros que valem muito dinheiro. Sabe que não estão na Europa e espera que estejam no meio do Brasil! Pior: desconfia que eu saiba. É muito doido e, ao mesmo tempo, muito perigoso. E por que Catherine teria mandado a Victoria o meu *e-mail* pessoal? Mais um teste? Estaria esperando que eu fizesse algum comentário? Uma inconfidência?

Antes que o esquecimento tomasse as medidas de que gosta, perguntei:

– Por que existiria uma religião mais ou menos monoteísta?

– Porque é mais fácil considerar o monoteísmo como a religião de um Deus. Estou certa de que você haverá de concordar que monoteísmo é saber que Deus é UM!

– Concordo, mas como fica o politeísmo para você?

– Fica muito mais divertido. Muito mais fácil. Para cada dificuldade, um deus; para cada celebração, outro. É menos complicado. Mas dificulta o esforço para a contínua compreensão da vida.

– E por que fica mais divertido?

– Ora, porque podemos ter mais obras de arte, mais amuletos, uma decoração mais elaborada e consequentemente mais reveladora. A sofisticação e a vulgaridade ficam com mais espaço de manifestação. É bem mais divertido que o agnosticismo, que a meu ver é conveniente apenas para a investigacao científica.

– Imagino o porquê, mas explique, por favor.

– Gnose – como já conversamos tanto – é conhecimento. Um conhecimento profundo, difícil de definir e que traz um *sentimento* de alívio. Isso é diferente da *pretensão* de ter atingido o saber. Agnóstico, por outro lado, é aquele que afirma saber que não se pode conhecer tudo profundamente. Assim, fica-se arranhando a superfície até que algo aconteça.

– O quê, por exemplo?

– Uma epifania, uma revelação mística, um surto psicótico... Alguma coisa do gênero!

Não foi uma novidade e muito menos uma epifania, mas gostei da forma como ela colocou a questão. Soou mais convincente. O tom era de quem falava de uma experiência pessoal. Eu, por conveniência, vinha me contentando em ser agnóstico. Bem, afinal sou um acadêmico e acho que a conversão ao paganismo que alardeio sempre foi um bom tema de conversa em reuniões entediantes.

– Então, como você considera o aprendizado acadêmico, Catherine? Nós dois somos professores doutores em universidades respeitadas. Ganhamos a vida ensinando e pesquisando.

– O aprendizado acadêmico, convenhamos, é um nível elementar de atividade educacional. Entretanto, é preciso passar pelos estágios primitivos para que um nível superior possa ser reconhecido e aproveitado. A academia é mais importante como polo de convivência do que como escola. A maioria das aulas é inútil e oferecida por professores entediados, com vontade de ir para a biblioteca ou para o computador.

Escutei, mas minha atenção estava voltada para as delicadas maquetes de navios. A imaginação estava batendo asas e eu imaginava Portugal como uma espécie de Cabo Canaveral da época. (Nunca penso em "Cabo Kennedy").

Saímos do museu para o almoço num restaurante ao lado do grande monumento à beira do Tejo que celebra as navegações de descobrimento. O rei Dom Henrique, à frente dos companheiros, segura uma miniatura de caravela como a esperar pela nova oportunidade de pousá-la no rio e deixar que flutue.

Eu estava inquieto com as novas colocações de Catherine. Estaria eu arranhando a superfície da vida esperando por uma epifania? Uma revelação, que seja? Poderia vir um surto psicótico, segundo ela, o que me faz pensar que é uma forma de não assumir a responsabilidade pela visão mística. Nem todos têm estrutura para encarar esse tipo de revelação. Certamente não tenho, ou nunca me vi forçado a ficar com os olhos bem abertos, vendo. Minha avaliação parecia apontar o surto como a opção mais plausível. Achei que estava sendo indelicado comigo mesmo. Afinal, não devo ser tão incompetente... Mas a hipótese estava sendo considerada.

Enquanto isso, o almoço fluía em nossa mesa, ao lado da grande parede envidraçada da sala que avançava sobre o rio Tejo. Parecia que éramos nós que estávamos flutuando na caravela de Dom Henrique. Sem dúvida, para mim, vinha sendo uma viagem de descobrimentos. Era mais um momento agradável de convivência com Catherine. Percebi que ela havia discorrido um pouco sobre a roseta que vimos na popa do galeão, e eu não escutei, mergulhado que estava nos meus devaneios. Quem sabe essa não terá sido uma pequena revelação?

Achei que seria delicado – e instrutivo – se eu fizesse algumas perguntas para preencher as lacunas que certamente ficaram na conversa.

– Afinal, os cátaros eram gnósticos ou não?

– Tem certeza de que quer escutar a resposta? Eu sou professora, como você, e perguntas como essa fazem a professora entrar em transe discursivo, e o aluno entediado vai querer sair para a biblioteca!

Talvez eu não seja o proverbial professor. Diante de uma pergunta dessas, minha inclinação seria dizer "sim" ou "não" e pedir mais uma garrafa daquele ótimo vinho alentejano.

– Estou curioso. A gnose me causa uma inquietação intrigante. Aparentemente é paradoxal que o dualismo seja ao mesmo tempo gnóstico. A gnose não é a busca do conhecimento único, indivisível, monoteísta?

– O universo gnóstico é inexoravelmente cindido entre luz e sombra.

Essas realidades simbólicas – já que percebi que você ia interromper – onde a sombra sempre representa a possibilidade de um ataque ao reino na luz. É claro que é uma ameaça assustadora. É assustador ficar no escuro. O lado bom desse assalto não vem, é óbvio, da angústia causada pela possibilidade desse ataque. O fato de acontecer a escuridão é que dispara uma reação que de outra forma não aconteceria.

– A Criação poderia ser o resultado desse ataque?

– Claro! Para que o *Fiat Lux* se não tivessem apagado a luz? Daí a diferença entre a força criadora e o agente da criação, esse demiurgo imperfeito que cria um mundo imperfeito.

– Não é psicótico isso?

– Você quer dizer no sentido de ser dissociado, paradoxal? Sim. Já que surgimos num mundo dissociado, é natural que sejamos todos um tanto assim. Por isso desejamos tanto a tal da integridade psíquica. Porque não é possível tê-la. A teologia cristã atribui a Jesus, e a Jesus apenas, a capacidade de se identificar com a Força Criadora. Para os dualistas, essa identificação é uma possibilidade individual, se o indivíduo estiver à altura do desafio.

– E se não estiver, enlouquece?

– Depende de quem estiver definindo loucura. Vejamos um paralelo: crescer sem um pai é difícil. A falta de um pai é doída, difícil de suprir. Mas se o indivíduo estiver à altura, ele permitirá que uma sabedoria ancestral se manifeste.

– Meu analista chamaria a isso de sabedoria arquetípica. Porém, atribuiria um valor mais forte à imagem feminina e chamaria de Sofia.

– Essa sabedoria ancestral – arquetípica, que seja – não teria que passar pelas projeções e expectativas de um pai, seja internalizado ou externo, *de verdade*, como se diz. E não tem nome.

– Vou ter que pensar mais sobre isso.

– Você já está pensando, Celso. A diferença é que meu analista foi melhor do que o seu. Mais vinho?

Voltamos ao hotel, descansamos e tomamos as providências para viajar a Barcelona. Na privacidade do meu quarto número 29, escrevi para o amigo Biu, como são todos os Severinos do Nordeste:

> "Estimado Biu,
>
> Espero que esteja bem adaptado ao novo ambiente de trabalho em Salamanca. Agradeço a conversa esclarecedora, iluminada, que você me proporcionou antes da minha partida para Lisboa.

Ainda não me dei conta dos meus caminhos, por onde ando, quem sou e com quem estou. Posso assegurar que já não sou o mesmo de um ano atrás. Sempre valorizei muito o conhecimento e a informação. Continuo valorizando, mas uma fonte nova de clareza me põe a descoberto. Será a tal *gnosis kardias*, o saber do coração, que se ajusta tão bem a Platão, Ficino e Hillman? Encontrei algumas referências (o inevitável Google) sobre esse saber em Agostinho, que é objeto do seu estudo no momento.

Cada vez mais entendo menos e acho que compreendo mais. É complicado, mas faz sentido para mim. Tudo parece convergir para um ponto no horizonte virtual. As palavras, o encontro com estudiosos da filosofia da ciência, a suspeita pairando no ar de que cátaros, templários, cabalistas e derviches vêm buscando o mesmo e dedos apontando para João Batista como se ele tivesse conseguido tocar esse saber. Agora sinto mais a sua falta! Abraços,

Celso".

E Piero não me saía da cabeça. Era médico e pesquisador. Estava na Síria procurando alguma coisa na região onde brotaram os primeiros hospitais. Lá encontrou a mãe de Cláudia, esposa de médico e mãe da médica. Só para deixar minha mente alerta para com o tema que martelava minha consciência: Medicina, saber, vida e morte, vocação. Quem sabe tem poder. Quem tem poder precisa saber o que fazer com o conhecimento. Piero não voltou ao mesmo lugar para passear. Voltou em busca de informação. Ou inspiração? Deve ter achado, pois precisou morrer por isso. Que sei eu sobre busca de informações e inteligência estratégica? Mas já me disseram que a melhor fonte de informações hoje é material publicado. A informação precisa ser entendida, analisada e elaborada para se transformar em conhecimento estratégico. Decidi fazer minhas próprias buscas, ainda que na superfície das fontes. Pois é, vou arranhar um pouco mais a superfície das coisas, como dizem que faço.

Na época dos primeiros hospitais sírios, antes da nossa Era Comum, assim como hoje, os feiticeiros "curavam" para exercer poder, enquanto os médicos buscavam as razões do corpo e do espírito. Não é o fato de ser diplomado em Medicina que caracteriza o espírito de médico a que me refiro. Estou pensando em um indivíduo com uma missão, um chamado especial. Vocação, no sentido etimológico.

Eu já estava convencido de que o conhecimento só pode ser adquirido por uma combinação entre os sentidos e aspectos da alma. Eu parecia aprender que o conhecimento que importa é uma escolha, um gesto de liberdade desprovido de medo. É uma forma de conhecer que poderia ser chamada de "não conhecimento". Parte desse conhecimento se revela pelo intelecto e pela observação, e outra parte é aprendida não pelas palavras e construções lógicas, mas pelo silêncio interior. O corpo precisa estar presente em toda plenitude, como manifestação exterior da alma.

O cansaço do dia e seus eventos, a calma da noite e minha inquietação fizeram que minha resistência caísse e eu já não pensasse. Parecia que os pensamentos me pensavam. Eu estava sonolento, mas lembro de que me ocorreram pensamentos sobre a gnose e o conhecimento. Pela manhã lembrei que um pensamento era como um lembrete: eu só poderia saber a verdade se a experimentasse. Não posso saber apenas por ler e ouvir dizer e, se tenho que experimentar, sou obrigado a errar muito antes de atingir o conhecimento. Um conhecimento que repele o conhecimento tradicional. Preciso errar... Dormi.

Sonhei que eu caminhava de uma ruína cátara a outra, maltrapilho, vestido como um peregrino medieval a caminho de Jerusalém. Eu via corpos despedaçados pelo caminho enquanto questionava preceitos cristãos (ou seriam preconceitos cristãos?). Qual o sentido da vida? Por que não fiquei na minha casa? Onde era minha casa? Quando olhei novamente para a próxima ruína, vi que não era mais que a carcaça de um pequeno pássaro abatido. Uma voz me dizia: "Aquele que sai do lugar que ama é condenado a habitar essa perda para sempre". Acordei!

Não foi surpresa encontrar uma resposta bem ao estilo do amigo Severino:

> "Celso, meu velho,
>
> Você não sentirá minha falta porque estarei sempre por perto. Estou bem adaptado, morando num pequeno apartamento na parte medieval da cidade, perto o suficiente da universidade para caminhar, respirando os ares de uma Universidade!
>
> Estou feliz. Não terei muito tempo para escrever agora, mas esse lugar respira os ares de Santo Agostinho. Aqui não é permitido referir-se a ele sem qualificá-lo como santo. Você já deve saber, mas não se esqueça de que ele nasceu na Numídia, onde hoje é a Argélia, em 354 de nossa era. Casou-se em 372 e um ano depois estudava com um mestre maniqueu, no Iraque. Na mesma região para onde migraram – supostamente – seguidores de João Batista, os mandeus. É verdade que Santo Agostinho elaborou muito o conceito de "saber do coração" nos anos posteriores à sua conversão.
>
> Só para tentar ajudá-lo a não perder o juízo, informo que onde João usou a expressão *nihil*, os maniqueus (os cátaros, e outros dualistas)

traduziram de forma diferente dos católicos. Exemplos são uma forma rasa de explicar, mas na falta de tempo é perdoável:

"Ele fez tudo, e sem Ele nada se faria", traduziram os católicos.

"Tudo foi feito por Ele, e sem Ele se fez o Nada", traduziram os cátaros. Faz uma grande diferença, não acha? "Do nada se criou o Mal e este criou o material que nos precedeu. O Nada é o caos e a ele regressará".

Isso combina com o conceito de entropia e da ciência contemporânea que tanto interessa aos seus amigos cientistas, oriundos de quadrantes do globo onde o saber significa literalmente ter poder.

Não foi sem razão que Alexandre III, no Concílio de Tours, em 1163, proibiu o estudo da Medicina. Era o medo de que os médicos pudessem dominar a morte e controlar a vida. Praticamente, tentou proibir o saber em geral.

São Bernardo pregava contra os cátaros que desobedeciam ao estabelecido, mas ficava encantado com a proliferação do desejo de saber, o aflorar de conhecimentos antigos, trazidos ao Ocidente pelos sábios judeus e muçulmanos. Foi ele quem escreveu a norma de conduta dos templários. Ele sabia quem os templários eram. Não poderia ignorar, cisterciense que era, conhecedor dos juristas eclesiásticos que foram procuradores da ordem do Templo.

Enquanto isso, a ordem fundada por Santo Agostinho inspirou, em 1070, a criação dos hospitalários, os concorrentes dos templários. Santo Agostinho enfatizava as motivações do sentimento, confiava na sabedoria do coração. Coincidências interessantes, pois aponta para uma atitude agostiniana de São Bernardo.

Conversaremos mais sobre isso num futuro próximo. Cuide-se. Saber demais sempre foi perigoso. Abraços,

Severino".

Realmente são coincidências interessantes. Eu durmo pensando em conhecimento e recebo uma mensagem sobre conhecimento. Desde o auge da mitologia grega, quando Zeus proibiu Asclépio de continuar exercendo a Medicina, essa arte vem sendo objeto de muitas desconfianças. Asclépio, mesmo ameaçado de destruição, continuou curando. Zeus entendeu que essa capacidade de ressuscitar os mortos era uma ameaça ao seu poder. Na antiguidade, demonstrava-se poder espiritual ressuscitando os mortos, vide a história de Lázaro. A charlatanice contemporânea não desconhece o poder social de quem parece curar, especialmente se houver uma certa dose de magia e mistério. Por outro lado, fortunas são investidas na pesquisa de recursos para curar enfermidades ou manter vivas pessoas que naturalmente estariam mortas. Outras fortunas são amealhadas na comercialização correta ou cruel de promessas de cura. É assim. Não é essa forma de cura que me interessa no momento. E qual será?

O mundo está doente, ninguém tem dúvidas disso. A Europa, pelo que tenho observado nessa crise atual, mostra comportamentos à moda medieval, como produtos familiares que só usam insumos da região, e consumo reduzido ao essencial, enquanto os orientais – e brasileiros – fazem fila para comprar manufaturados caríssimos de marcas famosas. Outra grande manifestação de enfermidade mundial são as novas versões de cruzadas em nome de outros deuses como combustíveis, mercados e crendices.

Isso não é novo. Agostinho conhecia o choque das diferenças. Francisco experimentou os dois lados da violência, como guerreiro e como preso torturado. Procurou ser uma ponte entre cristãos e sarracenos. Bernardo de Claraval soube usar a diplomacia e tentar negociação entre dissidências no seio de sua própria instituição. O elemento comum, nesses casos, parece ser a negociação como remédio para o inevitável choque entre os opostos. A proliferação de centros para negociação de conflitos deve ser uma manifestação desse anseio coletivo.

A doença não deixa de ser um conflito entre as agressões do mundo externo ao corpo que tenta funcionar de forma eficiente. Lá dentro, os mecanismos de defesa da saúde estão sob ataque permanente. Não conheço a natureza das doenças, mas imagino que essa pressão deva causar uma reação na espécie humana, para nos limitarmos a essa espécie.

Será que seria esse o interesse comum a Piero, John, Pascale, sábios e estudiosos do Antigo Oriente Médio? Há um movimento sinérgico em outros lugares. Tomás e sua curiosidade erudita sobre os templários, em sintonia com John e suas pesquisas em Malta. Ambos diplomatas. Catherine, apaixonadamente em busca do mesmo Graal no Languedoc, na Itália e, aparentemente, no Brasil. E eu? Perdido nesse emaranhado, ainda prisioneiro de uma paixão e sonhando que as ruínas cátaras são carcaças de pássaros mortos. Lembrei-me de um dia, na fazenda, com uma espingarda de pressão e chumbinho, mirei num beija-flor, lindo e gracioso, que visitava uma das muitas flores do jardim que eu via da minha posição na varanda.

Eu tinha certeza de que não poderia acertar aquela ave tão rápida e tão pequena, mas apertei o gatilho e acertei. A visão daquela carcaça delicada, antes tão cheia de energia e graça, inerte, caída, sem vida, me causou uma dor enorme. A grande pergunta era: por que apertei o gatilho, sinceramente esperando errar? Eu precisaria ter errado! E até então, com pouco mais de dezesseis anos, eu havia errado muito pouco. Aquela morte concreta a meus pés era desconcertante. Eu podia acertar sem querer! Pior, acertar errado por entregar o desfecho ao mero acaso. Seria isso o não conhecimento? Essa dissociação manifesta, inerente ao espírito humano? Eu não sabia, mas algo havia se revelado em mim. Contemplar todos aqueles cadáveres mutilados no caminho errado transformava a lembrança arruinada de embates passados em uma carcaça de passarinho, morto por acaso. Inútil.

43

Nada mais restava a fazer senão tomar a direção do aeroporto de Lisboa e viajar para Barcelona. No trajeto, eu procurava me separar de um sentimento de estranheza que me invadia. E pensava: "Essa danada que me acompanha acerta um beija-flor por dia. Será que isso que sinto é o surto vaticinado por ela?"

No próprio aeroporto de Barcelona, tomamos posse temporária de um belo carrinho, um León, apesar de não conseguir esquecer que estava no território da antiga coroa de Aragón. Meu destino era Carcassone, se possível. Passamos ao largo de Girona e evitamos o caos metropolitano de Perpignan. Nessa altura saímos da rodovia expressa A-9 e tomamos a via departamental D-117 para ver o castelo de Quéribus, o último baluarte cátaro. Foi uma decisão de momento que me agradou muito. Às vezes começo a ver uma revista pelo fim, pela última página. Gosto de deixar o caminho me levar, sem ficar preso a programas rígidos.

Catherine vinha se mostrando uma boa companheira de viagem. Solidária, ajudando a navegação e me permitindo dirigir, desfrutando o carro e a paisagem maravilhosa. Alguns detalhes da cruzada contra os cátaros eu havia esquecido e pedi que refrescasse minha memória. O início da tragédia cátara começou em 1198 quando o Papa Inocêncio III mandou os monges cistercienses ao sul da França, o Languedoc, para investigar, reprimir e converter os hereges. Biu me contou que a desculpa era livrar a região dos maus elementos. Depois foi o genocídio. O pecado dos hereges? Escolher um cristianismo, digamos, protestante! Protestavam contra a hipocrisia, a ostentação e a falta de solidariedade. O mais grave, os cátaros não gostavam de pagar impostos ao papa em Roma que, por sua vez, não conseguia convencê-los de forma inteligível de que, agindo assim, iriam queimar no fogo dos infernos. De fato queimaram, porém, nas fogueiras armadas e acesas pela Inquisição para a "salvação da alma" dos pobres coitados.

Na viagem tranquila, voltei ao assunto do monoteísmo "brando" dos cristãos que Catherine havia mencionado. Eu diria que não esperava, mas me satisfiz com a explicação – branda – do comentário. Disse ela que o cristianismo foi institucionalizado e tão politizado que a consequência natural foi a concessão em princípios básicos, fruto de negociações. Concessões ao paganismo politeísta, com a enorme profusão de santos, mudança do calendário religioso para atender necessidades socioculturais, além da criação de sofismas e de uma semântica própria. Mudou tudo, menos a pompa. Criou facetas aparentemente humildes, mas a *holding* continuou a mesma. Até o capital tornou-se uma divindade cristã. Não é interessante que o comunismo – no início – tenha sido considerado uma heresia? Depois, a igreja de Roma acomodou algumas ideias cátaras como novas políticas sociais. A conversa seguiu por aí, a caminho da primeira parada.

Quando chegamos a Quéribus, já estávamos no meio da tarde. Comemos alguma coisa e seguimos na direção do castelo. Segundo Catherine, não era bem uma fortaleza, mas um baluarte no mínimo estranho. Havia uma torre no centro da construção, circundada por três lances de muralhas que beiravam o precipício. Como várias construções cátaras – ou usadas por eles –, esta está no ápice de um pico rochoso que dá vertigem só de olhar para cima. Talvez por isso o conde Simon de Monfort, o principal preposto do papa para assuntos militares, não tenha se esforçado para conquistá-la. Mesmo a forma como foi tomada sugere alguma negociação escusa ou uma traição. Foi em 1255, e a cruzada contra os cátaros, que durou 47 anos, já se havia encerrado em 1245.

Antes de subir a escadaria esculpida na rocha, a vista da muralha refletindo a luz do sol era, para dizer o mínimo, emocionante. Lembrava o tom avermelhado do pôr do sol em Brasília. E, de Brasília, só isso! Catherine não tinha dúvidas de que era uma construção templária, pela forma octogonal característica, como o Templo de Salomão, a abóbada gótica, por onde a luz solar filtrava sobre a pedra do altar, criando a curiosa função de um relógio de sol!

Eu ainda estava experimentando o começo da viagem. Havia aquele clima de começo, de expectativa por novas visões, de esperança por algo renovado. Lembrei-me de uma frase de Pascale em Goiás, quando disse que alguns lugares ficam tão investidos de magia que passamos a acreditar que certas coisas só podem acontecer ali. Assim surgiam os lugares de peregrinação. Pois bem, eu estava iniciando uma peregrinação!

Em Quéribus, mudamos o plano novamente: seguiríamos para Montségur, passando por Puilaurens, Lavelanet e Péreille (claro), e não mais direto para Carcassone. Tomamos a direção de Puilaurens e Puivert, ainda na D-117 até Lavelanet. A região é conhecida como terra de bruxas e é de uma beleza especial, própria das regiões onde coisas importantes aconteceram. É difícil imaginar como uma região tão linda em termos de natureza possa ter abrigado tanta violência. Como abrigou uma cultura especial, que pregava mudanças profundas, criou inimigos especiais, adeptos da estagnação e da ignorância, que gostavam muito do dinheiro fácil e da ostentação.

Olhar para cima e ver aquelas paredes de pedra refletindo o tom vermelho do sol da tarde era impressionante! Senti uma certa vertigem. Subindo a escadaria estreita, esculpida na rocha, com o penhasco a centímetros do pé, aumentava o respeito pelos construtores daquele baluarte.

Passamos os três planos de defesa para chegar à torre central. Eram três muralhas internas a proteger o núcleo da construção que, realmente, não se caracterizava como uma fortaleza. Era uma morada fortificada. Um dos últimos líderes cátaros, que corresponderia a um bispo, Benoît de Termes, conseguiu viver neste castelo até morrer em 1241. Minha pergunta a Catherine foi:

– Ele fazia o quê, aqui em cima?

– Veja bem – disse ela, e, para mim, quando alguém começa uma resposta assim, ainda não sabe como terminar a frase –, essa é uma construção que tem todas a características de uma edificação templária. Na torre principal, há uma capela octogonal como era comum nas construções templárias. A inspiração era sempre o Templo de Salomão. Há outro elemento que se percebe: as três camadas a serem ultrapassadas, três muralhas, formando um recinto tríplice que leva a uma torre quadrada. Esse quadrado contendo agora uma torre octogonal é outro indício. E, entre outros mais, a orientação da torre permite que a luz que entra na capela sirva como relógio solar.

– Sim, o velho Pitágoras e seus números, mas o bispo fazia o quê, morando aqui depois que a cruzada movida contra os companheiros dele já havia terminado, praticamente?

– Não sei, Celso. Poderia pensar em muitas coisas...

– Até mesmo que estivesse guardando uma parte do tesouro?

– Apesar do seu sarcasmo, é uma possibilidade. Principalmente levando-se em conta que os prepostos do rei só chegaram até aqui depois de negociações escusas e, eventualmente, muitas traições. Onde há traições e desonestidades, há grandes somas de dinheiro. Concorda?

– Sou obrigado a concordar.

Essa primeira parada – Quéribus – foi marcante. Ainda sentindo o impacto dessa maneira nova de olhar o Languedoc, e já cansados, seguimos viagem para Puilaurens. O cansaço não se devia apenas ao fato de enfrentar a íngreme subida para a fortaleza. Era um cansaço de exaustão na alma, como se eu tivesse sofrido uma transfusão, ou melhor, como se eu tivesse feito uma doação de energia vital. Já doei sangue. Senti uma alegria diferente quando terminou a coleta de sangue, como se eu tivesse perdido algo muito importante para uma boa causa. Agora eu sentia que havia feito uma doação, mas faltava a alegria correspondente à boa causa. Estranho.

Dormimos no caminho para Puilaurens. Já estava escuro e nós estávamos famintos. Uma bela pousada, de aspecto convidativo, cumpriu o seu papel. A proprietária, uma fonte de simpatia a jorrar, nos recebeu, alimentou e contou histórias da região enquanto tomávamos um bom vinho da região saído de uma garrafa sem rótulo. Coisa séria! Perguntei por que estava escrito num guia que era uma região de bruxas. A nossa anfitriã deu uma gostosa gargalhada e respondeu:

– Ora, porque é verdade! Meus amigos, esse é um assunto cotidiano por aqui. A quantidade de gente ignorante que vem procurar o que não pode ver é imensa. Mas nos dá movimento e uma renda confortável. Até já tentei espalhar a ideia de que eu seria uma bruxa ou descendente delas, mas acho que não tenho o *phisique de rôle.* Historicamente, é uma região onde, na antiguidade, vários lugares foram dedicados a deusas pagãs, como Ártemis, Astarte e outras, dependendo de quem haja passado por aqui. Como devem saber – a igreja sabe –, cultos pagãos não se apagam com facilidade. É mais fácil tentar transformá-los em outra coisa, de preferência ruim e maléfica, para que possam ser substituídas pelas propostas novas, mais eficientes aos propósitos do poder.

– Mas como a senhora vê o tal *sabbath* das feiticeiras, se é que acontecia mesmo?

– Essas lendas nos interessam por razões comerciais, como disse antes. O que eu vejo, racionalmente, é que essa ideia do *sabbath* das feiticeiras é fruto da perseguição aos cátaros e chegou ao auge nos anos de 1330 a 1335. Os inquisidores de Toulouse julgaram centenas de mulheres acusadas de participarem desses *sabbaths* e de adorarem ao diabo. Como os inquisidores conheciam bem a doutrina cátara, puderam distorcê-la convenientemente para convencer a todos de que as bruxas, para seus *maleficia*, para suas maldades, se reuniam a intervalos regulares para adorar e reverenciar o diabo. Entre elas, uma certa Catherine, esposa de Pierre Delort.

Ao dizer isso, deu uma olhada marota por cima dos óculos para Catherine, que entrou na brincadeira sem pestanejar e com uma pitada de erudição:

– Juro que não voltei para atormentá-la ou criar problemas para o seu negócio! Até deixei meu marido para trás há muito tempo. Mas o nome dele é outro, diferente desse que a senhora pronunciou. Mas certamente a senhora conhece o trabalho de Maragareth Murray, não?

– Conheço, minha querida! Estudei história e minha dissertação de bacharelado foi exatamente sobre a bruxaria. Todas as histórias dos inquisidores foram inventadas. Nao há a menor dúvida disso, mas como essa senhora teve uma grande aceitação popular, o sucesso dela com os leitores foi muito maior do que o meu! A grande diferença é que, para minha modesta dissertação, estudei bastante e consultei o que me foi possível de fontes confiáveis. Já para a senhora Murray, suas fontes foram panfletos e folclore. Que eu saiba, quando encontrou fontes originais, citou-as de forma seletiva para sua conveniência. Agiu como ficcionista e com enorme sucesso. A questão lamentável é que provocou uma avalanche de ensaios baseados nos escritos dela, e não nas fontes originais.

– Não foi o começo simbólico da libertação feminina? – Perguntei.

– A verdadeira libertação feminina começou no século XX e não teve nada de simbólico. No século XII, entre os cátaros, as mulheres eram livres, simplesmente. Não havia na atuação livre das mulheres nuances hostis para com o masculino ou propostas substitutivas. Ninguém dava maior importância ao fato de mulheres fazerem isso ou aquilo. Cada um e cada uma fazia o que sabia fazer. Não precisavam se libertar.

– Mas a Inquisição não pensava assim.

– Foi além da Inquisição. Todo o clero católico pensava diferente. Achava esse comportamento inaceitável. O clero católico sentia-se ameaçado pelo desejo de saber que pudessem ter os outros. Não só as mulheres. O maior perigo para uma instituição que baseia seu projeto de poder na ignorância e obscurantismo é perceber que existe o desejo de saber.

– O conhecimento traz a crítica, e a crítica nos obriga a escolhas, como fizeram todos os líderes de heresias, que são dissidências. Entre os cátaros, havia líderes que eram mulheres. Era esse o grande incômodo?

– Na mesma época de perseguição a cátaros e templários, não custava aos inquisidores incluir as bruxas na lista dos satanizados. A principal razão não era o gênero. Era a postura igualitária, a meu ver. As mulheres, entre os cátaros, tinham papel tão importante quanto os homens. Quer ameaça maior? Boa noite, meus caros. Durmam bem!

Foi uma estocada nos homens, mas a noite foi muito repousante, sem intercorrências dignas de nota. A alegria esfuziante de madame-proprietária-da-estalagem fez que nos levantássemos cedo pelos barulhos de cozinha, de pratos na mesa... Nada grave. O corpo desejava mais tempo na horizontal, mas a manhã estava linda e seguimos para Puilaurens sob um céu azul maravilhoso.

Uma vez em Puilaurens, comecei a olhar a causa cátara com olhos mais duros. Em outras épocas, eu diria: "com olhos menos românticos". Puilaurens caiu nas mãos dos cruzados em 1250, quase ao mesmo tempo em que caiu Quéribus. Ao contrário deste baluarte, Puilaurens era uma fortaleza de verdade, comandada por estrategistas respeitados como Pierre Catalá e seu filho Roger. No final das hostilidades, o grande comandante na área era Chabert de Balbuena, que também controlava Quéribus. Montségur, que eu ansiava por rever, foi sitiado em 1243 e rendeu-se em 1244. Vários pastores cátaros conseguiram escapar de Montségur e consta que alguns conseguiram acolhida em Puilaurens e Quéribus na ocasião. Alguns cátaros já haviam fugido para a Lombardia, nas proximidades de Milão, e não é improvável que outros tenham seguido o mesmo caminho até Firenze.

Puilaurens é uma escultura de rocha cinza, com uma torre formidável dominando o espaço sobre o vale de Boulzane, onde está o charmoso vilarejo de Lapardelle. Há um labirinto de túneis sob a fortaleza. Algumas grutas guardam sinais de terem sido usadas por cátaros – e templários –, talvez para rituais de iniciação. Catherine fez questão de sublinhar que, nessas grutas, e em muitas outras espalhadas pela região, tesouros foram de fato guardados. Enquanto caminhávamos, minha amiga disse que ficou surpresa quando, em Goiás, ouviu Pascale contar, de uma forma quase displicente, que o pai era da família de Guilhabert de Castre.

Para Catherine, esse personagem teria sido um diácono cátaro importante. Possivelmente protegeu um senhor feudal da região, Bertrand Sermon, da fortaleza de Albedun, que fez um jogo duplo com Simon de Monfort, comandante dos cruzados. Firmou uma aliança com Monfort enquanto apoiava guerrilheiros cátaros contra os cruzados. Tornou-se um *parfait* e refugiou-se em Montségur, quem sabe, sob a proteção do antepassado de Pascale! E Pascale – na visão de Catherine – não parecia dar grande importancia a isso, se é que tinha noção do que isso significava! (Para Catherine).

Para amenizar, lembrei que Pascale já era bem americana, no sentido de estadunidense, e os americanos não se detêm muito nesses aspectos históricos, sentimentais. A não ser aspectos da própria história dos Estados

Unidos. O fato é que percebi aquela inquietação neurótica de Catherine que eu havia visto em Goiás, na Igreja da Boa Morte, e temia silenciosamente o drama que poderia ter que aturar em Péreille.

A região é de indescritível beleza. Dá para sentir o cheiro da fertilidade, de uma aura primaveril permeando o ambiente. Por isso é fácil compreender que a alma antiga tenha visto tantas relações dessa região com o feminino. Não é à toa que os cátaros resistiram em sair e lutaram com uma ferocidade equivalente à dos cruzados. Não foram vítimas inertes e passivas nos moldes dos mártires celebrados pelos cristãos. Comecei a pensar que era na base de um olho por dois olhos. Bonzinhos não eram. Nem precisavam ser, acho eu.

Enquanto conversávamos sobre isso, contei a Catherine um episódio passado na casa de um militar finlandês, depois do colapso da União Soviética. Vi um quepe de oficial russo (soviético) na sua estante e perguntei por que um finlandês guardaria semelhante lembrança. A resposta, rápida, foi seguida de um sorriso vitorioso: “Não é lembrança; é um escalpo!”. A maneira como estão construídas essas fortalezas e a sequência estratégica das posições revelam um vigor monumental na resistência e me fazem pensar que os cátaros colecionaram muitos escalpos.

Seguimos viagem pela D-117 para Lavelanet e Péreille. Em Guillan, no meio do caminho, há uma bifurcação da estrada criando a D-118, que nos levaria diretamente a Carcassone com um simples giro da direção para a direita. Eu já temia uma *overdose* de castelos cátaros em pouco tempo, mas não me atrevi a sugerir o desvio. Perto de Guillan está o tal castelo de Albedun.

Passamos ao largo de Puivert à nossa direita. Catherine quase me convenceu a visitá-la. Lá teria sido a sede para encontros da intelectualidade ocitânica, terra de grandes trovadores e poetas do amor romântico. O castelo de Puivert era um altar ao hedonismo aristocrático da época. Além dos saraus literomusicais, abrigou grandes torneios e justas de cavaleiros.

Péreille fica logo depois de Lavelanet, antes de chegar a Roquefixade. Consegui passar direto por Lavelanet em direção ao sobrenome da minha companheira. Eu não queria mais verificar cada pedaço de rocha que encontrasse pelo caminho. Principalmente depois de ser informado de que a guarnição de Lavelanet resistira tão valentemente aos cruzados que, depois de conquistá-la, decapitaram todos os sobreviventes. A *minha* cabeça já estava em Veneza. A cabeça de Catherine parecia estar em toda parte.

Foi na cidadela de Péreille-Haut que nasceu o fundador de Montségur, Raymond de Péreille, filho de uma *perfeita* cátara, Fourniére de Péreille. A esposa de Raymond, Corba, e sua filha Philippa foram queimadas vivas em Montségur. Catherine parecia daqueles fanáticos por futebol que sabem a escalação do seu time em todas as épocas. Foi enumerando quem era e quem não era *parfait,* onde nasceram e quais eram as relações familiares. Onde foram queimados ou onde desapareceram misteriosamente. Fui convencido de que naquela região, no topo de cada rochedo, havia pelo menos um parente ancestral de Catherine.

Uma vez em Péreille, eu esperei um surto histérico. Estava curiosíssimo para observar o que aconteceria com Catherine, apesar de apreensivo. Lá em Goiás, a reação de características histriônicas de Catherine me perturbou. Pascale nem sequer piscou um olho. Parecia dizer: "Chega de drama, mocinha!" E agora, como será?

Decepção completa para minhas expectativas! Catherine estava solta e leve, tranquila e serena ao me mostrar os arredores como quem leva um amigo a visitar aquele velho casarão que foi da família. Fiz um comentário alusivo a isso, como se ela estivesse passando por onde a família viveu e morreu tragicamente. Catherine então desconsiderou o comentário e, numa conversa em tom normal, afirmou ter provas de que a família escondeu um tesouro pessoal que foi recuperado e levado para a Itália. Primeiro Milão e depois Veneza. De Veneza teria sido transportado para o Brasil, literalmente! Ela buscava um tesouro, mas eram joias de família, do ramo cátaro, e não dos cátaros como se poderia imaginar.

Essas surpresas, mudanças, ou mesmo omissões, me deixam enlouquecido. Inteligente ela é. Erudita também, mas delirante. Ou seria eu que já estava cansado dessa instabilidade? Com toda franqueza, meu incômodo e a estranha sensação de estar vivendo algo fora de sintonia só aumentavam. Continuo interessado nos cátaros, na sua doutrina e seu destino me emociona. Entretanto, há momentos em que não aguento mais esse trajeto monotemático. Cada vez que tento sair para alguma atividade ou assunto diferente sinto que se abre um outro programa – para usar a linguagem dos computadores – no funcionamento mental, social ou romântico de Catherine. A sensação de futilidade que se instala em mim é enorme! Sobretudo quando eu baixo a guarda, abro as defesas e me comporto de uma forma espontânea, ou até mesmo ingênua. Parece-me que até então eu estava só. É como se tomasse consciência de que era só impressão de estar com alguém. A imagem é forte, mas é como se eu estivesse na presença de um zumbi!

Quando chegamos a Montségur, no entanto, eu fui tomado de um sentimento muito forte. Foi parecido com a sensação que tive ao visitar alguns "centros culturais" no Brasil, antigas casas de detenção de condenados transformadas em feiras de arte popular e artesanato. A melhor comparação que faço com os impulsos percebidos por mim é com a lembrança de um filho ainda pequeno querendo sair de um lugar desagradável para ele. Sentir aquela mãozinha resistindo em avançar, puxando em direção à saída.

Nunca visitei um museu da Inquisição, aquelas salas de tortura que certamente me incomodariam, já que incomoda a ideia de visitá-las. É um incômodo físico. Certamente, uma dessas faculdades da alma em ação, tentando me proteger nos aspectos mais frágeis. Ou mais sensíveis. Se for assim, são aspectos mais fortes.

Montségur foi a última morada do importante cátaro Guilhabert de Castre, tão admirado por Catherine e desconsiderado por Pascale, pouco chegada a sentimentalismos. Esse senhor teve a ventura de morrer antes de essa incrível fortaleza ser sitiada pelos cruzados e capitular em 1244. Imaginei um punhado de pessoas, famílias, guerreiros, velhos, crianças, apinhados no topo do Corcovado, cercados por bandos hostis com o propósito manifesto de matá-los todos!

– Catherine, como se sente, sabendo que ancestrais importantes sofreram provações terríveis aqui? O inverno de 1243 foi muito rigoroso, já não havia alimento suficiente, as catapultas bombardeavam o interior da fortaleza...

– Celso, isso é passado. Eu não estava aqui. Estou em outro momento da história fazendo o que preciso fazer. Raymond de Péreille, meu antepassado, ficou até o final tentando conseguir ajuda militar do Conde de Toulouse. Este procurava o apoio do imperador germânico Frederico II, mas o Conde ainda estava excomungado, e isso era um enorme obstáculo político na época. Era mais um problema político do que religioso. Dificultava transações comerciais, negociações diplomáticas e muitas outras atividades. Por isso a ajuda não chegava, enquanto a visão do topo das muralhas era de mais adesão ao exército que sitiava. Forças normandas e francesas chegavam para agravar o sentimento de derrota que deviam sentir dentro de Montségur.

– Então foi negociada a rendição.

– Sim, mas na condição de renegarem os valores cátaros de forma inequívoca. Alguns conseguiram fugir pelas trilhas mais difíceis, mas duzentos e vinte e cinco cátaros desceram sabendo que iriam para a fogueira, para a “Boa Morte”, para a morte digna sem abrir mão de seus valores. Sabiam que, apesar das negociações difíceis, a eles não seria permitido sair livremente. A Inquisição garantia que o arrependimento levaria à salvação espiritual, mas o corpo precisaria ser purificado! Uma boa parte do bosque já havia sido derrubada para fazer a fogueira imensa. Foi um espetáculo macabro.

Montségur deve ser para os cátaros o que Massada é para os judeus: símbolo extremo da defesa de um modo de vida. O último bastião de resistência pelo direito de ser livre. Felizmente os cátaros não tinham – ou não têm – uma organização eclesiástica. A instituição já teria esvaziado esse lugar de toda sua magia. Os cadáveres despedaçados do meu sonho pareciam gritar, de cada uma das pedras, que estavam indo para Jerusalém, e tudo que conseguiram foi ficar pelo caminho, aos pedaços. A viagem me incomodava cada vez mais, e eu ia deixando pedaços pelo caminho.

Minha inquietação aumentava a cada dia. O pavor ainda pode ser respirado junto com o ar fresco da primavera. Está ali, vive ali. Mas o sonho é meu. Ali, atordoado, a mil e duzentos metros de altitude, eu não queria mais respostas, eu queria silêncio. Alguns hippies tardios pareciam esperar que alguma relíquia surgisse do chão. Eram barulhentos. Deixei que a criança interior, incomodada, me levasse para a saída.

Pelo que entendi, esotéricos buscam correlações nos ângulos das muralhas, talvez construídos com cálculos pitagóricos misteriosos. Medem a incidência do sol com cálculos numerológicos, ignorando o fato de a fortaleza ter sido mexida e remodelada algumas vezes desde 1244. Possivelmente, as ruínas de hoje são resquícios da reforma de 1470.

Pensei que começava a compreender o ateísmo e agnosticismo de uma forma diferente. O agnóstico, como desenhei antes, sabe que não pode saber tudo em profundidade e se atira na ignorância, exatamente como alguns se atiram num mosteiro, convento ou retiros semelhantes. É como se fosse um pedido para cessar o afluxo de informações indesejadas. O ateu fica de tal forma insatisfeito, quando não indignado, que certas ideias e conceitos sobre Deus chegam a ser um insulto à sensibilidade. E ele desiste da viagem a Jerusalém, ao centro do universo. Mas eu estava em Montségur e sentia a gnose chegando, se revelando.

Visitamos rapidamente o museu arqueológico onde estão – emblemáticos – os corpos de dois jovens mortos durante a resistência. Em outro canto, lá estavam algumas moedas, uma delas idêntica à que Piero me deu. Uma flor de seis pétalas como o sinete que ornamentava a popa do galeão no museu em Lisboa! Dessa vez eu não podia deixar de me manifestar:

– Catherine! Veja aquela moeda. Não é igual àquele "asterisco" que você me mostrou no museu naval? A flor de seis pétalas?

– Pensei que você nem fosse notar.

– Você estava esperando que eu comentasse? Por que não me chamou a atenção para a moeda? Ela tem um apelo especial para você...

– E para você, não?

– Eu sou distraído e poderia nem ter notado.

– Você não é distraído.

De qualquer maneira, fiquei gelado. Cheguei a pensar em questioná-la com um irritado: “parece que está me testando”. Para que faria isso? Eu sei que ela está me testando, e ela mais ainda sabe que está. Ainda temos muita estrada pela frente e não vou azedar a viagem.

Descemos pelo caminho que leva da fortaleza ao campo dos queimados, passando por algumas muralhas de defesa que ainda estão de pé, até o obelisco no início do caminho, para quem sobe, e que foi o fim de todos os caminhos para os 225 que desceram em 16 de março de 1244. Dá um frio na espinha imaginar aquelas pessoas descendo por esse mesmo caminho em direção à fogueira, diligentemente preparada pela Inquisição no *Camps des cremats.* Mais duas Péreille estavam entre eles, Esclarmonde e sua avó Marquesia. Ainda assim, Catherine não teve mais um ataque de descontrole emocional. Não sei se é bom ou ruim, mas pareceu estranhamente inafetivo. Até eu estava mobilizado emocionalmente!

Retomamos a estrada no sentido inverso. Voltamos ao povoado onde procuramos uma pousada e, feito isso, eu forcei para que sentássemos num lugar tranquilo para tomar um vinho e comer alguma coisa, assim como queijo e pão. O importante era o vinho, e escolhi um Pays D’Oc com um corte de Carignan, tinto que aparece muito bem no Languedoc e que estava muito bom.

Eu começava a relaxar quando Catherine disparou:

– O que você acha de ocultação, Celso?

– Ocultação de cadáver?

Respondi sarcasticamente para ganhar tempo.

– Não, o que acha do ato de ocultar?

– Vamos lá (eu já havia resmungado sobre o fato de se começar a frase com um “veja bem”. “Vamos lá” é parecido, só que dá a impressão que eu sei como vou terminar. “Veja bem” revela o contrário). Ocultação, para mim, não é omissão, é privacidade. Ocultar é um segredo não compartilhado (eu já sabia que ela ocultava, e muito) que preserva a intimidade. Quando não se oculta, revela-se apenas o banal.

– Concordo.

– Só isso?

– Só. Posso perguntar mais coisas depois.

– Claro! O que está achando do vinho?

– O queijo está maravilhoso. Lembra a casa da minha avó, mas gostei tanto dos vinhos sul-americanos que tomei em Brasília que este fica a dever. Aliás, já conhecia. Fica faltando aquele sabor de novidade.

E assim, com muitas amenidades, acompanhamos o pôr do Sol, voltamos levemente alcoolizados para a pousada e a noite foi boa. Com sabor de novidade, requentando minha paixão, apesar de não acreditar em tesão requentada. Mas, lá estava. Eu amanheci leve, mas com a impressão culpada de que ela sabia que eu estava de posse das três chapas de ouro dadas por Piero.

As características da viagem não mudaram muito enquanto passávamos por Roquefixade. Na praça central está o que parece ter sido um bebedouro para cavalos: um reservatório circular com água e, no centro, uma escultura inegavelmente fálica. Contrariei Catherine afirmando que era uma bela escultura de um pênis estilizado. Ela irritou-se e lembrou que esse é um tema indo-europeu de fertilidade, um *lingam*. Criticou-me, dizendo que essas atitudes jogavam sobre cátaros e templários toda sorte de julgamentos equivocados. Seja como for, é a representação de um pênis.

Roquefixade é uma fortaleza que confunde-se com a rocha sobre a qual foi erigida. É quase uma camuflagem. Sabe-se pouco sobre eventos ocorridos aqui. Talvez, como as condições do lugar permitem que fique escondida em meio a neblina e nuvens, tenha sido ignorada pelos cruzados. É metade do caminho entre Montségur e Foix, esta sim, cheia de histórias.

Foix fica na confluência dos rios Ariège e Arget. Durante algum tempo, essas águas deram ouro nas mãos dos condes da área. Lembrou, por isso, o rio das Almas e o rio Vermelho em Goyaz. Eu já estava perdendo de vista aquelas paragens no Planalto Central. Foix sempre foi muito cobiçada, mas nunca foi atacada diretamente. A posição da fortaleza é privilegiada, controlando uma área importante dos Pireneus e o curso do rio Ariège. Na virada do século X para o XI, o velho conde de Carcassone deu ao filho Roger Bernard um castelo que havia naquela região. Roger então assumiu o título de conde de Foix. Durante a cruzada contra os cátaros, os condes de Foix, de Cominges, de Trencavel e de Toulouse protegeram Roger Bernard e seu filho o quanto puderam. Foix estava mais para a coroa de Aragón do que para a aristocracia do norte da França. Quando Monfort tomou Carcassone, em 1209, Toulouse e Foix lutaram tenazmente contra os cruzados. Por essas e outras, Ramón Roger de Foix foi acusado de heresia. Foi excomungado. Fui alertado por Catherine de que essa medida era muito usada pelos bispos como medida paramilitar. Criava dificuldades políticas. Mais uma no meu caderninho de maldades em nome da fé.

Visitamos mais um castelo. A história do entrelaçamento das famílias nesse mundo feudal é tão interessante que registrei muitas perguntas para estudar depois, inclusive a organização política da região que ainda vigora. Entramos no castelo e na torre de Phoebus. Catherine parecia anormalmente desatenta, mas uma desatenção forçada. Logo percebi por quê! Outra pequena armadilha irritante: a abóbada da torre é feita pela confluência de seis arcos, continuação das seis paredes que a compõem. No alto, ao centro, há uma cruz de Salomão (aquela que parece a estrela de Davi, formada por dois triângulos), e no centro hexagonal da estrela, uma flor de seis pétalas!

Como eu não podia deixar de me manifestar, nem queria deixar transparecer minha irritação (estava me sentindo testado, e consequentemente, me sentindo um idiota), comentei:

– Os fantasmas continuam me seguindo.

– Que fantasmas, querido? (Eu queria enforcá-la pela entonação do "querido").

– Os fantasmas que moram nas imagens. Veja a ornamentação no topo da abóbada! A cruz – ou estrela – de seis pontas de Salomão e uma flor de seis pétalas no meio. Há muitos anos em Óbidos, na Igreja de São João, vi uma dessas representações, mas no centro da estrela havia uma cruz cristã. A guia me "ilustrou" dizendo que era o túmulo de algum judeu convertido! Sendo hoje a minha guia, como você comentaria essa óbvia referência ao movimento cátaro? (Tentei jogar a bola para a outra quadra, no contrapé).

– Ora, Celso (já não era "querido"), a mãe de Roger de Foix era uma Trencavel, cuja origem estava no miolo do território sob influência cátara. Ele casou com Felipa, dama do reino de Aragón e cátara. Esclarmonde de Foix, cátara de grande reputação, era sua irmã. E suas duas filhas foram criadas nessa doutrina. Não vejo por que não pudessem ter referências cátaras. (Continuei me sentindo um idiota).

– É uma imagem bonita. (Foi tudo que consegui dizer, esperando parecer o idiota que me habitava). Entretanto, os fantasmas continuam à minha volta.

Seguimos até a intersecção com a rodovia D-119 onde tomamos a direção de Mirepoix, distante 33 km de Foix. Para mim, habituado às longas retas do Brasil Central, foi um passeio. Por aí, Catherine começou a ficar mais animada. Informou que a metade da cidade era declaradamente cátara por volta de 1200. Em 1206, sua antepassada – segundo ela – Fournière de Péreille, uma perfeita, uma das ungidas na comunidade cátara, com a ajuda de outros líderes, organizou um concílio que teve a participação de mais de 600 *parfaits* de toda a Europa. Foi então que se decidiu pela construção de Montségur. A cidade sofreu muito com a enchente do rio Hers em 1279, mas renasceu como uma verdadeira *ville neuve*, aquele estilo de ordenação urbana estratégica que Catherine observou em Brasília.

Eu estava entediado com a viagem, como quem se cansa depois de muitas horas num museu, por melhor que seja. Aproveitando o bom humor de Catherine, tentei explorar um pouco mais o que ela sabia dessas mulheres excepcionais.

– Então, Fournière de Péreille contribuiu para a construção de Montségur. Esclarmonde de Foix recebeu o *consolamentum* de Guilhabert de Castre – possível antepassado de nossa amiga Pascale – e já era uma mulher formidável, pelo que entendi do que deve ter acontecido naquele castelo do irmão. Agora começo a ficar mais íntimo do espírito feminino que parecia reinar no universo cátaro.

– Ainda assim será difícil compreender uma mulher como Esclarmonde: bela, alta, inteligentíssima, boa, solidária, astuta, criativa, graciosa, pura, heroica e generosa. Não bastasse isso tudo, morreu como heroína e entrou para a história como mártir.

– Agora é minha vez de afirmar que meu analista era melhor – ou tão bom – quanto o seu: compreendo essa mulher e sei onde mora. Talvez até saiba o nome dela.

– *Ah, oui*?

– Escapou o francês que estava contido! (Peguei o contrapé). Ela mora no coração dos trovadores e se chama “amor gentil”. Essa mulher não existe fora do imaginário nem deve existir para o bem da humanidade.

– Não estou certa disso...

Mirepoix já estava à vista. Foi uma das populações mais maltratadas pelos cruzados, pois seus habitantes nunca esconderam a condição de seguidores ou simpatizantes do catarismo. Ali nasceu Fournière de Péreille. Ali também se instalou Guilhabert de Castre e juntos organizaram conclaves e planejaram a construção de Montségur. A arquitetura bem conservada da época deixa o sabor de estar pisando o mesmo solo e respirando o mesmo ar daquelas pessoas que imagino excepcionais. Como eles, muita gente em outros campos descobriu que o novo e as propostas revolucionárias não são bem aceitas. Ou melhor, são rejeitadas, para depois, eventualmente, serem celebradas como inovadoras “porque os tempos são outros”.

Assim como em Mirepoix, em Fanjeaux, a fisionomia de Catherine estava mais leve, sem aquele ar pesado, quase deprimido que vinha mostrando desde Goyaz. Mencionou várias vezes que, para ela, Mirepoix e Fanjeaux eram as fontes mais importantes do catarismo. O próprio são Domingos, Dominic de Guzman, viveu em Fanjeaux por mais de nove anos e aí fundou a primeira instituição de abrigo para mulheres cristãs. (Por aí também se encontram muitos vestígios da "Virgem Negra", a "Senhora Aparecida" deles). Toulouse também teve uma dessas casas de abrigo administradas por mulheres. Várias outras surgiram pela região.

Reza a lenda local que Dominic vivia como um cátaro, não como estratégia para combater o catarismo, mas porque sentia que assim deveriam viver os cristãos. Ou seja, como são Francisco, ele também teria se convencido de que os cátaros tinham mais razões que o Papa Inocêncio III. Porém, depois de sua morte, o convento escola de Toulouse, fundado por ele, passou a formar os verdadeiros inquisidores. Vitória da igreja de Roma sobre o pacifismo manifesto de Dominic de Guzman, que recusava as benesses que o papa lhe oferecia. Em mim fica a impressão de uma estratégia de abordagem, já que a intenção latente, encoberta pelas aparências, não tardou a aflorar.

Algo semelhante ocorre em Brasília. Quando os pioneiros começaram a nos deixar, a sombra das boas intenções passou a se revelar. Veremos como estará a capital após alguns anos sendo violentada, apequenada enquanto incha, como um guloso que não sabe se alimentar. Como será depois que o grande arquiteto, inventor da nossa *ville neuf,* se for? Como se abrirá um novo ciclo?

44

A vizinha cidade de Montréal, em 1207 (antes da cruzada albigense, portanto), abrigou um conclave entre cátaros e católicos. Esse encontro não produziu grandes benefícios a nenhuma das partes, mas quando queimavam alguns papéis, um documento cátaro, no chão, foi consumido pelo fogo enquanto um pergaminho católico, em chamas, "voou", queimando uma viga e quase causando um incêndio. Essa viga está conservada, com a parte queimada, na Igreja de Fanjeaux, construída em 1278. Certamente, devia significar alguma coisa importante, pois guardaram o pedaço queimado da viga.

Revi a grande cruz em forma de disco – chamada de estela discoidal – que eu lembrava ter visto nas viagens que fiz nos tempos de estudante. Agora eu a tinha estampada numa plaquinha de ouro encontrada em Goiás. Essa, que vejo em Fanjeaux, é impressionante, tem algo que transcende sua forma em pedra coberta de limo. Silenciosamente, misteriosamente sugere conter um aspecto do sagrado. Não é apenas uma forma, vai além da forma. É uma presença hierática que certamente tem o que os estudiosos das religiões chamam de *numinosum*, que é difícil de conceituar, mas é a qualidade conferida pelo sagrado. Fiquei bastante emocionado. Catherine não revelou emoção alguma.

Seguimos pela D-119, passando por Montréal, em direção à intersecção com a D-118 onde está Carcassone. Passamos lentamente por Montréal. Só foi lentamente porque eu estava na direção e queria sentir o clima daquela cidade que foi uma das sentinelas de Carcassone. Eu sentia uma ansiedade oculta em Catherine. Ela queria seguir mais rapidamente. Eu, já no clima cátaro, agora desejava sentir mais do que ver. Mas ela queria se afastar. Mostrei meu desejo de ver Albi, onde tudo começou, o rio Tarn às portas da cidade, poder olhar a catedral desde a ponte... Catherine argumentou que nos desviaríamos do caminho para Toulouse e nos atrasaríamos para a chegada em Veneza. Atraso em relação a qual compromisso?

Eu, o eterno sonhador, romântico ou ingênuo, não havia me dado conta de que Veneza não era apenas para que eu visitasse os lugares onde os documentos foram encontrados, onde vivera Malipiero, o chefe da espionagem veneziana, e muito menos uma parada romântica. Havia um encontro marcado no Vêneto com Olivier, perto da casa de campo a ser preservada do almirante veneziano. Insisti que, depois de Carcassone, eu queria visitar Albi, ainda que fôssemos primeiro a Toulouse, mais perto.

Visitamos a imponente Carcassone, mas a viagem já havia azedado, como previsto. O cenho franzido, a raiva não manifesta e o silêncio pesado de Catherine me angustiavam e me fizeram mudar de atitude. Uma sombra sarcástica, irônica e agressiva tomou conta de mim, apesar de me envergonhar. Perguntei se em Veneza ficaríamos no mesmo quarto ou eu deveria me preparar para algum papel novo nessa história toda. Foi uma provocação, admito, mas a história estava precisando de alguma mudança de rumo. Eu me sentia adoecer. Algo não era o que parecia!

Ao chegarmos a Toulouse, Catherine pediu que eu a deixasse na estação ferroviária. Assim, sem preâmbulos! Ela não iria mais a Veneza, pois "recebera há pouco uma mensagem de Olivier pedindo que a encontrasse o mais rapidamente possível em Firenze (onde supostamente estão as cartas originais) devido a um imprevisto de natureza importante". Assim termina o grande amor apaixonado? Eu estava frustrado, confuso e com raiva:

– A explicação é essa? Recebeu uma convocação de Olivier e a "grande paixão" que supostamente vivemos vira fumaça? Não mereço algumas palavras? Que sejam apenas palavras amigas! Os meus sentimentos não receberão consideração alguma? Uma última pergunta, Catherine: quem é você?

– É muito complexo, Celso. Expliquei tudo que poderia ser explicado. No momento, é tudo que estou em condições de fazer. Não peço que me entenda nem que me desculpe. Agora, isso é tudo que eu tenho para dar. Preciso ir depressa. Não quero que você sofra mais. Se isto deixa você tranquilo, admito: estou muito assustada! Já vou. Procurarei dar notícias logo que possível. Não me faça ficar mais.

Ela saiu do carro cabisbaixa e não olhou para trás. Sequer nos tocamos e fui para o hotel onde tínhamos reserva. Meu coração batia aceleradamente e a cabeça doía muito. Comecei a me sentir um idiota completo. Precisava escrever para alguém que me conhecesse, que gostasse de mim, que me fizesse sentir compreendido. Biu foi a primeira pessoa em quem pensei.

Quando abri o computador para escrever, lá estava, mais uma vez a sincronicidade, uma mensagem do próprio!

"Celso, querido amigo,

Espero que esteja bem, com saúde e paz. Realmente espero! A propósito, dê notícias logo que seja possível – e seja discreto ao fazê-lo.

Tenho conversado muito com Tomás. Contei-lhe nossas conversas, o achado dos três objetos em Goyaz e como suas angústias se apresentaram a mim. Você sabe que sou uma pessoa voltada para a discrição, talvez em demasia. Num esforço de equilíbrio, abri para Tomás tudo que havia de contido em mim, inclusive segredos seus. Ele gosta muito de você e tem uma preocupação enorme com o seu bem-estar.

Cheguei a desenhar para ele as três peças que estão em seu poder. Justamente a menos compreendida, aquela que parece um trevo, foi a que mais causou impacto em Tomás. Você sabe que ele tem um conhecimento respeitável da questão templária e imediatamente reconheceu a cruz como uma representação importante dos templários no século XIII. Melhor ainda, nos capítulos templários do sul da França.

Essa cruz aparece num *molde para* selo, certamente de um mestre templário, nos Arquivos Nacionais de Paris. Também há um modelo dela nos arquivos da cidade de Marseille, cidade tão comprometida com esses mistérios desde que era a Massilia dos romanos. A cruz aparece também na bandeira de uma brigada dos templários na Provence! Certamente havia outras brigadas com esse emblema. Na sua plaquinha, são quatro dessas cruzes unidas pela base, formando outra cruz, como um trevo de quatro folhas.

Lembrando Montségur, conta a lenda que quatro *parfaits*, quatro mestres cátaros, teriam conseguido fugir do cerco à última fortaleza cátara, levando com eles o segredo de "um tesouro". Teriam sido guerreiros templários associados aos cátaros (ou eles mesmos devotos da doutrina cátara) que tomaram a si a preservação desse "tesouro"? Uma moeda com essa cruz foi encontrada nos Estados Unidos. Lembro-me bem de que você e Catherine estavam estudando as navegações nos séculos XIV, XV e XVI. Acharam algo que sugira a possibilidade de que esses "destacamentos" templários tenham conseguido chegar por lá? Tomás acha possível.

Seja como for, Tomás parece não ter dúvidas de que essa placa em trevo representa o encontro dos quatro guardiões do tesouro. Saindo do literal por recomendação dele, poderia ser o encontro das quatro partes, ou de quatro aspectos do "tesouro". Nesse caso, um encontro poderia ter ocorrido perto de Goiás Velho, como suspeita – ou sabe – Catherine.

Promete cuidar-se? Você é muito importante para nós. Guarde bem o que deve ser ocultado e guarde-se para ser preservado. Esse é um mundo imprevisível e nada condescendente com os ingênuos.

Afetuosamente, seu amigo

Biu".

A vida poderia ser um pouco mais calma, menos adornada de efeitos especiais como no cinema. Alguns acontecimentos são dignos de telenovelas, mas começo a achar que essa questão – centrada na Catherine – é mais complexa do que eu poderia imaginar. Dados novos começam a chegar. Agora dos amigos em Barcelona e Salamanca, de Tomás e Biu. Do professor de literatura tornado diplomata e do seminarista professor de História. Achei melhor esperar um pouco para responder ao amigo. Ainda estou atordoado pela partida de Catherine e escrevi para Victoria. Perguntei-me o que tem que ver uma coisa com a outra e deixei a questão sem resposta! (Talvez a resposta fosse: uma carência afetiva boba, e eu não estava preparado para lidar com isso agora).

"Querida amiga,

Muitas mudanças aconteceram desde que nos comunicamos pela última vez. No momento estou em Toulouse, onde não quero ficar muito tempo. Ou melhor, de onde quero sair o mais rápido possível. Não irei mais a Veneza nem vejo razões para ir a Louvain. Gostaria de ir diretamente a Bruxelas, amanhã se possível. Estou com um carro alugado que preciso devolver e tentarei ir de trem se não conseguir um voo conveniente. Prefiro relatar os acontecimentos pessoalmente.

Por favor, sugira, ou reserve, um quarto em hotel próximo de sua residência.

Obrigado, um beijo,

Celso."

Antes que eu pudesse responder ao amigo Biu, chegou uma mensagem de Tomás:

"Meu caro Celso,

Temo que as coisas não estejam correndo muito bem por aí, a julgar pela apreensão do nosso amigo Biu. Ele anda muito preocupado com você. Juntos temos buscado informações que possam ajudá-lo, e ele pediu que lhe escrevesse. Eu sei que vocês têm uma relação muito antiga, e não gostaria de me intrometer. Não me escapa o fato de você gostar muito da Drika (e ela de você) e eu não quero interferir nessa boa amizade. Mesmo assim, estou desconsiderando meus escrúpulos e cuidados para escrever algumas palavras que talvez possam ser úteis a você. A começar pela questão das quatro cruzes compondo outra cruz, ou uma flor. O tema da flor e da natureza é muito ao gosto dos cátaros. Além disso, sabemos que o Languedoc desde o século primeiro está impregnado com as ideias e valores que poderíamos atribuir a João Batista, segundo a visão do outro João, o Evangelista. Mas não tudo. Sobretudo aquela triste acusação de que os judeus haviam "matado" Jesus. João Batista já estava morto quando Jesus foi crucificado e é mais que sabido que foram os romanos que prenderam e julgaram Jesus, um judeu.

Lembra-se das pinturas de Da Vinci que mostram a Virgem, João e Jesus quase sempre em representações que nos levam a confundir quem é João e quem é Jesus? O artista é obviamente simpático aos temas joaninos e nunca deixa de assinalar a importância desse primo de Jesus.

Um contemporâneo de Da Vinci, João Mendes da Silva, autor conhecido como Amadeo de Portugal, chegou a afirmar no seu *Apocalipsis Nova* que foram a Virgem e João Batista os verdadeiros protagonistas do Novo Testamento, e não o Cristo. Outro joanita de Portugal? Já é de domínio popular a versão da ida de Miriam de Magdala – Madalena – e os filhos para o sul da França depois da crucifixão. Ela teria levado o Evangelho de João; João Batista, não o Evangelista, que talvez sequer tenha escrito. Assim como os outros evangelhos têm seu texto "atribuídos" a Mateus, a Marcos ou Lucas, o de João, é atribuído a... João. Talvez algo parecido com o que hoje se chama Evangelho Apócrifo de João que foi achado no Egito, escrito em Copta.

Relendo o que já escrevi, vejo que o pensamento está muito mais rápido do que a minha capacidade de expressá-lo. Quero dizer que vejo uma forte ligação dos templários com os cátaros, que imagens de uns e de outros se encontram em vários lugares. Ao que parece, também em lugares no meio do Brasil.

Perdoe minha ansiedade e minha mensagem, que talvez venha mais a confundir do que a explicar. Afetuosamente,

Tomás."

"Caríssimo Tomás:

A primeira colaboração do seu *e-mail* foi tirar o foco de preocupações recentes que me atormentam. Voltarei a isso depois.

Sim, a verdade é que fiquei mais confuso. Nunca ouvi falar de João Mendes da Silva que, no momento, é mais um nome para congestionar meu caderninho de personagens nessa história.

Gostei da informação de que aquela insígnia das quatro cruzes inseridas numa espécie de trevo (de quatro folhas) é emblemática de destacamentos templários no sul da França medieval. Quatro folhas, quatro cruzes, quatro *parfaits* saindo de Montségur e a mesma imagem surgindo, ou aflorando, em Goiás. Novos esclarecimentos serão bem recebidos! No momento isso é tudo que posso compreender. Abraços,

Celso."

"Celso,

Desculpe a forma obscura de querer ajudar. Comecemos com o episódio da crucifixão. Mil e tantos anos depois, quando os cruzados vindos do Oriente, impregnados de conhecimentos árabes ancestrais e diferentes daqueles ensinados em Roma, encontraram um Languedoc em clima favorável para a disseminação desses conceitos. Entre essas novas formas de pensar o mundo e a vida, a filosofia sufi foi das mais importantes. Não se sabe ao certo como e onde o sufi apareceu na Europa. Talvez – certamente – isso não faça diferença. O sufi, como a cabala, são canais de relacionamento com o mistério e com o sagrado. O primeiro, de forte influência árabe e o segundo, trazido pelo judaísmo. Nenhum dos dois é religião! Esse é o ponto importante.

Vários autores influenciaram a reflexão sobre o tema do conhecimento, textos que apareceram também na literatura cátara. Quando estiver em Carcassone, procure o Arquivo Nacional da Inquisição. Eles têm uma das duas cópias existentes do Evangelho da Ceia Secreta, também conhecido como O Interrogatório de João. Se conseguir examinar esse texto, acredito que poderá me compreender melhor.

Sinto que já posso estar aborrecendo o amigo. Tenho mais conjecturas a compartilhar, se quiser. Gostaria de arrematar dizendo que imagino o sul da França como a terra fértil onde proliferou e floresceu o ensinamento de João. Fruto do encontro da sabedoria oriental com o espírito aberto ao conhecimento como era da natureza dos cátaros. O espírito mercurial que permitiu esse encontro foi a volta dos cruzados e o movimento templário em especial. É verdade que imaginar uma organização templária depois dos acontecimentos de 1309, quando foi desmantelada em Paris, é imprudente. Mas algumas comunidades cátaras podem ter continuado a existir sem a necessidade de um território definido. Os templários mudaram de nome e se estabeleceram em Portugal. Por que os cátaros não poderiam ter ficado sem nome pelo mundo afora?

Abraço afetuoso do amigo
Tomás."

Agora a confusão aumentou! Lembrei do braço relíquia de João Batista que vi numa viagem de turismo a Istambul. Voltava a questão do perigo que a Medicina representou, ou representa, para os que têm medo do conhecimento da vida e – por que não? – da morte. Os gregos, que sabiam bastante sobre a natureza humana, depositaram em ninguém menos que Zeus o medo ambivalente da Medicina e a desconfiança nos curadores. Zeus matou Asclépio por temer que ressuscitasse os mortos. É preciso notar que a ressurreição é mais que um corpo ressuscitado. Fecha-se um ciclo e renascem outras possibilidades.

Reli as últimas mensagens de Biu e Tomás e fiquei preocupado com alguns recados nas entrelinhas. Escrevi outra mensagem a Tomás com a cabeça mais fria:

"Meu caro amigo Tomás,

Minha amizade com Severino, o nosso Biu, tem vida própria e não sofre de inseguranças descabidas. Temos construído, eu e você, uma amizade que, como devem ser as amizades, não dependem de outras relações. Fui amigo do casal que você e Drika um dia foram. A separação foi entre vocês. A mim ficou a possibilidade de começar duas novas amizades cujo formato e intensidade diz respeito a cada um de nós. Seja meu amigo e não se preocupe com qualificativos desnecessários.

Vários aspectos da sua mensagem me intrigaram:

1) Você e Biu parecem estar receosos de que minha integridade física esteja em perigo;
2) Começamos com três imagens (as medalhas achadas por Piero) supostamente cátaras e estamos agora invocando mestres sufi, João Batista, Da Vinci, Amadeo de Portugal (que eu não conhecia) e Maria Madalena;
3) A imagem da cruz de Lorraine associada a um grupo templário no sul da França, reaparecendo em Goiás em nova versão, também me causa espanto.

Quando puder, conte-me mais sobre a importância de Amadeo de Portugal e o que você pensa sobre a "cruz goiana" e os cátaros.

Abraços do amigo
Celso."

Aproveitei para escrever logo a Biu, pois o trânsito de mensagens está começando a ficar congestionado:

> "Querido amigo,
>
> Obrigado pela mensagem e pelo seu cuidado comigo. Tomás – a quem acabei de escrever – compartilha suas preocupações.
>
> Desde o aparecimento de Catherine nessa história, minha vida vem se transformando numa sucessão de emoções. A última foi a partida súbita dela para Firenze quando chegamos a Toulouse, onde estou no momento. Ela não quis passar mais que poucas horas em Carcassone, um dos pontos altos das minhas expectativas. Catherine justificou a pressa em me deixar por conta de uma convocação do ex-marido Olivier. Estariam com problemas em Firenze, onde – imagino – estão as cartas achadas na casa de Malipiero.
>
> Pretendia sair logo para Bruxelas, mas lendo a mensagem de Tomás mudei o plano: voltarei a Carcassone e talvez siga para a Bélgica de carro. Será uma oportunidade de dirigir e divagar um pouco. Como você sabe, dirigir é uma forma de meditação para mim.
>
> Quando puder ser mais claro, elabore sua sugestão para que eu tome mais cuidado. Quais são os perigos? Quem me ameaça?
>
> Obrigado pelo carinho, saudade...
>
> Celso."

Mensagem para Victoria:

> "Minha querida,
>
> Direto ao assunto: Catherine partiu repentinamente, inesperadamente, misteriosamente. Continuo na direção de Bruxelas, porém com mais calma. Não se preocupe com alojamento por enquanto. Manterei você informada e, quando eu chegar, acharei onde ficar. Recebeu a mensagem anterior? Beijos...
>
> Celso."

Resposta imediata:

> "Celso querido,
>
> Recebi a mensagem anterior. Estava à espera da segunda para responder. Sua companheira não partiu inesperadamente: você apenas esperava outra coisa. Essa forma de expectativa causa uma miopia na capacidade de observar o que está na sua frente. Por que a surpresa com o repente? Ela não chegou repentinamente

em Brasília? Não lembro de grandes reclamações suas. Quanto ao mistério, faça um exame retrospectivo e me diga depois quando a presença dela não foi misteriosa.

Aguardo você com carinho e, quando chegar, poderá ficar comigo se quiser. Não fique constrangido. Temos muito que conversar. Por favor, avise um dia antes!

Beijos, Vic."

Victoria continua a mesma! Também misteriosa, sagaz e inteligente. Aceitarei o convite. Talvez eu continue o mesmo também: ingênuo, apreciador de mulheres misteriosas e nem um pouco suspicaz! Receio de expor as minhas fragilidades, talvez. A reclusão que me impus não criou muito mais que casmurrice. Ela tem razão: minhas expectativas sempre foram inúteis. Sempre esperei ser informado de alguma coisa. Sempre tomei como premissa que as pessoas são confiáveis. Agora parece que a informação que eu esperava era de que algo agradável pudesse acontecer.

O que poderia me acontecer de tão agradável? Ser amado? Encontrar uma mulher jovem, como Piero? Calma. Não preciso ser injusto (ou invejoso)! O próprio Piero esclareceu essa questão quando respondeu a John que não se sentia amado. Que um homem maduro não poderá ser amado por uma mulher jovem exatamente por ter expectativas que ela ainda não pode atender. Mas Cláudia me pareceu amar Piero! Ele não acreditava. Começo a sentir que são duas coisas diferentes: amar e ser amado. Ser amado deve ser o receber algo agradável, assimilar como numa comunhão e, mais importante que tudo, entender a mensagem e não matar o mensageiro. Se conseguir, mostrar que compreendeu a mensagem.

Cansei. Bem que dizia um colega meu na faculdade: "a gente só devia pensar uma vez por dia. Cansa muito".

Acordei mais normal. Parecia que uma ave pesada havia saído do topo da minha cabeça. Despedi-me de Toulouse e voltei a Carcassone. A viagem de volta foi bem mais agradável, em silêncio, apenas apreciando a paisagem com o cuidado de não dar asas demais à imaginação para que não se vá. A ave que se foi – espero – não era imaginação, era o imaginado. O esperado que pesa.

Fui aos Arquivos da Inquisição. Meu único objetivo era colher informações sobre o Evangelho da Ceia Secreta. Consegui algumas referências bibliográficas e fiz um apanhado geral do documento. Como esperado, é um documento de base dualista, mostrando duas forças em conflito: aparece o criador do bem e o criador do mal. Diferente de outros documentos *absolutamente* dualistas – em que o bem é absolutamente separado do mal –, nesse documento que examinei, percebe-se aceitação de alguma liberdade de escolha. Dá a possibilidade às criaturas contaminadas pelo mal de escolher a libertação do mundo material, como entendiam os cátaros. Há, nesse documento, uma clara inclinação para a visão cristã convencional, mas a versão escolhida para essa via é o evangelho de João. Jesus aparece como um mensageiro, um anjo que traz a possibilidade de acesso ao princípio superior. Entre outras passagens, a do casamento me chamou atenção especial no interrogatório que João faz ao Senhor:

"Como entender que todos possam receber a imersão de João, mas não a sua?"

O Senhor me responde:

"Os discípulos de João aceitam maridos e esposas. Meus discípulos não casam e são como anjos de deus no céu."

Retruquei:

"Se for pecado o encontro de homens e mulheres, é errado casar?"

A resposta foi:

"Nem todos compreendem o significado dessa palavra, a não ser que tenham recebido a graça da compreensão".

Interessante notar que, ao final do documento, há algumas linhas inseridas pelos inquisidores rejeitando qualquer veracidade que se julgue perceber no documento. Ou seja, o que está escrito não deve impressionar nem ser levado em consideração. O fato é que já saí de lá bastante impressionado, ainda que não tivesse consciência de ter entendido alguma coisa. Mas, me permitindo ser incoerente, acho que entendi. Talvez o discípulo mais amado não fosse *ele*, e sim *ela*.

Tive a graça de almoçar em paz, sem administrar humores alheios nem ter que me explicar. Não sei o porquê, mas para mim era algo parecido com casamento! Segui em lua de mel para Bruxelas. No caminho, lembrei que havia esquecido de ligar para Victoria. De verdade, eu queria poder lembrar de esquecer a Catherine. Tudo me parecia um grande sonho – ou delírio – vivido nos últimos meses. Consegui que Victoria atendesse o telefone, coisa rara em virtude de seus compromissos durante o dia. Agradeci e ela – gentil como sempre – disse que me atenderia em qualquer situação. Mentira, obviamente, mas foi bom escutar.

45

Cheguei aos arredores de Bruxelas no final da tarde. Chovia (como se isso fosse uma novidade em Bruxelas), mas com o GPS não foi difícil achar o endereço de Victoria no *Quartier Luxembourg*, relativamente perto da sede do Parlamento da União Europeia. Estacionei o carro bem perto da entrada do prédio de apartamentos, ainda dos antigos e muito bem cuidado com aquele ar de refinamento sutilmente disfarçado. Elegante, para resumir.

Fui anunciado e subi ao terceiro andar, onde ela me esperava sorridente com a porta aberta. Simbólica e literalmente. Deixei as duas malas na entrada e nos abraçamos com muito carinho e saudade. Melhor, nos abraçamos para encurtar aquele longo tempo que ficou entre nós dois por tantos anos. Ela não havia mudado muito. Mas me parecia com estatura mais baixa do que minha lembrança registrava. Ou era uma comparação que eu fazia com o porte bastante alto de Catherine. Eu precisava parar com isso! Altura é apenas uma medida assim como idade é certo número de anos.

– Celso, pode começar a preparar dois *dry martini*! Estava ansiosa por esse momento, e nada mais apropriado do que com esse *drink* em nome dos velhos tempos.

Eu estava distraído examinando-a e me assustei com o comando. Quando pensei que foi por causa das histórias que contei sob o efeito da bebida que tudo começou, tremi. Logo me ambientei com o bar, com a sala, com a decoração sóbria e requintada e a bela vista dessa parte da cidade.

– Saúde, Victoria! Muito obrigado pela acolhida e nem sei por onde começar...

– Já começamos, querido. Antes de qualquer coisa, diga-me que não tem compromisso para amanhã à noite – noite europeia, não brasileira – que começa cedo e termina duas horas depois. Das sete às nove, mais ou menos. Será uma recepção a novos funcionários importantes. Estamos num período de saídas e chegadas de colegas.

– Meu compromisso é acompanhá-la.

– Excelente! Estarei bem acompanhada. Vamos desfrutar esse *dry martini* e depois vou levá-lo ao quarto que arrumei para você. Depois, quando se sentir mais em casa, comeremos alguma coisa aqui mesmo, já que amanhã é muito provável que jantemos num restaurante que me agrada muito.

Conversamos e contei sobre os acontecimentos desde nossa chegada a Lisboa. Omiti – ou ocultei – a história do mapa no hotel e dos documentos no banco em Firenze. Acho que contarei depois. Victoria escutou com muita atenção e com um semblante preocupado. Levantou-se com entusiasmo e fez menção de pegar minha bagagem, no que foi impedida.

O quarto era confortável, como deveria ser, julgando pela sala de entrada. Arrumei minhas roupas e de banho tomado e roupas limpas, reapareci na sala. Ela não estava, mas a pequena sala de refeições – que eu não notara antes – estava muito aconchegante. Panelas de cobre nas paredes, algumas gravuras tipicamente inglesas, queijos variados, frutas e vinhos a escolher. Eu começava a me sentir feliz...

Voltei à sala e sentei ao piano. A última vez que havia tocado havia sido para Catherine antes de sairmos para jantar em Brasília. Mais uma vez: eu preciso parar com isso! Parece que Catherine virou uma espécie de Meridiano de Greenwich. Tudo está a oriente ou a ocidente desse marco. Enquanto eu tocava, Victoria apareceu bonita e perfumada. Pediu que eu não parasse de tocar, mas parei logo em seguida e abri uma garrafa de Bordeaux. Brindamos e sentamos à mesa de queijos. Rimos muito, relembrando os anos passados em Londres e nossas curtas viagens a Portugal e Itália.

Consegui manter a lucidez sob controle e adormeci sem maiores piroctecnias. Mas eu estava carente e Victoria continuava atraente.

– Boa noite, querido. Amanhã você estará melhor.

Melhor do quê? Pensei. Eu não sabia o que havia revelado, mas dormi bem. Acordei mais tarde do que devia e me senti abusando da hospitalidade. Por baixo da porta havia um bilhete num envelope delicado, avisando que Madame Roucy faria o melhor possível para me atender. Essa senhora trabalharia até quatro da tarde ou antes, se eu a dispensasse. Meu almoço seria servido quando eu quisesse, pois ela – Victoria – não me encontraria antes das seis. Sairíamos para a recepção e jantaríamos no bistrô que ela escolheu para me levar.

Madame Roucy serviu o café, arrumou o quarto, serviu o almoço, como se eu fosse um embaixador a ser paparicado, e foi embora. Ótimo. Entre uma coisa e outra, preparei-me para escrever. Simplesmente escrever. Mas qual não foi minha surpresa, e choque, e alegria estúpida, quando vi a mensagem de Catherine:

> "Querido Celso,
>
> Não me queira mal.
>
> Sinto muito sua falta. Sua presença me tranquiliza, me acalma. A julgar pelos acontecimentos, mais uma vez fico cheia de admiração e certa de que você é tão especial! Tenha a certeza de que estamos sempre juntos e de que sinto muito sua falta.
>
> Beijos, saudades, carinhos,
>
> Catherine."

A taquicardia me assustava e ao mesmo tempo alertava para algum perigo. Que acontecimentos? Admiração por deixá-la partir sem fazer escândalo? Juntos? Ela me deixa falando sozinho e acha que estamos juntos? Francamente, fiquei com muita raiva e disposto a compartilhar tudo com Victoria assim que ela chegasse! Bobagem. O assunto é meu. Preciso exercitar o hábito de ocultar, de não deixar as coisas "caírem da boca"!

Recebi outra mensagem de Tomás:

> "Estimado Celso,
>
> Obrigado pelo carinho e pela amizade. Saiba que é recíproco. Vamos por partes:
>
> Amadeo de Portugal era o *nom de plume* de João Mendes da Silva, português, autor de textos heréticos bem ao gosto de Leonardo Da Vinci. Há fortes indícios de que eram amigos. O melhor desses indícios é que pinturas de Leonardo praticamente são ilustrações de ideias de João Mendes da Silva, joanita evidente e militante anticlerical justamente por isso. Suas críticas aos movimentos eclesiais bem que poderiam ter servido de inspiração para livros muito em voga atualmente. Eu não me surpreenderia se fizesse parte da suposta comunidade cátara perto de Milão, onde Amadeo de Portugal vivia.
>
> É verdade que estamos, eu e Biu, preocupados com você. Não posso e não devo entrar em detalhes porque tenho acesso a informações privilegiadas, e Biu é um pesquisador talentoso que conhece como poucos a história da Inquisição na Europa. Os personagens envolvidos com essas questões, hoje em dia, não têm relação direta com as conspirações do passado. Ou mesmo interesse nas questões religiosas ou ideológicas. A motivação, meu amigo, chama-se dinheiro. Muito dinheiro. Informação hoje é poder

se puder ser transformada em dinheiro. Por dinheiro se mata e se destroem reputações. Há interesses comerciais nas coisas com as quais você foi levado a se envolver.

Procure não falar muito sobre os desdobramentos brasileiros desses temas. Espero que demonstre ter entendido minha mensagem. Obviamente você não faz ideia dos interesses envolvidos. Quanto a Madalena, é mais que um símbolo feminino de força e valor possivelmente histórico. Não é sem razão que as escavações e pesquisas arqueológicas em Magdala, ou Migdal, a região onde ela viveu, está sofrendo sabotagens e boicotes parecidos com aqueles que acompanhamos quando da descoberta e dos estudos sobre os Documentos do Mar Morto. Há mais coisas podres no reino da Dinamarca!

Guarde-se, cuide-se e saiba ocultar o que precisa ser ocultado.

Afetuosamente,

Tomás."

Dezoito horas: Victoria chegou pontualmente – como a boa inglesa que é. Estava muito bem vestida e, mais uma vez, me surpreendeu ter conservado a beleza que eu sempre admirei. É aquele tipo de pessoa que se move com elegância, veste-se com a sobriedade que sublinha o corpo e condiz com a postura necessária ao posto. Estávamos, segundo ela, em cima da hora – praticamente dispensando efusividades em público (claro, é inglesa!) – já que ela era a anfitriã e deveria chegar antes dos convidados. Veio num carro com motorista que nos esperou na porta do prédio.

Foi agradável ser conduzido num carro oficial, modelo luxuoso quando eu mal havia chegado a Bruxelas. Acomodados no assento de couro, Victoria me instruiu cuidadosamente quanto à natureza da recepção. Alguns temas eu deveria evitar e, de uma maneira geral, o ar de mistério seria o mais conveniente. Deixar o interlocutor em dúvida quanto ao que se sabe e o quanto sabe. Escutei, mas estava interessado no turismo inesperado por aquela nova região da cidade – *Quartier Luxembourg* – tão diferente da velha Bruxelas.

A recepção foi tranquila, fui bem recebido e foi interessante. Foi uma oportunidade distraída. O evento desviou minha atenção para muito longe do universo que eu vinha experimentando. Muitas perguntas, muito interesse, sobretudo pelas lacunas óbvias deixadas por tudo que não deveria falar. Victoria parecia muito orgulhosa e me olhava com cumplicidade. Ao final, já mais efusiva, convidou-me para jantar num bom restaurante, tomando o cuidado de não permitir a adesão de terceiros. Vários desses candidatos me ofereceram cartões e oportunidades de novos encontros.

Saímos com as devidas despedidas e o mesmo carro, o mesmo motorista e o mesmo clima de luxo sublinhado pelas várias taças do *champagne* que eu consumi. Victoria, perspicaz como é – e no passado eu cheguei a pensar que não era sequer inteligente –, puxou o fio da meada:

– Sobreviveu à mesmice das infindáveis recepções? Gostou? O que achou?

– Sobrevivi muito bem, ajudado pela bebida de boa qualidade. Infindável não foi, considerando-se que um dos *garçons*, como dizemos no Brasil, não faz meia hora, perguntou se eu queria mais uma taça antes de ir embora!

– Razoável, não acha?

– Sinceramente, acho. Deveríamos instituir esse procedimento em Brasília onde as recepções são de fato intermináveis e "incomeçáveis". Sendo brasileiro, fico chocado e quase insultado com o convite para ir embora, mas racionalmente faz sentido. Ninguém está ali para se divertir, é trabalho e trabalho tem hora para terminar.

– O que significa "incomeçável"?

– É quando se é convidado para um jantar às vinte e uma horas, chega-se dez minutos antes e os anfitriões não estão prontos. Os convidados seguintes chegam uma hora depois e passamos mais duas horas bebendo e comendo salgadinhos esperando o jantar ser servido à meia-noite.

– Entendi. Felizmente, o nosso compromisso começou e terminou em boa hora. A propósito: parece que o Senhor Karadzevic gostou de conversar com você.

Estávamos já na porta da galeria com o motorista abrindo a porta para ela. Saí, como convém a um cavalheiro, pelo lado da rua e com meus próprios meios para, abotoando o paletó, encontrá-la no passeio e levá-la à porta do restaurante. Notei que dispensou o motorista. Estava frio e certamente choveria. Mas não esqueci o comentário sobre aquele senhor sérvio que se apresentou como empresário e apreciador das artes. Ficou implícito que era um colecionador.

Então o quadro tomou forma. Voltei-me e dei de frente com a *Galerie du Roi e de la Reine* – que eu não conhecia – no coração da velha Bruxelas. É algo de emocionar, especialmente quem mora numa cidade como Brasília, com pouca história e, convenhamos, com pouco charme. A abóbada transparente, as duas "ruas" em forma de cruz, a quantidade enorme de lojas de chocolate (inclusive a famosa Godiva) e, em cada canto, um *chocolatier* artesanal de luxo, vendendo unidades a preço de joias. Em cada detalhe, um cuidado especial relembrando que "os deuses moram nos detalhes". No cruzamento dos dois passeios, chegamos à *Taverne du*

Passage. Lindo! Ficarei na exclamação para não cair no pecado do espanto provinciano, quando o relato revela parecer que o mundo não conhecia, só o observador que acabou de descobrir.

Uma vez acomodados no elegante *gastroespaço*, fomos logo servidos de mais *champagne* e *hors d'oeuvres*. Victoria – que por pouco não tratei por Catherine – fez um pequeno discurso sobre nossa história e a alegria de podermos estar compartilhando aquele momento. Deixou claro que eu era convidado e não haveria ninguém para nos mandar embora, deixando para trás aquele piso de xadrez preto e branco tão adequado e tão evocativo da sala de jantar da minha infância. Eu já estava alimentado. O jantar era só um pretexto para estender o encantamento.

Eu ia trazer o assunto do senhor que quase monopolizou minha companhia, mas achei melhor continuar meus exercícios de espera cautelosa. Não precisei esperar muito. Como não apresentei a oportunidade voluntariamente, Victoria partiu para o ataque:

– Karadzevic mostrou forte interesse na sua conversa.

– E você parece curiosa em saber o que conversamos, pois outras pessoas conversaram comigo...

– Como aquela espanhola?

– Santa Matilde! Você estava de olho em mim.

– Com certeza que estava. Quem é a Santa Matilde?

– É uma fábrica em Ribeirão Preto. Mas voltemos ao senhor Karadzevic, cujo nome nem lembrava. Perguntou-me o que eu fazia e toda aquela enrolação antes de chegar ao que interessa. Pareceu alegremente surpreendido de descobrir que eu era professor de História do Brasil. Falou de sua coleção de mapas e me perguntou quanto valeria um mapa do Brasil do século XIV. Respondi que não se poderia saber, pois todos os mapas já são conhecidos e estão em museus e bibliotecas especializadas. "E se houvesse um disponível, quanto valeria?" Respondi que, comprovada a autenticidade – o que seria improvável, pela época –, custaria uma boa fortuna. Assim é como posso resumir nossa conversa. O resto são bobagens e mentiras.

– Bobagens, não sei; mentiras, muitas! Como você vê, eu não estava brincando quando alertei para que tivesse cuidado com os caminhos por onde estava entrando. Está claro que estão de olho em você e provavelmente têm seus passos e deslocamentos monitorados. Cuidado com o que diz e escreve no seu celular. Pode estar com escuta da Interpol autorizada judicialmente, ou pior, com escutas ilegais, feitas sabe-se lá por quem!

– Estou assustado! Mais com você do que com essa história. Essa Victoria eu não conhecia! Quem é o senhor Karadzevic?

– Lamento muito não poder responder, e não posso responder – daí o lamento – porque não sei. Mas é um assunto delicado, sobretudo porque você está por perto do furacão. Vamos desfrutar nosso jantar e conversamos sobre isso em casa.

Assim foi, ainda que meu prazer tenha sido substancialmente comprometido. Terminado o jantar, caía uma chuva fraca e um táxi já nos esperava, chamado pelo *maître*. Não houve conversas em casa nem atividades sexoesportivas, como seria esperado nos bons romances de mistério. Todos exaustos e já recolhidos, adormecemos nas primeiras horas da madrugada.

46

A semana passou suavemente em Bruxelas. A Victoria que eu conhecia estava de volta com seu riso contagiante e seu bom humor. Sua discrição e elegância foram confundidas por mim, nos velhos tempos, com lentidão de raciocínio e pouca inteligência. Hoje eu sei que a minha capacidade de observar algo fora do meu pequeno ser era mínima até bem pouco tempo.

Terminei por revelar toda minha versão da história, desde a chegada de Catherine a Brasília até a última mensagem por *e-mail*. Segundo Victoria, esta mensagem deve ter sido um gancho para provocar um retorno do meu apaixonamento e colher informações atualizadas. Victoria entendeu as mensagens que recebeu de Catherine como uma tentativa de testar sua lealdade a mim e saber a verdadeira função dela, Victoria, no Parlamento Europeu. Não era mais uma espiã, como suspeitei (ou seria?), e sim exercia uma função importante na comissão de arte e patrimônio cultural. Olivier já estava sob investigação havia algum tempo e Catherine passou a despertar suspeita quando pediu licença da universidade para fazer pesquisas para ele, com encontros frequentes em Portugal.

Interiormente, eu me debatia quanto à coragem que precisaria ter para fazer uma denúncia formal sobre o que sabia e discuti com Victoria se deveria fazê-lo do ponto de vista legal. A alma se recusava a decretar minha paixão por aquela mulher – Catherine – como desprezível e minha entrega sincera à colaboração intelectual como mentira. Eu amei Catherine, independentemente de ter sido usado ou não. Somos todos responsáveis por nos deixarmos usar. Victoria sugeriu, na verdade pediu, que eu não me envolvesse mais, deixasse com ela as decisões e providências a serem tomadas e voltasse para Brasília, tomando o cuidado de não despertar curiosidade demais sobre o tema. Senti alívio e um pouco de vergonha por estar sendo poupado do "trabalho sujo". Sem dúvida, foi um gesto de carinho que eu apreciei.

– Lamento o desfecho anticlimático dessa história, Celso. Eu imagino o quanto você sofreu e como terá que trabalhar interiormente para elaborar tudo aquilo que poderia ter sido.

– Quem sabe, elaborar o que eu gostaria que tivesse sido. Até agora tenho sentimentos confusos a respeito disso. Tudo que sei é que fui usado, ou melhor, eu me deixei usar ingenuamente, e parece ficar demonstrado que os fins justificam os meios. Mesmo que as pessoas sejam atropeladas pelo caminho.

– O fim não justifica os meios. O fim provê os meios, e os meios revelam a essência de quem os utiliza.

Tinha razão. Eu não teria força visceral para fazer com Catherine o que – acho eu – ela fez comigo. Como se vê, ainda não tenho certeza. Não posso acreditar que alguém tenha estômago para fingir o amor que senti nela e as demonstrações de paixão que manifestou. A não ser que fosse uma psicopata com uma completa cegueira para os valores que de uma maneira geral compartilhamos. Será que é uma psicopata fria? Então eu sou um débil mental!

Victoria conduziu-me ao aeroporto com visível tristeza. Não sei se era pela minha partida – que é o que eu gostaria – ou se era pena da minha insensatez. Não saberei se ela não me disser. Sei que eu ainda não havia aprendido a ser o observador que Catherine mostrou que eu não era.

Voltei a Lisboa e resisti bravamente à tentação de ir ao hotel na Travessa da Mãe D´Água. Eu não era um detetive particular e não podia descumprir minha promessa de não atrapalhar as investigações em andamento. Não menos importante, prometi aos amigos Biu e Tomás que levaria a sério os avisos de perigo emitidos por eles e a promessa de que não me colocaria – infantilmente – em situações de risco.

Sequer saí do aeroporto, apesar das longas horas que precisaria esperar. Felizmente o *lounge* da companhia, ou sala vip, como se costuma dizer, era agradável e me permitiu fazer muitas anotações. Chegada a hora do embarque, eu já estava mais recuperado e com planos do que fazer na volta à minha casa.

Não consegui deixar de associar meu horário de chegada com a hora que vim ao aeroporto para encontrar Catherine. As lembranças ocuparam pouco tempo. Logo estava de posse da bagagem e a caminho de casa a bordo de um táxi. Milene já estava avisada e me esperava com sincera alegria. Obviamente ela via de forma enviesada a perspectiva de dividir a administração da casa com outra mulher. Desde que foi contratada, nunca houve um patrão que não fosse eu.

A chegada foi reconfortante. A rua deserta, como sempre, as casas fechadas para o mundo, como sempre, mas havia o sorriso autêntico estampado no rosto de Milene ao abrir o portão. Estava enxugando as mãos no avental como a dizer que trabalhava para acolher bem. Vi o carro na garagem e a ausência da caminhonete que voltou ao trabalho na fazenda em Catalão.

Milene começou a fazer as perguntas certas, aquelas que demonstram estar buscando informações para agradar ainda mais. Como é do seu feitio, não fez as perguntas erradas, aquelas que não passam de curiosidade protocolar.

Depois do almoço perfeito na simplicidade, adormeci. Despertei uma hora depois com o sinal de mensagem na caixa de entrada do celular. Vinha de Lucien e Bia convidando para compartilhar uma massa com vinho logo mais à noite. Ótimo. Fiquei feliz e aproveitei para ligar para Drika e convidá-la para uma casa de chá relativamente recente, ou seja, que eu não conhecia ainda.

Ela chegou bem diferente daquela mulher sofrida que eu havia deixado. Estava novamente bonita e com a pele levemente bronzeada. Veio até onde eu estava apressando o passo, desviando das mesas com movimentos firmes dos quadris e revelando a ansiedade para me abraçar.

– Celso, querido! Como vai você? Foi bem de viagem? E Catherine, tudo bem?

(São as tais perguntas erradas, de curiosidade protocolar!) Controlei a irritação e passei diretamente ao assunto que interessava, "nós-aqui-agora".

– Você está ótima! Cara boa. Senta aí, menina!

Evidentemente, era impossível a conversa não caminhar para as outras pessoas de nosso convívio. Falamos de Tomás (mas não falamos de Biu!), de Catherine e de Stan. Fiquei sabendo que durante minha ausência Stan falecera. Foi como se ele estivesse falecendo na minha frente. Drika me afirmou que Lucien e Bia haviam sido de uma enorme dedicação e disponibilidade. Ele chegou a ser levado para o hospital com insuficiência cardíaca e faleceu rapidamente. Descobriram que ele havia organizado tudo para depois da morte: desde a cremação até o destino de seus poucos bens. Havia pouco ficara sabendo que Lucien e Bia – por várias razões, inclusive a financeira – pretendiam sair de Brasília. Como não tinha herdeiros, nem acreditava em instituições filantrópicas, deixou tudo para os dois, com o pedido que abrissem um bom restaurante e criassem um clima propício a conversas e trocas inteligentes, como costumavam ser nossos encontros. Segundo Stan, apesar da aparente rabugice, foram esses encontros que o salvaram do tédio imensurável que sentia por aqui. Na Geórgia soviética não podia expirar e aqui não tinha o que inspirar, teria dito ele.

– Mais uma manifestação da grandeza de Stan! Quanto à encomenda de um clima propício, é a parte difícil de atender – disse eu –, esse clima não se inventa, precisa estar com as pessoas e depende da capacidade de encontro que elas possam ter.

– Isso também é idealismo, Celso. Podemos criar as condições favoráveis para que certos fatos aconteçam. Se eu não acreditasse nisso, teria que sair do Protocolo no Ministério das Relações Exteriores.

– Surpresa boa! Eu não sabia que você estava lá. Então saiu do Instituto Rio Branco e está com um emprego de verdade.

– Meu emprego é no Ministério e tem uma certa permanência. *Era* minha ideia de casamento, uma certa permanência. O cerimonial é um trabalho, temporário como todos os trabalhos no Itamaraty. Não chega sequer a ser um noivado. Estou "ficando", até que a chefia decida outra coisa.

– Senti uma certa amargura agora. Ainda está ressentida?

– Não é ressentimento. Ainda não digeri o fato de ter sido trocada por um homem. Eu sei que fui trocada por outra pessoa, independentemente da constituição biológica. Mas estou quase convencida de que fui trocada, mas não fui enganada. Tomás deu todas as informações necessárias para uma mulher inteligente. Eu não quis ver. Ponto.

– Não pôde ver. Um amigo me disse que os homens se casam esperando que a mulher nunca mude. As mulheres se casam com a certeza de que o homem vai mudar. De preferência pela ação delas próprias. Eu lhe digo que essa história de dar ou não dar informações é balela. Não vivemos uma relação por informações colhidas ou desconsideradas. Se der certo, deu. Se não der certo...

– Celso, a relação homem/mulher não foi feita para *dar certo*, como diz você. É uma negociação constante. É como um conflito ideológico entre nações: basta uma palavra mal colocada e uma guerra começa. E depois de muita destruição, novas negociações precisam recomeçar. A diferença é que os estados não são instâncias morais e não têm memória. Nós, pessoas, temos um caderninho virtual onde vamos anotando frases soltas e informações aparentemente sem sentido, que muitas vezes revelam o contrário do que foi dito, mas o apaixonamento bloqueia os julgamentos. Apaixonamento de homem – imagino – é um estado maravilhoso, próximo do êxtase religioso, em que a consciência lógica, o sentido de justiça, tudo que diga respeito ao racional fica encapsulado. Uma parte da vida é transferida, repito, transferida para aquela mulher específica e, através dela vivemos uma parte de nossas vidas. É através mesmo, como se essa mulher fosse uma lâmina de vidro translúcida. Do outro lado do vidro há uma realidade sobre a qual não temos controle algum. É uma espécie de psicose lúcida, se é que ainda me lembro das minhas aulas de psicopatologia. O mundo é visto por aquela luneta estreita que tem formato e vida de mulher. Quanto mais sofisticado o homem, maior sua danação. Veja Chopin, Modigliani, Hemingway e tantos outros. Uns adoecem e morrem, outros enlouquecem de verdade, outros morrem deliberadamente, sem que seja necessário adoecer além da paixão.

– Espantoso! Agora eu vejo claramente o ressentimento e espero que o re-sentir ajude a re-formular suas emoções. Ainda não contei os desdobramentos da minha relação com Catherine, mas essa imagem do feminino arquetípico tem um poder imenso sobre a psique dos homens. As mulheres que encarnam essa imagem, longe de serem *projeções* do homem (que pretensão!), se forem inteligentes, viram uns tratores que passam por cima dos próprios sentimentos e caminham para serem devoradoras de homens fáceis ou escravas de homens medíocres, que vivem o aqui e agora. Esquecem que o homem frágil – leia-se forte – só precisa de informações carinhosas. O resto ele sabe fazer.

– Depois você me conta sobre a Catherine, se quiser. No momento não quero saber. Ainda não sei o que senti por ela. Talvez tenha registrado intuitivamente sinais desagradáveis. Mas você estava tão apaixonado! Vou pensar nas suas palavras sobre a mulher arquetípica e seus poderes. Sendo mulher, eu só queria ser uma delas...

– Você é, minha querida. Os poderes – para o bem e para o mal – dependem do homem que estiver a seu lado.

– Meu chefe me espera. Vamos?

– Foi ótimo vê-la. Obrigado pelas informações sobre o Stan, principalmente porque vou encontrar Lucien e Bia mais tarde.

47

Drika estava amarga. Voltei para casa. Não sentia vontade de perambular pela cidade – não sentia saudade de nada – e precisava de calma para sentir saudade do Stan. Eu sentia frustração por não ter participado das despedidas. Pensei em beber vodca, gin, qualquer coisa forte, mas o corpo recusou, pediu repouso e não intoxicação. Eu ainda dispunha de duas horas para me ajustar ao espaço e tempo deste lugar. O corpo precisa ser informado de que está tudo bem e já não estou sobre o Atlântico, muito menos na Europa. Dormi.

Depois do despertar tranquilo, do banho reparador e das providências para encontrar os amigos, escolhi um vinho da Provence que não fosse aquele que tomei em Montségur. Este também tinha a uva Carignan, porém no corte com outras duas cepas. Não mencionava o Languedoc, só a Provence. Peguei duas garrafas.

Cheguei na hora marcada, a vodca no bloco de gelo estava na mesa, as flores frescas para dar boas-vindas e o sorriso acolhedor, também conhecido. São os sinais de boas-vindas. Depois dos beijos de chegada, sugeri que guardassem a vodka, a alma não estava para destilados. Abri o vinho e guardei a outra garrafa na adega. Talvez houvesse espaço para mais uma.

Antes que viessem as perguntas, dei as informações iniciais:

– Estive com a Drika rapidamente hoje à tarde. Já soube da morte de Stan e da vontade dele de que aceitassem a doação. Fiquei felicíssimo pela forma como ele decidiu a questão. Lamentei que vocês não tivessem compartilhado comigo as preocupações. Talvez eu pudesse ajudar... Também.

– Temos certeza de que faria isso, Celso. Foi exatamente por essa razão que não quisemos informá-lo. Da mesma maneira, não tínhamos a menor ideia da possibilidade dessa atitude de Stan. Aliás, a confidência a ele foi feita há meses, e Catherine sequer havia chegado. Era uma situação completamente diferente, mas ele já devia saber da gravidade da doença. De qualquer maneira, estávamos – estamos – com o plano de resgate das finanças em andamento. Independentemente da doação de Stan. Agora, com o pedido dele, talvez possamos rever a forma de nossa partida. Pensamos em voltar para São Paulo, em ir para Pirenópolis ou Goiás Velho. Ainda não sabemos, mas é quase certo que Brasília ficou grande demais para nós dois, eu e Bia. Não decidimos nada ainda.

– Eu adoraria que ficassem por aqui, senão Brasília ficará pequena demais para mim. Já foram Stan, Biu, Tomás, Drika não demorará muito a ser removida, e John e Pascale sei que estão quase para sair de volta aos Estados Unidos...

– Tudo indica que irão para a Suíça.

– É verdade. Esqueci que já tinham manifestado algo a respeito. Vou tentar encontrá-los por esses dias.

– Certifique-se de que já voltaram de viagem. Encontrei John no supermercado e ele me disse que iriam ao Espírito Santo e acrescentou: "Por causa do Celso". Ainda em torno das questões do descobrimento? Seja como for, vamos comer!

O bom jantar de sempre foi regado a boas conversas e alguns desabafos meus. Tomei cuidado de não provocar perguntas demais sobre Catherine. Contei com a discrição característica do casal e justifiquei a partida de Catherine como resultado de problemas familiares dela e, não menos importante, nossas incompatibilidades pessoais e culturais. Menti ao dizer que mantemos o contato (afinal ela mandou uma mensagem) e, como sói acontecer em viagens, as arestas aparecem com muita facilidade.

– Uma vez eu disse para meus filhos: antes de assumirem compromissos formais com outra pessoa, façam muitas refeições juntos: a maneira de se comportarem à mesa revela questões fundamentais desde o berço. A habilidade com os talheres e outros utensílios revela a destreza em muitas outras situações. A maneira de tratar os serviçais, em casa ou no restaurante, desde a manifestação de consideração pelo funcionário, com tempo gasto para comunicar o pedido, a clareza e tudo mais. Outra atividade importante é música: de que estilos o outro gosta, como escuta, como dança, como é tocado pelos diversos ritmos... E finalmente, é preciso fazer algumas viagens. Dois seres que não cresceram juntos, que criaram hábitos diferentes, serem confinados a quartos de hotel e automóveis vão descobrir o que é insuportável no outro.

– Não deve ter sido fácil para você, meu amigo. Não faremos perguntas e ficamos felizes de tê-lo por perto. O coração está obviamente partido, mas quem sabe os desdobramentos poderão trazer novas oportunidades.

Por essas alturas, duas garrafas de vinho haviam sido consumidas e o café sorvido na segunda xícara. Hora de partir, não sem antes recusar o convite para passar a noite, mas eu me sentia em condições de dirigir. As autoridades de trânsito não concordariam, mas não nos encontramos e cheguei bem.

No trajeto, pensei em John e em seu comentário sobre a ida ao Espírito Santo por minha causa. Eu não tinha dúvidas quanto aos recursos templários terem chegado ao Brasil, independentemente de terem financiado as viagens de "descoberta". Além disso, eu sabia que outras riquezas haviam entrado nesse mundo novo. Sempre me chamou atenção o fato de o nome "Vitória do Espírito Santo" ter se firmado como a capitania que está na mesma latitude de Brasília. Um dos motes templários é justamente a vitória do Espírito Santo.

Hoje, já me convenci de que, certamente, essas riquezas indefinidas não eram necessariamente de origem templária – os meios de condução talvez –, mas a origem foi cátara. Não lembro de ter comentado essa visão com John e Pascale, mas vale conferir.

48

Cheguei à casa de John e Pascale na hora marcada, no início da noite. O horário na Embaixada é generoso quanto à hora de saída, mas é severo quanto ao tempo dedicado ao almoço. A expressão é *lunch*. E lanche é para ser rápido! Quarenta minutos são considerados suficientes para satisfazer as necessidades de alimento. A ideia de um almoço demorado é uma concessão a costumes alienígenas por razões diplomáticas.

Sentamos na mesma sala e cadeiras quando soubemos da morte de Piero. A primeira impressão que tive foi: Catherine não está. Outra vez o meridiano de Greenwich! Ela ainda me habita. Pelo menos, não houve perguntas indiscretas e a conversa fluiu com naturalidade. Obviamente dei as explicações que achei convenientes. Falamos sobre cátaros, templários e o encontro do Brasil como uma vitória do Espírito Santo. Segundo John, a frase era minha, dita numa conversa no carro em direção a Vila Boa de Goyaz. (Quando converso com eles, o nome da cidade, mesmo falado, se escreve assim na minha telinha mental). Eu não tinha esse registro, mas é uma crença presente em mim há muito tempo. Então, aceitei sem discussão.

– Gostamos muito do passeio, Celso. Não achamos Vitória nada de especial, bastante desarrumada como são quase todas as cidade litorâneas que conhecemos no Brasil. É uma pena, porque seria uma mina inesgotável de recursos do turismo, e do turismo histórico além das belezas naturais, que se aproveitam do inextinguível sonho europeu do paraíso tropical. Justamente onde há menos aspectos tropicais há mais organização, como é o caso do sul do país.

– Eu já desisti, John, desse sonho desenvolvimentista, do sonho de sermos uma sociedade mais educada e de muitos outros sonhos.

– Sabemos que não é assim. Mas aproveitamos a praia de Guarapari. Lembrei de uma história que ouvi – e não confirmei – que depois da Segunda Grande Guerra, quando o Brasil foi assaltado pela cobiça estratégica do norte acumpliciada à notória corrupção interna, os navios que traziam a compensação pelos esforços de guerra do Brasil para os portos do Rio e Santos, passavam pelas praias do Espírito Santo para encher os porões com lastro para a viagem de volta. O lastro era areia monazítica. Não preciso dizer mais nada.

– Fique tranquilo. É do conhecimento geral. Esse é apenas um dos aspectos dessa época. Vale lembrar que, em vez de recursos para nossa infraestrutura, recebemos brinquedos de plástico (na época se chamava de *galalite*) e louças sanitárias antiquadas.

– Enfim, gostamos das areias monazíticas no lugar delas, ou seja, na praia. Vila Velha é muito interessante se olhada com olhos de quem gosta de História. Fomos a uma feira popular, vimos algumas manifestações de ritos afro-brasileiros, como objetos rituais característicos e travamos "conversas de gringo" com várias pessoas, inclusive nosso simpático motorista. Combinamos um preço fixo pelos serviços exclusivos de um táxi enquanto estivéssemos por lá. Foi maravilhoso! Tínhamos um carro com motorista sem precisar alugar e dirigir. E ainda saiu muito mais barato!

– E vocês se perguntaram por que as locadoras de automóveis continuam tão caras, não foi?

– Exatamente. Eu dizia – continuou John – que numa dessas conversas com o motorista, mencionei o desejo de conhecer alguém que pudesse ler os búzios para nós. Ele, muito solícito, ofereceu levar-nos à Mãe-de-santo dele mesmo, sua própria guia. Fiquei surpreso e agradecido quando marcamos para o dia seguinte pela manhã. Ele precisava consultá-la. Pois bem, no dia seguinte fomos a um lugar distante – que me preocupou, já que estávamos com as crianças – e a uma casa modesta, simples e bem apresentada...

Compreensivelmente, veio a primeira intervenção de Pascale, dona de casa:

– ... Até passarmos por uma porta nos fundos que levava a um corredor escuro e daí para um aposento completamente estranho. Uma enorme profusão de imagens, um cheiro adocicado de incenso, duas pequenas aberturas no alto das paredes para circular o ar e a luminosidade vinha de velas e lanternas. Eu fiquei com medo!

– Não cheguei a sentir medo, mas não era um lugar confortável para gringos do meio oeste norte-americano. Ela perguntou se a consulta era em separado ou se queríamos ficar juntos. As crianças, segundo ela, poderiam ficar lá fora, na sala de entrada, com o motorista.

Outra vez Pascale, a mãe agora:

– Não é necessário! A consulta não tem nada que possa constrangê-las. Podem ficar presentes.

– A senhora nos olhou de forma enigmática como quem diz: "vocês não confiam, não é?". Pascale quis fazer a primeira consulta e perguntou se ela – a senhora – precisaria de uma questão específica. "Não – disse ela – os búzios já sabem qual é a pergunta. Eu vou ajudá-los a lhes transmitir a resposta". Pascale segurou com as duas mãos aquele punhado de búzios e abriu a mão sobre um copo alto cheio de água. Alguns caíram fora e maioria foi para dentro do copo.

Agora apareceu Pascale, a que duvida, mas respeita:

– Ela me perguntou o que eu fazia. Pensei em dizer "do lar", mas seria mentira. Disse que era diplomata. Ela franziu a testa e disse, assertivamente: "Não é, não. Já atendi um diplomata uns tempos atrás. Você é diferente. É da Europa ou da América?" Respondi que nasci na Europa, mas era funcionária do governo dos Estados Unidos. Aí já comecei a ficar incomodada e fiquei assustada quando ela disse: "Você não deve ser uma boa funcionária. Seu companheiro parece mais funcionário do que você. Não estou entendendo direito". Resolvi ajudar, dizendo que eu estava de licença aqui no Brasil. John é quem era oficialmente o diplomata. Em outros lugares poderia acontecer o inverso. Encerrei minha consulta quando ela perguntou, "se está de licença, para que tanto segredo?" Dei de ombros, como se não soubesse, mas estava com vergonha. Aquela mulher estava vendo mais coisa do que eu queria que ela visse.

– Confesso que também fiquei impressionado com a sutileza e o olhar inteligente daquela senhora. Mas adiantei meu interesse de fazer a minha consulta. Ela fez um ar de que ainda não havia terminado, mas eu disse que já estava ótimo! Fiz a mesma coisa com os búzios e outro copo com outra água. A anterior foi descartada com uma prece pelo ralo de uma pia simples. Olhei atentamente para os muitos búzios que caíram fora do copo, como se tivesse feito algo errado. Ela logo me tranquilizou: "Está vendo? Vocês são muito diferentes. Mas, diga-me, o que faz como funcionário diplomata?". "Sou professor de Filosofia e ajudo meu governo a negociar questões de educação com o país em que eu estiver". Ela não titubeou e disparou: "Mas aqui não é a Espanha. Você fala espanhol?". "Por que pergunta isso?". "Porque eu acho que você está interessado em coisas assim..." Levantou, foi até uma parede que estava atrás de mim – que eu não podia ver – e trouxe um pequeno quadro, sem vidro, com alguns objetos presos (ou colados) na madeira do fundo. Veja a foto, Celso. Eu perguntei se poderia fotografar, o que ela consentiu com um sorriso de vitória nos lábios. Apenas acrescentou que "era muito velho". Veja a foto.

John procurou no seu moderno celular a fotografia, as fotografias. A primeira era do quadro inteiro. Não era bem um quadro, era quase uma caixinha sem tampa com objetos pregados no fundo. No canto superior esquerdo, estava um "estrela de Davi", sem mostrar os triângulos ou o centro. Era uma peça parecida com as plaquinhas que Piero me havia dado. Deveria ser ouro velho. Olhei para John e ele fazia um movimento de concordância com a cabeça. À direita dessa estrela, havia uma frase martelada num pedaço de cobre: "*Muy noble, muy leal y mariana*". Abaixo da estrela, estavam três pequenos lírios artesanais, como desses de enfeitar vestidos de meninas, bem delicados com os arames entrelaçados formando um ramo pequenino. Abaixo da frase, havia uma pintura esforçada, mas amadora, de um castelo dourado com duas torres. As muralhas deveriam ser octogonais pelo ângulo das três paredes visíveis. Por essas alturas, eu era doutor em castelos templários e cátaros. Era uma alusão ao castelo octogonal de Salomão e à cruz estelar de seis pontas que indicava o grupo templário que fizera escavações no Templo em Jerusalém. Olhei para John com espanto. Ele respondeu:

– Já investiguei, Celso. O mote completo é "*Muy Noble, Muy Leal y Mariana Ciudad de Lucena*". Imagino que conheça a história dessa cidade na Andaluzia. A origem do nome é a luz, a deusa indo-europeia dessa luz é Lucínia. Foi aí que de fato começou a guerra de reconquista do reino Al-Andaluz pelos católicos. A cidade era um centro administrativo importante onde judeus e mouros cooperavam. Esses são os elementos do brasão de armas atual da cidade.

– O que acha de esses elementos estarem em Vila Velha?

– Acho que sua intuição quanto ao roteiro templário – e cátaro – começa a se confirmar. Ali começava a *vitória do Espírito Santo* no que dizia respeito à chegada no Novo Mundo. Os representantes da doutrina cátara devem ter entrado por aquela região. Todos os outros pontos de desembarque importantes foram usados pela Ordem de Cristo, leia-se templários. Se outros cavaleiros tomaram o rumo dos Estados Unidos, outros do Caribe, não vejo por que João Ramalho não possa ter vindo para São Vicente (São Paulo) em 1512, como já conversamos, e outros terem ido para Vila Velha (Espírito Santo) na mesma época, ou mesmo antes.

– 1492, e a velha controvérsia de despistamento dos jesuítas?

– Por que não? Temos o mapa de Piri Reis e outros, não é?

– Parece que tudo se imbrica, meus amigos. Nada é separado de nada! Basta mergulhar um pouco mais fundo e tudo é o mesmo, a mesma história. Subitamente, sinto um cansaço enorme. Exaustão é a palavra. Você me manda essas imagens por *e-mail*? Preciso pensar sobre isso com calma e mais descansado. Tomamos outro whisky? Depois preciso ir. Soube que estarão partindo em pouco tempo. Quando?

– Em três meses. Ainda teremos tempo para outros encontros. Genebra nos espera. Especificamente, a Agência Internacional para o Controle de Armas. Continuamos com a esperança de que haja cada vez menos armas, ou de que as armas sejam as mais eficientes: as palavras. Descanse, amigo, e que nos vejamos em breve.

Voltei para casa pensando naquela história. Claro, a cruz de Salomão e o castelo não deixam dúvidas de que se trata de iconografia templária. Esqueci de contar quantas pétalas tinham as flores que pareciam lírios. O mais intrigante é a declaração por escrito de que Lucena é uma localidade "mariana". Esse é um qualificativo que facilmente despista apontando na direção da *virgem* Maria. Entretanto a Maria em questão é a de Magdala. Sendo assim, o mestre não é Jesus, o Cristo, mas João, o Batista.

A estrela referente aos templários exploradores do Templo em Jerusalém e um castelo dourado como abrigo. Seria abrigo de um tesouro? As flores podem ser uma pista para os cátaros. As peças eram "velhas" segundo a Mãe de Santo. Velhas de quanto? Talvez não faça diferença. Não sei a idade das peças que Piero me deu. Por que me deu? Talvez não fossem úteis. Duvido que ele quisesse, de fato, presentear Catherine. Eram para mim, com a desculpa de dá-las a Catherine um ou dois dias depois. Tenho a impressão de que era para eu ter tempo de criar curiosidade com relação às peças...

Logo cheguei ao portão de minha casa e não lembro muito dos acontecimentos no trajeto. Fui ao computador e não tive vontade de investigar essas coisas. Em vez disso, escrevi para Cláudia:

> "Querida Cláudia,
>
> Estou de volta a Brasília. Foram tantas as mudanças em poucas semanas que parece ter passado um ano inteiro. Estou com saudades e gostaria de visitá-la. Diga-me quando será uma ocasião conveniente. Abraço grande,
>
> Celso."

Fui deitar com um livro sobre mapas antigos e um mapa moderno do Brasil. Aos poucos fui introjetando aqueles espaços e achando cada vez mais plausível que uma ou várias pequenas expedições – digamos templárias – possam ter atingido as costas do Brasil antes de 1500. Por que não bem depois também? Nos séculos XII, XVIII e mesmo XIX. Fantasiei muito, delirei um pouco e dormi.

Logo depois dos rituais matinais, do café da manhã preparado por Milene, da leitura do Estadão e do Correio Braziliense, me dei conta de que não estava de mau humor, estava contente por não precisar cumprir obrigações universitárias e feliz por estar só naquele momento. Pensei em começar a fazer alguma atividade física e diante dessa ameaça fui ao escritório, agora sim, para pesquisar algumas coisas de interesse no momento.

A caixa de mensagens é a primeira coisa que eu verifico. Lá estava a resposta de Cláudia:

> "Celso querido,
>
> Que bom que você voltou! Estou ansiosa pelo encontro, e você não precisará vir a Goyaz. Chegarei a Brasília em dois dias, às 10:30 no aeroporto. Acredito que passarei um pouco menos de uma semana. Tenho várias providências a tomar quanto a novos projetos profissionais. Prefiro conversar pessoalmente sobre essa novidade. Não precisa ir ao aeroporto, minha tia vai me buscar, ficarei com ela e entrarei em contato logo que me desembaraçar das obrigações familiares. Beijos,
>
> Cláudia."

De fato, telefonou antes do almoço. Almoçaria com a família e reservamos a noite para um jantar tranquilo. Cheguei e fui logo convidado para entrar e conhecer a irmã da mãe. Deviam ser parecidas – já que não encontrei a mãe de Cláudia – pois a afinidade com a sobrinha parecia grande. Recusei o *drink* argumentando a necessidade de guiar, mas queria mesmo era chegar logo ao restaurante e conversar bastante.

Cláudia é muito bonita e era muito agradável estar em sua companhia. Sentamos na varanda do Gato Nero com a garrafa de um bom vinho, que foi bem compartilhado. Eu estava carente e fiz algumas fantasias românticas com Cláudia que o cavalheirismo não permitiria externar e menos ainda atuar. Em compensação, falamos muito sobre Piero e Catherine, o que me fez bem.

– Celso, ela agiu como agiria em outra situação semelhante, com ou sem você. É do caráter dela, acho eu. Você reagiu como reagiria mais cedo ou mais tarde.

– Eu não sei, Cláudia, eu só sei que dói. É a dor da perda. A perda do sonho que foi tão bom enquanto durou. Sinto a perda da presença física que não voltará. A perda da expectativa do que poderia ter sido. A dor é física e é no peito. Sua perda não foi assim?

– Francamente, eu não sei se a dor faz parte da perda ou se a perda precisa da dor para se mostrar. Basta saber que dói. Tem que doer para passar, para sair.

Ela só faltou dizer, pelo tom, que eu já deveria ter passado isso para trás. Em outras palavras: "deixe de ser bobo!".

– Catherine dizia que o amor não deveria doer e eu respondia que dói, sim. A gente precisa amar até doer e, no final, vai-se a dor e fica apenas o amor. Se não doer – como ela soube em algum momento da vida –, é como papo de botequim, é superficial e diverte, ou seja, tira do caminho do aprofundamento. Talvez se ela tivesse filhos fosse mais fácil compreender o sacrifício e suas alegrias. Essa dor a que me refiro não precisa ser um sofrimento abominável. Não deixa de ser sofrimento, desde que sofrimento esteja na conotação de "submeter-se". Submeter-se não é humilhar-se nem rastejar. É sacrifício, é aceitar uma perda sagrada. Ela não queria perder nada, e eu perdi tudo. Não foi assim com a morte de Piero?

– Não foi e não é assim, Celso. Ele fez o sacrifício da vida. Nós todos perdemos muito com a morte de Piero. Sua alegria, sua picardia esperta e sua visão prática da vida me farão muita falta. Catherine lhe fará falta pela importância que você deu a ela e pela maneira como você nos apresentou aquela pessoa. Aquela pessoa que você nos apresentou morreu! Você mudou, meu amigo. Saiu de um casulo e tomou caminhos que ela fez o favor de mostrar. Essa história de "perdi tudo" soa infantil. Seja honesto.

– Procuro ser honesto sempre, mas ser distanciado das próprias paixões não é fácil. Para ninguém. Como você fazia quando via Piero num caminho que você não conseguia entender?

– Eu ficava calada e calada pretendia ficar. Sou mulher e vejo as coisas por um ângulo diferente. Fico comovida com a maneira masculina de demonstrar amizade, por exemplo. É tão diferente das mulheres! Estou acostumada a ver mulheres se sentirem envaidecidas quando são levadas a seguirem outras, de personalidade forte, no caminho do masculino estereotipado. Tudo que conseguem é mostrar um pênis enorme. Mas esse pênis, esse componente fálico tão necessário no plano simbólico, na prática não existe. Tudo que existe é uma estrutura feita para *acolher* um pênis de verdade, capaz de procriar e dar prazer íntimo. Catherine sempre quis mostrar um falo que não tinha, até que se apaixonou por você, Celso.

– Você acha?

– Eu acho, mas é você quem precisa saber. O feminino precisa de aconchego, mas assusta o preço que cobra por esse aconchego. Você estava sem prática. Eu aprendi a dar aconchego quando conheci Piero, tão dependente, tão necessitado do meu corpo, da minha atenção, dos meus cuidados! Meus pais não compreenderam isso. Tinham todas as razões e não tenho ressentimentos por isso. Entendi perfeitamente. Não aceitei o amor de Piero apenas como uma mulher jovem e atraente, nem como mãe. Aceitei e compartilhei um amor entre mulher e homem que eu não conhecia. Eu gostaria de ter sido informada de que esse processo existia, mas não foi assim. Tive que gastar, de uma forma brutal, minhas energias para dizer à minha intuição que ela não estava errada.

– Piero não me pareceu "tão dependente" como você diz e não sei se sentia de forma tão forte o seu amor. Você não acha que ele se sentia envaidecido com sua companhia, mas poderia traí-la?

Eu estava com inveja de Piero e fui indiscreto e leviano. Senti vergonha.

– A grande traição nessa história foi minha com relação a mim mesma. Eu soube e desconsiderei o que sabia, mas ganhei e vivi o que não esperava. Agora você entregou parte de sua existência a Catherine, Celso. Ela ficou encarregada de viver uma parte da sua vida que era de sua responsabilidade. Você não se deu conta de que o "filho" dela se chama Olivier. Seu instinto maternal *precisava* cuidar dele. Você não teve a coragem de assumir isso como uma verdade. Você esperou demais e sofreu o equivalente. Na vida, ela foi uma golpista e você foi o trouxa.

– Essa doeu! Mas temo que você tenha razão.

– Uma das lições que aprendi com Piero foi desconfiar de tudo que *parece ser*, porque não é! Nada é o que parece, pelo menos não é o que me parece. Isso tem sido fundamental para a minha prática da Medicina. Cheguei a pensar em mudar para a psiquiatria, mas não me faria bem. Assim, farei um curso de neuropediatria na Faculdade de Medicina de Ribeirão Preto. Preciso de uma disciplina que exija método, que me dê parâmetros dos meus avanços. Também descobri isso com Piero, que era um sonhador. Ele era professor de outra medicina, estudava a origem do ensino dessa arte e as razões pelas quais essa arte foi vista como tão ameaçadora no passado. Eu compreendo melhor a medicina que trata doenças. Quero sair do consultório, vestir branco e circular pelos corredores e enfermarias de um grande hospital.

– Não tenho dúvidas do seu sucesso, Cláudia. Vou torcer por você e, mais que isso, Ribeirão é minha cidade. Darei o endereço da fazenda dos meus pais e o celular de meu filho que, não sei se lembra, é neurocirurgião no Hospital das Clínicas. Certamente poderá ser de alguma ajuda, se precisar.

Realmente, nada é o que me parece. Ela conheceu outro Piero diferente do meu. Levei-a de volta à casa da tia e tomei o caminho de casa. Eu estava cansado, doído, mas o eixo do mundo começava a mudar. Deixei a imaginação voar e eu escutava uma peça de Wagner, pela centésima vez, que soava diferente. Lembrei de uma frase atribuída ao próprio:

"Um fato supremo que descobri é que a criatividade não depende da força de vontade, mas é função da imaginação. É a imaginação a força criadora. A imaginação cria a realidade".

49

Na verdade eu não queria, mas encontrei Cláudia duas vezes mais. Já sei perfeitamente por que Piero se encantou e também por que se foi. Ela não é uma pessoa comum. Além do mais, é mulher. Ando com dificuldade de empatizar com as mulheres. Sempre achei difícil ser um homem incomum e conviver com as mulheres comuns. Por isso achei que precisava buscar o tal do lado feminino, que já caiu no folclore erudito. Eu preciso mesmo é buscar o homem comum, por tanto tempo negligenciado. Estou um tanto intoxicado de feminino. O "meu" está de bom tamanho.

No último encontro com Cláudia, eu disse que me havia sentido como uma flor em relação a Catherine, sendo ela uma borboleta. Eu preso a um vaso e ela voando. Parece imagem de desenho animado, ou de livro para "meninas exemplares". Realmente, muito bobo. Tentei melhorar:

– Ainda hoje me sinto uma fera enjaulada quando penso em "lar", viver com outra mulher sob o mesmo teto.

– Faça-me um favor, em nome do nosso bem-querer, diga à ferinha enjaulada que um lar não precisa ser uma jaula. Depende de como a fera olha a porta. Lembre à borboleta que a flor amada não pode voar e, mesmo ficando feliz quando a borboleta volta, pode sentir o retorno da borboleta como uma mera concessão. Fica triste e tenta voar quando não pode, e se despedaça ao vento. A cada um as suas circunstâncias, meu querido. Você só pode ser verdadeiramente quem você já é.

Difícil! Parece que a vida vinha mudando, mudou e só agora começo a perceber. Há quanto tempo vem mudando? Não consigo ver. Mas mudou e mudou definitivamente. Minha casa já não me abriga como eu pensava que fazia. Comecei a brincar com a ideia de vendê-la para viver num lugar menor, mais aconchegante.

Depois de mais um jantar na casa dos amigos Bia e Lucien, decidimos passar um final de semana em Pirenópolis, os três. Fizemos o conhecido percurso e nos hospedamos numa pousada chamada apropriadamente "Templários", que soava conveniente para nós. Lucien ainda fez uma brincadeira, sugerindo abrir um restaurante em Pirenópolis chamado "Cátaros". O mote não me passou despercebido, pois mostrava a fantasia de se instalarem por aqui. Gostei da ideia.

Obviamente, procuramos a Pensão de Compostela para nosso primeiro jantar, na esperança de encontrar Pierre. O lugar estava mais decadente, a sala vazia, com a neta do velho Pierre sentada a um canto com um ar desolado. Aproximei-me, lembrei-a da nossa visita anterior e o semblante da garota se iluminou com um belo sorriso!

– Professor Celso! Claro que lembro. Estava tão distraída e ainda é tão cedo, que estava mergulhada em meus devaneios aguardando os primeiros fregueses.

– Pois chegaram seus primeiros fregueses. Como vai sua mãe? E o senhor Pierre, seu avô?

– Vovô ficará feliz de revê-los, não tenho dúvidas. Falou sobre vocês muitas vezes, mas ele está mais confuso do que vocês certamente perceberam da última vez. Ele tem vindo pouco aqui. Para falar a verdade, ninguém tem vindo muito aqui. Já não temos hospedagem e, como restaurante estamos quase fechando.

Meus amigos se entreolharam e percebi que algo estava chegando quando Lucien afirmou:

– Mas o ponto é excelente! Não desistam. Quem sabe podemos ajudar? Posso ver a cozinha?

A garota ficou claramente constrangida, mas nos levou até a, digamos, cozinha. Era praticamente inexistente, além de ficar a dever bastante a qualquer fiscalização. Terminamos por convidar a menina e sua mãe para jantar noutro lugar. Conversamos sob o velho Pierre, que estava indisposto, mas gostaria de nos ver amanhã, e não me surpreendi quando Bia perguntou, diretamente, como é do seu estilo, se não gostariam de vender o ponto. Eles pagariam aluguel e, sendo possível, depois de um certo treinamento, elas poderiam ser funcionárias de um novo restaurante a funcionar naquele local. Ficaram felizes e eu também, além da surpresa.

Na saída, a caminho da pousada, Lucien falou:

– Celso, acho que encontramos o local do nosso restaurante. Pensei em chamá-lo de "Cantina do Stan", em homenagem ao nosso amigo, mas pensando melhor, e sendo mais *chic*, gostaria que fosse *L'Arnaque*, já que todo esse movimento nasceu, ou girou, em torno de um golpe. Por que não mais um golpe?

– Um golpe de mestre, agora. Adorei – reagiu Bia com entusiasmo – e já estou vendo a reforma, a decoração e o dia da inauguração!

– Pensem bem, crianças! É uma decisão importante para ser tomada de impulso.

– Não é impulso, Celso, é aceitação. Apareceu e aceitamos. Vamos lá! Boa noite.

Minha noite não foi das melhores. Pensei em mais esse desdobramento e nas decisões que eu também precisaria ou gostaria de tomar. Catherine voltava a me atormentar com sua onipresença, e o encontro com Pierre pela manhã me inquietava. O fato é que, adormecendo, despertei. Tomamos nosso café juntos – Bia, Lucien e eu – e os dois pareciam duas crianças antecipando a chegada de um brinquedo novo. Sairiam com a filha e a neta de Pierre para investigar produtos, fornecedores, concorrentes e o que mais pudessem. Eu fui encontrar Pierre em sua residência. Ele parecia muito mais frágil e cansado naquela idade. Recebeu-me com visível alegria, sentamos à varanda e a conversa seguiu o curso que precisava até chegar onde eu queria. Contei-lhe minhas andanças pela França. Ouviu com interesse minha narrativa e parecia encantado com minhas observações. Cada vez perguntava mais. Exagerei nas comparações espirituosas e vi que ele ficava mais animado. Finalmente chegamos às três peças de ouro. Levei-as comigo na esperança de mostrar sem outras pessoas à volta. Pierre ficou sério. Quando examinava aquela com a cruz de Lorraine, perguntou:

– Onde foi mesmo que encontraram essa? Quem encontrou, você ou Catherine?

– Nem eu nem ela, Pierre. Foi Piero, aquele que você nos estimulou a procurar em Vila Boa de Goyaz. Ele disse que encontrou essa em Itaberaí.

– Ele continua mentiroso. E as outras?

– Numa feira de artesanato e numa casa de velharias em Goiás Velho.

– Mais duas mentiras. Gosto mais quando você diz "Vila Boa de Goyaz". Lembra meu avô. Quem mais viu essas peças?

– Só o John, um diplomata americano estudioso dos templários e que serviu em Malta e coisa e tal. Não mostrei a Catherine e ocultei apenas por sentir que devia fazê-lo.

– Fez bem, fez bem. Piero pediu que eu as emprestasse para que ele pudesse estudá-las. Queria examiná-las minuciosamente com microscópio e usar algum marcador de idade, carbono não-sei-do-quê, coisas assim. Foi meu avô que as trouxe da Europa e me deu para guardar antes de morrer. Ele procurava alguma correspondência dessas imagens com outras que poderiam estar por aqui. Quando perdeu o juízo de vez, soltou a língua e contou, verdade ou não, que os quatro perfeitos que saíram de Montségur durante o cerco de 1244 levavam quatro partes de um tesouro. Só juntas essas partes fariam sentido. Três delas sobretudo, pois seriam combinadas para formar uma quarta, uma insígnia que daria sentido ao tesouro.

– Havia mesmo o tal tesouro cátaro? Ou, como imagino, era algo representativo de algum valor espiritual?

– Não havia um tesouro; há um tesouro, que é o legado dessa cultura cheia de magia, que é o que interessa. Os cátaros continuam existindo. Você sabe disso! Às vezes as pessoas são representantes dessa cultura, mas não sabem. E estão por toda parte. Não é uma sociedade secreta, nem uma organização em busca de poder. Essas peças não representam pistas indicativas de um tesouro literal. Mas sei – segundo meu avô – que saíram do Languedoc pelos Pireneus até a Catalonia e foram para a Andaluzia e daí para Portugal. Devem ter ficado na região de Lucena por um século, aos cuidados de cabalistas e sufis, quando essa convivência entre sábios judeus e mouros gerava muita sabedoria. Aparentemente, depois da traição aos templários em Paris e da reconquista católica do reino de Al-Andalus, ficaram escondidas em Portugal por mais de cem anos. Teriam seguido então para uma viagem de "Vitória do Espírito Santo". Sugestivo, não? Teriam chegado a esse destino entre 1520 e 1540. De lá seguiram para São Vicente. Do planalto de Piratininga foram em lombo de mula, sob a proteção do segundo Anhanguera e seu guia, Urbano Couto de Menezes, para Meia Ponte de Goyaz, essa nossa Pirenópolis. Há notícias de expedições a Pirenópolis no século XVII, talvez em busca do tal "tesouro".

– Pelo seu tom de voz, há algum segredo em relação a isso.

Eu pensava na experiência de John e Pascale no Espírito Santo. Especialmente aquela imagem do brasão da cidade de Lucena na casa da vidente. Pierre entendeu por outro viés: em vez do segredo, a voz.

– Como foi o tom da minha voz?

– Maroto. Malandro, brincalhão.

– Na minha idade não posso mais levar a vida a sério, meu amigo. Meu compromisso é com o Espírito! Por isso emprestei as peças para Piero examinar. Ele me pareceu especial. Inteligente, honesto e sincero. Não tenho nada contra ideologias, mas ele estava para além de ideologias, apesar do emprego.

– Qual emprego?

– Já passamos essa fase, Celso, e nem acredito que você não saiba qual emprego tinha.

– Vamos lá: ele é italiano, judeu, médico do serviço público de Israel...

– Serviço militar de Israel.

– Está bem. Não deixa de ser público.

– Chega! Já sabemos do que estamos falando e, assim sendo, entregar as peças a você foi uma forma de devolvê-las a mim. Dá licença!

Sem a menor cerimônia, Pierre juntou as peças, colocou-as dentro do saquinho onde estavam e deixou bem claro que as peças haviam voltado para casa. A casa dele. Desculpou-se por estar muito cansado e à espera da filha para almoçarem. Entendi que era meu tempo de sair, mas as interrogações me inundavam. Pierre, sensível, aliviou minha angústia:

– Não se preocupe, Celso. Amanhã conversaremos mais. Hoje vou organizar minhas memórias e espero passar para você a tarefa de conservá-las como você quiser. Está chegando a boa hora e não somos eternos. Não peço segredo porque ninguém vai acreditar mesmo.

Deixei as peças com dor no coração e comecei a enumerar minhas perguntas, que não eram poucas. Recolhi-me ao quarto na pousada e – inevitavelmente – recorri à Internet para ampliar meu desconhecimento. É um procedimento perigoso esse, quando não se sabe o que se procura. O risco é ficar mais confuso. Mas não resisti. Precisava me localizar geograficamente, historicamente. Achei o seguinte:

Quanto a Itaberaí, vi que, em 1749, dois irmãos, fidalgos portugueses da família Xavier Botelho de Távora, teriam vindo "procurar ouro" - como os alquimistas, imagino. Aparentemente não precisavam dele. Um deles ostentava o título de Conde de São Miguel. Começaram as tentações do primeiro desvio: quem foi São Miguel? Encontrei como aquele que aparece matando o dragão na Igreja de São Zeno em Verona. (Parece com o tema de São Jorge, mas falta o cavalo e Miguel tem asas, e no caso de São Jorge, o dragão tem asas). Ao fundo, na imagem, aparece uma pequena fortaleza. (Hoje tenho uma réplica no meu escritório).

Os irmãos Távora fizeram duas estâncias de criação de gado (teria acabado o interesse pelo ouro?): a Quinta e a Santo Isidro. Durante uma longa estiagem, o gado foi migrando desde o alto, no Vale de Uru, até próximo do Rio das Pedras, onde se criou um pequeno curral. Daí a localidade ser conhecida, de início como Curralzinho, e Curralinho posteriormente. Na década de vinte, 1924 talvez, foi proposto o nome de Itaberaí, por causa das "pedras brilhantes" do lugar. Difícil é encontrá-las, pois sabemos que não houve prospecção de pedras na região.

Agora vêm os desdobramentos que formam o labirinto da Internet. Quem foi Zeno? Parece que morreu em Verona no ano de 371, mas seu túmulo data do século XII. Onde teria ficado por oito séculos? Nos sermões que dizem ser dele, consta que nunca mencionou a Eucaristia e ensinava que ter fé é bom, mas o importante mesmo para a vida prática do bom cristão é praticar a caridade. Dizia que o verdadeiro batismo é o que chama os homens mortos para a vida. Parece com o conceito de *consolamentum* dos cátaros. Não consta da obra *Legenda Áurea*, sobre a vida dos santos, que foi escrita por um inquisidor, o que dá mais sabor às dúvidas que levanta.

São Miguel aparece no tímpano sobre a entrada da Igreja de São Zeno em Verona. Homem simples que gostava de pescar e, nessa imagem sobre a porta de entrada, aparece matando um "dragão" da maldade com uma vara de pescar na mão. Traz duas asas nas costas, como um anjo mesmo. A igreja católica apresenta Miguel como um arcanjo. Um fazedor de milagres, sobretudo em torno do Monte *San Michel,* onde teria feito uma de suas aparições. Ele é um guardião da ordem divina neste mundo e é bem conhecido por manter o demônio a distância, como atesta o Apocalipse. Eu me lembro bem da imagem em Verona: foi a primeira vez que vi o demônio representado como um peixe.

Lamentei não ter trazido alguns livros de referência para passar a tarde, mas essas maquininhas de busca eletrônica ajudam bastante. Parece que damos voltas e mais voltas chegando sempre à Idade Média dos séculos XI, XII e XIII. Li e reli o material que copiei do computador de Catherine. Percebo como estou enviesado, com ideias preconcebidas e desejando que minhas hipóteses se confirmem.

Já estou convencido de que o tesouro cátaro é imaterial. Catherine também, quando admitiu que estava interessada apenas em alguns valores de sua família que talvez pudesse achar. Relíquias, nada mais. Mas já não acredito nela. Mesmo que o tesouro seja imaterial, há pessoas envolvidas, histórias de vida profundamente ligadas a tudo isso. Quanta gente morreu por isso?

Deixei as fantasias com rédeas soltas e imaginei o que estaria interessando Catherine, Piero, Pascale e John, Pierre – que não é tão doido como parece – e eu mesmo. Andei pela cidade, bebi no boteco onde conhecemos Pierre, e ao cair da tarde, reencontrei Lucien e Bianca, a Bia. Pareciam felizes e com planos bem arrumados. Já haviam começado a investir o dinheiro no projeto do *L'Arnaque*, o nome escolhido para o restaurante. Voltariam muitas vezes nas próximas semanas, mas o negócio deles era com a filha e a neta de Pierre, e eu esperava com ansiedade nosso próximo encontro.

50

– Celso, Ibiraí é cetro, uma insígnia de mando, poder de governo, autoridade. Portanto, Itaibiraí é “a pedra da insígnia”. De Itaibiraí para Itaberaí é fácil, não acha? Para pronunciar – e entender – fica mais eufônico. Havia uma pedra por lá onde essa forma de insígnia aparecia esculpida e bem desgastada. Meu avô me levou lá. Segundo ele, quatro templários trouxeram, ou conseguiram fazer chegar, a essas terras sua concepção de tesouro.

– Segundo seu avô, qual era a concepção de tesouro desses “templários”?

– A mesma sua. Algo imaterial e vago, mas sugestivo de uma nova concepção de vida. Você já deve ter ouvido falar nos mandeus. Não sei se poderíamos chamá-los de cristãos. Eram joanitas, seguidores de João Batista, que migraram para a Babilônia nos primeiros séculos da nossa era. Hoje, essa região corresponde ao Iraque, e os mandeus foram instalando-se entre o Tigre e o Eufrates. Os árabes os chamam de *subbas*, e no Corão aparecem como *sabianos*. Seu livro sagrado é o *Ginza* (tesouro), conhecido desde o século VII.

– Interessante! Já temos uma referência a tesouro, ainda que não passe de um livro.

– Sua observação foi infeliz. “Ainda que não passe de um livro?” Veja só o que aconteceu recentemente quando um fundamentalista autointitulado cristão achou bonito queimar um exemplar do Corão. Numa época de comunicação instantânea, as reações foram sentidas a milhares de quilômetros de distância, e de formas brutalmente violentas. Imagine o zelo que os cátaros tinham com textos considerados preciosos para eles e execrados pela igreja de Roma. Entre outras preocupações, sabiam que, em vez de queimar os textos, o clero preferia queimar seus leitores.

– Eu me expressei mal mesmo. Você está insinuando que o tesouro dos cátaros eram textos?

– Não, estou afirmando. Não era apenas um livro, mas vários textos compilados em quatro grupos, sendo um deles o Evangelho Apócrifo de João além de outros, só redescobertos em Nag Hamadi, no Egito, em 1945. Eram conhecidos da igreja cristã antes do ano 185, já que Ireneu, um dos padres da igreja, escreveu um trabalho chamado "Contra as Heresias" nesse ano. Muitas das ideias que ele denuncia estão nos apócrifos. Depois disso, só se falou nos Evangelhos Sinópticos de Marcos, Mateus e Lucas, cuidadosamente escolhidos em detrimento dos Evangelhos de Filipe, Tomé, Maria, Judas, etc. Acharam que tinham conseguido dar sumiço nos outros evangelhos, mas sempre aparece algum esquecido – ou escondido. Os velhos manuscritos adoram se esconder, como sabem os historiadores.

– Está bem, mas como chegamos com essa história ao Planalto Central?

– Recentemente, durante a Guerra do Iraque, os poucos milhares de mandeus – que já viviam na clandestinidade – teriam migrado para a Síria. É bom ter em mente que *manda* significa sabedoria, a sabedoria gnóstica da qual se fala tanto e se sabe pouco. Foi na Síria que Piero apareceu e foi na Síria que ele desapareceu. Não é curioso? Eles, os mandeus, mencionam o livro de Adão, ou *Sidra d'Yahya* ou "livro de João" em árabe. Em mandeu, *Yohanana* é João. Parecido com Yohanan em aramaico. Essencialmente, os cátaros cultivavam o mesmo evangelho de João – o apócrifo de hoje –, uma parte dos Atos dos Apóstolos, cartas canônicas e alguns livros doutrinários do Antigo Testamento. Tenho todas as razões para aceitar que o *tesouro* dos cátaros é a reunião de quatro partes dessa Bíblia especial, essa *ginza,* esse tesouro de sabedoria que bem poderia ser a referência de uma identidade espiritual de cátaros que porventura tenham chegado até aqui.

– Meu caro Pierre, eu preciso organizar um pouco melhor essa história. Vamos começar com as três peças de ouro velho? Seu avô as trouxe da Europa e você não sabe onde ele as conseguiu.

– Sei. Você é que é um tanto lento. Meu avô é da França, região dos Pireneus, e veio para o Brasil especificamente para Pirenópolis, como outros conterrâneos, daí o nome da cidade e não porque se pareça com a França. Disse-me que era "templário", mas eu acho que era cátaro e ele acreditava que eu não saberia distinguir uma coisa da outra. Templário era mais fácil.

– Estou acompanhando, apesar de lento, mas você é confuso.

– Sabemos que quatro perfeitos cátaros, ou templários a serviço dos cátaros, saíram de Montségur sitiado e foram para a Espanha, que não era ainda Espanha: era o reino mouro de Al-Andaluz. Hoje corresponde à Andaluzia, onde estão Granada, Lucena e outras cidades. Reza a lenda que cada um desses perfeitos levou um quarto dos textos sagrados mais uma dessas medalhas. A ideia era reunir-se em algum lugar – que parece ter sido Lucena – que desse segurança. Não encontrariam segurança no território dos reis católicos Fernando e Isabel, mas entre árabes e judeus. Especialmente dentre aqueles que compartilhassem uma filosofia parecida. O sufi e a cabala poderiam ter representado essa confluência filosófica. Digamos que em 1492, quando os católicos invadem Al-Andaluz, essas peças e os textos tenham seguido para Portugal, onde os templários tiveram guarida, rebatizados de "Cavaleiros de Cristo". Nessa época, não havendo opções, as viagens transoceânicas se multiplicaram. A saída era o mar, seja para a América do Norte, seja para a América do Sul. Acompanhou?

– Acredito que sim.

– Eu acredito que esses textos tenham vindo de forma separada para se encontrarem por aqui. Meu avô não acreditava, ele tinha certeza, tanto que me levou para mostrar a tal "pedra da insígnia" – *itaibiraí* – no Rio das Pedras, em Curralinho.

– Essa pedra ainda existe?

– Ora, você sabe como somos e quem somos! Na melhor das hipóteses, alguém achou bonita e levou para casa ou um construtor arrastou para sua casa e hoje é parte do alicerce.

– Como é a insígnia? Antes que me chame de demente, eu lembro que é a combinação das três peças e representaria o encontro das quatro partes do "tesouro". O ouro sobreviveu, mas os textos provavelmente não. É isso?

– É. Alguns trechos foram copiados pelo meu avô. Talvez não tenham sido exatamente copiados, mas passados oralmente nas reuniões que fazia com alguns outros companheiros remanescentes de velhos tempos, para manter a tradição.

– A tradição dos clérigos leigos, como eram chamados?

– Pode ser. A meu ver, o importante é o texto como ponto de encontro, Celso. Um motivo de reflexão conjunta, a confluência do pensar, a alegria de compartilhar o alimento espiritual que a leitura permite. Uma comunhão. É isso.

– Você tem essas anotações do seu avô?

– Se achar, eu dou para você. Se não achar, tenho certeza de que você encontrará pela Internet nas melhores livrarias. Estão traduzidos para várias línguas, mas o importante não são os textos. O importante é a leitura!

– É visível quando você fica irritado. Que fazia Piero por aqui, então? Buscava leituras, comunhão espiritual, encontro de pares? E quando sumiu, espionava os mandeus iraquianos na Síria? Imagino que a Guerra do Golfo poderia ter feito mestres mandeus fugirem do Iraque para a Síria depois da invasão americana. Mas o que teriam levado que poderia ser considerado de interesse estratégico para Israel ou Estados Unidos?

– Nada! Por isso Piero devolveu as peças, e o fez na frente do seu amigo diplomata, que contou para a esposa. Talvez uma gentileza entre colegas.

– O que você sabe sobre Pascale, Pierre? Nunca mencionei a esposa de John!

– Acaba de mencionar sem que eu perguntasse, mas não tem importância. Só sei o necessário. Deixamos assim?

– Claro. Você não para de me impressionar pelas coisas que sabe! E eu fico envergonhado porque viajei à França, Bélgica e Portugal para descobrir coisas que você já sabia. Fui bobo – mais uma vez – por não ter percebido logo que sua aproximação da Catherine não poderia ter sido casual. Mas ainda não entendo como tudo aconteceu.

– Porém, já aprendeu que não deve viajar para buscar conhecimento, a não ser que seja enviado por um mestre, como Piero deve ter sido enviado. Mas ele deve ter confiado demais naquilo que pensava serem experiências interiores. Essas coisas acontecem. Somente quando vamos além dessas experiências é que atingimos o conhecimento.

– Como aconteceu com Piero no final?

– Nunca vamos saber, Celso. Sabemos, no entanto, que Catherine viajou por outras razões. Razões menores. Ela sabia que você a traria a Pirenópolis.

– Mais uma! Como posso saber em quem confiar?

– Não pode saber. Acreditar que pode confiar é mesmo muito perigoso. O que você está perguntando é se pode formar uma opinião suficientemente forte e que lhe agrade. Isso pode! Mas não espere que um guia ou um mestre o ajude. Você precisa ajudar-se e tem poucos recursos para isso, meu caro.

– Bem, não creio que tenha razões para ficar muito feliz ou orgulhoso agora. Foi tudo tão inesperado!

– O inesperado é resultado de uma forma de expectativa. É que você esperava outra coisa! A expectativa em si é inútil e no máximo pode turvar a visão daquele que fica obcecado pela espera, mas não vê o desenrolar dos acontecimentos.

51

Voltamos a Brasília da forma como viemos, no carro de Lucien e Bia, eu como passageiro, dessa vez no banco de trás. Aceitei o banco da frente, ao lado do motorista quando viemos só para descobrir que há um protocolo para aquela posição. Não se pode olhar sempre para frente – afinal, a dona do lugar está atrás – e ficar em silêncio é indelicado. Agora eu estava cansado e fingi dormir recostado no banco de trás.

Recordei a última conversa com John e Pascale, as histórias vividas por eles em Vila Velha, Vitória do Espírito Santo, e nada me parecia casual. Verifiquei o mote e o brasão que viram na casa da vidente e que correspondem à cidade de Lucena. É possível que nada seja por acaso, mas seguramente não entramos nesse círculo deliberadamente. Certamente não na forma de uma confraria em conspirações malévolas. As pobres "bruxas" na Idade Média inspiraram até um manual para ajudar a destruí-las. É o *Malleus maleficarum*, um "martelo para arrasá-las nos seus males" segundo os autores da Inquisição, essa sim uma confraria eficiente nas conspirações. Hoje, as agências de inteligência, usando dos mesmos mecanismos e escusas, se vêm como organizações anticonspiração contra as heresias contemporâneas.

Cá estou eu de olhos fechados, sendo conduzido por um casal feliz com planos benévolos de criar um restaurante com o espaço da Rosa – filha de Pierre – e sua filha. Tomara que seja um espaço *sub rosa*, onde intimidades possam ser compartilhadas sem perigo. Uma sensação de alívio percorreu minha espinha dorsal ao pensar na minha casa grande como vendida. Eu quero soltar lastro e deixar o balão mais leve para que possa subir, ascender, sublimar, tornar sublime o mais alto. Tentarei controlar menos e compreender mais.

Uma vez em Brasília, o mundo parecia ter mudado. Minhas experiências interiores já não contavam tanto e comecei a tomar providências: coloquei a casa à venda e conversei com Milene a esse respeito. Ela, como sempre, pareceu entender tudo com muita simplicidade; era apenas mais uma etapa na vida dela! Eu, certamente, preciso de uma pessoa assim do meu lado – e ela sabe disso – e farei o possível para que me acompanhe com sua lealdade.

John e Pascale se foram. Também pareciam felizes com os novos caminhos desenhados para eles na Suíça. Biu e Tomás davam sinais de que a vida anda e de estarem fazendo cada um a sua parte. De vez em quando me mandam alguma mensagem que demonstra estarem pensando em mim, como a última desses dias:

> "Querido Celso,
>
> Como não temos tido notícias suas, segue uma nota que me foi passada por Tomás, sempre atento para com suas inquietações com o movimento cátaro e suas prováveis manifestações de bastidores. Ele disse que, se um dia você quiser escrever um romance sobre essas coisas, poderia aproveitar a seguinte informação:
>
> Pedro Hispano, de Lisboa, Papa João XXI, filho de médico judeu, traduziu muitos textos médicos assinados por árabes e cristãos, que qualquer um poderia consultar. Por isso, essa coletânea ficou conhecida como "Tesouro dos Pobres", que não tinham condições financeiras de pagar consultas médicas. Tornou-se papa em 1276. Pouco depois de sua eleição, Pedro Hispano mandou construir uma bela biblioteca no palácio papal de Viterbo. Morreu quando o teto da biblioteca desabou sobre ele.
>
> Quantos tesouros teria guardado lá? Você acredita que tenha sido um acidente?
>
> Acidentes assim continuam acontecendo. Soubemos que Catherine e Olivier foram vítimas de um acidente rodoviário no norte da Itália. Aparentemente, seguiam para a Suíça. Não sobreviveram. Sabemos da sua dor e nos solidarizamos com você. Um abraço amoroso dos seus amigos de sempre.
>
> Biu."

Doeu! Demorou, mas passou, transformado em memória e saudade. Saudade das imagens, das sensações, da espera pelo encontro e a lembrança de como é difícil manter um relacionamento de emoções fortes. Preferi ficar no recolhimento e deixar o luto por Catherine ser vivido na tristeza inalienável dentro de mim.

Ainda não acertei minhas contas com essa história. Voltei a Pirenópolis e região. Pierre, o que não é tão doido, não encontrou os escritos do avô, ou não quis dá-los a mim. Por outro lado, deu as melhores indicações possíveis sobre a localização da "pedra da insígnia", inclusive com um desenho muito cuidadoso dessa inscrição. Fiz várias excursões pelo Vale do Uru, pelo Rio das Pedras e por outros cursos de água da região sem achar nada interessante.

Quando menos esperava – para confirmar a teoria do inesperado –, vagando pelas margens do Rio das Almas, vi uma pedra grande numa posição, digamos, inesperada. Sabemos – de uma forma ou de outra – quando alguma coisa está fora de lugar. Mesmo na natureza há um espírito de decoração, de equilíbrio estético. A pedra parecia ter tombado. Era impossível virá-la com as mãos, mas percebia-se uma inscrição voltada para baixo, já bem apagada pela água e pelo tempo, pensei eu. Lembrei que as inscrições mais antigas que se conhecem estão em pedras. Não se apagam facilmente. Onde pude senti-la com a ponta dos dedos, a imagem era aquela descrita por Pierre. A própria inscrição poderia ter sido superficial. Tirei fotos dos vários ângulos possíveis. Tanto da pedra quanto do entorno.

Voltando a Pirenópolis para acompanhar os progressos do restaurante, visitei Pierre e mostrei-lhe as fotos. Ele reconheceu o local, apesar de ser longe do lugar que me havia indicado. Admitiu que estivera lá quando criança, e deve ter se confundido com a localização. Mas, disse ele, a pedra poderia ter sido transportada. Achei estranho, mas não fiz comentários.

– Deixemos a pedra em paz, Celso. O importante é sabermos que a unidade foi restaurada. Quando o todo se refaz, já não existe solidão.

52

Passaram-se dez anos desde que conheci Catherine. Passaram-se setecentos anos desde que Belibaste foi queimado em 1321 e soltou aquela profecia de que nesse espaço de tempo – setecentos anos – "voltaria a ser verde o loureiro". Setecentos anos depois de 1321 nos remetem ao ano atual de 2021. Desde que encontrei Catherine, essa questão me acompanha. Como todas as profecias, o sentido é enigmático. Do loureiro se faz a coroa de louros, celebração de vitória e sucesso. Tudo que posso perceber e saber é que hoje é domingo, o dia que dedico a cozinhar para os netos, a observá-los explorar a fazenda onde moro desde que meus pais morreram. É um bom lugar. Continua bonito, as pessoas gostam de trabalhar comigo (mais do que trabalhar *para* mim), não produzimos mais do que o necessário e criamos mais do que o habitual. Temos um centro de arte e cultura bem perto da entrada, próximo da rodovia Anhanguera, aberto ao público e que foi chamado de Instituto J. C. Ismael. Foi uma pequena homenagem a esse homem de cultura que tanto admirei e com quem compartilhei as fantasias que me atrevi contar a Victoria e que assim chegou aos ouvidos de Catherine. O resto é a história que pode ser revisitada enquanto se espera.

Como ninguém é perfeito, perto da sede, tenho um galpão com meia dúzia de carros velhos. Atualmente é *chic* chamá-los de *vintage cars.* Até meu carro, cópia de um Porsche 356 da década de cinquenta, já é considerado uma relíquia. Não serve para nada respeitável do ponto de vista intelectual, mas é fonte de muito prazer poder cuidar dessas máquinas, sujando as mãos de graxa.

Hoje é domingo e o dia termina, não com a melancolia que os domingos costumavam trazer ao cair da noite, quando estava em Brasília, mas com uma sensação de ter realizado algo importante. Meu filho saiu há pouco com Cláudia e as duas crianças, alegres, sorridentes nos seus tenros cinco e três anos de idade. Eles terão – como todos – suas oportunidades de sofrer, de se angustiarem, de participarem da cota de vida que lhes cabe. Ainda que eu não queira, sofrerão. Ainda que não saibam, criarão. Fernando Pessoa, parodiando Camões, disse: "Criar é preciso, viver não é preciso".

Hoje aceito com mais compreensão o pensamento de Pierre, quando me disse que os cátaros continuam, sem precisarem de uma organização institucional. Pessoa pode ser um deles, Rilke outro, Hesse mais um, e assim temos milhares, talvez milhões de integrantes dessa comunidade do espírito. Evito a expressão "espiritual" para me distanciar de algum conceito eclesiástico.

Olho para Brasília e vejo uma cidade mudada. Uma nova presidente já está no terceiro ano de seu mandato. Ficará mais dois, sucessora de um governo de transição e transformador, após outra mulher. Parece-me que o Distrito Federal mudou, para melhor, nesses últimos oito anos: reduziu a área para o mínimo necessário que permita o bom funcionamento como distrito administrativo que deve ser. Não há mais governador nem Câmara Distrital, e sim um administrador nomeado e fiscalizado pelo patrão, o governo federal.

A Esplanada dos Ministérios vem se transformando numa verdadeira esplanada. As grandes – e quentes – áreas cimentadas, sobretudo aquela em torno da Biblioteca e do Centro cultural – que Catherine comparou a um disco voador modelo dos anos cinquenta –, agora são sombreados por muitas árvores frondosas. Nem por isso feriram o tombamento e exatamente por isso – por serem árvores bonitas e frondosas – tiraram o verniz modernoso e permitiram uma cidade aflorar com suas próprias cores e sabores, cheiros e formas. Muitos prédios velhos e de má qualidade deram lugar a estacionamentos verticais modernos, desafogando espaços destinados ao ir e vir.

Levanto da pedra onde estava vendo o pôr do Sol, caminho de volta à sede e faço uma demorada ligação para a mãe dos meus filhos, a titular do Ministério da Cultura, e me despeço para uma boa noite:

– Mais uma vez, parabéns pelas novas medidas e pela boa repercussão! Tenha uma boa noite. Um beijo, Bela.

Isabela Bastos, Bela Bastos, Belibaste. Brincadeiras da vida.

Em apoio à sustentabilidade e à preservação ambiental, a LER Editora declara que este livro foi impresso com papel produzido de florestas cultivadas em áreas não degradadas e que é inteiramente reciclável.